CULPA VUESTRA

CULPA VUESTRA

MERCEDES RON

MONTENA

Primera edición: junio de 2026

A mis culpables.
Gracias por llevar esta historia a lo más alto.

Prólogo

Todas las células de mi cuerpo la sintieron antes de que yo posara mis ojos sobre ella. Porque daba igual que allí hubiese cientos de personas: si ella entraba en una habitación, los demás desaparecían.

Así, sin más.

Obviamente, no me había hecho ni puto caso y, aun así, una parte de mí, de verdad de la buena, creyó que iba a quedarse en casa. Dada la gravedad de los acontecimientos, pensé, ingenuo de mí, que por una vez haría lo que le pedía, pero no. Ahí estaba, acaparando todas las miradas.

Una parte de mi cerebro, la que no estaba ciega por la rabia, fue capaz de registrar cada detalle de su aspecto. La raja del impresionante vestido rojo que llevaba le dejaba la pierna al descubierto, y su cintura, aquella a la que me sujetaba con ambas manos cuando hacíamos el amor, se marcaba realzando sus curvas naturales y su esbelta figura.

—Señor Leister, su esposa acaba de llegar —aclaró la periodista que había estado entrevistándome como si no tuviese justo en ese instante los ojos clavados en mi mujer.

Noah me miró, pero no le sostuve la mirada, no.

Acababa de meterse en un buen lío.

El Nick dormido había despertado.

1

NICK

Llevábamos unas ocho horas de vuelo. A mí me habría gustado viajar en el avión privado de la empresa, pero Gerry lo necesitaba porque tenía una reunión urgente en Shanghái, así que tuve que joderme y me compré dos vuelos en primera. A Noah, en cambio, le seguía ilusionando que comprase billetes en business, como si yo hubiese viajado alguna vez en turista. La empresa había mejorado tanto en los dos últimos años que sabía que mi hijo, los hijos de este e incluso los hijos de sus hijos iban a poder tener un fondo de seguridad para vivir tranquilos sin pasar por penurias económicas. Noah no se había acostumbrado todavía. Es más, cuando quería ponerla al día sobre cuál era el estado de nuestros fondos, me decía que no quería saberlo, que la ponía muy nerviosa.

Mi dulce Noah… En ese instante estaba dormida a mi lado, con la cabeza recostada en mi hombro, y tenía los labios ligeramente hinchados debido a la presión del avión. Me habría encantado inclinarme y morderle el labio inferior, pero sabía que eso la despertaría y entonces empezaría con su perorata sobre si habíamos hecho bien dejando a nuestro hijo Andrew solo en Los Ángeles. Yo le respondería que no estaba solo, sino con sus abuelos, que nos habían hecho un favor para que ambos pudiésemos disfrutar de unas semanas juntos.

No me malinterpretéis: adoro a mi hijo, pero un niño de dos años puede llegar a ser bastante… ¿Cómo lo diría? Absorbente.

Desde que Andy llegó a nuestras vidas, todo cambió. Un bebé requiere de todo tu tiempo, incluso del que ni siquiera tienes. Noah, además, era muy reacia a cederle la educación o el cuidado de nuestro hijo a ninguna niñera, por lo que nuestro tiempo a solas era bastante escaso. Cuando Andy empezó a hablar a media lengua y a andar sin problemas, se convirtió en un terremoto sin fin; no paraba, literalmente.

Al llegar a la cama, Noah se dormía casi al instante y yo me quedaba observándola, deseando poder tenerla solo para mí. Además, también estaban sus estudios, que no había querido dejar de lado y que había terminado con muchísimo esfuerzo. Esto, por supuesto, le había absorbido casi el mismo tiempo que nuestro hijo.

Todo explotó por los aires cuando me preguntó si nos llevábamos a Andy a la luna de miel. Mi negativa fue tan rotunda que tuvimos una discusión de las gordas, de esas que no teníamos desde hacía años, de esas que ya creía que habíamos dejado atrás… Aunque el ambiente venía caldeándose desde hacía tiempo y el echarnos de menos cada vez se hacía más y más insoportable…

Todo empezó cuando llegué de trabajar, después de tener un día bastante de mierda, todo hay que decirlo. No estaba yo de humor como para tener aquella conversación.

Recuerdo que lo primero que oí al abrir la puerta de entrada fueron los gritos histéricos de un bebé que tal vez estuviésemos malcriando demasiado. Cerré la puerta y me dirigí a la cocina. Noah estaba sentada delante de la trona de Andy. La pobre estaba toda manchada con aquella papilla asquerosa que yo insistía en que no le diera más al pobre crío, intentando que dejase de llorar y se comiese la comida.

Andy se retorcía en la silla, rojo como la grana.

Cuando vi que cogía el plato para tirarlo, tuve que intervenir.

—¡Ey! —dije más fuerte de lo que pretendía.

Andrew se bloqueó, me buscó con la mirada y sus grandes ojos azules se fijaron en mí; primero con susto, después con ilusión. Casi me derrito allí mismo, pero supongo que me llevé a casa los problemas del trabajo.

—Eso NO se hace —le dije acercándome a él y quitándole el plato.

Andy pasó de la sonrisa por verme llegar a hacer pucheros que derivaron… Ya os lo podéis imaginar.

Sus gritos se me metieron en el tímpano y no pude evitar maldecir entre dientes.

Noah se alejó del bebé, cogió un trapo y se limpió la cara antes de acercarse a él, cogerlo en brazos y empezar a mecerlo para que se calmara.

—Gracias, Nick. Has sido de gran ayuda.

Cuanto más intentaba Noah calmar al niño, más histérico parecía ponerse.

Nunca lo había visto así, no entendía qué demonios le ocurría. Normalmente era un bebé adorable. También era inquieto, sí, y bastante hiperactivo, pero en ese momento era como si estuviese poseído o algo parecido.

Me acerqué a Noah y fui a quitárselo de los brazos.

—Dámelo —dije con seriedad, cabreándome más a cada segundo que pasaba.

—Estás de mal humor, déjame a mí —me respondió dándome la espalda.

Andrew me observó por encima del hombro de su madre, como si lo hubiese traicionado y no entendiese por qué.

Seguí a Noah al salón, nuestro pequeño saloncito que habíamos decorado con mucha ilusión por parte de ella y muchas ganas de acabar por la mía. No se me daban muy bien esas cosas, yo prefería contratar a una decoradora profesional, pero Noah insistió en que quería que esa casa fuese nuestro hogar y no un catálogo de muebles de revista.

Cuando los gritos de Andrew pasaron a preocuparme y cabrearme, no dudé. Me acerqué a Noah y cogí al crío cuando vi que este le agarraba un mechón de pelo y tiraba con fuerza.

Por ahí no pasaba. Era mi hijo y lo adoraba, pero no pensaba permitir algo así.

Cuando se lo quité, sus llantos se volvieron desgarradores. Igual que le había tirado del pelo a su madre, ahora estiraba los bracitos hacia ella para que lo cogiera.

—Ma-mamiiiiii —decía con la voz cortada y de una forma tan lastimera que me preocupé por si estaba enfermo y no nos habíamos dado cuenta.

—¡Nicholas, dámelo!

La fulminé con la mirada. A veces podía ser tan posesiva con el crío que me enfadaba; no porque me molestase su obsesión con el bebé, sino porque me ponía celoso el amor incondicional que le profesaba. No era racional, lo sé. Esto que os estoy explicando es una parte de mi cerebro totalmente incoherente, un sentimiento nacido del más profundo miedo de sentirme menos para ella que cualquier otra persona.

—Ve a ducharte, yo lo calmo.

—¡Ma-miiiiii! —seguía lamentándose Andy.

—No quiere estar contigo, Nick, lo has asustado cuando le has gritado. Dámelo, por favor.

Me sentí culpable cuando me dijo aquello. Adoraba a mi bebé y no había querido asustarlo, pero la manera desesperada en la que se retorcía contra mi pecho, estirando los brazos hacia ella, me hizo sentir como una mierda.

Al final cedí y se lo tendí.

Cuando Andy enterró la cabecita en el hombro de su madre, con la respiración entrecortada por los sollozos y aferrándose a la camiseta de Noah con toda la fuerza de su manita, me sentí incluso peor.

Noah no me quitó los ojos de encima mientras lo acunaba y le susurraba cosas al oído.

No quería que viese lo abatido que me sentía, así que le di la espalda, subí a nuestra habitación y me metí en la ducha.

Cuando salí, con la toalla anudada en las caderas y el agua chorreándome por la espalda, me la encontré sentada en el sofá del dormitorio. No había ni rastro de Andy por ninguna parte.

Ignoré su presencia y me acerqué hasta la cómoda. Cogí mis pantalones grises de pijama, dejé caer la toalla y me los puse sin ni siquiera echarle un vistazo. No sabía qué me ocurría, pero estaba muy cabreado con ella.

—¿Qué te pasa? —dijo desde el sofá.

La ignoré mientras me pasaba la toalla por la cabeza y la tiraba al suelo de cualquier manera.

Fui a salir del cuarto, pero se interpuso entre la puerta y yo.

—Nick… —dijo colocando su pequeña mano sobre mi pecho desnudo. Sentí un escalofrío cuando su piel rozó la mía.

A veces, podían pasar días sin que nos tocáramos. Cuando yo llegaba a casa, ella estaba ocupada con Andy y, después, agotada. Además, por las mañanas se marchaba temprano a la facultad sin que me diera tiempo a darle siquiera los buenos días.

Bajé la mirada hasta que nuestros ojos se encontraron. Yo furioso, ella calmada.

—No me gusta cuando se pone así.

—Es un bebé, es normal.

Subí la mano hasta su nuca y le aferré la cabellera despacio.

—Solo yo te tiro del pelo, Pecas… Nadie más.

Noah sonrió, divertida por mis palabras.

—No puedes culparlo por haber salido a ti.

Tiré con fuerza obligándola a inclinar la cabeza hacia atrás y mirarme a los ojos.

—Solo yo.

Noah no dijo nada y se me quedó mirando.

Sin dudarlo ni un instante, me incliné y estampé mi boca contra la suya. No pareció sorprendida por mi arrebato, por mi reclamo. Es más, su mano me acarició los abdominales, el pecho, el cuello, hasta llegar a mi pelo. Mi lengua empezó a trazar círculos contra la suya. Estaba desesperado por hacerle ver que seguía allí, que la necesitaba.

Le solté el cuello y bajé las manos hasta quitarle la camiseta por la cabeza casi de un tirón. Ella me buscó la boca otra vez, parecía tan necesitada como yo y eso me hizo sentir mucho mejor…

La levanté del suelo para no tener que inclinarme para besarla y sus piernas torneadas me apretaron las caderas con fuerza. Mi polla dura se presionó con ímpetu contra su estómago.

—Ocho días… —dije cogiéndole la barbilla—. Ocho días llevo sin hacerte el amor.

Noah abrió los ojos sorprendida.

—¿Tanto?

Mis ojos llamearon al comprender que ella no había estado contando los días, las horas, como había hecho yo.

—¿Tan harta estás de mí que ya ni siquiera me necesitas en la cama?

Noah fue a decir algo, pero la callé con un beso furioso.

Iba a recordarle lo que se había estado perdiendo, y tanto que sí, joder.

Sujetándola con fuerza con el brazo izquierdo, me acerqué hasta la cómoda y, con el derecho, tiré al suelo todo lo que había allí y la senté. Me coloqué entre sus piernas y empecé a devorarla con los labios, con la lengua… Con todo mi ser.

Noah estiró la mano y me acarició por encima de la tela del pijama.

—Joder —dije.

Tenía la intención de apartarla, pero cerré los ojos cuando me sacó la polla y pude sentir su piel rodeando la mía con sus finos y largos dedos.

—Yo también te he echado de menos, Nick —dijo mirándome a los ojos, disfrutando de verme perder el control.

Mentira, no me había echado de menos.

Le aparté la mano. La obligué a reclinarse hacia atrás, todo lo que la pared le permitía, y, con un simple tirón, metí los pulgares en sus pantalones de deporte y se los arranqué.

Llevaba puestas unas braguitas negras de encaje, a juego con el sujetador. Estaba tan sexy que me dolía solo de mirarla.

—Quiero comerte entera.

Noah no dijo nada cuando deslicé sus braguitas hacia abajo y las dejé caer de cualquier manera en el suelo de nuestra habitación. Mi boca fue depositando besos calientes desde su pantorrilla hasta su muslo, para después pasar a la otra pierna. Tenía su sexo a unos centímetros de mi cara y me moría por probarla, por saborearla…

Cuando mi boca llegó hasta ese punto mágico donde le hacía perder el control, me olvidé de todo. Solo quería hacerla disfrutar, hacerla gritar de placer.

Estaba húmeda, tanto que casi me corro solo con rozarla. Empecé despacio, provocándola, acariciándola. Pero al final, al oír esos ruiditos que soltaba, me dejé llevar. La devoré entera, sin tregua. Usé todos mis conocimientos en la materia para volverla completamente loca.

Cuando estalló contra mis labios, me puse de pie y la besé con una locura renovada. La sentí temblar después del orgasmo, pero no fui ni paciente ni delicado. La levanté de la cómoda y la llevé hasta la cama. Me recosté en el colchón y me la senté en el regazo. Noah se dejó caer contra mi pecho, exhausta, al parecer.

—De eso nada, amor —dije pasándole la mano por la espalda, acariciándola de nuevo para que se incorporara unos segundos después—. Me toca a mí.

Noah se enderezó al oír el tono de mi voz y me miró con el deseo aún reflejado en las pupilas dilatadas.

—Házmelo suave y lento, amor. Quiero que dure —le pedí.

Ella se levantó ayudándose de la mano que le tendí y se fue introduciendo mi polla poco a poco. Cerré los ojos deleitándome con el placer de volver a sentirla, tan húmeda, tan caliente, tan mía. De volver a ser uno de nuevo, solo nosotros dos.

Empezó lento, tal y como le pedí, pero el ímpetu de mi respuesta la instó a aumentar el ritmo casi al instante. Me incorporé sin salirme de ella para amasarle los pechos por encima del sujetador y besarla sin descanso.

—Nicholas… —jadeó, era su forma de prevenirme de que llegaría antes que yo.

La hice girar para quedar yo encima y volví a moverme despacio.

—Haz que dure, Noah… Quién sabe cuándo volveremos a tener tiempo para los dos.

No dijo nada, pero sí que noté que me apretaba con fuerza en respuesta.

—No hagas eso… Joder —dije moviéndome más rápido, tan rápido y tan fuerte que tal vez le estaba haciendo hasta daño, aunque no se quejó. Es más, me pidió que no me detuviera.

Fue el polvo perfecto, joder. Me corrí como nunca y ella también, y luego se quedó temblorosa y pegajosa debajo de mí. Giré sobre mí mismo, salí de su interior y la atraje hasta mi pecho. En silencio empecé a acariciarle el pelo mientras me daba cuenta de lo mucho que me afectaba sentirme físicamente alejado de ella y cómo todos aquellos pensamientos negativos parecían haberse desvanecido por completo.

—Te echaba de menos —susurré besándole la coronilla.

Noah no me contestó, se había quedado dormida. Me pasé la mano por la cara e intenté hacer lo mismo. Al rato comprendí que me iba a ser imposible.

Había alguien con quien tenía que hacer las paces.

Me levanté con cuidado para no despertarla y la tapé con una manta para que no cogiera frío.

Salí del dormitorio después de ponerme los pantalones y entré en la habitación de nuestro hijo.

Andy estaba allí, de pie en la cuna, mirando la puerta. Tenía las manos aferradas a los barrotes y el chupete se le movía despacio contra los labios regordetes.

Me miró en silencio con los ojos todavía hinchados de llorar.

No tardé ni medio segundo en cruzar la habitación y cogerlo en brazos. Lo acuné acercándolo a mi pecho y él apoyó la cabecita sobre mi hombro, con su manita recostada contra mi cuello en un puño cerrado pero relajado.

—¿Cómo estás, peque? —le pregunté sentándome en la mecedora y acunándolo con cariño—. Hoy no hemos tenido un buen día, ¿a que no?

Andy no dijo nada y yo pasé a acariciarle la espalda por encima del pijama a rayas azules y blancas.

—Lo siento, hijo —dije al rato, a pesar de que sabía que se había quedado dormido—. Te adoro, pero me vuelvo un poco loco si no tengo mi dosis diaria de tu madre.

Las luces del avión se encendieron para avisar de que en breve nos iban a dar el desayuno. El comandante anunció por los altavoces del avión que llegaríamos a Atenas en dos horas y media. Después nos tocaba coger otro avión de cuarenta minutos a Mykonos. Lo cierto es que contaba los minutos para por fin llegar a nuestro destino. Noah estaba emocionadísima por conocer Grecia y yo por enseñarle ese rincón del mundo donde solo cabía la posibilidad de descansar, relajarse y, sobre todo, hacer el amor.

Había sido fácil organizar la luna de miel con un par de llamadas y la ayuda de mi secretaria. En dos tardes había cerrado las que serían las vacaciones más bonitas de nuestra vida. Por eso mismo no comprendía todo el estrés que le causé a Noah semanas antes de viajar. Era absurdo, ella no había tenido que comerse la cabeza con nada, pero esas dos semanas antes de que nos fuéramos… Madre mía…

—¿De verdad no piensas decirme a dónde vamos a ir? —me preguntó Noah desde la cocina, mientras su embarazadísima amiga y ella cuchicheaban desde hacía por lo menos una hora.

—¡Nop! —dije con una sonrisa de idiota desde el sofá del salón.

Los chicos estábamos jugando a la Play. Lion trajo cervezas y Andy nos acompañaba en nuestra reunión de hombres. Me hubiese gustado que no metiera la manita y toqueteara los botones del *joystick* cada vez que estaba a punto de darle una paliza a Lion, pero mi hijo hacía lo que le daba la gana. Sentado contra mi pecho, observaba absorto cómo los coches digitales se disputaban el primer puesto en la carrera final del circuito de élite.

—¿Ves ese coche, colega? —dije apuntando la tele con el *joystick*—. Te compraré uno así cuando cumplas los dieciocho, pero solo si eres tan buen conductor como yo… No vayamos a provocar una masacre.

Andy gruñó aunque no comprendiera nada de lo que le decía y siguió empecinado en quitarme el mando.

Justo cuando estaba a punto de adelantar a Lion en la curva final, una barriga redondeada y prominente apareció delante de la tele y me hizo perder.

—¡Jenna, venga! —dije maldiciendo entre dientes.

—¡Así se hace, nena! —dijo Lion riéndose y dejando el mando en la mesita del café. Cogió a Andy y lo levantó por los aires—. El tito Lion te enseñará a conducir, Andrew, porque tu padre es un fantasma.

Jenna se colocó las manos en las caderas.

—Nicholas Leister, déjate de tantos misterios y dinos a dónde piensas llevar a tu prometida de luna de miel —dijo. Noah se colocó a su lado y me miró con el ceño fruncido.

—De eso nada —dije levantándome a la vez que cogía una lata de cerveza y me metía en la cocina.

Las dos pájaras me siguieron sin titubear.

—¿Cómo pretendes que haga la maleta sin saber a dónde me llevas? —dijo Noah cruzándose también de brazos.

Le di un trago a la cerveza y la observé con una sonrisa en los labios.

—Te daré una pista: quiero tener ese cuerpecito tuyo al descubierto la mayor parte del tiempo.

—¿Eso significa que hará calor? —preguntó arrugando la nariz.

—Muchísimo calor —contesté acercándome a ella y besándola fuerte en la boca.

Jenna puso los ojos en blanco.

—Ya, Nick, pero necesito saber más o menos qué haremos. Tengo que preparar las cosas del niño. Además, me gustaría saber si vamos a tener opción de pedir cuna en la habitación y…

Levanté la mano para que se detuviera.

—No nos vamos a llevar al niño, Noah —dije mirándola como si le hubiesen salido dos cabezas. La misma expresión que vi en sus ojos cuando me escuchó decir aquello.

—¿Cómo que no? —dijo ella levantando el tono.

Miré a Jenna buscando que verificara si mi novia acababa de perder por completo la cabeza y no supe descifrar muy bien cuál era su postura con respecto a lo que acababa de decir.

—Es nuestra luna de miel —expliqué despacio.

Noah miró a Jenna y luego a mí.

—¿Y?

Solté una carcajada que no tenía ni pizca de divertida.

—Vamos a ver, amor. ¿Qué te hace pensar que voy a llevarme a nuestro hijo de dos años a un lugar donde pretendo hacerte el amor una media de tres veces al día?

Las mejillas de Noah se pusieron coloradas y mi comentario solo hizo que se enfadara aún más.

Jenna, detrás de ella, se estaba partiendo el culo. La muy bruja…

—Nunca dijiste que lo fuéramos a dejar aquí. ¡No puedes decidir eso sin mí!

—Pensaba que estaba claro. No creía que hiciese falta comentarlo.

Jenna salió de la cocina y Noah me fulminó con la mirada.

—No voy a dejarlo aquí, Nick.

Levanté las cejas, no daba crédito.

—Claro que vamos a dejarlo aquí. Se quedará con su tía Jenna, que tanto lo adora, o con cualquiera de sus abuelos. Los cuales, por cierto, ya se han ofrecido a cuidarlo durante las dos semanas que estemos de vacaciones.

—¡¿Dos semanas?! —Vi el pánico en su cara, un pánico que no comprendía.

¡Estábamos hablando de nuestra luna de miel, joder!

—Pero ¿qué demonios te pasa? —le dije levantando yo también el tono.

Noah entrecerró los ojos, parecía que estuviese echándome una maldición. Después se giró y salió de la cocina hecha una furia.

Apoyé las manos en la encimera y suspiré mientras dejaba caer la cabeza. Oí el portazo de nuestro dormitorio y supe que íbamos a terminar discutiendo otra vez.

Unos segundos después, Lion y Jenna entraron en la cocina. Andy iba colgado de las caderas de esta última.

—Toma —dijo ella tendiéndomelo—. Nosotros nos vamos ya.

Cogí a Andrew y los miré, me sentía un gilipollas.

—Deberías habérselo dicho, Nick, aunque te comprendo. A mí también me gustaría irme sola a mi luna de miel.

Bueno, menos mal, alguien cuerdo como yo.

Jenna me besó en la mejilla y luego Lion me dio una palmada en la espalda.

—Las mujeres y sus polluelos… Nunca las terminaré de entender —dijo sacudiéndole el pelo al enano. Luego se marchó con Jenna.

Miré a Andy y este me sonrió divertido, a saber por qué.

—Esto te hace gracia, ¿verdad? —Andy soltó una carcajada con gorgoritos—. Eres digno hijo de tu madre.

—Noah…, despierta, amor —dije moviéndola con suavidad para que se incorporara.

Ya habíamos dejado atrás la escala en Atenas y estábamos a punto de aterrizar en Mykonos, ¡por fin! Ella pestañeó varias veces en respuesta y me miró con una sonrisa en los labios.

—¿Ya hemos llegado? —dijo mirando a nuestro alrededor.

—Aún no, pero van a traernos algo de comer.

La comida en primera de un vuelo tan corto no solía ser nada del otro mundo, aunque nos ofrecieron champán, algo que Noah rechazó bastante perpleja.

—¿Sabes? —dijo mirándome divertida—. Es la primera vez que hacemos un viaje como este.

—Lo sé.

—La última vez que hicimos algo así fue cuando fuimos a las Bahamas… ¡Madre mía! Por aquel entonces no estábamos ni saliendo.

Sonreí.

—Estábamos casi casi.

—¿Te acuerdas del juego de las veinte preguntas? —me dijo entonces.

Oh, sí, claro que me acordaba. Estábamos los dos solos en aquel balcón de mi habitación de hotel… Ella estaba sentada sobre mis rodillas, yo le pregunté si era feliz y ella me contestó que allí, conmigo, en ese instante, lo era.

Me entró nostalgia… Entonces le había hecho daño, nos habíamos hecho mucho daño el uno al otro. Yo había sido un inmaduro, un auténtico capullo, pero había estado tan cagado de miedo por volver a sentir cosas tan profundas que simplemente no había sabido gestionar mis sentimientos… Nuestra relación había sido algo que ninguno de los dos había llegado a comprender del todo. Recuerdo que me sacaba de quicio y, al mismo tiempo, necesitaba estar con ella todo el rato. Nunca llegué a confesárselo, pero la de veces que utilicé las cámaras de seguridad de casa de mi padre para saber dónde estaba y así hacer como que me encontraba con ella por casualidad…

—Recuerdo que quería saberlo todo de ti… —admití mirando nuestras manos entrelazadas entre los asientos del avión. Normalmente llevaba las uñas cortas o incluso mordidas debido al estrés y a una manía horrible que le costaba dejar atrás, pero se las había pintado perfectamente para la ocasión con un tono rosa muy clarito, tal vez una de las exigencias de Jenna para la boda—. Eras un enigma constante, Pecas. Nada me causaba más curiosidad que descubrir qué se te pasaba por esa cabecita … —continué, llevándome sus dedos a mis labios, y le besé la mano con dulzura.

—¿Tú, Nicholas Enigmático Leister, vas a decirme eso a mí? —dijo riéndose—. ¿Sabes lo complicado que era entender las razones que te movían a tomar decisiones tan estúpidas?

Me reí.

—Habló la que pensó que era buena idea subirse a mi Ferrari y ganarle una carrera al mayor delincuente de la zona este de Los Ángeles.

Sentí que Noah se estremecía.

—Ufff… Ronnie… Casi había conseguido olvidarme de él.

Yo no me había olvidado de él en absoluto.

—Sea lo que sea, está claro que los polos opuestos se atraen, Pecas.

Noah relajó el rostro y me sonrió.

—Gracias por esto, Nick… Me muero de ganas de pasar estos días contigo, los dos solos.

Me incliné y le mordí el labio inferior como llevaba queriendo hacer desde hacía horas.

Su última frase me volvió a llevar semanas atrás, a aquella discusión… ¿Cómo podía ser tan cambiante?

Subí a nuestra habitación después de dejar a Andy sentado en el sofá, viendo *Cars*. Al entrar, me encontré a Noah leyendo un libro en el sofá esquinero. Cuando me vio, cerró la novela de un golpe y se levantó con intención de marcharse.

—Ey, ey, ey —dije reteniéndola cuando noté que tenía intenciones hasta de atravesarme si hacía falta.

—Déjame —se quejó con voz glaciar—. Ahora mismo no quiero ni verte.

—Pues vivimos juntos, ya me dirás cómo vas a evitarme.

Su mirada se encontró con la mía y supe que debería haber mantenido la boca cerrada.

—He compartido techo contigo estando en peores situaciones, Nicholas Leister, y me las apañé muy bien para evitarte.

Sonreí.

—Entonces ¿eso significa que hoy estás menos enfadada que en otras ocasiones?

—Esto significa que hacía ya demasiado tiempo que no estaba TAN enfadada.

—Bueno, pues entonces ya tocaba, ¿no?

Fue a girarse indignada, pero la retuve con suavidad.

—Noah —dije poniéndome serio yo también y tirando de ella para acercarla a mí—, no vamos a viajar con el niño. Es nuestra luna de miel y te quiero toda para mí.

No dijo nada, simplemente se soltó de mi agarre, me rodeó y salió por la puerta. Cenamos en silencio, un silencio interrumpido solo por el ruido de los cubiertos y las niñerías que le decíamos a Andy cuando se dirigía a alguno de los dos.

Me encargué yo de meterlo en la cama y, cuando fui a nuestra habitación, me di cuenta de que Noah no estaba.

—¿Estarás de broma? —dije cuando bajé las escaleras y me la encontré recostada en el sofá. La tía se había montado allí un pequeño campamento. Se había llevado hasta el edredón de nuestra cama.

No me contestó.

—No vas a dormir aquí, Noah —afirmé apretando la mandíbula; ya había perdido la paciencia.

—¿No? *Mírame* —me contestó fría como el hielo. Y se arrebujó en el edredón.

Maldije entre dientes.

—Esto se te está yendo de las manos, lo sabes, ¿no? —dije, aunque no obtuve ningún tipo de respuesta. —Fui hasta donde estaba—. Contéstame, Noah.

Se recolocó en el sofá y levantó la cabeza para mirarme.

—No soy capaz de dejarlo aquí. Es mi hijo y deberías haberme consultado si estaba de acuerdo con dejar solo a nuestro bebé de dos años, que nunca se ha separado de nosotros, durante dos semanas enteras.

Me pasé la mano por la cara.

—En primer lugar, nunca pensé que querrías llevártelo. Creí que, al igual que a mí, te haría ilusión que nos fuéramos los dos solos de vacaciones, ya que, maldita sea… ¡Por poco tengo que pedir cita para estar contigo a solas! Y, en segundo lugar, para de decir que el niño va a quedarse solo. A mí también me importa, nunca lo dejaría con nadie en quien no tuviese plena confianza, ¿me oyes?

Noah me miró sin hablar hasta que el labio inferior empezó a temblarle.

—Lo siento…, pero no puedo.

Volví a maldecir y miré al techo sin dar crédito. ¿Tanto era pedir dos semanas con la que pronto sería mi mujer? ¿Tanto pedía?

La miré, dolido y cabreado.

—Pues entonces tenemos un problema.

La dejé allí y me fui a la habitación.

En el avión, sonreí al recordar el plan perfecto que se me había ocurrido para tenerla contenta.

—Pues no pensabas eso hace unas semanas —dije besándole la punta de la nariz. Luego la atraje hacia mí, para que descansara un rato más antes de que aterrizáramos.

Noah no contestó y di por hecho que había vuelto a dormirse.

2

NOAH

Recordaba la última pelea que habíamos tenido a la perfección. Creo que, de todas las veces que hemos discutido, esa era la única en la que Nick tenía toda la razón, aunque yo no pensaba admitirlo en voz alta, claro está. Supongo que quienes son madres me entenderán, pero no podía dejar a mi bebé. Me moría solo de pensarlo.

Desde el momento en que nació, mi vida cambió por completo. El eje que hacía que mi mundo girara dejó de ser yo misma y mi felicidad; solo podía centrarme en ese niño pequeño que me había robado el corazón: el hijo de Nick, mi hijo, nuestro bebé.

Desde que intentaron arrebatármelo aquella noche, tan solo unas semanas después de que naciera, supe que estaba perdida. Siempre he tenido una imaginación bastante prodigiosa, y las cosas que se me pasaban por la cabeza eran todas tan horribles que ni siquiera me plantearía dejarlo solo sin mi protección o la de Nick. Nadie te prepara para ser madre, nadie te prepara para el cambio hormonal que te hace sentir que has perdido un poco la cabeza, o lo duro que es mirarte en el espejo y no reconocerte, no saber quién eres o no encontrarte dentro de todas esas responsabilidades. Nick era un padre ejemplar, no tenía ni una queja, pero jamás imaginé que el hecho de que tuviéramos un bebé cambiaría tanto mis prioridades y mis límites.

Pero era nuestra luna de miel.

Le retiré por completo la palabra a mi prometido. Ahora que lo recuerdo, me comporté como una auténtica bruja. Pobre Nick, él solo quería estar conmigo, hacerme disfrutar y hacerme feliz.

A la mañana siguiente de la discusión, como ya había terminado todos los exámenes, cogí mis cosas y las del niño, las guardé en un bolso grande y me monté en el coche. Necesitaba separarme de ese gruñón, de esas miradas frías, tristes y decepcionantes que me lanzaba.

Otra vez me debatía entre hacerlo feliz e ignorar mis miedos o ser una cobarde que huye de los problemas.

Por aquel entonces, camuflaba mi miedo con ira, por eso me fui tan segura de casa y dando un portazo. Me justificaba a mí misma convenciéndome de que lo que estaba haciendo no tenía nada de malo, solo necesitaba espacio.

Le dejé una nota a Nick avisándole de que me iba a casa de nuestros padres.

Cuando llegué a casa, mamá me recibió con los brazos abiertos. Estaba sola, Will se había ido a jugar al golf con un empresario y Maddie pasaba aquel fin de semana con su madre. El que nos recibió con alegría fue Thor, que vino corriendo a saludarnos. Aunque nos lo habíamos llevado con nosotros nada más mudarnos a nuestra casita, habíamos decidido que se quedara en casa de nuestros padres, ya que nosotros estábamos casi todo el día fuera y era difícil sacarlo y estar pendiente de él. Además de que mi madre y Will lo amaban con locura. Eso sí, el muy sinvergüenza se había puesto gordísimo y se tiraba casi todo el día panza arriba en el sofá del salón.

En cuanto Andrew vio a Thor, empezó a zarandearse para que lo dejara en el suelo. Salió corriendo con sus piernecitas cortas y todavía inestables, y luego se tiró para que Thor lo chupeteara por todas partes.

—Pero ¿qué haces aquí? —Mi madre me abrazó sorprendida.

—¿No puedo venir a visitarte por sorpresa?

Mi madre sonrió, aunque me miró con condescendencia.

—Ay, Noah, que te crees que soy nueva y tonta, hija mía —dijo agarrando mi bolsa y señalando con la mirada que llevaba demasiado equipaje como para que aquello fuera una visita casual. Luego emprendió el camino hacia la entrada.

Cogí a Andy en brazos y Thor ladró decepcionado. Corrió a mi lado mientras le intentaba robar las zapatillas a mordiscos; no sabía por qué, pero descalzar a mi hijo era su pasatiempo favorito.

—Desde que te fuiste —continuó mi madre—, solo te has quedado aquí a dormir en dos ocasiones, y casi siempre es porque Nick no está. ¿Se ha ido a Nueva York otra vez?

Suspiré mientras dejaba a Andy en la cocina con un camión de juguete y me serví un vaso de agua del grifo.

—Nos hemos peleado.

—Ajá —dijo mi madre levantando a su nieto y dándole besos en las mejillas. Andy protestó moviendo los piececitos, pues quería jugar tranquilo.

—¿No me preguntas por qué nos hemos peleado?

Mi madre se giró y me sonrió.

—He aprendido que es mejor no meterse en vuestra relación.

—Estoy de acuerdo —asentí, aunque en aquella ocasión necesitaba hablarlo y que me dijese que tenía razón—. Mamá…, ¿a ti te costaba dejarme sola cuando era pequeña?

Mierda, lo dije sin pensar. En el instante en que solté aquella pregunta, supe que acababa de abrir un cajón muy doloroso, cerrado hacía tiempo en el fondo de nuestras mentes, lo más alejado de nosotras…

Mi madre me devolvió la mirada con dolor.

—Cariño, mi situación era muy distinta a la tuya…

Sentí una punzada de dolor en el corazón.

Mi padre.

—Ya… —dije, arrepintiéndome de haber sacado el tema.

—Cariño, sé lo que te pasa… He hablado con Nick del tema y ya sabes que no tienes de qué preocuparte. William y yo amamos a este niño más de lo que podríamos haber imaginado jamás… Moriría antes de permitir que le sucediera algo malo.

—Ya lo sé, pero…

—Noah, cariño, debes olvidar lo que te sucedió a ti. Yo cometí un error… Un error inmenso por el que aún sigo castigándome hoy en día, pero tú estás rodeada de gente que te adora, de buenas personas… Yo no tuve tanta suerte y lo gestioné como pude…

La pena de recordar aquel suceso… A mi padre persiguiéndome con un cuchillo el día que mi madre me dejó con él para encontrarse con William. Había tenido tiempo de pensar y reflexionar sobre todo aquello y había llegado a perdonarla. La había perdonado, porque ella no tenía la culpa de que mi padre fuese un maltratador. Ella intentó subsistir como pudo… con los medios que disponía entonces…

Miré a mi alrededor. Nada malo le pasaría a Andy mientras yo estuviese allí, con ellos, pero aun así…

—¿Te importa echarle un vistazo mientras descanso un rato? Apenas he pegado ojo —dije.

Mi madre asintió sin problema.

—¿Puedo llevarlo a la playa?

Me giré antes de salir por la puerta.

—Claro… Si quieres el carrito, está en el coche, y en el bolso hay pañales y un biberón, solo tienes que calentarlo.

Subí a la que aún seguía siendo mi habitación ocasional. Me traía buenos recuerdos; las paredes azules, la cama grande, mis libros y las vistas a la piscina y al mar. A veces echaba de menos la playa. Me encantaba mi casita en la ciudad, aunque sabía que Nick prefería el océano a los edificios altos. Supongo que aquellas moles imponentes de cristal le recordaban demasiado a los rascacielos de Nueva York, y ya pasaba demasiado tiempo allí alejado de nosotros. Nuestra casita era todo lo contrario: pequeña, al menos para los estándares Leister, y acogedora. Habíamos hablado de mudarnos, aunque todavía no teníamos nada decidido, pues nuestra casita nos gustaba demasiado.

En cuanto me acosté en la cama, me quedé frita. Estaba agotada entre los exámenes finales, cuidar del bebé y las peleas con Nick… Necesitaba unas vacaciones… Irónico, ¿verdad?

Cuando me desperté, vi que ya había anochecido.

«Mierda, Andy…», pensé.

Me incorporé en el colchón y ahí estaba, dormido sobre los brazos de Nick, que me miraba desde el sofá que había en la esquina de la habitación.

—Así que ahora huyes de mí y te refugias en tu habitación… Tu habitación de cuando eras una cría.

Me alegraba de verlo, pero seguía enfadada.

—No sería tan cría si sobre esta cama me acosté contigo en más de una ocasión.

Nick sonrió de lado.

—Es verdad… Nunca has sido una cría, aunque ahora te estás comportando como una.

Lo miré alzando las cejas y bajé de la cama.

—Dámelo, tiene que cenar.

Nick ni se inmutó.

—Está dormido.

Verlo con él… me derretía siempre. Se parecían tanto… ¿Cómo no iba a amar con locura a ese niño si era un calco adorable del amor de mi vida?

Miré a Nick, que le pasaba su mano enorme por la espalda. Parecía muy a gusto el muy traidor, allí dormido, con sus pestañas kilométricas proyectando sombras en sus mejillas regordetas y sus labios en forma de corazón, chupándose el dedo gordo a falta de chupete.

—¿Cómo puedes querer dejarlo aquí? —pregunté incrédula.

Nicholas se puso de pie con Andy aún dormido contra su pecho y se me acercó. Con su mano libre, me cogió la barbilla con delicadeza.

—Porque te necesito y, aunque ahora te comparta con mi hijo, creo que merecemos tenernos el uno al otro en nuestra luna de miel.

No me gustaba lo que decía. O sea, sí que me gustaba, joder, pero sentía un vacío en el pecho si pensaba en todo lo que podía pasarle a nuestro hijo estando nosotros tan lejos como para poder ayudarlo.

Me mordí el labio con fuerza. Lo miré a él y después a Andy…

—Joder, Noah… —dijo mi prometido suspirando. Me dio la espalda y después volvió a girarse hacia mí—. Está bien… Nos lo llevaremos. Parece que te estoy torturando cuando mi intención solo es hacerte feliz…

Vi en sus ojos que le costaba decirme aquello. No porque no lo sintiera, sino porque de verdad, de verdad de la buena, parecía necesitar estar a solas conmigo.

Mi mente iba a mil por hora. Me acerqué a él y estiré los brazos para coger a Andy. La mirada triste que me lanzó Nick cuando cogí al niño en brazos me llegó al corazón. ¿Lo había descuidado? ¿Había dejado de demostrarle lo importante que era para mí?

—Espérame aquí —dije antes de llevarme a Andy a la antigua habitación de Nick. Lo acosté en su cama y coloqué almohadas alrededor para que no se cayese estando dormido.

Cuando regresé a mi habitación, Nicholas seguía donde lo había dejado. Miraba por la ventana, de espaldas a mí.

Qué guapo era… e iba a ser mi marido. Lo abracé por detrás apoyando mi mejilla en su musculosa espalda. Lo escuché suspirar y me sentí más culpable aún.

Me giré hasta quedar delante de él.

—Siempre te sales con la tuya —dijo acariciándome la mejilla—. ¿Qué se siente al ser el único ser en el mundo que consigue dominarme?

¿Eso hacía?

—No quiero hacer eso… No quiero que pienses que no eres tan importante como él…, porque lo eres incluso más.

Nicholas me cogió la barbilla entre sus dedos y me acarició con cuidado el labio inferior.

—Yo nunca te voy a hacer elegir entre nuestro hijo y yo, Noah…, pero, en nuestra luna de miel, te quiero toda para mí.

Me mordí el labio que él acariciaba y lo pellizcó para que lo dejara libre.

—¿Y si…?

—Nuestros padres, mi madre, Jenna y Lion se encargarán de que esté bien, lo sabes.

Lo miré aún indecisa. Notaba como si estuviese incumpliendo con mi deber, como si dejar a mi hijo fuese a causarle un dolor incurable…

Nick pareció leer mi mente, o al menos intuyó por dónde iban mis pensamientos, porque lo que dijo a continuación fue justamente lo que necesitaba oír.

—No va a pasarle nada a Andy, Noah. —dijo metiéndome un mechón de pelo detrás de la oreja—. Nuestro hijo no podría haber dado con una madre mejor. Te desvives por él, amor, pero la consecuencia de eso es que te estás olvidando de ti misma.

—Solo quiero que sea feliz.

Nick sonrió y se inclinó para darme un beso en los labios.

—¿Conoces a un bebé más feliz que el nuestro? Porque yo no. Lo estamos malcriando con tanto amor, Pecas.

Sonreí divertida por el mote y por pensar que nuestro hijo era feliz. Lo era, sí, era cierto.

—Entonces, dos semanas… —dije menos asustada, aunque tenía el corazón un poco encogido al pensar en pasar todo ese tiempo sin Andrew.

—Las mejores dos semanas de tu vida —dijo él inclinándose para besarme en profundidad.

Mi espalda chocó con el cristal de la ventana y él me apretujó contra este. Olía tan bien y estaba tan fuerte, tan duro contra mi cuerpo…

—Te amo —le dije enredando mis manos en su pelo y reteniéndolo contra mí.

—Demuéstramelo entonces.

—A ver si nos acordamos de cómo lo hacíamos en esta cama…

—Creo que algo me suena.

Y pasó a desnudarme con una lentitud infinita.

Nunca me había hecho mucha gracia viajar, sobre todo a la hora del despegue y el aterrizaje, así que agradecí que Nick me cogiera la mano y me diera un beso en los nudillos durante el descenso. No había sido inmune a las miradas que las azafatas le habían lanzado, pero ahora que estábamos solos, me di cuenta de que volvíamos a ser una pareja joven y atractiva a ojos del mundo.

Cuando salíamos los tres, con el bebé, aunque creáis que no, nos metían en la categoría de «familia». En cambio, solos… volvíamos a tener veintidós y veintisiete años. Y eso significaba aguantar que todas las tías del avión y del aeropuerto le lanzaran miraditas a mi marido. Eso mismo había estado haciendo una de las azafatas. ¿No se daba cuenta de que llevábamos alianzas?

Me fijé en mi anillo y sonreí. Ahora era Noah Leister… Me gustaba. No me había cambiado el apellido oficialmente, pues me parecía superanticuado, pero eso no quitaba que me gustase compartir nombre con él.

Por suerte, el descenso fue tranquilo y, cuando pudimos salir del avión, un aire primaveral y bastante caluroso nos dio la bienvenida. Miré el cielo y sonreí al no ver ni una sola nube.

Nick se encargó de coger las maletas y, por suerte, no tardamos mucho en salir del aeropuerto. Nicholas tenía tantos sellos en el pasaporte que apenas nos preguntaron nada.

—¿Tú ya habías estado aquí? —le pregunté cuando salimos por la puerta de llegadas.

—Una vez, y me encantó —dijo tirando de mi mano y del carrito con nuestras maletas hacia el hombre enchaquetado que llevaba un cartel con el apellido Leister.

—Buenos días, señor —dijo cuando nos acercamos—. Señora Leister, un placer conocerla y enhorabuena por la boda —añadió el amable señor con una sonrisa.

Le di las gracias muy contenta.

—Les acompañaré hasta el coche, señor y señora Leister —repitió cogiendo el carrito con nuestras maletas y adelantándose—. Por aquí.

Nick me pasó el brazo por los hombros y me dio un beso en la coronilla.

—Cómo me gusta que te llamen «señora Leister» —dijo mirando hacia delante y con orgullo.

Puse los ojos en blanco, pero lo dejé disfrutar de su momento. Además, a mí también me encantaba.

Fuimos hasta el aparcamiento y, antes de doblar hacia la derecha, Nick se dirigió al chófer:

—¿Es justo el que le pedí? —preguntó este sonriente.

—El mismo, señor.

Entonces llegamos hasta un coche que estaba rodeado por un grupito de chavales. Cuando nos vieron llegar, se apartaron maravillados y se quedaron mirando a Nick como si fuese un dios.

Me picó la curiosidad y me adelanté para ver qué coche había alquilado el loco de mi marido.

Abrí los ojos con incredulidad.

—¡Venga ya! —exclamé girándome hacia él.

Nicholas sonrió divertido al mismo tiempo que el chófer le daba las llaves. Él también parecía tan alucinado como yo, seguro que el camino hasta aquí había sido el mejor de su vida.

—¿Es un...? —pregunté intrigada mirando aquel coche de color rojo brillante, demasiado bonito, demasiado lujoso, demasiado rápido...

—Un Lamborghini Aventador, señora. Las puertas se abren en alas, es un sueño de coche... —me respondió un chaval que flipaba tanto como yo.

Me giré hacia Nick.

—¡Me pido conducir! —dije levantando la mano como en el colegio.

Nicholas soltó una carcajada.

—Ay, Pecas, no te queda nada para ganarte ese privilegio.

Fruncí el ceño y me crucé de brazos.

—¿Vamos a tener la misma discusión de siempre? ¿Cuántas veces tengo que demostrarte que conduzco mejor que tú?

Nick sonrió a la vez que abría el maletero y guardaba las maletas con la ayuda del chófer. Este último me miraba como si estuviese loca, como si el hecho de que una mujer condujera ese coche fuese un pecado capital o algo peor.

Machista...

—No es que conduzcas mejor, es que eres temeraria y no eres consciente del peligro que supone ir a 250 kilómetros por hora por una autopista, amor. Eso no te hace ser mejor que yo, sino un peligro para la pobre población de Mykonos.

Sonreí.

—Voy a conducir ese coche y lo sabes.

Nick cerró el maletero, se me acercó y me acorraló contra la puerta lateral.

—Lo harás, pero no ahora. Y solo si te lo ganas, amor.

¿Eso era un reto? Pero ¿qué nos jugábamos?

Me dio un beso y no uno cualquiera, sino uno muy caliente. Todos los que estaban mirando el coche nos silbaron y me eché a reír.

—Muchas gracias, Milo —dijo Nick apartándose de mí y dándole una propina al chófer que nos había traído el coche.

Milo nos sonrió con educación y se marchó. Supuse que trabajaba para el aeropuerto, tal vez para una empresa de alquiler de coches de lujo o a saber.

Abrí la puerta y al subirme aluciné con el nivel de detalle y lujo de aquella máquina. Cuando nos metimos dentro, no podía más que flipar, estaba alucinada con tanta belleza.

—¿Preparada, señora Leister?

Asentí divertida.

—Písale fuerte, Nick.

El trayecto por la costa de Mykonos hasta llegar a un alto portón eléctrico junto al mar fue alucinante. El viento en la cara, el olor a mar y lo preciosa que era la arquitectura de aquel lugar…. Todo blanco y azul, todo de piedra. Era una ciudad antigua, preciosa, romántica.

—¿No vamos a un hotel? —pregunté al ver que Nick sacaba una llavecita de la guantera y el portón se abría de forma automática.

—¿Prefieres un hotel? —me preguntó él dudando.

Sonreí.

—Como si dormimos en el coche, Nicholas… Este lugar es maravilloso.

Nick me dio un beso en los labios y luego avanzó por el sendero hasta la casa de piedra blanca que nos esperaba al final.

Era muy bonita, diferente, moderna, pero conservaba el encanto de aquella ciudad costera. Cuando Nick aparcó el coche en la entrada, el ruido del oleaje me llegó a los oídos y sentí que, por fin, después de dos años, conseguía relajarme.

Faltaba una hora para la puesta de sol y el precioso cielo se iluminaba ante nuestros ojos. Nick se acercó a mí y me cogió de la mano para tirar de mí.

—Ven —dijo emocionado—. Voy a enseñarte todos los lugares donde voy a hacerte el amor.

Sentí que la anticipación me podía. Lo deseaba, lo seguía deseando igual o más que antes. Nick se había convertido en todo lo que yo siempre había deseado; en el hombre maduro, atento, cariñoso y fuerte que me complementaba como nunca nadie lo había hecho. Era un padre excepcional, divertido, cariñoso y firme cuando tenía que serlo, al contrario que yo, que me veía incapaz de reñir a esa carita de ángel.

Me enseñó toda la casa: la cocina americana, de color blanco; el salón con sillones de mimbre y almohadones celestes; nuestra habitación, con una cama inmensa, rodeada de una mosquitera de color blanco, con un aspecto tan suave que me entraron ganas de rodearme con ella y sentir la tela contra el cuerpo; un baño espectacular con una ducha inmensa y una bañera donde podríamos haber cabido unas cuatro personas. El dormitorio tenía vistas al mar y, si deslizabas las puertas correderas y bajabas unos cuantos escalones, tocabas la arena dorada con los pies y, allí, el agua clara de un increíble color turquesa nos esperaba para que disfrutásemos de un clima casi perfecto.

—¿Qué te parece? —me dijo Nick cuando terminó de enseñarme la sala de juegos, donde había una mesa de billar, una tele inmensa y sillones de masaje.

Lo miré sin poder creer la suerte que tenía.

—¡Me encanta! —dije saltando sobre él, que me cogió al vuelo y me sujetó con fuerza por el trasero—. Pero más me encantas tú —añadí y lo besé con ganas.

Sonrió bajo mis labios y me devolvió el beso con la misma necesidad, con la misma pasión y con el mismo desenfreno.

—Dime, Pecas… ¿Estás lista para que te torture de una manera exquisita?

Sentí que el deseo me burbujeaba por todo el cuerpo.

—¿Hay algo que no hayamos hecho ya como para que puedas sorprenderme? —pregunté mirándolo con picardía.

Los ojos de Nick se oscurecieron de deseo y algo más…

—¿Estás desafiándome?

Sonreí.

—Solo digo que…

Me calló con un beso profundo y me depositó en el suelo.

Fruncí el ceño.

—¿Nos damos una ducha? —dijo entonces, como si nada.

Mmm…

Lo seguí a la ducha de hidromasaje y nos metimos juntos debajo del agua. Fui a acariciarlo cuando lo vi allí, mojado, y tan sexy para mí, pero de repente él me apartó la mano con una sonrisita engreída y dijo que no con la cabeza.

—Vamos a jugar a un juego muy divertido, amor —anunció entonces acariciándome el labio inferior—. Voy a hacer que recuerdes los días que pasemos aquí encerrados hasta que me ruegues que te vuelva a llevar a Los Ángeles.

—¿Encerrados?

Nick me apartó el pelo mojado de la cara.

—Vas a ser mi prisionera…

—Veremos si no me escapo antes… —dije dando un paso hacia atrás.

Nick tiró de mi brazo y colocó ambas manos junto a los azulejos de la ducha, una a cada lado de mi cabeza.

—Si te escapas, el juego no tendría ninguna gracia, Pecas.

—Nunca he dicho que quisiese jugar.

Sus labios me callaron con un beso que me hizo estremecer.

—Primera regla —dijo. Enterró su boca en mi cuello y luego siguió, susurrándome al oído—. El primero que se corra pierde.

Abrí los ojos con incredulidad.

—Pues quiero perder, ahora y mil veces —aseguré retorciéndome cuando sus dientes me mordieron el lóbulo de la oreja izquierda.

Su manaza me cogió el pelo mojado y tiró de mi cabeza hacia atrás.

—Segunda regla: nada de llevar ropa interior… Te quiero lista para mí, todo el tiempo, a cualquier hora…

Sonreí.

—Esa regla contradice a la primera —contesté. Me hacía gracia porque ese juego absurdo no iba a durar ni un telediario.

—Y la tercera —continuó, ignorando mi comentario—: todo lo que hagamos…, aunque sea muy sucio, lo haremos con amor.

Me reí, divertida por lo que fuera que significase ese juego sexual tan absurdo.

—¿Con amor? —pregunté acercándome a él. Nuestros cuerpos estaban desnudos y mojados por el agua, pegándose en todos los lugares indicados—. ¿Esto es amor? —dije agachándome frente a él y fijando mi mirada en mi parte preferida de su anatomía, y estaba segura de que la suya también.

Me la metí en la boca y disfruté al ver que todo su cuerpo se estremecía.

De repente, quería violar la primera regla. Ya.

Nick me devolvió la mirada desde arriba. Estaba como loco al ver que le clavaba los ojos mientras hacía lo que más le gustaba… Utilicé mi mano, mi boca y mi lengua mientras no me perdía detalle del modo en que él cerraba los ojos o cómo dejaba caer la cabeza hacia atrás de puro placer.

Hacerle una mamada me ponía más de lo que os podáis imaginar; tanto que, cuando supe que ya estaba a punto y me levantó y obligó a dejar mi tarea incompleta, todo mi cuerpo temblaba igual que el suyo.

—¿Crees que no puedo aguantarme?

—Aún no me has dicho cuál es el premio si consigo ganar…

A Nick se le dibujó una sonrisa malvada en la cara.

—Quien gane hará todo lo que el otro le diga… Sin rechistar, sin peros, sin excusas…

—¿Te refieres en la cama? —pregunté.

—En la cama, en el baño, en la cocina…

Volví a acariciarle aquella parte de su anatomía, esta vez con la mano, pero él me la retuvo con fuerza.

—Nunca podría mandarte en algo que no fuese sexual, Pecas, ya lo hemos comprobado con los años, ¿no te parece?

—Me gusta tu juego… y voy a ganar.

Nick sonrió con una promesa oscura en sus ojos azules.

Terminamos de ducharnos y, a pesar de las ganas que nos teníamos el uno al otro, ambos decidimos seguir con el juego y no ceder ante las necesidades físicas que acabábamos de crearles a nuestros cuerpos.

Nick se ofreció a hacer la cena y yo aproveché para llamar a casa. No me importaba la diferencia horaria, quería saber cómo estaba Andy, si había llorado mucho, si había conseguido dormirse, si nos echaba de menos…

Mi madre cogió el teléfono al primer toque.

—Hola, hija, ¿qué tal el vuelo? —preguntó con una voz alegre.

—Muy bien, ¿cómo está Andy? —dije sin poder evitar ser un poco ansiosa.

—Está bien, Noah. Ha dormido casi toda la noche y ahora está jugando fuera con Maddie, en los columpios que Will colocó en el jardín la semana pasada.

Ay, Dios, columpios… ¿Y si se caía? ¿Y si se caía y se rompía el cuello o pasaba algo peor…?

—¿Por qué no estás con ellos? Maddie es una cría, mamá, y…

—Los estoy vigilando desde la cocina, Noah. Además, Will está fuera leyendo un libro.

Suspiré ansiosa.

—Pásale el teléfono.

Mi madre dudó y yo me tensé.

—¿Qué pasa?

—No creo que sea buena idea, Noah, si te escucha volverá…

O sea, que sí que había estado llorando.

—¿Ha sido muy malo, mamá? Y no me mientas.

La oí suspirar.

—Al final se durmió, Noah…, y esta mañana apenas ha llorado un rato. Will lo mantiene entretenido y hoy los va a llevar a los dos al cine. No sé qué película nueva de dibujos que Maddie lleva queriendo ver desde hace tiempo…

¿Andy en un cine? No sabían dónde se estaban metiendo, pero asentí mordiéndome el labio, estaba un poco nerviosa.

—Está bien… Te llamaré mañana. Dale un beso de mi parte.

Cuando colgué, no pude evitar sentirme extraña… Quería estar ahí, en Mykonos, estaba feliz por ese tiempo con Nick, pero… era como si mi cuerpo se quisiera dividir en dos.

Intenté dejar a un lado mi preocupación por nuestro hijo y me miré en el espejo para seguir con la tarea que había emprendido antes de llamar por teléfono.

No íbamos a salir de casa porque estábamos cansados, pero Nick se había ofrecido a hacerme la cena. Comeríamos a la luz de la luna y yo me moría por ver qué cocinaba para mí.

Le puse especial atención a mi atuendo de aquella noche, pues quería ganar aquel juego que se había inventado. Quería volverlo loco y hacer que perdiera, así que me propuse usar todas mis armas. Abrí la maleta, que Nick había dejado encima de un banco rosado en el vestidor de la habitación, y miré los vestidos y los bonitos camisones. Todos nuevos, los había comprado con Jenna para la luna de miel.

Había un camisón en especial, uno que nada más verlo quise comprar para él… Era de color marfil, de encaje y tan suave como la seda… Era transparente solo en algunas zonas, dejaba entrever ciertas partes de piel que, si bien no eran las típicas de un camisón lencero, incitaban a arrancar la ropa, justo lo que yo quería provocar en mi marido.

Fue extraño, pero por un instante volví a sentirme como la chica de veintidós años que era.

Tener un hijo nos cambia de forma radical y una de las primeras cosas que cambian es cómo nos vemos a nosotras mismas. Mi cuerpo había cambiado, mi pecho ahora era más voluptuoso y, aunque en dos años había podido recuperar mi físico, no me veía como antes de tener a Andy.

Al verme con aquel camisón tan sexy…, por un instante añoré a la Noah del pasado y me prometí hacer todo lo posible por no perderla de nuevo. Amaba la maternidad, pero también amaba sentirme como me sentía en ese instante: sexy y poderosa.

Le hice caso a las normas de Nick y no me puse ropa interior. La seda del camisón se me pegaba a las curvas como si se tratase de aceite… Los pechos se me marcaban contra la tela y se insinuaban de una forma muy sensual.

Quería verle la cara cuando me viera con esa ropa… Sí, quería sonreír cuando no aguantase ni medio segundo en arrancarme la tela.

Me dejé el pelo suelto sobre la espalda y me puse un cacao en los labios con sabor a fresa.

Cuando salí del vestidor para ir a la cocina, descalza, me llegó el aroma a algo sabroso, con especias… Perejil, albahaca…

Me encontré a Nick en la puerta de la entrada, pagándole a alguien que le tendía tres cajas grandes con algo que supe al instante que era la comida.

¡Qué mentiroso!

Los ojos del repartidor se abrieron como platos cuando me vislumbró al final del pasillo, lo que llamó la atención de Nicholas, que se giró para ver lo que había dejado catatónico al otro. Sus ojos sufrieron la misma reacción y un deseo oscuro, muy oscuro, ocupó su semblante. Luego apretó la mandíbula con fuerza y casi le tira el dinero a la cara al joven que traía la comida. Le cerró la puerta prácticamente en las narices.

—Eres un mentiroso —dije señalando las cajas con un gesto.

—¿Llevas algo debajo de ese camisón?

Sonreí, aunque no sabía muy bien si le había cambiado el humor. Los dos sabíamos la poca gracia que le había hecho que un repartidor cualquiera me hubiese visto casi desnuda.

—Si lo llevara, estaría rompiendo una de tus reglas, ¿no?

Dejó las cajas a un lado y se me acercó con cuidado, despacio…, como un león que ronda a una gacela.

—Dios no quiera que rompas las normas… —dijo llegando hasta donde estaba yo. Me deslizó las manos por la cintura, levantó levemente el camisón y me agarró con fuerza, como si fuese un líquido que podría escurrírsele entre los dedos—. ¿Qué te has puesto, Pecas?

Lo miré aleteando las pestañas.

—Lencería francesa, elegida solo para ti —contesté.

Sus manos se aferraron aún con más fuerza a la tela que me cubría.

—Pareces recién salida de mis sueños más eróticos, amor —dijo enterrando la cara en mi cuello, y me acarició la piel con la punta de la nariz.

Me estremecí.

Él llevaba unos pantalones grises de pijama y una camiseta blanca de algodón. Simple, pero terriblemente sexy. A Nick no le hacía falta nada más, aunque bueno…

Bajé las manos hasta sus caderas y las metí por debajo de su camiseta. Quería tocar esos abdominales, quería ver esos oblicuos…

—Quítatela —susurré muy bajito.

Sentí que sonreía.

Se apartó de mí, me soltó las caderas y dio un paso hacia atrás para poder mirarme a la cara. Sus ojos me recorrieron de arriba abajo, como quien mira una delicia exquisita y se relame los labios.

Sin apartar sus ojos de los míos, pasó a quitarse la camiseta de un tirón. Un simple movimiento de su mano derecha y toda esa piel morena, tersa y espectacular quedó a la vista… Me mordí el labio conteniendo las ganas de morderlo a él.

Hacía tiempo que no me detenía a comérmelo con los ojos… A admirar la suerte que tenía, lo afortunada que era por haberme casado con un hombre como él. Un hombre que con una simple mirada conseguía derretir hasta el último de mis huesos…

—¿Así mejor? —dijo divertido por el repaso que le di.

¿Y ese hombre era el padre de mi hijo? Esa mole de huesos, músculos y fibra pura y dura…

—¿Cenamos? —dije, pues necesitaba un momento de tregua.

Nick sonrió de lado y me acarició la mejilla despacio.

—He pedido la cena a uno de los mejores restaurantes de la ciudad, pero lo de fuera lo he organizado yo solito —dijo muy orgulloso.

La curiosidad le pudo a todo lo demás y cogí la mano que me ofrecía. Juntos salimos a la parte trasera de la casa, donde se encontraban la arena dorada y el mar a unos cuantos metros de distancia.

Allí, bajo la luz de la luna, Nick había colocado una gran lona blanca sujeta por cuatro caracolas inmensas para que la leve brisa no la moviera. Había puesto almohadones de color azul claro para que pudiésemos recostarnos y, en medio, sobre una tabla que nos haría de mesa, todo bien colocado, había quesos, fruta, chocolate y una botella de champán bien frío.

Había alumbrado un poco nuestro rinconcito con dos antorchas que vertían la sombra de las llamas sobre la lona blanca. En el cielo, la luna llena nos miraba, divertida, curiosa por lo que aquellos dos jóvenes, nosotros, estábamos a punto de hacer o, más bien, a lo que estábamos a punto de jugar.

—Qué bonito, Nick… —dije adelantándome un paso.

—Espera aquí un segundo —me pidió.

Me dio un beso en la mejilla y se metió en la casa otra vez. Lo oí trastear en la cocina y, después, todas las luces de la casa se apagaron. La playa quedó solo iluminada por las antorchas y la luz de la luna y las estrellas, que se veían como nunca las había visto…

Nick apareció con una fuente llena de marisco y la colocó en la tabla, en el centro de la lona. Después me tendió una mano y me invitó a unirme a ese nidito romántico que había organizado.

Él se sentó y abrió las piernas para que me acurrucara contra su pecho. Antes de cenar, nos quedamos un rato mirando el cielo y disfrutando del ruido del mar contra la orilla…

—Creo que es la primera vez en años que siento que estoy en paz… —dije, soltando un suspiro cuando mi marido pasó a besarme el hueco detrás de la oreja, y empezó a darme besitos cortos hasta llegar a mi hombro derecho. Allí deslizó el tirante de mi camisón, con cuidado para volver a besarme, y después lo colocó otra vez en su lugar.

—¿Tienes hambre? —me preguntó incorporándose otra vez, y se sentó frente a mí.

Me sentí sola de repente. Lo quería detrás de mí, abrazándome.

—Muchísima —le contesté mirándolo fijamente.

Nick sonrió divertido y pasó a coger una ostra del plato de marisco que había traído.

Con cuidado, se inclinó y me acercó la ostra a los labios.

—Nunca he comido eso… —dije mirándolo con duda.

—Te gustará —afirmó confiado.

Y me gustó, claro que me gustó. Todo lo que había traído era exquisito. Cuando acabamos con las ostras, abrió la botella de champán. Sirvió dos copas y me tendió una.

—Por una larga vida a tu lado, amor mío —dijo mirándome fijamente a los ojos.

Sentí una calidez infinita ante esa promesa. Brindamos y bebimos sin quitarnos los ojos de encima.

Al rato, el alcohol me había achispado un poco. No en plan mal ni nada, solo que me sentía muy bien, muy contenta, muy activa.

Nick se me acercó como antes, me abrazó desde atrás y abrió una de las cajas que había traído. Allí, como si fuese una caja de diamantes, estaban las fresas más gordas y más apetecibles que había visto en mi vida, y todas estaban bañadas en chocolate: negro, con leche, blanco, con almendras… Se me hizo la boca agua.

Nick cogió una y, cuando fue a acercármela a la boca, me traicionó y fue él quien le dio un mordisco. El jugo de la fresa le manchó la comisura de los labios.

Gruñí enfadada.

—Grúñeme otra vez, Pecas, que me la pone muy dura —dijo divertido.

Lo fulminé con la mirada y estiré la mano para coger una fresa. Él me lo impidió agarrándome los dedos y retuvo mi mano contra el estómago, colocando la suya encima. Su otra mano la colocó en mi nuca y la guio para que girara la cabeza y él tuviese acceso a mi boca.

—¿Quieres? Pruébala de mi boca entonces —sugirió, y no lo dudé ni un instante.

Sus labios me besaron como si fuese yo la fresa. Sentí el sabor a chocolate y el jugo de fresa en su lengua. Me moví, me incorporé un poco y me giré más hacia él. Quería más, mucho más.

Nick se apartó sonriendo.

—¿Estaba rica?

—Quiero más… —dije acercándome a su boca otra vez, pero él negó con la cabeza y se inclinó para coger una fresa de la caja.

—Abre los labios —me pidió acercándome la fruta bañada en exquisito chocolate negro. Lo hice y mordí con cuidado, rozándole los dedos con mis labios y sin quitarle la mirada de encima.

Cuando tragué, me fijé en que sus ojos seguían el movimiento de mi garganta con interés. Nada me hacía sentir más sexy que verme reflejada en sus ojos cuando me miraba así. Su mano se acercó a mi boca y me limpió una gota de jugo de fresa que se me había derramado por el labio inferior.

Antes de que apartara la mano, se la sujeté y me llevé su dedo pulgar a los labios. Lo chupé con delicadeza, disfrutando del sabor salado y a fresa de sus manos manchadas. Seguí haciéndolo un ratito más. Su mirada cada vez más oscura, cada vez más seria…

Cómo me ponía esa mirada.

Cuando le mordí la punta del dedo, se estremeció y apartó la mano. Yo cogí otra fresa y me la llevé a la boca, disfruté de lo lindo. Estaban exquisitas.

—¿Quieres que te limpie yo también? —me preguntó mirándome los dedos, también rosados por el jugo de la fruta que me había llevado a los labios.

Me cogió la mano sin dudarlo y pasó a chuparme cada dedo, uno a uno… Hasta que me devolvió el mordisco al llegar al dedo meñique.

Quería besarlo… Eso era lo que quería.

Tiré de él, lo agarré por la nuca y lo acerqué a mi boca desesperadamente. Sonrió con una lujuria contenida, a la vez que me pasaba el brazo por la cintura, me levantaba, me colocaba bajo su cuerpo y me tumbaba sobre la lona. Entonces me besó. Sin urgencia, introduciéndome la lengua, sacándola, mordiéndome el labio, chupándolo después… No tenía prisa para nada y yo, yo… Bueno, yo necesitaba mucho más.

La mano de Nick me acarició por encima de la tela del camisón, fresquita y suave. El tacto contra mi piel desnuda casi me produce un cortocircuito.

Cuando la mano de Nick llegó hasta mi rodilla, la levantó a la vez que me acariciaba la pierna y el camisón fue subiéndose hasta situarse casi al principio de mis muslos.

—No sabes cómo me pone saber que no llevas nada debajo —dijo bajando la cabeza, y se apoderó de uno de mis pechos. Me acarició con la lengua y, después, con los dientes, todo ello sin apartar la tela del camisón—. No tienes ni idea de lo hermosa que estás con este trapo que te has puesto…

—¿Trapo? —dije sonriendo. Ese «trapo» me había costado doscientos dólares.

—Un trapo, sí. Un trapo de reina —dijo antes de volver a besarme, esta vez con fiereza.

Su mano fue subiendo por mi rodilla, por el muslo, hasta alcanzar el centro de mi cuerpo.

Me estremecí de arriba abajo cuando su palma me acarició la entrepierna de forma superficial, sí, pero de una manera muy placentera.

—¿Quién crees que ganará el juego, Pecas? —dijo apretando la palma de su mano contra mi clítoris—. ¿Tú o yo?

Arqueé la espalda, no me importaba lo más mínimo perder ese juego estúpido.

Cuando quitó la mano, abrí los ojos molesta.

—Si sigo así, el juego pierde toda la gracia —dijo.

—Este juego es estúpido —contesté incorporándome, apoyada en los antebrazos, cuando Nick se separó de mi cuerpo. Se sentó otra vez sobre la lona y cogió su copa para darle un traguito.

—De eso nada… —contestó con los ojos fijos en un punto bajo.

Cerré las piernas y lo miré con mala cara.

—¿De eso va la cosa? ¿De ver quién aguanta más tiempo?

Nick se limitó a observarme de una forma que dejó a la luz lo joven que era. La misma expresión traviesa que veía en nuestro hijo cuando hacía una trastada era la que ahora me devolvía la mirada, solo que de una manera mucho más oscura, mucho menos inocente, y estaba claro que mucho más peligrosa.

—Solo compruebo tu autocontrol, amor —dijo como si yo fuese una loca del sexo que no podía dejar las manitas quietas.

—Sabes que a eso podemos jugar los dos, ¿no? —le contesté sentándome sobre mis rodillas y lanzándole una mirada desafiante.

Nick se limitó a observarme. Tenía los labios sobre la copa y los ojos fijos en mi boca.

Estiré la mano y cogí la botella de champán. Sin utilizar la copa, me la llevé a los labios y le di un largo trago. Nick volvió a sonreír.

—Qué maleducada —dijo divertido.

Le enseñé el dedo corazón y dejé la botella otra vez sobre la lona blanca.

—Creo que será mejor que me vaya —dije poniéndome de pie.

Nick me observó impasible.

—¿Te rindes tan rápido?

Lo miré desde arriba y me acerqué a él. Le puse el pie en el pecho y lo empujé hacia atrás, hasta que se tumbó contra la arena. Su mano me cogió el tobillo y me lo acarició con dulzura.

—Las vistas desde aquí son impresionantes —dijo fijando su mirada en mi entrepierna.

Tenía una erección que a duras penas podía controlar en el pantalón. Deslicé el pie por su cuerpo, hasta llegar a esa protuberancia, y lo acaricié despacio por encima de la tela.

Noté que un temblor lo sacudía de arriba abajo.

Sin quitarle los ojos de encima, bajé mis manos hasta mis rodillas y fui subiéndome el camisón, poco a poco, hasta que me lo quité por la cabeza. Me quedé completamente desnuda frente a él, que me miraba desde el suelo con los ojos llenos de deseo.

Dejé caer el camisón a su lado y, antes de que pudiera detenerme, yo ya me había girado y me encaminaba desnuda hacia el mar.

—¿Quieres que te acompañe, Pecas? —preguntó incorporándose y cogiendo el camisón.

Giré la cabeza para mirarlo.

—Si lo haces, pierdes —dije sin dejar de caminar.

Me detuve cuando mis dedos de los pies llegaron a la orilla y sentí el agua fría contra la piel. Aquello no era el Caribe, el agua no estaba tan calentita, pero hacía mucho calor y no me disgustó la idea de refrescarme. A lo mejor así conseguía controlar mejor las ganas que tenía de mandar todo el jueguecito a la mierda y obligar a Nick a que me hiciera el amor de una maldita vez, sin juegos ni apuestas, y llegando al orgasmo una y otra y otra vez, por supuesto.

Entonces noté su mano sobre mi vientre plano y tiró hacia atrás, hasta que choqué con su pecho. Sentí su erección dura, aún escondida bajo el pantalón.

—Sabes que puedes pedirme lo que sea. Puedo hacerte lo que quieras, durante horas si hace falta… Solo tienes que pedírmelo.

—Pedírtelo y perder. Solo eso.

—Veo que vas entendiendo de qué va el juego.

Mientras hablaba, había subido la mano hasta acariciarme los pechos desnudos. Su boca, en mi cuello, me causaba escalofríos.

Me dejé caer contra su cuerpo y él siguió acariciándome y susurrándome cosas al oído. Sus dedos hicieron todo el recorrido de mis caderas, bajaron y bajaron hasta acariciarme aquella parte tan sensible, tan caliente, tan deseosa de sus caricias. Nick apretó con fuerza y, después, introdujo un dedo en mi cuerpo.

Solté un suspiro de placer y cerré los ojos para dejarle hacer.

—Todos los invitados de la boda, la gente del aeropuerto, los chicos que admiraban el coche, incluso el repartidor de esta noche pagarían por tener las manos donde yo las tengo ahora… ¿Y sabes una cosa? —dijo mordiéndome la oreja, y siguió susurrándome al oído—: Ya no tengo celos. Ya no me importa, porque por fin eres mía, amor. Por fin eres mi esposa, mi diosa, mi regalo perfecto, lo único que siempre he querido…

Sentí que me derretía al oír sus palabras.

Se quedó en silencio y, de repente, solo se oía el oleaje y los ruiditos que me salían de entre los labios en respuesta al movimiento de su mano entre mis muslos.

—Te voy a dar una vida llena de alegrías, Noah. Te voy a colmar de placer siempre que me dejes. Te voy a cuidar por encima de todas las cosas. Voy a ser el marido perfecto para ti, el mejor padre para nuestros hijos. Voy a adorarte cada segundo del día, a amarte hasta que ya no me quede nada más que darte…

Sentí que los ojos se me humedecían… Estaba repitiendo los votos que me habían hecho llorar delante de todo el mundo en la ceremonia, los mismos que me habían tocado el alma…

Me giré para mirarlo a la cara.

Estaba serio, pero sus ojos oscuros reflejaban el amor infinito que sentía por mí.

—Quiero una tregua… Vamos a dejar el juego para mañana —le pedí, y Nick soltó una carcajada limpia, hermosa, perfecta.

—¿Quieres que te haga el amor, Pecas?

Lo miré y dije sin titubear:

—Sí, aquí y ahora. Quiero que me hagas tuya y luego quiero que lo repitas y, después, que lo repitas otra vez…

Me levantó del suelo y me llevó hasta la lona blanca.

Me tumbó en ella y se colocó encima de mí, sujetándose con los brazos para no aplastarme y para mirarme como si fuese su cuadro preferido.

—Una tregua, pues —dijo, y su boca fue bajando para cerrarse sobre mi pezón rosado…, que estaba ávido de sus caricias—. Pero mañana empezará la guerra —agregó mirándome desde donde estaba.

Yo apenas prestaba atención a sus palabras.

Me colmó de besos, de lametazos, me tocó por todas partes y, después, se quitó los pantalones. Me hizo el amor, como yo quise desde el principio. Cada cosa que le pedía, él la hacía sin rechistar, como si de alguna manera esa noche el juego lo hubiese ganado yo… Cuando nos fundimos en uno solo, yo supe que lo que teníamos los dos era algo único, especial, algo que solamente unas pocas personas llegaban a encontrar en la vida…

Nos pasamos toda la noche haciendo el amor. Únicamente paramos para que él se recuperara, para admirar las estrellas que había sobre nosotros.

Cuando ya no pudimos más, nos quedamos allí; yo, dormida contra su costado; él, cubriéndome con una manta para que no pasara frío.

Fue una de las mejores noches de nuestra vida. Tan perfecta que ni siquiera sabría cómo describirla.

Y eso que solo era el principio.

3

NICK

Me despertó el sol deslumbrante de un nuevo día. Las ventanas de la habitación estaban abiertas de par en par y una brisa fresca hacía que las cortinas de color blanco ondearan en silenciosos aspavientos, trayendo consigo el ruido del oleaje que se encontraba a unos cuantos metros de la habitación.

Mi primer reflejo fue estirar la mano para buscarla. Me gustaba pasar los primeros minutos de la mañana con mi nariz hundida en su cuello, aspirando su dulce fragancia.

Sin embargo, lo único que encontraron mis brazos fueron dos almohadas muy mullidas.

Abrí los ojos, disgustado por no tenerla allí conmigo.

¿Dónde demonios se había metido?

No me costó encontrarla. Estaba en la cocina, vestida solo con un camisón muy fino que no le había visto hasta aquel instante, y parecía estar cocinando. Bueno, de hecho, estaba *cocinando*.

Sin decir ni mu, me acerqué a ella, que se sobresaltó y se chocó con mi pecho. Estiré el brazo, apagué los fogones y la levanté como un saco de patatas.

—¡Nick!

Sin decir nada, fui directo hasta nuestra cama. Allí, la solté para a continuación volver a meterme entre las sábanas y tirar de ella hasta tenerla bien sujeta contra mi costado.

—Te quiero aquí —dije contra su cuello—. Todas las mañanas, cada vez que abra los ojos.

Noah suspiró cuando le rocé el cuello con los labios y se revolvió para girarse y mirarme de frente.

—Quería hacerte el desayuno —dijo colocándome su suave palma contra mi mejilla sin afeitar.

—No quiero que te ocupes de eso. No quiero que hagas nada. Yo prepararé el desayuno o iremos a desayunar fuera. Es nuestra luna de miel, Pecas.

Ella sonrió a la vez que sus dedos continuaban acariciándome la piel enfebrecida. Pasó por mi mejilla, luego por mi cuello y fue bajando por mi abdomen.

—¿Sabes de qué me he dado cuenta? —preguntó mientras detenía la mano donde latía mi corazón.

—¿De qué te has dado cuenta, Pecas? —pregunté con los ojos cerrados.

—De que, técnicamente, ayer fuiste tú el que perdió la apuesta…

Abrí los ojos y fruncí el ceño.

—Estábamos en una tregua —le recordé.

—Una tregua que yo propuse con la intención de engañarte y hacerte perder.

Me incorporé apoyándome sobre los antebrazos.

—Eso es lo contrario a una tregua.

—Te la metí hasta el fondo, Nick.

Solté una carcajada.

—Si alguien metió algo hasta el fondo, creo que fui yo cua… —Me tapó la boca con su mano para ahogar mis palabras.

—Te engañé. ¿Por qué si no te crees que te dejé llegar a ti primero? Quería ganar —dijo sonriendo de oreja a oreja.

—¿Que tú me dejaste llegar…?

—Primero, sí —me interrumpió, mientras a mi cabeza venían unas imágenes muy explícitas de los labios de Noah rodeando mi polla con un entusiasmo que ahora cobraban por completo un nuevo sentido—. Tú te corriste primero, lo que significa que perdiste la apuesta y yo la gané. Por lo tanto, mi premio es que debes hacer lo que yo quiera.

Me coloqué encima de ella. Encajé las caderas entre las suyas y le bloqueé cualquier tipo de escapatoria.

—Sabes que eso es jugar sucio, ¿no? —pregunté admirando su insufrible determinación por ganar cualquier tipo de competición, fuera la que fuese.

—Tú me has enseñado que a veces para ganar hay que saltarse las normas —dijo, soportando el peso de mi cuerpo con un temple admirable.

Empujé ligeramente hacia abajo para que sintiera lo excitado que estaba y, por un segundo, sus ojos se cerraron y de su boca se escapó un suspiro entrecortado casi inaudible.

—Habla más fuerte, amor, que no te escucho.

Abrió los ojos.

—No he dicho nada —dijo fulminándome con la mirada.

—Creí haber escuchado tu cuerpo vibrando simplemente por haberme acercado.

—Te lo tienes un poco creído, ¿no? —me preguntó, y pasé a subirle el camisón de seda poco a poco.

—Es un rasgo característico de mi personalidad —dije sonriendo mientras mi mano se colaba por debajo de su camisón. La encontré completamente desnuda y húmeda para mí—. Una personalidad que te pone muy pero que muy caliente, por lo que puedo comprobar —dije introduciendo ligeramente dos dedos en su interior.

Antes de que me pegara un puñetazo, aparté la mano y la hice girar hasta colocarla encima de mí.

Sentí su humedad en la parte baja de mi vientre y presioné la polla contra su trasero.

Nuestros ojos se encontraron y adoré saber que, tras su fachada de falso cabreo, se escondían unas ganas terribles de que la hiciera mía una vez más.

—¿Quieres saltarte las normas? —le pregunté mirándola fijamente—. Entonces, abre la boca —añadí, acercando mis dedos a sus labios. La estaba desafiando a hacer algo que no le gustaba, pero que a mí me ponía como una moto.

Al principio titubeó, pero, al ver que mi sonrisa se acentuaba, al ver que la desafiaba, terminó haciendo lo que le pedí.

Me dejó introducir mis dedos húmedos por su excitación en su preciosa boca de fresa y, como una buena chica, los chupó con una lentitud exasperante.

Mi miembro se sacudió involuntariamente y Noah ensanchó la sonrisa.

—¿Así, señor? —preguntó cogiendo mi mano y chupando mis dedos como si fuesen caramelos…

Joder.

—Sí… Justo así —respondí deleitándome con cada uno de los movimientos de su lengua. Muy despacio, ella se levantó un poquito y, casi sin esfuerzo, se dejó caer sobre mi miembro, que estaba duro y excitado.

Cerró los ojos de placer al sentirse llena y empezó a moverse con rapidez.

Le sujeté las caderas y empecé a guiar sus movimientos para que se acoplaran a un ritmo que me gustara a mí también. Yo prefería más lento, más despacio… Me gustaba sentir cómo salía y entraba de su cuerpo. Me gustaba sentir cómo me la follaba a mi manera.

Subí una mano hasta aprisionar su cuello con los dedos y apreté ligeramente para ver cómo respondía.

Sus ojos cerrados se abrieron para buscar los míos y, sin tener que decir nada, ambos parecimos entender lo que necesitábamos.

Fue extraño… Una necesidad nueva nacida de quién sabía dónde, pero que parecía llevar allí escondida muchísimo tiempo.

No sé si fue saber y sentir que de verdad por fin era mía y yo suyo, o ver los anillos que simbolizaban nuestro matrimonio, lo que me dio la seguridad para pedir algo que jamás creí necesitar.

Volví a darme la vuelta y la coloqué debajo de mí.

—Quiero hacerte cosas malas —susurré bajito. No quería asustarla. Solo quería confesarle lo que sentía, lo que necesitaba en ese momento.

—Y yo quiero que me las hagas —contestó ella con el deseo reflejado en su mirada. Era un deseo profundo, especial, un deseo que se ajustaba a la intensidad del mío y que me alentaba a ir más allá—. Todo lo que hagamos…, aunque sea muy sucio, lo haremos con amor, ¿no? —preguntó repitiendo las mismas palabras que yo le había dicho el día anterior.

Sonreí.

—Exacto —contesté, y entonces volví a penetrarla.

Acallé su grito con mi boca mientras me movía con fuerza en su interior. Mi mano volvió a subir hasta su cuello y apreté con fuerza midiendo cómo recibía ese gesto… Si la excitaba como a mí o la horrorizaba.

Sus ojos reflejaban excitación… Le ponía que dejara las caricias a un lado.

Esperé a que respirara y nos miramos a los ojos.

—Me gusta —dijo ella, como si quisiera borrar de mi semblante la preocupación que yo no conseguía dejar atrás aunque hubiera visto su excitación.

La besé con lengua y seguí penetrándola a un ritmo acelerado, un ritmo que me ponía mucho.

Me detuve y salí de su interior.

—No pares, Nick —me pidió Noah desesperada.

—Ponte de rodillas —le ordené, y ella hizo lo que le pedía… otra vez.

Joder… Que Noah acatara una orden mía era algo que solo podía suceder en una de mis fantasías sexuales… Me puso más que me hiciera caso sin rechistar que cualquier otra cosa que le hubiese estado haciendo.

Introduje mi polla en su boca poco a poco y observé cómo jugaba con ella. Besándola, chupándola, acariciándola…

Me estaba regalando la mejor mamada de mi vida.

Se le escaparon algunas lágrimas cuando empecé a follarme su boca sin descanso.

Dejé caer la cabeza hacia atrás de puro placer. Joder, estaba tan cachondo que me daba miedo no poder controlarme.

—Abre la boca y saca la lengua —le ordené.

Dudó un instante, pero finalmente me hizo caso… y eso fue mi perdición.

Me dejé llevar de la forma más guarra que existe y no me perdí detalle. Me guardé cada instante de aquella mamada perfecta en mi mente para poder recurrir a ese recuerdo siempre que lo necesitase.

No podía olvidar que, cuando la luna de miel acabara…, iba a ser difícil, mucho más difícil, encontrar estos momentos a solas con ella y me quedaría solo mi imaginación.

Los días pasaron y la primera semana de la luna de miel llegó a su fin. Disfrutamos el uno del otro como no habíamos hecho desde que habíamos empezado a salir, y por fin sentí que volvía a conectar con mi chica, con mi esposa, de una manera que no había llegado a comprender que necesitaba.

Nos despedimos de Mykonos y viajamos en avión privado a Santorini. Era un vuelo de apenas cuarenta minutos y, al llegar, volví a sorprender a Noah con un cochazo que yo mismo también había estado deseando probar.

—Dios santo, Nick. ¿Cuánto te estás dejando en alquilar estos coches? —me preguntó Noah maravillada cuando nos montamos en un Aston Martin Valkyrie.

—No pienses en eso. Esta es nuestra luna de miel, ¿no? Y yo sé que a mi chica le ponen demasiado los cochazos como para no haberlo contemplado como una de nuestras principales actividades de ocio.

Noah se rio.

—Con que me pone, ¿eh? —preguntó maravillada al volante de esa auténtica locura de coche.

Me daba cierto pánico dejar que Noah condujera ese tipo de coche. La muy temeraria era capaz de cometer locuras cuando se trataba de la velocidad, pero me había frito el cerebro en Mykonos hasta que tuve que cederle el Lambo. La muy bruja me dejó conducirlo tan solo un par de veces.

—Pero, por favor, recuerda que tenemos a un niño de dos años que nos espera entusiasmado en casa —le recordé, y eso hizo que ella redujera la velocidad automáticamente a cien kilómetros por hora.

Volví a reírme.

—Llevas razón… —dijo. De repente, se había quedado cabizbaja y me arrepentí de haber sacado a Andy en la conversación.

—¿Sabes que este coche lo ha diseñado el mismísimo Adrian Newey? —le pregunté para distraerla.

Noah sonrió.

—Vamos, que esto es lo más cercano que estaré jamás de conducir un Fórmula 1, ¿no? —preguntó apretando el volante con fuerza. La emoción le recorría todo el cuerpo, el pelo le ondeaba hacia atrás y dejaba que el viento cálido de Santorini la rodease, lo que le daba un aspecto de superheroína inalcanzable.

—Exacto, amor —contesté satisfecho.

No tardamos en llegar al hotel. Esta vez nos alojaríamos en un exclusivo hotel de cinco estrellas y también disfrutaríamos de tardes navegando en un precioso yate que había alquilado como un capricho mío personal. Me encantaba navegar y nunca tenía tiempo para hacerlo.

Recordaba las tardes, cuando era niño, en que mi padre sacaba el velero y nos perdíamos en el horizonte buscando delfines y fondeando frente a puestas de sol impresionantes. Crecí rodeado de agua, amaba el mar con todos los poros de mi piel y, desde que había tenido que entregar mi cuerpo y mi alma a Leister Enterprises, debido al trabajo y mis viajes constantes a Nueva York, había perdido la oportunidad de disfrutar de esos pequeños placeres que tanto amaba.

Llegamos al hotel y dejamos las maletas en la habitación. Quedaban un par de horas para el atardecer, y había preparado una sorpresa para Noah que sabía que la haría increíblemente feliz. No tenía ni idea de que dispondríamos de un yate exclusivo para nosotros y, cuando le dije que se vistiera y guardara en un pequeño bolso ropa para tres días, me miró extrañada.

—¿Y el hotel? —preguntó.

—Tú hazme caso y déjate sorprender, amor —le dije besándole la punta de la nariz.

Me devolvió la mirada ilusionada y esperé a que se cambiase de ropa mientras yo hacía lo mismo. Me vestí con una camisa y unos pantalones cortos de lino. Seguía haciendo mucho calor, aunque la temperatura había descendido un poco para darnos algo de tregua.

Hice una llamada a escondidas para asegurarme de que las cosas estaban saliendo según mis planes y sonreí de oreja a oreja cuando escuché lo que me intentaban decir al otro lado de la línea.

—¿De qué te ríes? —me preguntó Noah saliendo del cuarto de baño vestida con unos pantalones cortos, una camiseta blanca, unas Converse y un gorro de safari verde colgando del cuello.

Estaba adorable.

—No seas impaciente, Pecas —dije. Me colgué los bolsos de viaje al hombro y la insté a salir por la puerta.

No tardamos en llegar al puerto y Noah abrió los ojos entre sorprendida y algo asustada cuando vio dónde se detuvo el coche.

—Nick... —dijo mirándome de reojo—, no iremos a...

—¿Navegar? —pregunté con una enorme sonrisa—. Sí, amor. Ya va siendo hora de que le pierdas ese miedo absurdo.

Noah, la chica que amaba la adrenalina y amaba correr riesgos, le había cogido miedo a navegar debido a un pequeño incidente que sufrimos hacía mucho tiempo y, desde entonces, me había costado muchísimo convencerla para que volviese a subirse a un barco.

—Será increíble ver el atardecer desde el mar, vamos —añadí mientras bajábamos del coche.

Noah frunció el ceño, pero siguió observando los barcos que había atracados en el puerto.

—No lo llevas tú, ¿no? ¿Has contratado a alguien? —preguntó.

Auch. Eso me dolió, pero tuve que tragarme el orgullo y asentir.

—Nunca vas a perdonarme por lo que pasó hace años, ¿verdad?

—¡Casi nos morimos!

Puse los ojos en blanco.

—¡Serás exagerada! Es muy normal que un catamarán vuelque, no pasa nada…

Noah abrió los ojos como platos.

—¡Casi me ahogo! —me recordó, lo que me provocó una sensación terriblemente desagradable en la boca del estómago.

—¡Porque no me hiciste caso cuando te pedí que te colocaras debajo de la malla!

—¡Querías que estuviera debajo cuando el barco cayera en horizontal sobre el agua otra vez!

—¡Es así como se hace!

La vi respirar hondo para volver a contestarme y di un paso hacia delante para callarla con un beso. Un morreo profundo que le diera unos segundos para tranquilizarse. Si no paraba aquella pelea, acabaríamos discutiendo y tenía muchísimas ganas de llevarla a alta mar y enseñarle mi sorpresa.

Me separé de ella y nos miramos durante unos instantes.

—Eso es trampa.

—¿Podemos irnos ya, por favor?

Soltó un hondo suspiro y asintió.

—Me pondré dos chalecos salvavidas.

Volví a poner los ojos en blanco.

Aún faltaban dos horas para la puesta de sol, por lo que fuimos con tranquilidad por el puerto de Athinios, el único puerto que permitía la llegada en coche, y de la mano la llevé hasta el yate que había alquilado.

De todos modos, no pensaba subir a Noah a un catamarán, aquella tarde era para otro tipo de viaje, uno que fuera más tranquilo, más seguro… Sobre todo, más seguro.

—Guau —dijo Noah cuando me detuve frente a esa casa flotante de increíble elegancia y sofisticación.

El yate que había alquilado era impresionante: 30 metros de eslora, italiano, precioso y disponible para nosotros todos aquellos días, para cerrar la luna de miel por todo lo alto. Había contratado tripulación y, aunque yo tenía el título de patrón desde hacía años y amaba navegar, en aquella ocasión prefería brindarle todo mi tiempo a las personas que más quería y más se merecían mi atención.

—¿Es solo para nosotros? —preguntó mi esposa maravillada.

¿Se creía que íbamos a compartir barco con unos extraños?

Ni siquiera le contesté.

El capitán salió a saludarnos y me hubiese gustado pellizcarle el culo a Noah cuando vi que suspiraba con alivio al comprobar de verdad que no era yo quien llevaría el barco.

—Podemos zarpar cuando queráis. Si hay suerte, tal vez veamos algunos delfines. Desde hace unos días se han estado viendo bastantes por la zona por donde navegaremos hoy.

—Salgamos ya, pues —le dije al capitán, y nos subimos al yate.

Yo estaba un poco nervioso… Sobre todo porque no había podido hablar desde hacía una hora con…

—¿En qué piensas? —me preguntó cuando me vio mirar hacia atrás de forma distraída.

Estábamos saliendo ya del puerto y no pude aguantarme más.

Envié el mensaje y me acerqué a Noah con una sonrisa.

—¿Por qué sonríes así? —quiso saber.

—¿Recuerdas que te prometí que este viaje sería el más feliz de tu vida? Noah asintió con una sonrisita.

—Y lo está siendo, Nick —contestó—. De verdad que están siendo los días más maravillosos de mi vida. Gracias por insistir en que estuviéramos solos.

Se oyó el gorgoteo de un niño a lo lejos.

—Mira si estoy desquiciada que me parece que lo oigo y todo.

Sonreí, porque sabía lo que estaba sucediendo.

—¿De qué te ríes?

Fui a contestarle, pero alguien me interrumpió de la forma más adorable del mundo.

Un grito acompañado de un gorgojeo y la risa más enternecedora que jamás escucharía en mi vida hizo que nos giráramos.

Y allí, en brazos de Nadia, nuestra niñera ocasional, estaba Andy.

Noah abrió los ojos sorprendida, miró a nuestro hijo y después a mí. Luego, sin dudarlo ni un segundo, corrió hasta donde nuestro bebé estiraba los brazos con una necesidad desesperada.

Ver el reencuentro de mi hijo con su madre fue de las cosas más bonitas que recuerdo de nuestra luna de miel.

Al final entendí que, por mucho que yo sí fuese capaz de alejarme de Andy durante dos semanas, Noah no podría hacerlo sin sentir algo dentro de ella que la entristeciera. Al final, comprendí que a veces un vínculo como el que Noah y Andy poseían no podía ser interrumpido durante tanto tiempo. Comprendí que, a veces, hacer feliz a alguien implicaba sacrificios y, después de reflexionarlo mucho, me dije a mí mismo que una semana con Noah, los dos solos, sería suficiente para satisfacerme. Ya estaba compartiendo a la mujer de mi vida con aquel enano, bien podía compartir también mi luna de miel.

Me acerqué mientras Noah achuchaba a Andy con una ternura infinita, rebosaba amor por todos los poros de la piel.

—Pero ¿cómo? ¿Cuándo? —Se giró para preguntarme sin dar crédito.

Sonreí cuando vi que Andy estiraba los brazos para que yo lo cogiera.

—¡Papi! —gritó, y no tardé en cogerlo. Lo lancé hacia arriba como a él tanto le gustaba y lo sostuve mientras gritaba y se reía a carcajadas. Me lo acerqué al pecho para abrazarlo y besarle la cabeza.

—Una semana ha sido suficiente. Me moría de ganas de que volviéramos a estar juntos los tres —le contesté, y el amor que desprendió la mirada de mi mujer al escucharme decir aquello me confirmó que había hecho lo correcto.

Noah se acercó y tiró de mi camiseta hacia abajo para besarme.

—Te amo con locura —dijo sin apartar los ojos de los míos.

Volvimos a besarnos y, después, nos dedicamos a achuchar a nuestro hijo, a jugar con él y a hacerlo reír.

Nadia se quedó con el capitán en la cabina de mando para darnos intimidad con nuestro hijo mientras el sol se iba acercando cada vez más al horizonte. Navegamos durante cuarenta minutos, disfrutando del olor a sal y el viento que nos despeinaba.

Una de las chicas de la tripulación nos preparó una mesa con fruta, todo tipo de quesos, algo de marisco y un exquisito vino blanco. Mientras el sol se ponía, disfrutamos de una cena de lo más especial.

Observé con amor cómo Noah le daba el biberón a Andy. Los ojos de mi hijo no se habían separado de los de Noah en todo momento, como si quisiera asegurarse de que era ella, su mamá, la que volvía a alimentarlo.

Noah, aunque había desviado la mirada para observar el espectáculo que la naturaleza nos ofrecía, apenas había apartado su atención de nuestro hijo.

—¿Cómo puedo quererlo tanto? —preguntó posando sus hermosos labios en el pelo oscuro de Andy, a quien poco a poco le iba venciendo el sueño.

—¿Porque tiene la mitad de mis genes?

Noah sonrió poniendo los ojos en blanco otra vez.

—A veces eres…

—¿Lo mejor que te ha pasado en la vida? —volví a soltar con una sonrisa socarrona.

—Eso lo eres siempre, no a veces.

Su respuesta me pilló por sorpresa.

Sentí como si una miel líquida sustituyera la sangre de mis venas, la cual me calentó el corazón de la manera más dulce.

La besé en los labios y cogí a Andy, que ya estaba completamente frito.

Lo tumbé en la colchoneta que había en la popa. No había forma de que se cayera a ninguna parte, por lo que me quedé tranquilo y, al comprobar que permanecía dormido, me giré hacia mi hermosa esposa.

Justo en ese instante, sonaba una canción famosa, una canción que hacía un par de años nos había hecho bailar en un salón de un piso universitario, antes de que nuestra relación peligrara, antes de que aquello nos llevara a engendrar a nuestro hijo.

—«Young at Heart» —dijo Noah con una sonrisa cuando aceptó la mano que le tendía.

—¿Me permite este baile, señorita?

La atraje hacia mí y la apreté con fuerza contra mi pecho. Bailamos en silencio. Ella con su mejilla sobre mi corazón, yo con mi mano en su cintura peligrosamente cerca de su redondo trasero y con nuestras manos entrelazadas.

—Gracias por esto —dijo Noah echando la cabeza hacia atrás para mirarme a los ojos.

—¿Por qué, amor?

—Sé que lo has hecho por mí. Sé que hubieses preferido…

La callé colocándole un dedo sobre los labios.

—Lo he hecho por los dos.

Noah sonrió con dulzura.

—No quiero que este momento acabe nunca…

El sol ya había desaparecido sobre el mar y el cielo estaba teñido de una infinidad de tonalidades de diferentes colores.

Un atardecer perfecto para una noche perfecta.

—A veces, saber que algo acaba hace que sea más especial.

Nos quedamos en silencio, moviéndonos despacio el uno pegado al otro.

—Eso que has dicho me ha puesto un poco triste —dijo entonces Noah.

Volví a buscarla con los ojos.

—¿Por qué, Pecas? —contesté.

—Porque significa que todo tiene un final… Este viaje, nosotros, tú y yo, incluso Andy…

Me estremecí ante la dirección que habían tomado sus pensamientos.

—No era mi intención que mi comentario te llevara a pensar en la muerte, amor.

Sonrió con tristeza, aunque con felicidad a la vez, si es que eso era posible.

—Prométeme que yo me iré primero —dijo entonces—. Te esperaré en el cielo con un cóctel de nubes y licor celestial, pero yo primero, no tú. No soportaría perderte.

Joder.

—¿Y qué te hace pensar que yo sí podría vivir sin ti? —contesté intentando no visualizar la imagen que acababa de pintar en mi cabeza.

—Tú eres más fuerte que yo —afirmó, volviendo a colocar su cabeza sobre mi pecho y cerrando los ojos—. Así que, cuando seamos viejitos y arrugados, cuando un día ya no tenga fuerzas para seguir, me darás la mano y me dirás: «Adiós, Pecas, te amo». Y luego esperarás a que llegue tu momento de reunirte conmigo en el cielo.

Besé su frente con cariño.

—Si eso es lo que quieres, eso es lo que haré —contesté.

El ruido del oleaje calmó la angustia de imaginar el día en el que Noah no estuviera a mi lado.

—Aunque no sin antes echar un polvo carcamal —dije, y Noah soltó una carcajada.

—¿Ni teniendo cien años serías capaz de no pensar en el sexo? —preguntó.

—No cuando te tengo a mi lado, amor —contesté, y seguimos bailando.

A pesar de que fue una noche increíble, especial y bonita, una noche que quedaría siempre en nuestros recuerdos, aquella conversación caló en mí de una forma que jamás imaginé… Hasta tal punto que casi lo puse todo en peligro, hasta tal punto que casi me hizo perder la cabeza…

4

NOAH

La última semana se pasó volando y fue muy distinta a nuestra primera semana de luna de miel. Aunque Nadia se quedó para cuidar de Andy en momentos puntuales, sobre todo por la noche, para que nosotros siguiéramos teniendo tiempo para estar a solas, la realidad era que preferíamos estar con él.

Nuestra semana de sexo y conexión se convirtió en un viaje familiar, el primero que hacíamos, en realidad. También ayudó a que nuestra luna de miel fuera inolvidable, diferente y especial. No faltaron los paseos por la playa con Andy en medio, cogido de nuestras manos y saltando las olas cuando estas se estrellaban en la orilla. Tampoco faltaron los castillos de arena o las tardes recogiendo conchas…

Era consciente de que esa no era la idea que Nick tenía de una luna de miel conmigo, pero sabía que había sido sincero cuando me confesó que él tampoco podía estar tanto tiempo alejado de nuestro hijo. Disfrutaba de tenerlo con nosotros, pero me reclamaba casi de forma exclusiva cuando se ponía el sol.

Las noches eran suyas, y cedí ante esa petición a pesar de que no me gustaba que otra persona que no fuésemos nosotros se encargara de dormir a mi hijo cuando este se despertaba a medianoche.

Miré a mi esposo con deseo… En aquel instante estábamos en el balcón del hotel. Ya era de noche y Nick tenía a Andrew dormido entre los brazos.

Iba vestido solo con un pañal y un *body* celeste debido al calor, y desde donde yo estaba se apreciaban esas largas pestañas oscuras iguales a las de Nick y las nuevas pecas que le habían ido saliendo a consecuencia del sol, y eso que lo embadurnábamos de protector antes de salir.

No había nada más sexy que Nicholas Leister cargando un bebé…, y más si el bebé era nuestro.

—¿En qué piensas? —me preguntó entonces, interrumpiendo mis pensamientos.

—Me encanta verte con él —admití.

Él bajó la mirada hacia Andy y la fijó en su chupete, que se movía arriba y abajo, despacio; ni en sueños lo dejaba de chupar. Nick le pasó la mano por su pequeña espalda y sonrió. Aquel día no habían parado quietos. Andy estaba agotado. Nick se había pasado casi todo el día metido en la piscina con él, jugando con pelotas, a tirarlo arriba y abajo, y, cuando salían del agua, se iban a una pequeña zona alejada con columpios. No había muchos niños en el hotel, pero los pocos que sí estaban allí se habían creído que Nick era el animador infantil, porque se pegaban a él como lapas. Mientras yo leía un libro bajo la sombrilla, Nick se había dedicado a correr por todos lados con una fila de niños que no levantaban ni medio palmo del suelo detrás de él como si fuese un dios de los juegos infantiles. Lo cierto es que se le daban muy bien los niños, era algo que yo ya había podido comprobar con los años al verlo con Maddie, jugando con ella. Y no había sido distinto con nuestro hijo.

—Me gustaría tener otro —soltó entonces de repente.

Mis ojos se abrieron de la sorpresa.

—¿Lo dices en serio? —solté yo perpleja.

—Claro que sí, Pecas —dijo sin darse cuenta tal vez de que mi tono de voz acababa de dejar entrever niveles alarmantes de pánico. Luego preguntó—: ¿Tú no?

Lo cierto es que ni lo había pensado. Andy había llegado a nuestra vida tan de sorpresa… Lo amaba con locura, pero no había sido fácil y, de hecho, seguía sin serlo. Los dos últimos años habían sido maravillosos, pero también extremadamente duros, y aún seguía intentando encontrarme a mí misma dentro de la maternidad. En algunos momentos, todavía no me reconocía.

—No lo sé, Nick… —dije. Sentía que de repente estábamos en dos puntos vitales muy distintos.

—A ver, no me refiero ahora… —aclaró él, aunque dudó—. Lo de las noches sin dormir, por ejemplo, me echa para atrás. Pero, si te olvidas de eso, creo que nada me haría más feliz que tener una minitú, por ejemplo.

Sentí que se me derretía el corazón al oírlo decir aquello.

—Con que una miniyó, ¿eh? —dije con una sonrisa.

Nick se incorporó sujetando a Andy con cuidado y salvó la pequeña distancia que nos separaba. Me cogió la barbilla entre sus dedos y me besó los labios con dulzura.

—¿Te imaginas? —preguntó—. Esa niña sería hermosamente difícil de llevar…

—Sobre todo si se parece a su padre —contraataqué.

—Entonces ¿qué me dices? —volvió a insistir.

Parpadeé perpleja.

—Nick, ni de coña. Apenas subsistimos como podemos con Andy, ¿cómo lo haríamos con otro? Además, dentro de poco empiezo a trabajar y tú viajas todas las semanas…

Una sombra de pena le recorrió los ojos.

—Llevas razón…, pero me gustaría que Andy tuviese un hermanito… Ninguno de los dos sabemos lo que es tener hermanos. Obviamente yo tengo a Maddie, pero no es lo mismo; me refiero a crecer con alguien cercano a tu edad, no sé, siempre sentí que era algo que me hubiese encantado tener.

En eso llevaba razón… Siempre había sentido envidia sana cuando veía a mis compañeras de clase con sus hermanos y hermanas. Siempre había envidiado a las familias numerosas que ocupaban una mesa enorme en los restaurantes…

—Somos muy jóvenes. Si Andy no hubiese sido una sorpresa, seguramente no lo hubiéramos intentado hasta tener… ¿cuánto? Veintisiete años por lo menos…

—Amor, yo ya tengo veintisiete —dijo sonriendo con picardía.

Cierto.

—Bueno… Esperemos hasta que tú cumplas los treinta, ¿qué te parece? —cedí sonriente.

Nick negó con la cabeza sonriendo y se echó hacia atrás de nuevo en la silla. Besó lo alto de la coronilla de Andrew y levantó los ojos desde esa posición, buscando los míos.

—Cuando quieras, aquí estaré esperando, Pecas… Solo tienes que pedirlo y te haré los niños más bonitos del mundo.

Esta vez fui yo quien se inclinó para buscar sus labios. Me besó con dulzura y sentí mil mariposas en el estómago.

Esa era nuestra última noche en Grecia y Nadia no tardó en llevarse a Andy para que pudiéramos despedirnos de nuestra luna de miel de la mejor manera posible.

El viaje de vuelta a casa fue complicado. Hubo turbulencias durante todo el vuelo que provocaron incluso ataques de pánico en algún que otro pasajero. En todo momento, se nos indicó que permaneciéramos sentados y con los cinturones de seguridad abrochados, y eso, viajando con un niño de dos años, es una tarea que puede hacer que el viaje se convierta en un infierno.

Nick, además, se mostraba de lo más extraño. Estaba tenso y nervioso. No me soltó la mano en todo el vuelo e insistió en llevar él a Andy en su regazo. Fue raro, ya que la que tenía miedo a los aviones era yo, no él, pero supuse que un vuelo como aquel podía despertar el miedo incluso en el más valiente.

Por fin, y con complicaciones, el piloto consiguió aterrizar. Al bajar, me fijé en que Nick estaba muy pálido. En su frente se atisbaba una capa de sudor frío que me preocupó de inmediato.

—Nick, ¿estás bien? —quise saber.

—Espérame aquí —dijo entrando en el cuarto de baño del aeropuerto con prisas.

Nadia, Andy y yo lo esperamos fuera durante diez minutos.

Cuando salió, comprendí que algo iba mal.

—¿Qué ha pasado? —le pregunté acercándome a él de inmediato.

—He devuelto todo lo que tenía en el estómago —admitió con voz débil.

—Oh, señor Leister —empezó diciendo Nadia—. Tome asiento, tiene usted pinta de estar a punto de desmayarse…

—Estoy bien —contestó Nick en un tono seco—. Vamos, quiero llegar a casa.

Lo conocía lo suficiente como para saber que era mejor no insistir. Se veía que se encontraba fatal, pero en su personalidad no entraba el mostrarse débil ante nadie.

De hecho, condujo él de vuelta a casa, a pesar de lo que insistí en hacerlo yo.

Dejamos a Nadia en su casa y emprendimos el camino a la nuestra.

—¿Me puedes explicar por qué no me dejas conducir a mí?

—Porque estoy perfectamente —volvió a contestar seco.

Lo observé con el ceño fruncido.

—Sabes que no eres menos hombre por pasar miedo o vomitar, ¿verdad?

Nick me miró con incredulidad.

—¿Crees que estoy así porque he pasado miedo en el avión? —preguntó.

—¿Por qué ibas a estar así si no?

Negó con la cabeza. Volvió a mirar al frente no sin antes echar un vistazo a Andy, que dormitaba en el asiento de atrás.

—Nunca he sentido miedo a volar, Noah. Siempre he tenido una filosofía muy clara con respecto a si llegado el caso el avión en el que viajo tiene la mala suerte de estrellarse.

Me estremecí de solo pensarlo.

—Ah, ¿sí? ¿Y qué filosofía es esa? —pregunté intentando borrar esa imagen de mi cabeza y consiguiéndolo apenas.

—Lo que tenga que pasar pasará. No hay nada que yo pueda hacer al respecto.

Medité su respuesta.

—Entonces ¿a qué se debe tu actitud?

Volvió a mirarme y vi algo que jamás había visto en sus ojos… Bueno, una vez lo vi, hacía ya unos cuantos años, cuando mi padre me secuestró.

Miedo.

—Mi actitud se debe a que hay una inmensa diferencia entre aceptar mi muerte y tener que aceptar la vuestra. Joder, jamás había sentido un terror tan inmenso como el que he pasado en ese avión… Solo de imaginarte a ti, a Andy… —Negó con la cabeza y por fin lo entendí.

—¿Tenías miedo por nosotros?

Nick siguió mirando la carretera.

—Lo que dijiste el otro día, en el barco, mientras bailábamos… Ojalá no lo hubieses dicho. Ahora solo puedo pensar en cómo sería perderos a alguno de los dos, en cómo sería si tú o él…

Coloqué mi mano encima de la palanca de cambios, donde estaba la suya.

—Estamos bien y no nos pasará nada, ¿vale? —dije intentando reconfortarlo—. Como te dije aquel día…, moriremos de viejitos, los dos juntos a la vez.

Sonrió de lado, pero la alegría no le llegó a los ojos.

—De verdad que espero que así sea... ¡Y yo planteándome tener otro hijo! Solo de pensar en tener más personas por las que no podría seguir viviendo...

De repente, casi sin darme cuenta, los ojos se me llenaron de lágrimas.

—Eso que has dicho es muy bonito —contesté.

—Bonito y terrorífico —admitió serio, aunque volvió a cogerme la mano para besarme los nudillos, en concreto el dedo anular, donde llevaba el anillo de casada y el de compromiso.

Por fin llegamos a casa. Steve nos esperaba para echarnos una mano con las maletas, por lo que dejé a Nick con él bajando las cosas del coche mientras yo me encargaba de subir a Andy y acostarlo.

Eran casi las once de la noche cuando conseguimos poner todo en orden. Empecé a quitarme la ropa con la intención de meterme en la ducha cuando Nick apareció y empezó a hacer lo mismo.

—¿Nos duchamos juntos? —preguntó, agarrándome de la cintura y atrayéndome hacia él.

—Como si fueses a permitir lo contrario... —dije besando su pecho desnudo—. Da pena poner fin a la luna de miel —dije abrazándolo con fuerza—. Sobre todo porque mañana temprano te vas y no te veo hasta el viernes.

Los viajes de Nick por trabajo eran más frecuentes de lo que me gustaría. Ser el CEO de Leister Enterprises le exigía muchísimo tiempo y a veces lo absorbía durante muchos días, en los que se sumía tanto en su trabajo que apenas lo veíamos. Su intención de dejar Nueva York para siempre había resultado casi imposible y, aunque durante un tiempo consiguió hacer casi todo el trabajo desde Los Ángeles, sus viajes a la Gran Manzana cada vez eran más frecuentes. Yo entendía que debía ser así, pero a veces no podía evitar sentirme sola.

—Intentaré acabar antes. Tal vez, si todo sale bien, puedo estar aquí el jueves —me dijo mientras nos metíamos en la ducha y el agua caliente borraba de nuestros cuerpos el agotamiento de un vuelo tan espantoso.

—Está bien, Nick. Yo estaré liada con Andy y organizando la vuelta al trabajo. Al menos tengo unas cuantas semanas más para tenerlo todo listo.

—Entonces ¿estamos de acuerdo en llevar a Andy a la guardería? —me preguntó con el ceño fruncido.

—No queda otra… Yo pronto empiezo a trabajar, así que está bien que septiembre sea la adaptación a la guarde, para él y para mí —dije sintiendo cómo los nervios por empezar en una nueva empresa acudían tras dos semanas adormecidos.

—Todo va a salir bien, amor —me animó él abrazándome bajo la ducha—. El lunes que viene iremos juntos a la guardería a dejar al enano. Te invitaré al mejor desayuno y luego, por la noche, celebraremos la pedazo de editora junior que vas a ser.

Sonreí de oreja a oreja.

—Me gusta el plan, estoy muy nerviosa por empezar… Tengo tantas ganas de aplicar todo lo que he aprendido en la universidad…

—Lo vas a hacer genial, Noah, ya te he visto trabajando y eres la mejor —dijo haciendo referencia a mis prácticas en LRB. Había borrado un poco esa etapa de mi mente, ya que no estábamos juntos y nos habíamos hecho mucho daño.

No tardamos en acostarnos. Estábamos demasiado agotados para hacer algo más que abrazarnos bajo las sábanas y dormir acurrucados.

Andy durmió toda la noche del tirón, pues también estaba agotado por el viaje. Antes de que me diera cuenta y procesara que era un nuevo día, Nick estaba besándome la frente para despedirse y dejar la casa muy temprano.

Abrí los ojos adormecida y lo vi cogiendo su reloj de la cómoda. Vestido con traje, camisa y corbata, encajaba a la perfección con el hombre de negocios en que se había convertido. Yo no tenía palabras para describir lo orgullosa que me sentía de él, aunque a veces me preguntaba cómo sería nuestra vida si nos moviésemos en ligas inferiores, en horarios corrientes de oficina donde mi marido llegase a las seis a casa y tuviese los fines de semana libres...

La vida que teníamos era increíble, pero a veces me sentía completamente fuera de lugar, al igual que me había pasado desde el momento en el que mi madre se casó con William. Para Nick todo aquello era normal, siempre había estado rodeado de lujos, pero para mí... Incluso me cuestionaba muchas veces cómo crecería mi hijo rodeado de tantas comodidades.

La guardería, por ejemplo... Habíamos discutido hasta la saciedad porque en mi cabeza no entraba la posibilidad de gastarnos veinte mil dólares al año para que el niño aprendiera a colorear.

—No es colorear, Noah. Es importante que el niño se acostumbre a ese tipo de lugar desde pequeño y que las amistades que haga... —dijo William una tarde mientras almorzábamos todos en el jardín de la mansión Leister.

—¡Tiene dos años! —exclamé alucinando—. ¿Qué amistades va a hacer si apenas está empezando a hablar?

William me miró serio mientras Nick se llevaba la copa de vino a los labios sin poder ocultar una sonrisa divertida.

—Uno de los socios mayoritarios de la empresa de mi padre lo consiguió gracias a mi amigo Bitty del colegio. Teníamos cinco años y solo sabíamos darnos puñetazos... —contó William quedándose tan pancho.

—¿Me estás diciendo que utilice a mi hijo para hacer contactos? —contesté indignada.

William fue a contestar y Nick intervino, interrumpiendo lo que fuera a decir.

—Noah, nosotros no necesitamos contactos, *somos* el contacto —dijo tan tranquilo, pero lo peor es que llevaba razón.

—¿Entonces?

—¿Principalmente? —contestó Nick—. Por la seguridad. Me dan igual los compañeros de Andy y las familias adineradas que llevan allí a sus hijos, pero este tipo de establecimiento recibe niños de gente muy poderosa y, por tanto, tienen cierta seguridad que otro tipo de guardería jamás tendrá.

Eso me dejó sin argumentos. Ya habían intentado secuestrar a mi hijo y no pensaba volver a pasar por lo mismo, y mucho menos desde que Nick se había convertido en toda una celebridad de los negocios. Joder, si la revista *Forbes* lo había catalogado como el empresario millonario más joven, e incluso iban a darle un premio…

El caso es que al final decidimos que lo mejor para el niño, por su seguridad y nuestra tranquilidad, era que empezara la guardería.

Aquel primer día de vuelta a la rutina tras las vacaciones, quedé con Jenna para ponernos al día y ultimar los últimos detalles de su *baby shower*, que celebraríamos aquel sábado y que yo había tenido que organizar. Que mi amiga se quedase embarazada casi un año y medio después de que yo diera a luz no fue una sorpresa… Jenna se había muerto de ternura desde que supo que yo estaba embarazada, fue como si algo hiciera clic dentro de ella, y nada más nacer Andy empezó a dejárselo caer a Lion.

Que fuesen a tener una niña me parecía la mejor noticia del mundo, y Jenna estaba tan emocionada que lo demostraba comprando compulsivamente ropa a juego con una bebé que ni siquiera había nacido. Aunque, a decir verdad, yo también había intentado que Nick y Andy fueran a juego, pero a lo máximo que me dejó llegar Nick fue a que ambos llevaran las mismas zapatillas Nike. Tampoco podía tener a un niño de dos años vistiendo chaqueta y corbata, como os podéis imaginar.

Bajé el carro del coche, ya que era muy fácil abrirlo con una sola mano, mientras sujetaba a Andy en las caderas con el otro brazo.

Cuando le estaba abrochando el cinturón, porque mi hijo tenía alma de explorador, escuché un grito que me sobresaltó:

—¡Te he echado tanto de menos!

Al girarme solo vi una barriga gigante que se interpuso entre mi mejor amiga y yo cuando esta intentó abrazarme. En las dos semanas que había estado fuera, parecía haberse multiplicado.

—Buah, Jenna, estás enorme —dije sonriendo y abrazándola con dificultad.

—Soy la viva imagen de la fertilidad —dijo sonriente y más guapa que nunca. Se puso de lado para que pudiera admirar su barriga y no pude evitar sonreír al verla tan feliz y tan «fecundada».

—¡Ya queda nada! ¿Estás nerviosa? —le pregunté cuando, después de hacerle varios arrumacos a Andy, emprendimos el camino hacia la cafetería del club náutico.

—Muy nerviosa… La ginecóloga me ha dicho que June pesa casi tres kilos, ¡tres kilos! Tía, que voy a parir un pavo en vez de un bebé.

Puse los ojos en blanco a la vez que soltaba una carcajada.

—El peso siempre es menos del que te dicen en las revisiones, no te preocupes por eso.

Nos dieron nuestra mesa de siempre, al aire libre y junto al mar. Me encantaba aquel lugar. Estábamos rodeadas de barcos y siempre estaba poco abarrotado, ya que había que ser socio para entrar. Allí me sentía tranquila y en paz, cosa que no ocurría en lugares concurridos.

—Pero ¡qué niño tan guapo! —exclamó una voz a mi izquierda. Me sobresalté y, al girarme, vi que una señora mayor le apretaba los cachetes a Andy. Sonreí tensa.

No me gustaba que se le acercaran desconocidos, aunque fuese una ancianita inofensiva.

—Pero ¡qué ojazos! —añadió admirando los ojos de mi hijo.

La señora me miró y luego al niño, y sumó dos más dos.

—El padre debe de ser muy atractivo —dijo sin maldad, y Jenna soltó una carcajada que enseguida disimuló con la servilleta.

—Gracias, señora. Sí que lo es —dije sin sentirme ofendida en absoluto.

Mi hijo era igual a su padre y no hacía falta explicar que eso se traducía en que tenía al bebé más bonito del mundo, a mis ojos o a los de cualquiera que lo mirara. No lo decía porque fuera mío, que también, pero Andy acaparaba miradas, al igual que Nick; no era raro que me pararan por la calle para decirme que era precioso. En una ocasión, en el parque, una señora se me acercó y me dio su tarjeta: era agente publicitaria y me dijo que las marcas más lujosas pagarían fortunas por tener a Andy en sus anuncios. Decliné la oferta con educación, ya que lo último que haría en la vida sería meter a Andy en una agencia de publicidad.

La señora se fue y fulminé a Jenna con la mirada.

—Tú también eres preciosa, amiga —dijo riéndose.

—Calla —dije, y me llevé la taza de café a los labios.

—Bueno, ¿qué? ¿Cuándo es mi *baby shower*? —preguntó entonces, y casi me atraganto. Se suponía que era una sorpresa—. A este ritmo acudiré con la niña en brazos.

—No seas mala. Por si no lo recuerdas, he estado dos semanas fuera —dije excusándome.

—Lo sé, pero, por favor, ¡cuéntame! —dijo emocionada—. ¿Aún te tiemblan las piernas de tanto darle al ñacañaca?

Puse los ojos en blanco y la reñí con la mirada.

—Hay que ver lo bruta que eres a veces. Además, ¿quién dice aún «ñacañaca»?

—¡Cuenta! —insistió, ignorando mis quejas y mis mejillas coloradas.

—Ha sido… un sueño…

—Déjate de ñoñerías, cuéntame los detalles jugosos.

Volví a poner los ojos en blanco.

—Casi no salimos de la cama, hacía mucho que no estábamos tan conectados, ha sido increíble… Incluso cuando llegó Andy, las noches eran nuestras.

—Le dije que era buena idea que fuese la niñera —respondió sonriendo y llevándose la taza a los labios.

—Ahora que hemos vuelto, siento como un vacío extraño… Nick no vuelve a casa hasta el viernes y me duele que estemos tanto tiempo separados.

—Pero si ya estás acostumbrada.

—Creía que lo estaba, hasta que he vuelto a recordar lo bonito que es acostarme y despertarme con Nick todos los días.

—Volverás a acostumbrarte —dijo encogiéndose de hombros y quitándole importancia.

—Tal vez —dije, aunque no podía evitar sentirme un poco triste.

—¿Te he contado el último cotilleo? —me preguntó entonces cambiando de tema.

La miré con intriga.

—¿Te acuerdas de Anna? —preguntó.

—Como para olvidarla… —contesté.

Anna era novia de Nick cuando llegué a Los Ángeles, aunque, bueno, todo lo novia que alguien podía ser teniendo en cuenta que por aquel entonces Nick no se comprometía con nadie.

—Vas a flipar con esto… ¿Te acuerdas de aquella fiesta a la que acudimos hace un año, donde tú flipaste como una loca porque nos presentaron al presidente del Auto Club Speedway?

—Sí, claro, Dave Allen —dije prestándole atención.

—Pues adivina quién se ha convertido en el *sugar daddy* de tu enemiga más acérrima.

—¡No puede ser! —exclamé sin dar crédito, abriendo mucho los ojos—. Pero si ese tío tendrá…

—¿La edad de nuestros padres? —me interrumpió, asintiendo y satisfecha de que aquel cotilleo de verdad me causara auténtico interés—. Al parecer, se conocieron en una fiesta y están «enamorados». El otro día me los encontré. Anna estaba cambiadísima, de verdad que parecía feliz, y, cuando me saludó, ¡me abrazó y todo! ¡Hasta me preguntó por Nick y por ti!

—Eso sí que no me lo creo. —Anna se había portado de una manera horrible cuando llegué a la ciudad. Incluso mandó a su hermana pequeña, que compartía clase conmigo y con Jenna, a que me encerraran en un armario sabiendo que yo le tenía pánico a la oscuridad.

—Como lo oyes. Me dijo que, cuando quisiéramos, estábamos invitados al circuito.

—Nick ya tiene pases.

—Me dijo que podríamos conocer a los pilotos en día de carrera o dar una vuelta con un coche cuando quisiéramos.

No daba crédito.

Correr en un circuito de Nascar…

—Seguro que nos pincha una rueda o algo —dije, y ambas empezamos a reír.

—Lo que está claro es que creo que tienes una enemiga menos en este mundo.

—Qué pena que eso no suponga todo lo que debería.

—Es lo que tiene casarse con el soltero de oro, amiga.

—Ya…

Miré a mi hijo, que dormía plácidamente en el carro mientras un moco de un tamaño considerable le caía por la nariz acercándose peligrosamente a los labios. Se lo limpié con un pañuelo y me pregunté en qué momento había dejado de darme asco limpiarle los mocos a alguien. Era mi bebé e incluso así me resultaba adorable. Me pregunté cómo había podido tener tanta suerte.

5

NICK

Así rezaba el mensaje de Noah que había recibido aquella mañana muy temprano. Demasiado temprano, teniendo en cuenta que Noah aún no había empezado a trabajar y que en teoría estaba de vacaciones.

¿Seguiría Andy con fiebre?

El pequeño había cogido un resfriado nada más volver de vacaciones y durante los últimos tres días, cuando hablaba con Noah, o estaba de camino a urgencias porque el niño respiraba de manera regular o apenas podíamos hablar de lo que lloraba. Las vacaciones habían terminado de golpe y la realidad nos había dado una bofetada en toda la cara.

Seguramente Noah llevaba toda la noche sin dormir, cuidando del pequeño, y yo estaba a cuatro mil kilómetros de distancia.

Y lo peor de todo…, iba a ser casi imposible que pudiera asistir al *baby shower* de Jenna y Lion. Estábamos cerrando la compraventa de un grupo de empresas gordísimas. Mi padre, que ya se había jubilado, el muy cabrón, me había insistido en que lo que estábamos a punto de hacer era un movimiento muy arriesgado, pero que confiaba en mí. Solo al decirme eso ya había vuelto a sentir toda la responsabilidad de la fortuna familiar sobre mis hombros. Había tomado decisiones muy arriesgadas desde que me convertí en el CEO, y todas habían salido bien… A veces, cuando estaba dormido, o casi dormido del todo, una vocecita me susurraba al oído que la suerte se me acabaría y que entonces todos aquellos que seguían creyendo que era demasiado joven para dirigir semejante imperio asentirían satisfechos viéndome caer.

Podía pasar… En los negocios no había nada seguro y, aunque hiciese algo mal, tenía una fortuna lo suficientemente grande para respaldar un fracaso… Sin embargo, odiaba fracasar, lo odiaba con todas mis fuerzas, y el nivel de autoexigencia que estaba colocando sobre mis hombros terminaría por jugarme una mala pasada, era consciente de ello.

—Señor Leister. —Una voz femenina interrumpió mis pensamientos mientras abría la puerta de mi despacho.

Levanté la mirada del teléfono.

—Dime, Shauna.

—La reunión ha empezado hace quince minutos, señor.

Mierda, la reunión…

Me puse de pie, me abroché la americana y fui hacia la sala de juntas.

—Disculpen, señores —dije, consciente de que llevaban esperándome todo ese tiempo. Me senté a la cabecera de la inmensa mesa y les presté a todos mi atención—. Puedes empezar, Gerry —dije, echándome hacia atrás en la silla cuando empezó a hablar de números, bajas, riesgos, adquisiciones y pérdidas…

Estar tanto tiempo separado de Andy y de Noah me empezaba a pasar factura. Antes habría disfrutado con este baile de números, habría estado atento a cada vacilación, a cada curva. Lo habría pasado francamente bien descifrando el enigma detrás de los datos para dar con la idea brillante que a nadie se le había ocurrido. Me gustaba mi trabajo. Mucho. Pero, de un tiempo a esta parte, quizá desde que había llegado el bebé, me pesaba estar tanto tiempo separado de ellos y empezaba a estar resentido con mi trabajo por alejarme de casa.

La pantalla del móvil se iluminó con un mensaje de Noah.

Me había enviado una foto. Andy dormía en sus brazos y ella hacía un puchero triste para hacerme entender que la situación con el pequeño la tenía preocupada.

A mi contestación de que tal vez no podría asistir al *baby shower* tan solo envió una cosa: un emoticono triste.

Joder, ya ni siquiera me insistía… ¿La había acostumbrado a que era una tarea imposible intentar que acudiese a casi cualquier evento, incluso si me avisaba con tiempo?

Me sentí como una auténtica mierda, joder.

Le contesté:

No me pongas esa cara, que
me muero aquí mismo.

Al instante, me mandó una foto sacándome la lengua.

Sonreí y tuve automáticamente que borrar la sonrisa idiota de mi cara, porque tenía a cinco hombres y seis mujeres con sus ojos puestos en mí.

Me aclaré la garganta.

—Sigue tú, Ronnel —dije, dirigiéndome a mi contable. Sabía que, si se lo indicaba, me daría al menos diez minutos de cháchara que ya me sabía de memoria, así que podía permitirme desconectar de la reunión y centrarme en mi mujer.

«Mi mujer», me encantaba cómo sonaba eso.

¿Cómo está Andy?

Con la medicina un poco mejor, pero me preocupa
que no esté bien para el lunes…

El lunes empezaba la guardería.

Hablando del lunes…

Escribí sabiendo que me odiaría con todas sus fuerzas.

NO.

Esa fue su única respuesta.
Ni foto ni nada.
Mierda.
Me recoloqué en el asiento y, antes de que pudiera decir nada, volvió a escribir.

Puedes no venir al baby shower, a pesar de que se
supone que lo organizamos juntos y es una fiesta que
les damos nosotros a nuestros mejores amigos, eso
sin contar que somos los padrinos de esa niña… Pero
de ninguna manera puedes perderte el primer día de
guardería de Andy. No puedes y punto. Necesita que
su padre esté ahí y yo lo necesito porque bastante mal
me siento ya.

No tienes por qué sentirte mal, ya lo hemos
hablado mil veces.

Intenté escaparme por la tangente.

No te escapes por la tangente.

Pillado. No pude evitar poner los ojos en blanco. Joder, qué bien me conocía. Y mi réplica fue de auténtico cobarde:

Pecas, hablamos luego de esto, estoy en
medio de una reunión.

La respuesta tardó más de la cuenta en llegar y me puse nervioso.

Siempre estás en medio de una reunión.

Joder.

Dejé el móvil e intenté centrarme en la reunión sin mucho éxito.

Noah jamás me había reprochado que estuviese trabajando demasiado. Jamás había puesto pegas, porque sabía lo importante que era, sabía la responsabilidad que tenía sobre los hombros... Pero que entonces sí me lo echara en cara me produjo un pinchazo de alarma en mi interior.

La reunión se alargó casi toda la mañana y tampoco es que sirviera para sacar nada en claro. Me iba a tocar trasnochar para intentar ver qué vuelta legal podíamos darle a todo aquel asunto.

Me miré el reloj y vi que eran las doce del mediodía. Tenía dos reuniones más y una llamada importante que tal vez podría atender desde el avión...

Le di al botón del interfono que había encima de mi mesa.

—¿Sí, señor Leister? —preguntó Shauna desde su despacho.

—Llama a Steve y dile que tenga preparado el jet para dentro de una hora. Pasa todas las reuniones a online y envíame los enlaces al correo. Atenderé todo desde el avión.

Se hizo un breve silencio.

—Pero, señor Leister, esta tarde...

—Lo sé, pero tendremos que pasarlo a la próxima semana.

—Pero, señor…

—Shauna, haz lo que te pido, por favor.

—Sí, señor Leister.

Sabía que aquello podía traerme problemas, pero no quería decepcionar a Noah… Mucho menos después de lo bien que habíamos estado en las vacaciones, de lo conectados que habíamos vuelto del viaje.

A veces había que saber decir que no.

6

NOAH

Todo había quedado increíble. Habíamos decidido organizar la fiesta en la mansión Leister, ya que en ella teníamos espacio suficiente para hacer una merienda al aire libre a la altura de los acontecimientos. Había flores y globos de color pastel por todas partes. También había osos de peluche, elefantitos, una increíble mesa de dulces y actividades para los más pequeños, entre los que estaban Andy, los hermanos ya casi adolescentes de Jenna, Maddie y algunas amiguitas, además de los hijos de algunos familiares de Jenna que también asistían a la fiesta, por supuesto.

Habíamos dispuesto de una barra libre con todo tipo de bebidas y un catering que pasaba con bandejas de la mejor comida del condado.

Contábamos con DJ y con un castillo hinchable, aparte de un *photocall* con el nombre de June hecho con globos y flores en colores vivos y muy alegres.

Miraras donde mirases, había gente riendo y pasándoselo en grande. En un rato nos dirigiríamos a la zona de los regalos, donde Jenna abriría los al menos cincuenta obsequios que se habían ido acumulando en la mesa dispuesta expresamente para ello.

Siendo clara, la fiesta era un éxito y por fin me permití respirar tranquila. Mi amiga iba a ser madre y estaba radiante, feliz y muy muy embarazada. Salía de cuentas en unos días y yo seguía sin creerme la suerte que habíamos tenido de que no se hubiese puesto de parto antes de tiempo.

—La fiesta es un éxito, hija —me dijo mi madre acercándoseme por detrás con una sonrisa radiante.

—Casi todo ha sido gracias a ti —coincidí.

—Tú también has aportado, cariño, pero sí, la verdad es que cada día se me dan mejor estas cosas —dijo con los ojos brillantes de emoción.

La miré y la vi un tanto más entusiasmada de lo normal.

—¿Estás bien, mamá? —le pregunté.

—No me hagas caso —dijo limpiándose una lágrima—. Es que estas cosas me emocionan… A veces no puedo evitar preguntarme cómo hubiese sido todo si no me hubiese paralizado el miedo cuando conocí a William. Era tan joven…

—¿A qué te refieres? —pregunté.

—Pues que al final es algo que nunca viviré con él…

Observé la dirección de su mirada y me fijé en que no le quitaba ojo a su marido, que en ese instante jugaba al pillapilla con los niños, incluida su hija Maddie. Casi tenía diez años y era una niña hermosa de largo pelo rubio y enormes ojos azules.

—¿Quieres decir…?

Mi madre me devolvió la mirada.

—¿Si me hubiese encantado tener un hijo con William? —terminó la pregunta por mí—. Pues claro, cariño… Es algo que siempre estará en mi lista de pendientes.

Me estremecí solo de pensarlo… La entendía, os lo juro. Además, mi madre era joven, se había quedado embarazada de mí a una edad muy temprana. Si quería, aunque sería un embarazo de riesgo, podría incluso intentarlo, pero esa idea me horrorizaba tanto como la perspectiva de compartir un hermano de sangre con mi marido.

Mi madre vio el miedo en mis ojos.

—Respira, Noah. No es algo que esté en nuestros planes. Ya tenemos suficiente con Maddie. Además, no me gustaría sacarle tantos años a un bebé. Soy joven aún, pero lo último que necesitamos Will y yo es otro hijo, aunque este fuese nuestro. No tenéis ni idea del trabajo que dais vosotros tres.

—Me empiezo a hacer una idea —dije, apurando mi copa.

Solté el aire que estaba conteniendo y no disimulé muy bien mi alivio.

—Hablando de bebés… —dijo mi madre—. ¿Dónde está el tuyo?

Una pregunta, un segundo y el corazón casi se me sale del pecho.

Mis ojos volaron a la zona infantil, donde los niños jugaban, coloreaban y corrían. No vi a Andy por ninguna parte. Teníamos dos animadoras encargadas de los críos y ninguna de ellas estaba con mi hijo.

—¿Dónde está, mamá? —pregunté presa del pánico.

—Tranquila, estará con Jenna o con…

Nuestras miradas recorrieron el jardín de un lado a otro, pero no vimos al niño por ninguna parte.

Empecé a acercarme a la piscina, que era mi gran pesadilla. Estaba vallada desde el instante en el que Andy empezó a gatear, pero quién sabía.

El miedo me paralizó los músculos hasta que finalmente lo vi, a lo lejos, en brazos de la última persona que esperaba ver allí.

Nick sostenía al niño entre sus brazos mientras este comía un polo de naranja y se ponía todo perdido.

El alivio que sentí me dejó el cuerpo laxo y tuve que apoyarme contra la columna del porche para poder recuperarme.

—Creía que Nick no venía —dijo mi madre, y en su tono de voz también percibí el alivio.

—Eso me dijo —contesté, y entonces Nick me encontró entre la muchedumbre y una sonrisa fantástica iluminó su semblante y todo a su alrededor. Sí, él tenía esa facilidad.

Una sonrisa se dibujó en mi cara sin poder hacer nada para evitarlo.

—Ve con él, anda —me instó mi madre, y eso hice.

Nos encontramos a mitad de camino.

—¿Qué haces aquí? —pregunté, comiéndomelo con los ojos.

Llevaba la camisa de traje con los primeros botones desabrochados, la corbata guardada en el bolsillo izquierdo, el pelo revuelto y cara de cansado, pero tenía una sonrisa que no le cabía en la cara.

—Yo también me alegro de verte, Pecas —dijo agachándose para darme un morreo que seguramente le produciría traumas a nuestro hijo.

Me separé buscando aire para respirar. Su lengua sabía a naranja.

—¿Cómo te has escapado? —pregunté cogiéndole el polo a Andy, que empezó a protestar mientras me lo llevaba a la boca para quitarle el exceso y que no siguiera manchándose entero.

Nick se quedó mirando con demasiado interés.

—Joder —dijo sin más.

Puse los ojos en blanco y le devolví el polo a Andy, que ya había empezado a gritar como un descosido y que paró nada más volver a metérselo en la boca.

—¿Cómo has venido? —insistí.

—¿Qué más da? Estoy aquí, ¿no? —contestó. Y era cierto, ¿qué importaba?

Me pasó un brazo por los hombros y me atrajo hacia él mientras caminábamos juntos hacia donde Jenna se había sentado para poder abrir los regalos.

—¿Qué se supone que debemos hacer ahora? —preguntó Nick.

—Verla abrir los regalos —contesté emocionada de ver a mi amiga tan feliz.

—¿Todos esos? —preguntó Nick con cara de espanto, señalando la enorme pila de paquetes que había en la mesa.

Asentí.

—Entonces voy a necesitar una copa —contestó. Luego me tendió a nuestro hijo y se acercó a la barra, que quedaba bastante alejada de la zona de regalos. Vi que Lion también iba para allá, seguramente apabullado con todo el concepto de la fiesta.

Se abrazaron en plan bruto, como hacen muchos hombres, y se quedaron en la barra charlando animadamente mientras una camarera les servía una copa y se los comía con los ojos.

Lion y Nick juntos despertaban pasiones allá donde iban.

—¡Niiiiiick! —escuché entonces una vocecita a lo lejos. Enseguida una niña rubia echó a correr hacia mi marido con una emoción que solo le permitiría a ella.

Nick levantó a su hermana en brazos y esta se colgó a él como un mono, aunque ya cada día estaba más alta y eso de sujetarla en brazos terminaría por acabarse.

Maddie se pasaba largas temporadas viviendo con William y luego otras más cortas viviendo con su madre, Anabel, con la que, contra todo pronóstico y debido a su cáncer, habíamos conseguido tener una relación cordial y casi amistosa.

Nos visitaba de vez en cuando e incluso había cuidado de Andy en alguna ocasión.

Esa mujer no se merecía nada de nosotros, pero a mí lo único que me importaba era Nick y él parecía mucho más sereno y mucho más feliz desde que el odio por su madre había amainado. Al fin y al cabo, la lucha que había tenido con ella le había hecho a Nick un daño terrible. Una madre es una madre, al fin y al cabo, y eso era lo único que importaba. Mientras le hiciera bien a Nick, yo seguiría forzando sonrisas ante ella que en el fondo no sentía.

Con los ojos todavía fijos en Nick y en Maddie, me reí cuando Andy, al ver que sujetaba a su tía en brazos, quiso bajarse e ir hacia allí. Cuando lo dejé en el suelo, salió corriendo hacia su padre reclamando la misma atención. Lo cierto es que nuestro hijo había demostrado algunos celos con respecto a Maddie en más de una ocasión, pero la niña siempre había estado dispuesta a cederle su lugar para que el pequeño no llorara. Maddie lo adoraba y lo quería como si fuese su hermanito pequeño.

No sé cómo se las apañó Nick, pero un segundo después llevaba a los dos críos en brazos, una sujeta con el brazo derecho y el pequeño con el izquierdo.

Sonreí para mí y volví a prestarle atención a Jenna. Me acerqué a ella para ver cómo abría sus regalos.

Ni os podéis hacer una idea de lo ostentosos que eran algunos, pero a mi amiga le flipaban las cosas caras y brillantes. Además, tener una niña había producido que sus células de compradora compulsiva se multiplicaran de forma exponencial los últimos ocho meses, y también los de su familia más cercana.

June tendría más ropa que cualquier niño del condado, aunque no fuera a darle tiempo a vestirla toda.

Jenna sonreía sin poder evitarlo, y la luz de sus ojos contagiaba a todo el mundo. El sol había empezado a ponerse y los tonos dorados, naranjas y rosas se reflejaban en el agua de la piscina a su espalda… Las fotos quedarían espectaculares, y sentí un hormigueo de ilusión sabiendo que iba a poder compartir con mi mejor amiga el excitante y a la vez durísimo camino de la maternidad. Me había sentido muy sola durante los últimos dos años por no poder compartir con ninguna amiga el torbellino de sensaciones, sentimientos y cambios que venían acompañados de un diminuto bebé. Había sido duro, y saber que Jenna y yo nos cogeríamos la mano la una a la otra en esta nueva etapa, era increíblemente excitante y alentador…

—Pecas…, se te han llenado los ojos de lágrimas. ¿Estás bien? —me preguntó Nick, que de repente apareció a mi lado.

Lo miré y me sentí tan feliz de tenerlo allí… Lo había echado tanto de menos.

Le pasé el brazo por la cintura y me apoyé contra su pecho.

—No sabes lo feliz que estoy de que hayas vuelto con nosotros —le dije, aspirando el aroma de su perfume. Ojalá pudiera embotellar su fragancia y conservarla para siempre… Era un olor tan exquisito, tan único…

Nick no contestó nada, pero me besó la coronilla.

Volvimos a centrarnos en Jenna y en su sonrisa incansable. Estaba justo abriendo una bolsa rosa de Louis Vuitton que parecía ser el carro, cuando algo en su expresión flaqueó y su sonrisa casi permanente vaciló durante unos segundos.

Casi nadie pareció apreciarlo, pero yo sí.

—¿Jenna? —pregunté, separándome de Nick y dando un paso hacia delante, intentando no alarmarme.

Mi mejor amiga se llevó una mano al costado y entonces una fuente pareció caer de entre sus piernas.

Todos nos quedamos mirando en estado de shock.

—¡La hostia! —exclamó uno de sus hermanos.

—¡Jenna! —dije, acudiendo a su lado de inmediato.

—¿Me he hecho pis encima? —preguntó muerta de vergüenza.

Solté una risa nerviosa.

—Has roto aguas, cariño —dijo su madre, la señora Tavish, que también se acercó a ella.

—¡La hostia! —repitió Jenna, imitando a su hermano pequeño.

Todos los que nos rodeaban se acercaron alarmados, como si haciendo eso pudiesen ayudar de alguna forma. A mi alrededor solo vi caras de pánico.

—¡Lion! —grité al mismo tiempo que ayudábamos a Jenna a levantarse de la silla con cuidado.

El futuro padre acudió a nuestro lado nada más escuchar mi voz de alarma.

—Hay que llevarla al hospital —dije ayudando a Jenna, que caminaba como un pato, con las piernas abiertas. Fuimos a la cocina, donde los camareros entraban y salían, y nos miraron con espanto al comprender lo que ocurría.

—Seguid repartiendo comida, que la gente no se alarme —le dije al encargado, y este asintió con la cabeza.

—Debería duchaaaaaaaaa… —gritó Jenna cuando seguramente la primera contracción dolorosa la atravesó de la cabeza a los pies.

—¡¿Qué pasa?! —gritó Lion acojonado.

—Siéntala aquí, iré a por el coche —dijo una voz serena tras mi espalda. Yo agradecí que, entre el caos, mi marido supiese guardar la compostura.

«Mi marido», me encantaba cómo sonaba eso.

—Cariño, tú tranquila —dijo la madre de Jenna, acariciándole la frente.

—¿Qué le pasa a mi niña? —preguntó entonces el señor Tavish, que apareció por la puerta.

—Vas a ser abuelo antes de tiempo, papá —dijo la parturienta, respirando con dificultad.

Por unos instantes, sentimos que lo teníamos todo bajo control. Nick había ido a por el coche y Lion fue en busca de la bolsa del bebé al coche de Jenna, ya que la llevaban consigo a todos lados por si acaso. Sin embargo, a los diez minutos Jenna volvió a tener otra contracción muy dolorosa… y eso solo podía significar una cosa.

—Hay que llevarla ya mismo al hospital —dije intentando que no se notara la alarma en mi voz.

La señora Tavish me miró y entendió al instante lo que ocurría.

—Hay que llevarla ya mismo —repitió sin disimular el pánico.

Jenna respiraba una y otra vez.

—Tú tranquila —la calmé, y entonces otra contracción la atravesó haciéndola gritar—. Esto está yendo demasiado deprisa —dije asustada.

Jenna me miró como nunca jamás lo había hecho.

—Llama a una ambulancia… No me va a dar tiempo a llegar —dijo, y otra contracción la azotó de manera terrorífica.

Todos los allí presentes nos miramos con horror.

—Mamá, llama ahora mismo —dije, y, a pesar de todo mi esfuerzo para que no se me notara, el pánico que sentí salió a borbotones con cada palabra de esa última frase.

—Pero… —dijo mi madre.

—¡Llama, mamá! —dije contundente.

Joder. Como mi madre parecía bloqueada, Nick no dudó en sacar el teléfono y apartarse para hablar con emergencias.

—Tú no empujes, ¿vale, Jenna? Haz lo que quieras menos empujar —dijo Lion con la bolsa del bebé colgada y los ojos desencajados por el pánico.

—¿Por qué va tan rápido? —preguntó Jenna con las lágrimas cayendo por las mejillas.

Miré el reloj de la cocina… Era hora punta… Viendo la rapidez de las contracciones, no llegaríamos ni de coña al hospital con nuestro coche y la ambulancia…

Me empezaron a temblar las manos.

—Hay que llevarla a una habitación —dijo Amanda, la madre de Jenna, con autoridad, y agradecí no ser yo quien tomara las decisiones.

—Jenna, cariño, todo va a salir bien —le dijo Lion.

Su esposa lo fulminó con la mirada.

—Hija tuya tenía que ser para querer salir en diez minutos, ¡jodeeeeeeeer! —terminó la frase gritando ante una nueva contracción.

Nick apareció entonces por la puerta.

—El coche está fuera.

—Cambio de planes, tío.

El horror en la cara de Nick fue tan palpable como tal vez el de todos los que estábamos allí.

Los hombres se encargaron de llevar a Jenna hasta la habitación de invitados que había en la planta baja.

Mi madre trajo toallas y agua caliente mientras Jenna se acomodaba entre los cincuenta cojines que había allí e intentaba respirar hondo.

—¿El agua para qué es? —pregunté mirando a mi madre.

—No sé… Es lo que se hace en las películas, ¿no?

Ay, Dios.

—La ambulancia está en camino —dijo Nick, que estaba al teléfono con ellos—. Dicen que intentes aguantar todo lo posible, que, pase lo que pase, no empujes…

Pero entonces Jenna empujó y todo lo que ocurrió durante los siguientes veinte minutos sucedió muy rápido, tanto que no tuvimos tiempo ni de pensar y mucho menos de darle ninguna vuelta.

—Vale, todo el mundo fuera menos Lion —dijo Amanda con autoridad.

—Noah, no te vayas —me dijo mi amiga, cogiéndome la mano con fuerza.

Miré a su madre, que asintió para darme permiso y que me quedara.

Joder… Jenna iba a tener a la niña allí mismo, en la mansión Leister, en la habitación de invitados, sobre los cojines persas de mi madre…

Busqué a Nick entre los presentes y su mirada me bastó para darme la fuerza que necesitaba. Todos se macharon y nos quedamos solo Lion, la señora Tavish, Jenna y yo. Ayudamos a colocarla contra los cojines de la cama, mientras que mi amiga se subía el vestido para prepararse.

—Vale, cariño —dijo su madre—. Ahora sí… ¡Empuja!

Jenna empujó con fuerza cuando le vino la siguiente contracción.

—¡Dios mío, cómo duele! —gritó.

Dar a luz sin epidural… No podía ni imaginármelo.

—Vale, vas a tener que empujar con más fuerza, cariño —le dijo la señora Tavish con toda la calma que podía fingir teniendo en cuenta las circunstancias.

Jenna siguió empujando, su mano derecha sujetando la de Lion y la izquierda sujetando la mía. No sé cuánto tiempo pasó, pero para mí fue como si hubiesen sido horas hasta que la señora Tavish dijo lo que todos esperábamos escuchar, sobre todo Jenna.

—¡Veo la cabeza! —chilló y, por si no teníamos suficiente, añadió—: Creo que me estoy…

—¡Ni se te ocurra desmayarte! —gritó Jenna, pero ya fue tarde.

La señora Tavish cayó hacia atrás dejándonos a los tres con los ojos abiertos como platos.

—¡No me jodas! —dijo Lion.

¡Mierda!

Otra contracción hizo que todo el cuerpo de Jenna se tensara y, sin pensarlo, le solté la mano y me coloqué entre sus piernas.

Ay, Dios, ay, Dios, ay, DIOS…

A mi lado, Lion se aseguró de que su suegra estuviese bien y luego acudió corriendo a cogerle la mano a su mujer de nuevo.

En efecto, se veía la cabeza del bebé… y mucha sangre.

Era terrible.

Era algo que jamás me hubiese gustado ver, pero me forcé a permanecer serena.

Era mi mejor amiga la que estaba allí tumbada, y era su hija la que en ese instante corría un peligro terrible… Había tantas cosas que podían salir mal… Intenté recordar mis clases de preparación al parto: es un proceso fisiológico, es muy raro que algo salga mal…

—Venga, Jenna… Tú puedes, ¿vale? —la animé y me preparé para lo que era inevitable que terminara sucediendo.

—Joder, ¿qué hacemos? —dijo Lion entrando en pánico—. ¿Le pregunto a ChatGPT?

Ambas lo fulminamos con la mirada y se calló como si lo hubiésemos puesto en *mute*.

—Vale, Jenna, tienes que empujar en la siguiente contracción, ¿de acuerdo? —la alenté intentando darle a mi voz un tono de tranquilidad que no sentía ni por asomo. Todo mi cuerpo temblaba, mis manos temblaban, y me obligué a tranquilizarme. Esa niña dependía de mí… Mi mejor amiga dependía de mí.

Lion besó la cabeza de Jenna y me miró con auténtico terror.

—Venga, cariño, en la siguiente sí, ¿vale? Te amo tanto, joder. Nunca más volveré a hacerte esto… —dijo Lion, y Jenna lo fulminó con la mirada.

—Ahora mismo te odio con toda mi alma.

—Ya somos dos —le contestó su marido dándole un beso en la frente.

Llegó otra contracción y entonces sucedió.

Primero la cabeza, luego los hombros… y luego el resto del cuerpo salió sin más.

June Tavish, una niña preciosa y gordita de piel negra y ricitos oscuros manchados de sangre, empezó a llorar como una posesa sin que yo tuviera que hacer nada para ello. Nada de azote en el culo como había visto en las películas.

La cogí entre mis brazos y enseguida la envolví con una toalla. Todavía con el cordón umbilical sin cortar y con lágrimas en los ojos, le tendí la niña más bonita del mundo a la amiga más valiente del mundo.

—Dios mío —dijo Jenna, cogiéndola con brazos temblorosos—. Qué asquito, pero… qué bonita es…

Me reí entre sollozos mientras veía a mis mejores amigos conocer a su hija, y me invadió una sensación maravillosa.

Había ayudado a dar a luz a mi ahijada… y eso era algo que no olvidaría jamás.

7

NOAH

Cuando por fin llegó la ambulancia, se llevaron a Jenna y a la niña al hospital lo más rápido posible. Una vez que estuvieron en manos del personal médico, pude soltar todo el aire que estaba conteniendo. Ayudar a Jenna a dar a luz a su hija había sido increíble pero aterrador al mismo tiempo.

Al marcharse todos los invitados, me dejé caer en el sofá del salón, estaba reventada.

Temblaba como una hoja.

—¿Cómo estás, cariño? —me preguntó mi madre sentándose también en el sofá que había enfrente del mío.

—Agotada.

—Has sido tan valiente… —dijo mirándome con admiración.

Nick apareció entonces por la puerta, había estado durmiendo a Andy en el carro y, nada más verme, se acercó y se sentó a mi lado. Me rodeó con su brazo, me atrajo hacia él y me besó en la coronilla.

—Eres increíble —me dijo.

William apareció entonces en el salón, ya se había quitado la corbata y también parecía bastante agotado.

—Menudo *baby bath*, ¿eh? —dijo sentándose junto a mi madre.

Me reí.

—Es *baby shower* —lo corregí.

—Lo que sea…, pero es la última vez que hacemos algo así aquí.

—Estoy de acuerdo —dije asintiendo con la cabeza.

—¿Os quedáis u os vais? —preguntó entonces mi madre—. Lo digo porque es tarde y Andy acaba de dormirse.

Miré a Nick.

Sabía que él preferiría marcharse a casa, pero era cierto que era tarde y teníamos como una hora para llegar al centro de la ciudad.

—Me voy mañana temprano, por lo que no podemos quedarnos —dijo tensándose un poco.

Eso sí que no me lo esperaba.

—¿Te marchas? —pregunté con incredulidad—. Pero si acabas de llegar —añadí, y hasta yo misma fui consciente de lo decepcionante que sonó mi voz.

—Lo sé, pero tengo que volver. Ya he cancelado como tres reuniones para poder estar aquí.

—Nick, es sábado —contesté incorporándome en el sofá—. ¿Me estás diciendo que tienes que estar un domingo en la oficina?

Nick miró a nuestros padres un segundo antes de volver a dirigirse a mí.

—Estamos en un momento complicado, Noah, ya te lo he dicho.

—El lunes Andy empieza la guardería.

—Lo sé.

Era una locura… ¿Pensaba marcharse el domingo para volver el lunes por la mañana?

—¿Cómo vas a hacerlo entonces? ¿Vas a volver mañana por la noche? —pregunté escéptica.

Nick me miró en silencio y comprendí lo que eso significaba.

—¿Por eso has venido hoy? —pregunté flipando—. Sabías que no ibas a poder venir a la guardería y entonces has venido hoy esperando ¿qué? ¿Que me enfade menos?

—Por lo que veo, no ha servido para nada.

Miré hacia delante sin dar crédito.

Mi madre me devolvió la mirada y vi pena en sus ojos. Sabía lo que pensaba, me lo había dicho unas cuantas veces. No quería que toda la responsabilidad del niño recayera sobre mí.

Me puse de pie.

—Vámonos a casa —dije, porque no tenía ganas de discutir y menos delante de nuestros padres.

Nick se puso de pie a mi lado.

—Iré a por el niño —dijo, pero lo detuve.

—Ya lo hago yo.

Necesitaba alejarme de él en ese momento, de él y de todos.

Agradecí que no me siguiera y fui a buscar a mi hijo. Dormía como un tronco en su carro, en la habitación que había al lado de la sala de juegos.

Verlo dormir me tranquilizaba… Me daba cierta paz, e intenté borrar la pena que sentía al comprender que lo que estaba ocurriendo sería una constante en mi vida. ¿Qué esperaba? ¿Que alguien como Nicholas Leister fuese el típico padre que recoge a su hijo del colegio todas las tardes y lo lleva a jugar al fútbol al parque?

Él no podía estar, él no podía tener las tardes libres…

En ese instante deseé que Nick no fuera alguien tan importante. Jamás había deseado una vida llena de lujos, eso me traía sin cuidado, pero sí había deseado formar una familia y no tener que hacerlo todo yo sola.

Nick hacía todo lo que podía por estar presente, era cierto, pero durante los dos últimos años la crianza de Andy había terminado recayendo mucho más en mí. Nick no paraba de trabajar y, a pesar de que él intentara lo contrario, yo sentía que cada día que pasaba sus obligaciones aumentaban más y más.

Llevé el carrito hasta el coche y dejé que Nick colocara al niño en la sillita, intentando que no se despertara.

Dormía profundamente, por lo que suspiré aliviada.

Nos despedimos de nuestros padres y nos subimos al coche.

Nada más salir a la carretera, Nick volvió a hablar para intentar arreglar las cosas.

—Noah…

—No, Nick —dije con un suspiro—, ahora mismo no me apetece tener esta discusión.

—Oye, lo siento —se disculpó, y en su tono entreví cierto enfado. ¿Él se enfadaba? ¿Él?—. Estoy haciendo todo lo que puedo. Venir hoy ha supuesto poner en riesgo el cierre de un contrato muy importante y lo he hecho por ti.

—Siempre hay un contrato importante de por medio, ese es el problema —contesté. En parte me sentía mal, pero deseaba dejar claro que esto ya era algo que se repetía demasiado en nuestra relación.

—¿Y qué quieres que haga, Noah? —me dijo con la mirada fija en la carretera—. ¿Te crees que no me gustaría estar aquí todo el día con vosotros? ¿Que me gusta estar casi toda la semana fuera de casa?

—Pues a lo mejor tienes que ceder parte de tu trabajo o contratar a alguien para que se ocupe de lo que tú haces o…

—Por favor, no seas ridícula —me cortó sin dirigirme aún la mirada.

Sentí que un cosquilleo de cabreo me recorría la espina dorsal.

—¿Disculpa? —pregunté.

Nick ahora sí que me miró, y parecía arrepentido.

—Lo siento, no quería hablarte así, pero debo estar ahí. Se requiere de mi presencia. No puedo desaparecer sin más o llevarme el trabajo a casa. Esto no es un libro que editar, esto es una empresa que produce un beneficio de más de trescientos millones de euros al año.

—¿Qué demonios quieres decir con eso? —pregunté.

—Pues que hago lo que puedo.

Un rato después, llegamos a casa. Las luces del jardín y las del interior estaban encendidas, ya que las teníamos programadas para hacerlo todos los días a las siete.

Se hizo el silencio en el coche cuando se apagó el motor, y ambos nos quedamos observando la puerta delantera, no sabíamos muy bien qué más añadir.

—Me da pena por ti. Me da pena que te pierdas tantas cosas. Andy no tendrá dos años toda la vida, estos momentos son únicos y me parte el corazón que en muchos de ellos no estés —admití intentando no echarme a llorar y no añadir también que estaba agotada, que lo necesitaba.

Nick se pasó la mano por los ojos, como queriendo hacer desparecer un dolor de cabeza persistente.

—Esta semana intentaré cerrar los asuntos más importantes y la semana que viene estaré aquí con vosotros. Lo llevaré todos los días a la guardería y así tú podrás estar más tranquila.

Valoraba su esfuerzo, de verdad que sí, pero me hubiese gustado que para el primer día de guardería de Andy hubiésemos estado los dos para llevarlo y recogerlo. En unas semanas, yo empezaría a trabajar también y sería aún más complicado cuadrar nuestros horarios.

—Está bien. —Terminé por ceder y estiré la mano para abrir la puerta.

Nick me detuvo y tiró de mí para que lo mirara.

Sus ojos azules estaban más claros que nunca debido al bronceado que aún lucía después de la luna de miel, y su pelo, como siempre, tenía ese aspecto de haberse despeinado sin querer… Estaba guapísimo. Me acarició la mejilla izquierda con el pulgar y se agachó para quedar a mi altura.

—Te lo compensaré, Pecas —dijo, y se inclinó más para besar la piel sensible de mi cuello.

Cerré los ojos un momento, dejándome llevar solo un instante por lo que me hacía sentir.

—A mí no tienes que compensarme —solté entonces, alejándome. Volví a darle la espalda, abrí la puerta y me bajé del coche.

Aquella noche dormimos abrazados, ambos haciendo como que no estábamos molestos el uno con el otro. Supongo que eso también formaba parte del matrimonio, fingir para intentar estar bien.

Cuando a la mañana siguiente lo oí vestirse, me hice la dormida y no se me escapó que el beso en la frente que siempre me daba antes de irse brilló por su ausencia.

Durante la semana, había hecho todos los preparativos para la guarde: llevé a Andy a cortarse el pelo, que ya le caía sobre los ojos, y pasé por la escuela infantil a recoger el uniforme que debía llevar. Así que el domingo, cuando hube comprobado que no nos faltaba nada por tachar de la lista de tareas pendientes antes del gran día, aproveché la tarde para pasarnos por el hospital a ver a Jenna y a la nueva bebé.

—Aún no me creo que fueras tú quien trajera al mundo a June, Noah —me dijo mi amiga mientras le daba el pecho a la pequeña en la cama del hospital.

—Yo sí que no me lo creo.

—Tía, eres como la supermadrina —me dijo sonriente.

Mi amiga estaba radiante. La maternidad le sentaba de maravilla y, aunque ella jamás lo admitiría en voz alta, me gustó ver a Jenna de esa manera. De repente, estaba ante una versión 2.0 de mi mejor amiga. Estaba radiante, sí, pero no se me escapó el detalle de que no iba maquillada, por ejemplo, o que por primera vez desde que la había conocido fuese vestida con un práctico camisón de algodón blanco. Apenas conseguía apartar la mirada de su hija, que había sacado sus ojos, pero que también se parecía mucho a su padre.

—¿Cuándo os dan el alta? —pregunté.

—Esta tarde ya podremos irnos a casa —dijo Jenna, y vi un poco de preocupación en su mirada.

—¿Qué ocurre?

—Bueno…, no sé… ¿Sabré hacerlo? —me preguntó entonces mirándome con el miedo reflejado en sus ojos. Un miedo real, muy real.

—Lo vas a hacer genial, los dos lo haréis —aclaré.

—Hoy Lion la bañó, ¿sabes? Y lo hizo… Joder, lo hizo a la perfección, sin titubear. No se acojonó en ningún momento, y la niña… La niña parecía encantada. Yo apenas pude hacer nada, estaba paralizada del miedo. Si la hubiese bañado yo, seguramente se me habría resbalado en el agua y Dios no quiera saber qué podría haber pasado.

Negué con la cabeza ofreciéndole una sonrisa.

—Irás mejorando —la tranquilicé.

—Ya, pero… ¿y si le hago daño? —preguntó volviendo a fijar la mirada en June, que se había cansado de comer y dormitaba con la boquita abierta y húmeda por la leche.

—No se lo harás, Jenna… —dije, y no pude evitar recordar la primera noche en casa que Nick y yo nos quedamos a solas con Andy… Yo también había estado muerta de miedo, en cambio él…—. Los hombres se sienten más seguros porque nosotras les transmitimos seguridad, ¿sabes? Ellos… no le dan tantas vueltas. Nosotras tenemos en la cabeza todo lo que puede salir mal, mientras que ellos…

—Actúan sin más —terminó Jenna la frase.

—Exacto. —Estuve de acuerdo con ella.

—No sé qué habría hecho esta noche si Lion no hubiese estado aquí conmigo, ¿sabes? Admiro tanto a las madres solteras…

Asentí, estaba de acuerdo. El primer año y medio de Andy, Nick no se separó de nosotros…, pero desde hacía unos meses estaba tan ocupado que ni siquiera era capaz de entender cómo había conseguido irse conmigo de luna de miel dos semanas.

—¿Y dónde está Nick, Noah? —me preguntó mi amiga.

Dudé un segundo antes de contestar.

—Ahora mismo en Nueva York…

Mi amiga frunció el ceño.

—Tienes que hablar con él, Noah.

—Ya lo he hecho, pero por ahora las cosas están como están.

Jenna no insistió y, después de una hora echándole una mano con la niña, me marché a casa con Andy. En el camino de vuelta tosió un par de veces. Parecía que aquellos cuatro mocos iban camino de convertirse en un buen resfriado.

Al llegar a casa sentí un escalofrío. Eran las ocho de la tarde y las luces de casa estaban apagadas.

¿Qué demonios?

Bajé del coche intentando no alarmarme. Las casas de nuestra urbanización eran grandes y había distancia entre unas y otras. Era un barrio tranquilo, seguro…

Pero nunca me había gustado la oscuridad.

Abrí la puerta del coche para sacar a Andy, que estaba dormido, y cogí las llaves con la otra mano.

Joder, ¿por qué me latía el corazón a mil por hora?

—¡Perdona! —gritó una voz a mi espalda, consiguiendo que se me escapara un grito del susto.

Andy se despertó y empezó a llorar.

Mierda.

Me giré para ver quién me había hablado y me encontré con un hombre de unos treinta y pocos años. Estaba de buen ver, era alto y rubio, vestía ropa de deporte, y lo que me tranquilizó fue que iba arrastrando un cochecito de bebé igual al que tenía yo para Andy, solo que en el interior de este había una niña de bonitos rizos rubios, dormida y también de una edad parecida a la de Andy.

Me llevé la mano al corazón intentando aún tranquilizarme.

—Lo siento, no quería asustarte —dijo el hombre, acercándose y mirando nervioso a su alrededor. Luego me tendió la mano y se presentó—: Soy Zack.

—No pasa nada… Yo soy Noah —contesté, y me puse tensa por la forma que tenía de mirar alrededor de mi casa.

—¿Estaban las luces apagadas cuando has llegado? —me preguntó.

Asentí poniéndome nerviosa de nuevo e intentando que Andy se tranquilizara. Se puso él solito su chupete y apoyó la cabeza en mi hombro, otra vez dormitando.

—Verás, han robado en dos casas más allá —dijo Zack—. No quiero preocuparte, solo es que he visto que tu casa estaba completamente a oscuras y…

—¿No creerás…? —pregunté otra vez, entrando en pánico.

—Si quieres, puedo echar un vistazo…

Dudé un segundo, pero después me fijé en su hija. Este hombre no tenía pinta de intentar hacerle daño a nadie. De hecho, estaba siendo muy amable al ofrecerse.

—Si no te importa… No se me da muy bien eso de ser valiente cuando mi casa se queda a oscuras —dije, intentando darle un toque cómico a la situación, aunque para mí sin duda no lo tenía en absoluto.

—Sin problema —dijo, y señalando a la niña añadió—: ¿Te importa quedarte aquí con Eve?

—Claro, esperaré aquí fuera, toma —le dije, dándole las llaves—. La clave de la alarma es 7272 —añadí, pues sabía que luego podría cambiarla sin problema.

Ciertamente era una situación muy rara… Estaba dejando que un completo desconocido entrara en mi casa, pero ¿qué iba a hacer si no? Además, no había ni una sola célula de mi cuerpo que me advirtiera de que Zack suponía ningún peligro. De todos modos, cogí el teléfono y tuve el 911 listo para hacer una llamada.

Vi que las luces se encendían entonces, las de fuera, y también vi cómo se fueron encendiendo una a una las del interior de mi casa. Primero las del salón y luego las de las habitaciones superiores… Dios, tenía la casa hecha un cristo…, pero intenté no darle muchas vueltas.

Diez minutos después, Zack salió por la puerta con el semblante mucho más relajado que antes.

—Todo despejado —dijo, y bajo la nueva luz que iluminaba el entorno vi que sí que era un hombre muy atractivo y mayor que yo.

—Muchas gracias —dije volviendo a sentirme segura.

—De nada —contestó, soltando un suspiro y mirando un instante a su hija pequeña—. Nada como una carrera para que se duerma como un tronco —admitió sonriendo.

—Con Andy, es montarlo en el coche y caer rendido —dije, le tendí la mano y le di las gracias otra vez—. Soy Noah, muchas gracias, de verdad.

—No hay por qué darlas —respondió él, y no se me pasó por alto que me echaba un vistazo—. Solo llevo unos meses en el vecindario, es agradable conocer por fin a algún vecino.

—¿De dónde eres? —pregunté.

—De Nueva York —dijo, y no pude evitar que mi semblante se enfriara. Zack soltó una carcajada.

—Me apunto que no te gustan los neoyorkinos —se rio.

—No, no —me apresuré a explicarle—. Mi marido viaja mucho allí por trabajo… Le he cogido un poco de manía a la ciudad, solo eso.

Sus ojos se abrieron con sorpresa.

—¿Estás casada? —preguntó, y asentí con una sonrisa al mismo tiempo que levantaba mi mano izquierda para que viera el anillo—. Vaya, eres tan joven…

—Este pequeñín aceleró un poco las cosas —dije sonriendo, aunque no era del todo cierto; estaba feliz por haberme casado con Nick, me daba igual la edad.

—Vaya… Yo no sé cómo lo habría hecho si hubiese tenido a Eve a los… ¿dieciocho? —aventuró a preguntar.

—Veinte —aclaré—. Ahora tengo veintidós.

—Lo dicho… A mis treinta y dos puedo afirmar que la paternidad te deja fuera de juego. Hay que estar muy preparado.

—Creo que nos deja fuera de juego a cualquier edad —dije, colocándome bien a Andy en la cadera. El renacuajo ya pesaba lo suyo.

—Cierto —estuvo de acuerdo mi vecino—. Bueno, Noah, me marcho, que alguien necesita un baño… Y sí, me refiero a mí.

Me reí.

—Encantada, Zack… Ya nos veremos por el barrio —me despedí sin saber muy bien qué más decir.

Él sonrió y cogió el carrito de su hija.

—Nos veremos, Noah. Buenas noches. Si necesitas cualquier cosa, vivo dos casas más allá —me dijo amablemente.

—Muchas gracias, lo mismo te digo.

Zack volvió a sonreírme y se alejó calle abajo.

Vaya… Qué hombre tan simpático. No se me había escapado el detalle de que no estaba casado, o al menos no llevaba alianza que pudiera afirmarlo.

Entré en casa sintiéndome segura y lamentando que hubiese tenido que ser un extraño quien me ayudase aquella noche ante un posible peligro.

No le di muchas vueltas, acosté a Andy y me preparé una cena rápida.

No le conté nada a Nick aquella noche cuando me llamó antes de que me acostara. Simplemente no quise preocuparlo. Además, mi instinto me indicaba que me metería en un buen lío si le confesaba que había dejado que un extraño entrase en la casa.

8

NICK

No podía apartar la mirada del papel que reposaba sobre mi escritorio: una carta que había abierto con pereza mientras me concentraba en todos los asuntos que debía atender aquel día y que requerían mi absoluta concentración.

En realidad, no me centré en ella hasta que el apartado de dicha carta captó mi atención.

El detalle de haber sido una carta certificada debería haberme puesto sobre aviso, pero estaba tan ocupado y con tanta carga de trabajo que no había ni siquiera pestañeado cuando mi secretaria me pidió que saliera, ya que el chico de correos había pedido mi firma y mi carnet de identidad antes de entregármela.

El asunto de la carta, con mi nombre como principal y único destinatario, rezaba las siguientes escalofriantes tres palabras: «Presunto fraude fiscal».

Dejé todo lo que estaba haciendo y me concentré en cada una de las siguientes palabras que conformaban aquella insólita acusación:

Por medio de la presente, y en conformidad con las leyes vigentes, se le informa que usted ha sido imputado en relación con una investigación oficial por presunto fraude fiscal y manipulación financiera de la

empresa Leister Enterprises. Esta imputación se basa
en evidencias preliminares obtenidas durante la investigación llevada a cabo por el Departamento de
Justicia.

Hice una pausa y miré hacia la puerta de mi despacho sin dar crédito.
Mi cerebro se puso en funcionamiento intentando recopilar información o
buscar una explicación que podría haber llevado a que me investigaran.

Seguí leyendo:

Motivo de la imputación:

Se le imputa haber participado, de manera directa
o indirecta, en la alteración de los registros finan-
cieros de la empresa para inflar de manera ilegal las
ganancias, evadir el pago de impuestos correspon-
dientes y realizar transacciones financieras fraudu-
lentas a través de prácticas ilícitas que contravie-
nen la legislación fiscal vigente.

Dejé de leer para cagarme en todo y levanté el teléfono para hablar con
mi secretaria.

—¿Sí, señor Leister?

—Convoca una reunión con la junta directiva —le gruñí.

Mientras salía del despacho encolerizado en busca de Morris, me pregunté qué cojones habría estado haciendo Gerry, mi asesor financiero, y
volví a preguntarme por qué cojones había cedido a la hora de contratarlo.
Solo su tono de voz me sacaba de mis casillas, pero, claro, era el hijo de uno
de los mejores amigos de mi padre. Venían de una familia importante de

Nueva York y mi padre había insistido en que le dejásemos formar parte de la corporación.

—Leister —me dijo de forma jovial y poniéndose de pie cuando entré en su despacho sin llamar.

Me armé de paciencia antes de hablar y le lancé la carta sobre la mesa.

—Explícame por qué cojones ha llegado una carta del Departamento de Justicia acusándome de fraude fiscal —casi le ladré.

Se hizo el silencio durante unos instantes mientras leía la carta, moviendo los labios conforme avanzaba, hasta que levantó la vista del papel y empezó a hablar atropelladamente, diciendo que no tenía ni la menor idea.

—Dime ahora mismo que no has hecho nada ilegal —le exigí.

Este tío llevaba un año llevando todas las cuentas de la empresa, debía de haber hecho algo mal si estaban acusándome de fraude, joder.

—Nada, señor, se lo juro —dijo nervioso.

—He convocado una reunión con la junta, ya puedes ponerte las pilas y buscar toda la documentación que vayamos a necesitar para cerrar este puto asunto antes de que me lleven a juicio. Y más te vale que no haya sido más que un error burocrático, porque entonces tus días en esta empresa y cualquier empresa cuyo nombre sea simplemente medio conocido estarán contados.

Me largué sin ni siquiera dejarle responder.

Joder.

De nuevo en mi despacho, me apreté la frente con la mano derecha. Un dolor punzante me hizo cerrar los ojos con fuerza. Estaba sometido a demasiado estrés, lo sabía, mi cuerpo me avisaba y yo lo ignoraba sin más.

—Señor Leister. —La voz de mi secretaria sonó a mi espalda, y ahí me di cuenta de que estaba tan cabreado que ni había cerrado la puerta y ella se lo había tomado como una invitación—. He hablado con todos los miembros de la junta y la reunión deberá ser mañana por la tarde, señor…

Mierda.

—Mañana por la tarde vuelo a Los Ángeles —dije controlando las ganas de mandarlo todo a la mierda.

—Lo sé, señor. He intentado cuadrarla para mañana por la mañana, pero ni Benett ni Astor pueden. De hecho, tienen la reunión con Isadora que usted mismo convocó.

Volví a apretarme la frente con la mano. El dolor seguía ahí.

—Está bien, mañana por la tarde entonces —accedí, y le hice un gesto para que se marchara.

Mis ojos se desviaron a la fotografía que había sobre mi escritorio. Era una foto que había hecho con una cámara analógica. Noah, en la playa, con la mano sobre sus ojos intentando que no le diera el sol, y Andy, que por aquel entonces apenas tenía un año, sonreían a la cámara. El gorrito azul y los tres mil kilos de crema solar nos habían hecho reír cuando una mujer que pasó por nuestro lado nos preguntó si teníamos por hijo a un fantasma más que a un bebé.

Recordaba el instante en el que había hecho esa foto. El atardecer tras Noah, sus pecas más marcadas que nunca, su esbelto cuerpo cubierto con un biquini color malva a juego con el diminuto bañador de Andy…

La foto no era perfecta. De hecho, había dos marcas de luz a los lados de esas que a veces aparecen cuando la foto está hecha con una cámara desechable… Pero por eso era insuperable, y porque la felicidad en los ojos de mi mujer había quedado retratada a la perfección e inmortalizada para poder ocupar un espacio privilegiado en mi despacho.

No sé cuántas veces al día contemplaba esa fotografía. A veces tenía que ponerla boca abajo porque me distraía…

Había hecho mil cambios para conseguir llevar a Andy a la guardería y al final no iba a poder ir.

Sentí un pinchazo en el corazón y tuve que tragarme mis sentimientos. No iba a ser fácil que Noah lo entendiera, sobre todo porque no pensaba contarle esta cagada de mi equipo. No quería preocuparla, pero lo que más me dolió fue recordar lo que ella me había dicho unos días antes: que Andy no iba a tener dos años siempre y que estos momentos solo pasaban una vez en la vida.

El teléfono fijo volvió a sonar y, cuando lo cogí, no me sorprendió que fuera mi padre.

—Tenemos que hablar —dijo en un tono serio que casi igualaba el mío.

Cancelé todo lo que tenía aquella tarde y empecé a investigar qué cojones estaba pasando.

9

NOAH

Al final llevé yo sola a Andy a la guardería. Nick me había dicho que había hecho todo lo posible por poder estar aquí, pero que al final no iba a poder viajar a tiempo. Lo creí… Lo creía cuando me decía que tenía tanto trabajo que no podía escaparse y viajar para estar con su familia. Eso jamás lo había puesto en duda, pero aun así…

Los días pasaron y Nick no pudo regresar. Hablábamos todas las noches y hacíamos videollamadas, pero no era lo mismo…

Había pasado ya una semana y llevar a Andy a la guardería seguía siendo un suplicio. Lloraba como si estuviesen torturándolo y la culpabilidad que me embargaba siempre seguía quemándome por dentro. Daba igual lo que hiciera, daban igual las distracciones que hubiese en la clase, en cuanto le soltaba la mano se ponía a gritar como un descosido.

El miércoles de la segunda semana fue aún peor.

Aún peor porque ya no me dejaban quedarme con él. De hecho, las profesoras me habían asegurado que lo mejor que podía hacer era irme rápido, que así el niño sufría menos, pero yo no terminaba de estar de acuerdo con esa táctica. Tuve que llegar y casi sin despedirme dejárselo a aquella mujer sonriente y alejarme pasillo abajo escuchando los gritos de mi hijo a mi espalda.

Nada más salir de allí, me apoyé contra la fachada del edificio y dejé que las lágrimas cayesen por mis mejillas con lentitud.

La angustia que sentía no podía compararla con nada, y lo peor de todo era que estaba sola. Afrontarlo sin Nick estaba siendo peor de lo que había imaginado y, en ese instante, lo único que anhelaba era que me envolviera entre sus brazos y me dijera que todo iba a estar bien. No le había contado la verdad. No le había dicho que Andy lloraba todos los días y que yo salía de allí igual o más angustiada que él. No se lo había dicho porque sabía que eso lo mataría por dentro. Sabía que le dolía no poder estar aquí, así que prefería ahorrarle el mal trago. Sin embargo, eso también significaba que me lo estaba comiendo yo sola.

—¿Noah? —escuché que alguien me llamaba.

Era mi vecino, Zack, el mismo que me había ayudado la semana anterior cuando me había encontrado las luces de la casa apagadas.

Forcé una sonrisa y me apresuré en limpiarme las lágrimas.

—Qué casualidad, acabo de dejar a Eve en la guarde. ¿Tú también traes al tuyo a esta? —Entonces pareció verme mejor—. Oye, ¿estás bien? ¿Qué ha pasado?

—Nada, nada —le expliqué a toda prisa—. Acabo de dejar a Andy y podemos decir que ahora mismo no es uno de sus lugares favoritos…

Zack sonrió con pena mientras asentía.

—Es una mierda, pero pasa —me intentó animar—. Eve estuvo casi tres semanas berreando, pero poco a poco fue a mejor. Ahora casi ni se despide de mí, la muy granuja. Sale corriendo hacia su profe y ni mira para atrás.

—Hala —exclamé sorprendida.

Zack se rio.

—Te dolerá más eso que cuando llore por no querer quedarse, créeme —dijo, y agradecí su amabilidad—. Venga, arriba ese ánimo. Te invito a un café, ¿te apetece?

Dudé un instante, pero al final acepté.

—¿Tu marido sigue fuera? —me preguntó, y, al pensar en Nick y en la última semana, casi me entran ganas de ponerme a llorar otra vez.

—Sí… Está más liado que nunca, apenas hemos tenido tiempo de hablar unos minutos al día… —dije mientras seguía a Zack calle abajo. Era temprano y corría una brisa agradable, pero algo fresca a esas horas. El verano ya iba desapareciendo, dando lugar a los primeros vestigios del otoño.

—Vaya…, lo siento. ¿A qué decías que se dedicaba? —me preguntó nada más girar a la derecha.

Supe que era una pregunta inocente. No iba a contarle a aquel desconocido que mi marido era uno de los hombres más ricos del estado, por lo que tan solo le dije que trabajaba en un despacho de abogados de Nueva York.

—Entonces debe de estar muy puteado. Tengo un colega abogado que trabaja en Nueva York y se está quedando hasta calvo… Los jefazos de esos bufetes son unos nazis y te chupan la sangre, al igual que el tiempo.

No aclaré que Nicholas era uno de esos jefazos. De hecho, casi podía afirmar con seguridad que había pocas personas que se pudiesen posicionar por encima de él, pero eso también me lo guardé para mí, como es obvio.

—Oye, anímate, de verdad, que estos críos pueden con todo.

Sonreí y entramos a una cafetería bastante acogedora.

Tenía mesitas de madera y una gran barra. Había todo tipo de café de especialidad, té matcha y batidos muy elaborados, además de una tele en la esquina donde daban las noticias.

El local no estaba muy concurrido, por lo que pudimos sentarnos a una mesa apartada y tomarnos un café tranquilos.

Descubrí que Zack trabajaba como informático en una gran empresa. Estaba claro que era un chico de buena familia, pero sin llegar al esnobismo que por lo general rodeaba mi vida. Haber completado mi educación rodeada de lujos, por suerte, no había afectado en mi forma de ver el mundo. Sin embargo, a veces sí que había echado de menos compartir tiempo con gente cuyas familias no saliesen en la lista Fortune 500.

—Y dime, Zack, ¿tú estás casado? Me he fijado en que no llevas alianza —me atreví a preguntar después de un rato charlando sobre nuestra vida.

Fui más que consciente de que su semblante se enfriaba un poco.

—Bueno…, en realidad soy viudo —dijo mirando hacia su taza de café.

Se me hizo un nudo en el estómago.

—Dios mío… Cuánto lo siento —dije llevándome la mano al corazón de manera inconsciente.

—Tranquila —respondió, ahora mirándome a los ojos.

Vi tal amargura en ellos que me quedé sin nada que decir por un momento.

—¿Puedo preguntarte qué fue lo que pasó? —pregunté con pena.

—Murió en el parto… Al parecer, tenía un aneurisma cerebral del que no sabíamos nada y el esfuerzo hizo que estallara… Los médicos apenas pudieron intervenir.

Dios mío.

—Cuánto lo siento —repetí extendiendo la mano hasta rozar la suya.

Una sonrisa pequeña apareció en su rostro.

—Tranquila… Fue hace tres años, el tiempo lo va curando…

Obviamente, eso no era cierto, y sentí tanta pena por él que me entraron ganas de abrazarlo. Joder, y yo llorando porque mi hijo no quería ir a la guardería… Ese hombre sí que había pasado por el dolor más grande que podía pasar una persona, perder a su mujer mientras daba a luz a su hija…

—Debe de haber sido durísimo… criar a Eve tú solo… —me aventuré a afirmar.

—Mis padres me echaron una mano… y ahora puedo decir con la boca bien grande que soy un superpapá.

Me reí, aunque una parte de mí deseaba derramar alguna lágrima por semejante tragedia.

Nos despedimos un rato después, él debía ir a trabajar y yo tenía cosas que hacer, pero tras escuchar esa historia… sentí la repentina necesidad de hablar con Nick.

En Nueva York eran tres horas más, por lo que tal vez tenía suerte y lo pillaba en la pausa del almuerzo.

Respondió al teléfono casi al instante, pero cuando fui a hablar me interrumpió:

—¿Es urgente? —dijo sin más, en un tono serio y tan alejado de como solía hablarme que me quedé callada—. ¿Noah? —insistió él.

—No es urgente —contesté, sintiendo un pinchazo en el corazón.

—Te llamo en cuanto pueda —dijo, y colgó.

Me quedé mirando el móvil durante unos instantes que se me hicieron eternos.

Los siguientes días volví a quedar con Zack para desayunar, e incluso en dos ocasiones nos acompañó Jenna con la niña. Lo cierto es que se llevaron muy bien y encontré en ellos un espacio seguro donde depositar mis miedos e inseguridades sobre Andy. Jenna nos pedía consejo a mí y a Zack sobre cómo criar a una recién nacida, y Zack y yo le pedíamos a ella consejo sobre cómo hacer para estar tan radiante habiendo tenido un bebé hacía apenas tres semanas.

—Lo siento, amigos, pero los genes son los genes —nos contestó, y Zack y yo aprovechamos para tirarle las servilletas de papel como venganza.

Como yo aún no trabajaba, Jenna estaba de baja y Zack entraba a su trabajo a las diez, el desayuno después de dejar a los peques en la guarde nos cuadraba genial. Era agradable tenerlos, éramos como una pequeña AFA e, incluso cuando Jenna no venía, Zack y yo nos hacíamos compañía todas las mañanas hasta que se tuviera que marchar.

Yo dejaba a Andy en la guardería y él a Eve, y después nos tomábamos un café rápido antes de que tuviese que irse.

A Nick no le conté nada respecto a nuestro vecino porque deseaba presentarlos en persona cuando por fin decidiese regresar a casa.

Pero mis planes se truncaron cuando llegó ese martes.

Mientras charlábamos sobre trivialidades y descubría que a Zack se le daba bastante bien hacerme reír, una noticia en la tele de la cafetería captó nuestra atención.

No fui yo quien se dio cuenta; de hecho, fue él. Al fijar sus ojos en la televisión y soltar una carcajada despectiva me obligó a mí a seguir la dirección de su mirada para ver de qué se trataba.

Sentí que me quedaba lívida al leer el titular:

«Nicholas Leister, el multimillonario empresario y CEO de Leister Enterprises, acusado por fraude y malversación de fondos».

Y no solo eso, la imagen televisiva mostraba en directo a Nick trajeado saliendo de la sede de la empresa en Nueva York, donde cientos de periodistas lo esperaban para pedirle una declaración.

—Este tipo de gente siempre hace lo mismo… —escuché que Zack decía a mi lado.

Vi que Nick se colocaba el teléfono en la oreja al mismo tiempo que se subía a su coche, conducido por Steve.

Justo en ese instante empezó a vibrar mi teléfono.

Era él.

Lo cogí con manos temblorosas.

—¿Noah? ¿Dónde estás?

—Nick, ¿qué está pasando?

—Escucha, necesito que recojas a Andy, hagas las maletas y esperes en casa. Un coche pasará a buscaros dentro de una hora.

—¿Es cierto lo que acabo de ver en la televisión?

Maldijo entre dientes y le indicó a Steve que girara a la derecha.

—Joder, ¿lo has visto? —me preguntó volviendo a maldecir un segundo después.

—Acabo de verlo, Nicholas, ¡sales en las noticias!

Zack me devolvió la mirada completamente pasmado.

—Lo sé, algún imbécil ha debido filtrarlo a la prensa. Por favor, necesito que hagas lo que te pido. Esto va a ponerse feo, debes ir a casa y hacer las maletas. Os venís a Nueva York hasta que pase la tormenta.

Me puse de pie al mismo tiempo que cogía mi bolso. Zack hizo lo mismo mientras se apresuraba a pagar la cuenta.

—Nicholas, no puedo irme a Nueva York. ¡El lunes empiezo a trabajar!

—¿Podemos hablar de esto cuando llegues? Tienes el avión esperando en el aeropuerto de Van Nuys y ya he avisado a Charlie para que no se separe de vosotros dos.

—Nicholas, no puedo irme sin más —dije, controlando cada una de mis palabras.

Lo oí respirar hondo antes de hablar:

—Noah, esto no es una tontería. La prensa se nos va a echar encima, si es que no están esperando en casa ya. Necesito que mi familia esté conmigo, necesito verte, por favor, *te necesito*.

Comprendí que se trataba de algo serio cuando pronunció aquellas dos últimas palabras.

Nick no era dado a expresar sus sentimientos; de hecho, era la persona más hermética que jamás había conocido. Si verbalizaba que me necesitaba, sabía que no mentía.

Respiré hondo yo también y guardé mi enfado en un compartimento cerrado de mi cerebro, pero no puse las llaves muy lejos.

—Está bien.

Escuché que Nick suspiraba aliviado.

—¿Dónde estás?

—Estaba tomando un café frente a la guardería de Andy.

—¿Has ido en coche? —me preguntó.

—No, he venido andando.

—Mierda —soltó—. Pues coge un taxi y vete para casa. No es seguro que vayas andando.

Me dirigí a Zack por primera vez desde que saltó la noticia en aquel televisor.

—Zack, tú has venido en coche, ¿verdad? —le pregunté.

—¿Quién cojones es Zack? —escuché que Nick preguntaba al otro lado de la línea.

Mierda.

—Sí —me dijo Zack, asintiendo con la cabeza.

—¿Puedes llevarnos a Andy y a mí a casa? —le pregunté.

—Claro, sin problema —dijo, caminando a mi lado mientras cruzaba hasta llegar a la guardería—. ¿Qué ocurre, Noah?

—¿Quién demonios es Zack? —volvió a preguntar Nick.

—Es nuestro vecino —le contesté, y luego miré a Zack—. Gracias por esto, en serio. Te debo una.

—No tengo constancia de que ninguno de nuestros vecinos se llame Zack, joder.

—¿Puedes relajarte? —le grité al teléfono de malas maneras mientras cruzaba la carretera en dirección a la guardería.

—Estás con un tío que no tengo ni puta idea de quién es, ¿cómo pretendes que me relaje?

No eran celos; se suponía que habíamos dejado eso atrás, aunque sabía que era obsesivo cuando se trataba de mi seguridad o la de Andy. No sería la primera vez que me obligaba a llevar guardaespaldas. Después de lo que ocurrió antes de que Andy naciera, cuando un trabajador loco le disparó a traición, la seguridad de los Leister se había convertido en algo que había que tomarse muy en serio.

—Te llamo luego. Estoy a punto de entrar en la clase de Andrew —dije, y le colgué.

Llamé a la puerta y la profesora de Andy abrió con cara de sorpresa.

—Noah, ¿ocurre algo? —preguntó.

—Tengo que llevarme a Andy, ha ocurrido una emergencia familiar…
—dije muy nerviosa. El teléfono no dejaba de vibrar en el bolsillo trasero
de los vaqueros.

—Claro, por supuesto —dijo la profesora abriéndome la puerta y dejándome pasar—. Espero que no sea nada grave…

Entré y localicé a mi hijo en una de las mesitas redondas infantiles.
Llevaba puesto su delantal azul de cuadros y tenía las manos llenas de pintura roja.

Cuando me vio, sus ojos azules se abrieron con sorpresa e infinita alegría.

—¡Mami! —Corrió hacia mí y no tuve la rapidez para frenar sus manitas. Dos palmas diminutas y rojas se estamparon en mi camiseta blanca de
Loewe sin que pudiera hacer nada por evitarlo.

—Hola, mi vida. Nos vamos a casa, ¿te parece?

—¡¡¡Síííííí!!! —gritó entusiasmado mientras otros diez niños que no levantaban ni medio palmo del suelo nos observaban con asombro.

Cogí un poco de papel antes de dirigirme a la puerta, donde la profesora me aguardaba sujetando la mochila del pequeño.

—Gracias y disculpe las molestias —dije mientras cogía la mochila y
oía cómo los niños se ponían a llorar al ver que uno de ellos se marchaba
con su mamá y ellos no.

—Dame sus cosas —dijo Zack cogiéndome la mochila cuando salimos.

Nos subimos a su coche, un Audi un poco viejo, y me apresuré en
limpiarle las manos a Andy con prisa. La sillita de la hija de Zack nos
valió para sentarlo y rodeé el coche para sentarme junto a él en el asiento
del copiloto.

Sé que no debía, pero le planté el móvil a Andy con los primeros dibujos animados que encontré y procuré tranquilizarme.

—Oye, Noah… —empezó a decir Zack.

—Tranquilo… No tenías ni idea —dije, porque me imaginaba que lo último que se habría esperado era averiguar que Nicholas Leister era mi marido.

—Lo cierto es que no… ¿Cómo iba a saberlo? Jamás hubiese imaginado que Nicholas Leister pudiese vivir en mi urbanización.

—Ya, bueno… Esa es la idea.

Y era cierto. Nick había comprado esa casa pensando en mí, porque sabía que yo no era una chica a la que le fueran los grandes lujos. Cuando me la regaló, sé que dejó a un lado sus necesidades para amoldarse a las mías, y se lo agradecía en el alma. Me gustaba vivir de una manera más austera…, aunque de vez en cuando se empecinara en mandarme un avión privado a recogerme, como ese día.

No tardamos en llegar, y allí sucedió lo inevitable.

Había al menos cinco periodistas en mi puerta.

—Mierda.

—Hostia —dijo Zack.

Respiré hondo y llamé a Nick.

—Están aquí —le dije.

—Lo sé —escuché que contestaba en un tono muy tenso—. Charlie está al llegar, quédate en el coche de…

—Zack —acabé por él.

—Del tío ese. Y espera a que llegue Charlie, te escoltará hasta la puerta.

—Nick, ¿cómo ha podido pasar esto? —le pregunté.

—No te preocupes, ¿vale? Lo solucionaré —dijo, pero su tono no me resultó del todo convincente.

Vi que un vehículo negro de cristales tintados paraba justo en mi puerta. Nosotros nos habíamos quedado en la acera de enfrente y, al no ir en mi coche, la prensa no se había percatado de que estábamos justo allí.

Charlie y un compañero suyo que no conocía se apearon y vinieron hacia nosotros de inmediato.

Me giré hacia Zack.

—Mil gracias, de verdad. Nos vemos cuando regrese, ¿de acuerdo?

Zack me cogió la mano antes de que me girara para abrir la puerta y salir.

—¿Seguro que estás bien? —me preguntó, y vi en sus ojos que de verdad estaba preocupado.

—Lo estaré en cuanto me reencuentre con Nick. Gracias —dije apretándole la mano, y me bajé para poder sacar a mi hijo.

Los periodistas corrieron hacia el coche en cuanto me vieron.

Cogí a Andy e intenté ocultarle la cabeza contra mi hombro. No quería que le hicieran fotos.

Charlie y su compañero nos escoltaron hasta la casa mientras las preguntas de los periodistas llegaban a mis oídos:

—¿Sabía usted que su marido cometía fraude, señora Leister?

—¿Qué hará la junta directiva ahora que su marido ha sido acusado de estafar al estado?

—¿Es usted también cómplice de todo esto?

No daba crédito.

Entré en casa corriendo, con el corazón acelerado y una sensación horrible en el pecho.

—Señora Leister, debemos irnos cuanto antes —me apuró Charlie.

—Charlie, te he pedido millones de veces que me llames Noah.

—Lo siento, Noah, pero debemos salir en media hora.

Dejé al niño en el parque mientras me apresuraba a hacer la maleta. Metí todo corriendo: un pijama para Andy, pañales, unos vaqueros míos, un peto para Andrew, varias camisetas, dos pares de zapatos, mi ropa interior, algunos *bodies*, el neceser con las medicinas por si acaso, el peluche favorito de Andy, su mantita, sus chupetes, su biberón… Madre mía, la de chismes que necesitaban los críos…

Tan rápido como pude, cerré la maleta y cogí los pasaportes.

Sabía que en el avión nos darían de comer, por lo que no pasé por la cocina. Cuando estuve lista, me coloqué a Andy en la cadera, le di el chupete para que estuviese tranquilo y le cubrí la cabeza con una gorra. Yo hice lo mismo, no quería que nos fotografiasen; no quería que nuestra foto saliera en la prensa al día siguiente.

—¿Lista? —me preguntó Charlie.

Asentí y me abrió la puerta. Fuera habían llegado más periodistas.

Los flashes me dieron de lleno y provocaron que Andy se asustara. Empezó a llorar con todas sus fuerzas y odié a aquella gente que no tenía escrúpulos ni cuidado cuando se trataba de un niño pequeño.

Me subí a la parte trasera del coche y senté a Andy como pude en la silla. Charlie y su compañero metieron las maletas en el maletero y salimos de allí sin demora.

Sentí que huía de mi casa, de mi hogar, y no me gustó nada aquella situación.

No había mucho tráfico. La hora punta de la mañana ya había pasado, por lo que no tardamos en llegar al aeropuerto. Nos desviaron a la zona de aviones privados y allí estaba, en el hangar cinco, el avión privado de los Leister, una máquina impresionantemente moderna y reluciente con el logo de la empresa.

No me gustaba ir en él, por no hablar del gasto astronómico que suponía un simple vuelo y de la contaminación, pero sí que era cierto que sin él no tendría el privilegio de ver a Nick todo lo a menudo que la libertad de tener un piloto privado le permitía.

—Señora Leister, permita que la ayude —me pidió el compañero de Charlie, haciéndome el favor de cargar con Andy para dejarme así los brazos libres.

Mi hijo se había dormido después de media hora de gritos que nos habían vuelto locos a los tres adultos. Me había costado lo mío calmarlo, sobre todo al no poder sacarlo de la silla.

Le había roto su rutina, lo habíamos estresado sacándolo de la guarde y asustado debido a los periodistas.

No le quité el ojo al compañero de Charlie mientras subía las escaleras del avión, y le indiqué que acostara al niño en uno de los asientos, a mi lado.

Los asientos eran grandes y cómodos, además de que se reclinaban dándole a un botón.

Con los cinturones ya abrochados, el piloto salió a saludarme y me indicó que no tardaríamos en despegar.

Le escribí un mensaje a Nick diciéndole que nos veríamos en poco más de seis horas y fijé la mirada en la ventanilla.

Ya en el aire, por fin pude detenerme a pensar en todo lo que estaba ocurriendo.

Si había algo de verdad en la acusación contra la empresa, contra Nick, estábamos jodidos…

10

NICK

Me dolía la cabeza. Llevaba todo el día reunido y encerrado en el apartamento. Mi padre estaba histérico, la junta estaba histérica, mis empleados estaban histéricos porque me veían a mí histérico…

Lo que había empezado como un problema serio se había convertido en un auténtico infierno en el instante en que descubrí que Morris se había marchado de Nueva York y dos agentes de la IRS se presentaron en las oficinas pidiendo papeles y autorización para comprobar todas mis cuentas.

Tras reunirme con mi padre llegamos a la conclusión de que debíamos contratar un abogado fiscal de renombre. Margaret Sloan Carter, una abogada de reputación intachable que no había perdido ni un solo caso contra la IRS, aceptó llevar mi caso y la última semana nos la habíamos pasado intentando averiguar cómo demonios salir del infierno en el que Morris me había metido. Había documentos firmados por mí que no había visto en la vida, había transferencias irregulares de capital a cuentas en las Islas Caimán… Ese hijo de puta había querido joderme de verdad.

No entendía nada, y la noticia había saltado a todos los medios. Sabía que era algo inevitable. Era demasiado jugoso como para que no le llegara a la prensa, pero, joder, les había llegado demasiado rápido. No me había dado ni tiempo a hablar con Noah, a ver cómo demonios íbamos a afrontar esto sin que interfiriera en nuestra vida privada… Los periodistas se me habían adelantado. Lo ideal hubiera sido hablar yo con la prensa, adelantarme al escándalo contando la verdad, pero me había salido el tiro por la culata y eso solo podía significar una cosa: había más gente en la empresa que quería joderme, pero ¿quién? ¿Quién estaba confabulado con Morris para intentar imputarme un delito penal?

Me terminé el vaso de whisky de un trago. Desde hacía seis horas, lo único que me importaba era saber que Noah y Andy habían aterrizado sanos y salvos. Un coche los esperaba en el aeropuerto de Teterboro y los traería directamente aquí. Volví a mirarme el reloj de pulsera, ansioso.

Llevaba sin ver a Noah y a mi hijo más de tres semanas, creo que era el periodo de tiempo más largo que había pasado sin verlos. A Andy cien por cien seguro, y a Noah… Bueno, sin contar el año que rompimos, desde entonces lo máximo que había estado sin verla había sido una semana.

Oí el sonido del ascensor que subía directamente al apartamento y me levanté del sofá, dejé la copa de whisky sobre la mesa de cristal y fui directamente hacia la entrada.

Las puertas se abrieron y allí, de pie, se encontraba el amor de mi vida sujetando a la razón de mi existencia dormido entre sus brazos. Ni reparé en Charlie, solo tenía ojos para ellos dos.

No lo dudé, me lancé y, sin ni siquiera dejarla decirme «hola», posé mis labios con firmeza sobre los suyos. Le puse la mano en la nuca para no dejarle otra opción que devolverme el beso mientras nuestro hijo dormía entre los dos.

Solté todo el aire que estaba conteniendo y apoyé mi frente sobre la suya.

—Joder, Pecas, te he echado de menos…

Mis ojos buscaron los suyos y se derritieron al ver su iris color miel, cálido y brillante, devolviéndome la mirada con pavor.

—Tienes que explicarme qué demonios está pasando —dijo sin darme tregua.

No le contesté. En cambio, cogí a Andy de sus brazos y lo estreché contra mí, besándolo en la coronilla.

—Charlie, deja las cosas en nuestro dormitorio, gracias —le indiqué al guardaespaldas de mi mujer.

Este asintió con la cabeza e hizo lo que le pedí.

Con Andy entre mis brazos, me encaminé hacia los dormitorios.

Llevaba ya un año viviendo entre Manhattan y Los Ángeles. El apartamento había sido uno de los pisos que mi abuelo me había dejado en herencia, un ático frente a Central Park. Era una de las propiedades más caras que poseía mi familia, sobre todo ahora que los precios en Nueva York se habían disparado.

Ya no existía la clase media en Nueva York, o eras pobre o eras millonario, no había punto intermedio.

—Deberíamos bañarlo —dijo Noah, que había seguido mis pasos hasta la habitación del pequeño.

Al mudarme, lo primero que hice fue adecentar el piso para convertirlo en un hogar. A Noah no le hacía mucha gracia ir allí, pero sabía que, si quería verme, muchos de sus fines de semana los tenía que pasar en Manhattan.

Juntos habíamos decorado la casa, aunque ella tampoco se había involucrado mucho… Solo en el dormitorio de Andy, que tenía las mismas nubes pintadas a mano que el dormitorio de Los Ángeles.

«Para que se sienta como en casa», había dicho Noah, y yo ni rechisté.

—No vamos a despertarlo —le dije tumbándolo despacio en la cuna.

Lo observé durante unos instantes. Parecía un angelito… Dormido, con su chupete que no cesaba de moverse entre sus labios, sus mofletes sonrosados y…

—¿Por qué tiene restos de pintura roja entre los dedos?

Me giré hacia Noah, que había reposado la espalda contra la pared contraria, junto a la puerta. La habitación estaba a oscuras, sin contar el halo de luz que atravesaba el suelo, proveniente de las luces encendidas del pasillo.

La observé con detenimiento y me fijé en las manchas de manitas rojas que había sobre su camiseta de color blanco. Esa misma camiseta que le marcaba las curvas del pecho y su estrecha cintura…

—¿Estás bien? —pregunté, dando unos pasos vacilantes en su dirección.

La miré como si ella fuese una gacela y yo un león. Desde que la tenía ahí conmigo, el peso de los problemas parecía haber desaparecido, o al menos adormecerse.

Me importaban una mierda la demanda, los *paparazzi*, el fraude o la difamación.

Lo único que me importaba se encontraba entre esas cuatro paredes.

—Tienes que explicarme muchas cosas, Nick —me dijo Noah bajito con sus ojos clavados en los míos.

Di dos pasos más en su dirección, quedando ya muy cerca, pero no lo suficiente.

—Te explicaré lo que quieras, pero, por favor, deja que te haga el amor antes de joderme el resto de la noche —susurré.

Vi que mis palabras la afectaban. Pude incluso sentir el latido de su vena carótida contra la piel sensible y suave de su cuello.

Sonrió de lado.

—¿Hacerme el amor? —me preguntó.

Di otro paso hacia delante. Estábamos tan pegados ya que casi todos los miembros de mi cuerpo estaban en contacto con el suyo… Casi.

Sonreí.

—Estoy apostando todo a una, Pecas. ¿Tan obvio es?

—Lo que es obvio es el problemón en el que te has metido.

No dejé que me distrajera.

Mis dedos se colocaron con suavidad sobre sus caderas, guiándola hasta que mi miembro erecto rozó su entrepierna en una caricia ligera.

Su cabeza se recostó sobre la pared y buscó mis ojos con la mirada.

—No me distraigas, Nick —me ordenó.

Volví a sonreír.

Noah era la única persona capaz de hacerme sonreír en una situación tan crítica como en la que me encontraba.

—¿Qué es exactamente lo que te distrae, amor? —dije, inclinándome hacia delante para inspirar su dulce fragancia. Mi nariz apenas le rozaba el lóbulo izquierdo, y bajé por la curvatura de su cuello.

Sentí que toda su piel se estremecía.

—¿Esto? —continué, besándole el cuello con suavidad. Se le cortó la respiración y no pude evitar que las comisuras de mi boca se elevaran satisfechas—. ¿O esto? —Volví a besarla, justo donde su pulso latía enloquecido. Y fue un beso húmedo, caliente, no un simple roce de mis labios, no.

—Nick… —suspiró entrecortada—. Nick, por favor…

Pegué mi cuerpo al de ella, la aplasté contra la pared, no quería que hubiese ni un milímetro de aire entre ambos.

Noah tembló bajo mi cuerpo, subí la mano y le rodeé el cuello con mis dedos, guiando su boca hasta…

No la besé…, aún no.

—Te he echado de menos —dije, direccionando mis dedos hasta que estos sujetaron la tela de la camiseta. Con cuidado, tiré de esta hasta hacerla pasar por encima de su cabeza.

Noah se quedó en sujetador frente a mí. La tela de encaje dejaba entrever sus pezones erectos, suaves y rosados…

Y no lo dudé.

Me incliné aún más y me metí uno de ellos en la boca, chupando y succionando sobre la tela del sostén como si fuese un crío sacando leche.

—Dios… —dijo Noah elevando el tono sin darse cuenta.

Mi mano le tapó la boca y ambos nos quedamos callados un segundo a la espera de si habíamos despertado al niño.

No fue así.

—Vamos —dije, cogiéndola de la mano y encaminando la marcha hacia nuestro dormitorio.

Era inmenso, y las vistas, espectaculares. La ciudad de Nueva York se extendía ante nosotros, imponente, amenazante, pero qué bonitas eran sus luces, su caos, su energía sin fin.

—Deja que me duche primero, que llevo seis horas metida en un avión —me pidió Noah.

—Me gustas sucia —le dije mirándola con lujuria.

—Sucia tiene la mente, señor Leister —contestó ella, y nada me puso más que escucharla llamarme así.

La atraje hacia mí sin poder resistirme a la distancia.

—Vuelve a llamarme así, Pecas…

—Acompáñame a la ducha —insistió sonriendo divertida, divertida y caliente, podía verlo en sus ojos.

Hice lo que me pedía, pero no esperé a que se desnudara. Abrí la ducha, inmensa como una habitación, y la empujé con ropa y todo bajo el agua.

Pegó un gritito y entonces la besé.

Introduje mi lengua en su boca mientras el agua borraba las últimas horas de mierda de nuestro cuerpo, dejando paso a lo más purificante del mundo: el deseo que sentía por mi mujer.

La estreché con fuerza mientras me la comía con la boca.

Noah se apartó para poder respirar, y la alejé un poco para que el agua no le diera directamente en la cara.

—Estás empapada —dije, haciendo alusión a lo obvio.

—Muy observador, señor Leister —repitió.

Me quité la camiseta mojada frente a su lujuriosa mirada y sonreí al ver que se mordía el labio sin ni siquiera darse cuenta.

—No me refería a la ropa —dije, acercándome y tirando de sus pantalones hacia abajo. Se los sacudió con impaciencia y quedó casi desnuda ante mí. Su conjunto de lencería era espectacular.

—Aún no has podido comprobarlo —dijo ella, sacándome el cinturón de los vaqueros y dejándolo caer de cualquier manera. Sus dedos pasaron a tocar uno a uno mis pectorales—. Estás para comerte, cariño.

Mi corazón se saltó dos latidos y volví a empujarla contra la pared de la ducha. La levanté en volandas y yo sí que empecé a comérmela a besos.

—¿Pasamos a comprobarlo? —dije apretándola, sujetándola con mi brazo y dejándome espacio para apartar la tela de sus bragas e introducir en su interior dos dedos con cuidado—. Joder, amor... —añadí, volviéndome loco al notarla empapada entre mis dedos. Noah soltó un suspiro entrecortado y gritó cuando los introduje con fuerza, como sabía que le gustaba.

—¡Nick!

—Sí, grita mi nombre —le pedí besándola por todas partes.

Le quité toda la ropa, no quería barreras entre nosotros. Quería verla, besarla, saborearla, hacerle de todo... Joder, cómo la había echado de menos, aunque también había mucha tensión que buscaba ser liberada.

Había pasado unas semanas muy duras, sometido a mucho estrés... Necesitaba desahogarme y ¿qué mejor que hacerlo entre las piernas de la mujer más preciosa del mundo?

—Quiero sentirte dentro, Nick. Ahora —me pidió, descuadrando todos mis planes.

—No, amor —dije, apartándome un poco para volver a mirarla, porque era hermosa. Era increíblemente hermosa y a veces me preguntaba cómo había podido tener tanta suerte—. Quiero hacerlo durar...

Noah colocó su mano firmemente en mi nuca y clavó sus ojos en los míos, seria.

—Hazlo, Nicholas.

Que utilizara mi nombre completo no era buena señal, o sí, depende de cómo se mirara.

—Lo que tú digas, Pecas.

Así que la giré, dejándola de cara a la pared, y me pegué a su espalda al mismo tiempo que apartaba su pelo hacia un lado y acercaba mi boca a su oído.

—Al final del día, da igual cuánta mierda tenga que aguantar, todo merece la pena si puedo hacer esto contigo —le susurré al mismo tiempo que me introducía con suavidad en su interior.

No había nada mejor que eso. Nada mejor que cuando nos uníamos en una sola persona compartiendo una pasión desmedida, una pasión que jamás había experimentado con nadie, no de esa forma. Una conexión única en la vida, esa conexión que te la da solo la persona que está destinada a ser tu compañera y tu mitad.

Una sensación extraña me recorrió todo el cuerpo, la misma que sentí en aquel avión volviendo de la luna de miel. Me aparté de ella y la coloqué frente a mí, necesitaba verla.

Noah me devolvió la mirada con un rastro de duda en los ojos.

«¿Qué ocurre?», pareció preguntarme.

Mis dedos subieron por su mejilla y apartaron las gotas de agua que caían como aceite sobre la porcelana.

No podía perderla.

Si llegaba a perderla…

—Nick —susurró, esta vez acogiendo mi mejilla entre sus delicados dedos.

Incliné mi cara hacia su mano y le besé la palma con delicadeza, sin poderme librar de ese miedo irracional que acababa de apoderarse de mi mente.

—¿Qué ocurre? —me preguntó, mirándome preocupada.

—Nada —dije besándola y forzándome a cerrar los ojos en un intento de hacer desaparecer aquella imagen dañina que me asustaba mucho más de lo que en aquel momento fui capaz de comprender.

Me centré en lo importante. Me centré en ese instante, y lo que empezó siendo un baile pasional acabó siendo un acto de amor incondicional hacia mi mujer.

Le hice el amor lento, sin apartar los ojos de ella, y, al acabar, ambos nos quedamos callados y exhaustos.

Nos colocamos de nuevo bajo el chorro de la ducha y nos lavamos en silencio.

Sabía que Noah me observaba aún con preguntas en sus ojos, y eso me hizo sentir incómodo. Le di un beso rápido en los labios y me aparté.

—Iré a ver cómo está Andy. Te espero en el salón. Podemos pedir sushi de ese sitio que tanto te gusta.

Salí del baño con la toalla anudada a la cintura. Me sequé a toda velocidad y me puse los primeros pantalones grises de chándal que pillé.

Andy dormía tan tranquilo en su cuna.

Respiré hondo e intenté tranquilizarme.

Mi hijo estaba bien… Noah estaba bien… Pero…

Recordé lo ocurrido dos años atrás… Cuando también me había visto inmerso en un caos mediático. Recordé a los periodistas acosándome, a la gente gritando… Aquel hombre disparándome a traición en el aeropuerto con mi mujer embarazada tan cerca… Tan cerca, joder…

Tapé a mi hijo y salí de allí en dirección al salón.

Me serví otro vaso de whisky. Era una botella de Macallan que había guardado para una ocasión especial, pero en aquel instante necesitaba sentir que un líquido de más de cuarenta años me quemaba la garganta como el fuego.

—Nick.

Su voz a mis espaldas me obligó a recomponerme.

No podía dejar que Noah se preocupase. No, de ninguna manera. Aquellos sentimientos eran míos y solo yo podía hacer que desaparecieran.

Forcé una sonrisa cuando por fin me giré para hacerle frente.

Había cogido una camiseta mía de color gris. Le llegaba hasta las rodillas y la hacía parecer aún más bajita de lo que era.

—Te sienta bien, Pecas.

Noah bajó los ojos para mirarse y se encogió de hombros.

—Tuvimos que salir tan rápido de casa que se me ha olvidado coger mi pijama.

Dejé el whisky en la mesita de cristal y me acerqué a ella.

—Puedes usar mis camisetas siempre que quieras. De hecho, creo que me gusta tanto verte con ellas que puedes tirar todos esos camisones sexis de la luna de miel… Espera, no, lo retiro. Quédate los camisones.

Noah puso los ojos en blanco y permitió que la abrazara. Aspiré la dulce fragancia de mi champú en su melena humedecida.

Unos segundos después, se apartó y dijo:

—Tenemos que hablar, Nick.

Por desgracia, yo sabía que tenía razón.

Solté un profundo suspiro.

—Lo sé.

—¿Qué está pasando? —me preguntó.

Volví a darle la espalda, me alejé de ella y cogí de nuevo mi vaso de whisky.

—Todo va a solucionarse, no quiero que te preocupes.

—Nicholas, me has sacado de casa literalmente casi a rastras, una decena de *paparazzi* furibundos le han disparado flashes en la cara a nuestro hijo, he tenido que subirme a un avión como si huyera de la justicia y me has traído hasta aquí… ¿Y ahora me dices que no me preocupe?

Me apoyé contra el ventanal y la observé.

—Llevas razón… Es un asunto feo en el que ya estoy trabajando. Alguien en la empresa ha hecho mal las cosas y, lo que es peor, quieren manchar la imagen de Leister Enterprises, quieren manchar mi nombre.

—¿Es cierto lo que dicen? —me preguntó.

—Jamás he intentado o pretendido burlar la ley, Noah. Si es cierto lo que dicen, te juro aquí mismo que se ha hecho sin mi consentimiento y con el único fin de joderme.

Noah me observó en silencio, un silencio que me puso repentinamente nervioso.

—¿Sabes quién ha sido? —preguntó finalmente.

—Tengo mis sospechas, pero tampoco estoy seguro.

—¿Y dónde nos deja eso a nosotros? ¿Va a haber un juicio? ¿La prensa seguirá acosándonos como ha hecho hoy en la puerta de casa?

Apreté los labios con fuerza.

Hijos de puta.

—Lo único que quieren es un puñetero titular —dije furioso—. No hay nada que venda más que un titular sensacionalista con una mujer hermosa y un bebé en la portada…

Noah abrió los ojos asustada.

—¿Y cómo vas a pararlos? —preguntó.

Pensé mi respuesta unos segundos.

—Mi relación con la prensa siempre ha sido buena. Los he atendido, les he dado portadas y les he dejado entrar lo justo en mi vida para que estuviesen contentos y me dejasen en paz… Si quieren ir por esta vía, van a conocer a un Nick Leister que jamás han visto, y te aseguro, Noah, que no quieren ver ese lado mío.

Noah se sentó en el sofá y cogió uno de los cojines para abrazarlo. Siempre hacía eso cuando estaba nerviosa o ansiosa, y os juro que sentí la necesidad de cargarme a todo aquel que había causado ese malestar en ella.

—¿Has hablado con William de esto? —preguntó.

Mi padre también había sido acosado a la entrada de las oficinas en Los Ángeles. Aunque ya estaba casi jubilado, seguía formando parte de la junta directiva y había estado en la reunión de urgencia que habíamos convocado esa mañana.

—Sí, y Noah, de verdad, no quiero que te preocupes por esto. Está controlado. Solo necesito que te quedes aquí un tiempo hasta qu..

—¿Cómo? —me interrumpió—. Nick, no puedo quedarme aquí, empiezo a trabajar el lunes.

—Ya he hablado con tu jefe…

Noah se puso de pie, mirándome con cara de horror.

—¿Que has hecho qué?

Mierda.

—Lo conozco… Sabes que somos amigos…

—Y me juraste que jamás intervendrías para absolutamente nada —me cortó enfureciéndose casi a cámara lenta delante de mí.

—Y no ha sido así. Sabes perfectamente que entraste por tus propios méritos, joder, pero si hasta te cambiaste el nombre al echar la solicitud para que no supieran que eras mi mujer.

—¡Porque no quiero favoritismos!

—Esto no se trata de favoritismos, ¡se trata de que le he pedido ayuda a un colega porque tienes a toda la prensa sensacionalista queriendo sacarte una puñetera foto para colocarla en toda la maldita prensa amarilla del país!

—¡¿Me estás diciendo que no voy a poder empezar a trabajar?!

Respiré hondo intentando tranquilizarme. Necesitaba que Noah lo entendiera, no quería joderla. Esto no era personal, solo estaba mirando por su seguridad y la de nuestro hijo.

—Necesito que pospongas lo de tu trabajo hasta que esto se calme.

—No puedo creérmelo —dijo dándome la espalda y alejándose de mí—. ¡No puedo creerme lo que me estás pidiendo!

—Noah…

—¡No! —me gritó—. Esto no funciona así, Nicholas. No puedes hacer esto sin habérmelo consultado primero, no puedes… —Respiró hondo antes de volver a hablar—. ¡Joder, no puedes hablar con mi jefe para pedirle que posponga mi entrada en la editorial porque a ti te viene mejor tenerme aquí encerrada hasta que soluciones tus problemas!

—¡¿Y qué quieres que haga?! —le contesté elevando también el tono—. ¡¿Que deje que la prensa te acose?! ¡¿Que permita que esperen en la puerta de casa a que salgas a sacar la basura?! ¡No puedo hacer eso! Ahora eres mi mujer y estas mierdas vienen acompañadas del apellido Leister. Cuanto antes lo entiendas, mejor para todos.

Noah se llevó las manos a la cara, frustrada.

—He estado dos años posponiendo mi entrada al mundo laboral. Lo he hecho por nuestro hijo y lo he hecho por los dos. Sabes perfectamente lo que necesito empezar a trabajar, lo que necesito volver a…

—¡Y lo sé! —le contesté frustrado—. Esto no tiene nada que ver con que trabajes o no, por Dios. ¿Crees que soy esa especie de marido anticuado que pretende que su mujer se quede en casa cocinando? ¡No esperaba que esto ocurriese!

Noah me miró aún enfadada, dolida y furiosa.

Respiró hondo, ambos manteniéndonos la mirada fijamente. Después de unos instantes, Noah fijó los ojos en sus pies y, cuando volvió a levantarlos hacia mí, parecía que había tomado una decisión.

—Vas a tener que buscar una solución, Nick. El lunes estaré de vuelta en casa y empezaré a trabajar como estaba planeado. Dices que esto es una consecuencia del apellido Leister, pues utiliza todo tu poder e influencia para solucionar este asunto y asegúrate de que sea seguro volver a nuestra casa, porque no pienso quedarme aquí.

No dejó que le contestara.

Me dio la espalda y se alejó por el pasillo dando un portazo.

11

NOAH

La mañana siguiente se despertó lluviosa, tal vez en un intento de la naturaleza por hacerme compañía en mi estado de ánimo. Nick no estaba a mi lado en la cama y supuse que ya se había marchado a trabajar. Miré el móvil un instante, aunque me decía todos los días que quería dejar esa horrible manía, y vi que tenía como cinco llamadas perdidas de mi madre y otras diez de Jenna. Seguro que habían visto las noticias y se preguntaban qué demonios estaba pasando. Aunque, bueno, mi madre ya estaría enterada por William… O no, porque al parecer los Leister eran muy dados a ocultar información a sus esposas para «protegerlas».

Me di una ducha rápida, me aseé y me puse lo primero que encontré en la maleta, que reposaba abierta a los pies de la cama.

Al salir de la habitación, el ruido de unas risas infantiles pareció aplacar mi estado de ánimo. Aunque jamás lo admitiría en voz alta, cruzar la esquina del pasillo y ver a Nick haciendo reír a Andy mientras le daba el desayuno me produjo una sensación de felicidad extrema que no esperaba sentir aquella mañana lluviosa de septiembre.

Puse los ojos en blanco al ver que Nick acababa de ofrecerle galletitas de chocolate al niño, así cualquiera hacía que desayunara sin rechistar… Sin embargo, lo pasé por alto solo por volver a verlos juntos disfrutando el uno del otro.

Habían pasado muchos días desde que Nick se había ido, y la realidad era que mi hijo lo adoraba sobre todas las cosas. Así que, si quería hacerlo reír y consentirlo con chocolate, yo no era nadie (solo ese día) para arruinarles a ambos la fiesta.

Andy fue el primero que me vio, y una sonrisa adorable se formó en su carita de ángel.

Nick vio cómo reaccionaba y se giró para ver quién acababa de entrar en el salón.

—Buenos días, Pecas —me dijo sonriente, aunque en su mirada pude ver que la tensión compartida por nuestra discusión del día anterior seguía presente en sus ojos y estaba segura de que yo mostraba exactamente esa misma tensión en los míos.

—No esperaba verte aquí. ¿No trabajas? —le pregunté, acercándome a la mesa e inclinándome para besar a mi hijo, que empezó a estirar los brazos para que lo levantara.

Nick tiró de mí hasta hacer que me sentara sobre sus rodillas y me obligó a mirarlo a los ojos.

—¿A mí no me das un beso de buenos días o qué? —inquirió ignorando mi pregunta anterior.

No me dejó ni pensar mi respuesta, tiró de mí y me plantó un sonoro beso en los labios.

Un gran escalofrío me recorrió toda la espina dorsal. ¿Alguna vez dejaría de sentirme así cuando ese hombre me besaba?

Esperaba que no.

Cuando por fin me soltó, vi un brillo travieso en sus ojos, el mismo que indicaba que parecía haberme leído la mente.

Andrew gritó como un poseso intentando llamar mi atención y me dio una excusa para alejarme de ese hombre increíblemente sexy que no se merecía mis carantoñas después de lo que había sucedido ayer.

Me puse de pie y me coloqué a Andy en la cadera mientras me acercaba a la cafetera para servirme un café.

—Bueno… ¿Cómo es que estás aquí un miércoles por la mañana? —volví a preguntar.

Nick me siguió por la cocina mientras yo iba y venía preparándome el desayuno con Andy en brazos y su cabecita apoyada dulcemente contra mi hombro.

—¿No puedo dejar de trabajar un día para atender a mi dulce y enfurruñada esposa y al consentido de nuestro hijo?

Lo miré con cara de circunstancias sin decir nada en absoluto, solo mirándolo.

—Vale. Steve me ha dicho que me quede en casa hasta que se calmen un poco las cosas. Leister Enterprises estaba lleno de periodistas esta mañana.

—Qué bien —contesté con frialdad mientras cogía mi humeante taza de café, mi *bagel* con queso y me sentaba a la isla de la cocina—. ¿Has tenido tiempo de idear un plan?

Nick se apoyó en la encimera con los brazos cruzados sobre el pecho y me miró poniéndose serio.

—Cualquier plan que te incluya a ti y a Andy solos en Los Ángeles acosados por periodistas no es un plan viable; por tanto, no, aún no he podido dar con ningún plan con el que vayas a estar satisfecha.

Me llevé la taza a los labios.

—Pues tenemos un problema —dije mirándolo tensa.

Nick apretó la mandíbula con fuerza y desvió los ojos a la ventana, donde las gotas de la lluvia incesante golpeteaban los cristales. El cielo estaba tan encapotado que parecía casi de noche.

Habíamos evolucionado mucho en los últimos dos años. Haber tenido a Andy, haber presenciado un disparo a Nick y luego un intento de allanamiento de morada y secuestro de nuestro bebé nos había hecho unirnos más que nunca y anteponernos y protegernos sobre todas las cosas. Habíamos aprendido a dialogar, aunque seguíamos discutiendo, eso era inevitable. Sin embargo, cuando Nick apretaba así la mandíbula y me miraba como lo estaba haciendo en ese instante, me recordaba que dentro de él aún seguía existiendo ese hombre increíblemente temperamental que haría lo que fuese con tal de mantenernos a salvo, aunque tuviese que enfrentarse a mí para imponer sus deseos.

—Si nos volvemos a Los Ángeles, el acoso será muchísimo peor que aquí. ¿Eso lo entiendes?

Que hubiese utilizado la palabra «nos» me tranquilizó y me dio esperanzas.

—Nuestra vida está en Los Ángeles, Nick, no aquí. Nuestros amigos, nuestros padres, la guardería de Andy, nuestra casa, nuestras cosas… —dije, y no pude evitar sentir tristeza al mirar a mi alrededor.

Aquel apartamento ya no parecía inhóspito ni vacío.

—Bueno —me corregí—, tal vez decir «nuestras cosas» ya no sea lo correcto.

Nick vivía allí desde hacía mucho tiempo. Daba igual que fuese y viniese, sus cosas estaban allí. Su ropa estaba en ese armario, y que la mía estuviese guardada en una maleta a los pies de la cama indicaba que no estábamos haciendo las cosas bien.

Nick volvió a centrarse en mí.

Pareció entender exactamente lo que estaba queriendo decir, y me rompió un poco el corazón que no me corrigiera.

—Sabes que no será por mucho tiempo… Las nuevas divisiones…

—Necesitan que estés aquí para gestionarlas de cerca, sí, me lo has dicho un montón de veces —lo interrumpí.

Andy empezó a patalear para que lo soltara, y lo dejé en el suelo para que se fuera corriendo a donde estaban algunos de sus juguetes. Nick lo siguió con la mirada y después volvió a centrarse en mí.

Se pasó la mano por la cara y vi lo agobiado que estaba en realidad.

—No sé qué decirte, Pecas. Intento hacerlo lo mejor que puedo. Estoy hasta arriba de trabajo y no paran de surgir problemas… Y luego estáis vosotros. ¿Crees que me gusta estar separado de mi hijo y de mi mujer? ¿Crees que soy feliz ahora mismo, Noah?

Sentí una punzada en el corazón al escuchar esas palabras, porque las entendía… No éramos felices estando separados.

—Yo tampoco, Nick —le confesé mirándolo a los ojos. Pero yo seguía sentada a la isla y él apoyado contra la encimera, lejos de mí…, tan lejos que me dolía. Cuando volví a hablar, casi susurré—. Algo tiene que cambiar.

Nick asintió en silencio y, tras unos segundos sin decir nada, pareció armarse de valor para soltar su siguiente frase.

Se alejó de la encimera y vino a sentarse a mi lado. Cogió mi mano entre las suyas, la besó y luego soltó la bomba que nos pondría, a él y a mí, a nuestra relación, definitivamente en jaque.

—¿Por qué no os venís a vivir aquí?

Tardé unos instantes de más en procesar su pregunta y, cuando al fin lo hice, la rabia y la decepción me golpearon tan fuerte que retiré mi mano de la suya y me eché hacia atrás en la silla, deseando alejarme de él todo lo posible.

—Noah, por favor.

Me giré hacia él.

—¿Sabes lo que me estás pidiendo?

Nick asintió en silencio. Al igual que yo, se había puesto de pie y su semblante estaba muy serio, mucho más serio de lo que lo había llegado a ver en meses.

—¿Y mi trabajo, Nick?

—Sabes que puedes trabajar aquí. Sabes que Nueva York es la capital de las editoriales, Noah…

—¡Sí, pero no de la editorial donde me han contratado, Nicholas!

—Puedo tirar de contactos…

Oh, Dios mío.

—¡Ni se te ocurra! —le grité—. Joder, Nick, ¡ya lo hablamos! No quiero favoritismos. No quiero entrar en ningún trabajo porque tú hagas una llamada y…

—¿Y qué pasa si hago una llamada? —me increpó.

—Yo no quiero conseguir las cosas por ser hija de… —No terminé la frase, porque supe en el instante en el que solté esas palabras que la acababa de cagar.

Por los ojos de Nick pasó una sombra de decepción, dolor y rabia que poco tardó en verbalizar.

—Deja de mirarnos a todos con superioridad, Noah —dijo con voz de hielo—. Joder, ¿te crees que usaría mis contactos para darte un trabajo que no mereces? ¿Te crees que yo lideraría una de las empresas más importantes de Estados Unidos si no fuese capaz? ¡Y sí, joder, entré por ser hijo de mi padre, pero también he estado toda mi puñetera vida preparándome para ello! ¿Y sabes lo peor de todo? ¡Que aun habiéndome graduado *cum laude*, aun habiendo llevado esta empresa a lo más alto a mis veintisiete años, todavía tengo que demostrar que me merezco mi puesto todos los putos días de la semana, del mes y de cada año!

—¡Pues justo eso es lo que no quiero hacer yo! —le respondí yo también a gritos.

Nick me miró con incredulidad.

—Bienvenida al mundo real, Noah —dijo bajando el tono de voz—. Eres mi mujer, llevas el apellido Leister tatuado en la frente por mucho que no hayas querido cambiártelo legalmente, ¿y sabes lo que significa eso? Significa que, por mucho que entres a un trabajo por tus propios méritos, siempre habrá gente que quiera pensar que estás donde estás por ser mi mujer. Así que asúmelo y al menos benefíciate de ello, porque, cariño, hablar van a hablar, y no hay nada que puedas hacer contra eso.

La verdad de sus palabras me quemó como hierro ardiente contra la piel.

Di dos pasos hacia atrás y vi durante una fracción de segundo que parecía haberse arrepentido de lo que me acababa de decir…

No quería llorar delante de él, por lo que le di la espalda y me alejé.

—¡Noah! —gritó cuando me fui por el pasillo sin saber muy bien dónde meterme.

¡Dios!

Escuché a Nick llamar a Silvie, la asistenta, para que le echara un vistazo a Andy y, cuando me giré y lo vi venir por el pasillo, le cerré la puerta prácticamente en la cara.

—¡Oh, vamos! —dijo desde el otro lado.

Me alejé todo lo que pude y fui hacia la ventana.

Fijé mis ojos en los cientos de personas diminutas que caminaban por las calles neoyorquinas bajo nuestros pies. Los coches iban todos con las luces encendidas y los parabrisas se movían, quizá acelerados, intentando apartar la lluvia a toda prisa.

Nueva York… La ciudad que nunca duerme y la ciudad donde jamás me mudaría para criar a nuestro hijo.

Y no solo eso… Mudarme aquí significaría dejar toda mi vida, mis amigos, mi trabajo, mi madre, William, Maddie… Ya había tenido que dejar mi hogar una vez… No quería tener que volver a hacerlo.

Pero ¿era cierto lo que decía Nick? ¿Acaso yo era una ingenua por no haberlo pensado antes?

Si me detenía a reflexionarlo, llevaba toda la razón… ¿Quién no creería que había entrado a trabajar gracias a los Leister? Yo misma sería una de las personas que pensaría eso si la mujer de alguien tan importante como Nick entrara a trabajar a la empresa donde yo me ganase la vida.

Joder… ¿Ya ninguno de mis logros se achacaría a mi esfuerzo?

Lo sentí contra mi espalda y cerré los ojos con fuerza.

Una lágrima cayó por mi mejilla. Descendió despacio hasta perderse por mi cuello en un viaje lento pero imparable.

—Haré lo que tú quieras, Noah —dijo entonces Nick en un tono derrotado, cansado, pero completamente sincero—. No sé cómo, pero haré lo que me pidas —me susurró entonces al oído.

Y lo peor de todo es que sabía que lo haría.

Haría lo que fuese por mí. De eso no tenía la menor duda.

Giré sobre mí misma hasta mirarlo a la cara.

Su frente tocó la mía y sus dedos subieron a limpiar mis mejillas en un roce dulce de sus manos.

—Por favor, no llores —me pidió—. Me juré a mí mismo que jamás volvería a hacerte llorar, Pecas, por favor.

Esa frase solo me hizo llorar más.

Nick me envolvió en sus brazos y me apretó con fuerza.

—Por favor, para —me rogó—. Volveré a Los Ángeles. No sé muy bien cómo lo haré, porque tengo que solucionar esta movida primero e intentar ver a quién dejo en mi lugar para que se encargue del cierre de los contratos y las reuniones, y está también el tema de la prensa… Contrataré a todo un equipo de seguridad para que nos dejen en paz. Además, tengo que ver qué hago con el equipo de aquí, a ver si puedo cuadrar llevarme a algunos empleados y que se pasen a la sede de Los Ángeles. Les subiré el sueldo, no me importa, les ofreceré algo que no puedan rechazar y así tal vez…

Me separé de él y lo busqué con la mirada.

—Nick, para —le rogué intentando tranquilizarme.

¿Qué estaba haciéndole?

—No, mi amor, no —me dijo decidido—. No quiero hacerte daño. Tampoco quiero estar lejos de ti, no lo soporto más.

—Lo sé, y yo tampoco lo soporto —dije respirando hondo y, soltando un sonoro suspiro, contesté—. Nick, nos mudaremos Andy y yo aquí.

—No.

—Nick… —empecé, pero me interrumpió.

—Deja que lo solucione, puedo hacerlo.

Negué con la cabeza.

—Te lo agradezco en el alma porque sé que harías cualquier cosa por verme feliz, pero no puedo pedirte esto cuando yo lo tengo más fácil, cuando yo puedo esperar a que me llegue otra oportunidad…

—Noah…

—No, Nick —dije tajante esta vez—. Somos un matrimonio, ¿no? Se supone que debemos cuidar el uno del otro y hacer sacrificios…

—Tú ya has hecho demasiados sacrificios.

—Ninguno de ellos se puede comparar con todo lo que tú haces por Andy y por mí cada día —dije, y mis palabras eran ciertas.

Él era quien estaba fuera, él era el que estaba solo sin ver a su hijo por seguir manteniendo el trabajo que nos daba la vida increíble que teníamos. Lo había visto desde otro lado y ahora lo veía claro. Él tenía razón… Yo era una Leister y, cuanto antes lo aceptara, mejor nos iría a todos.

Eso no significaba que sacrificaría mi sueño de trabajar en una gran editorial, pero en ese momento yo era la que lo tenía más fácil.

—Solo es por un tiempo, Noah.

—Lo sé —dije forzando una sonrisa.

Me besó en los labios y dimos por terminada aquella discusión.

12

NICK

Los siguientes días pasaron volando y, cuando llegó el fin de semana, yo había tomado una decisión.

No iba a permitir que Noah dejase toda su vida por un malnacido que quería joderme… No iba a permitirlo. Ella llevaba todos esos días intentando aparentar que estaba bien, que estábamos bien, pero no era cierto. La conocía, joder. La conocía como la palma de mi mano, y esa tristeza que veía en sus ojos se debía a que tenía que seguirme una vez más a mí y apartar sus sueños a un lado.

Noah llevaba todo el verano hablando de su nuevo trabajo. En la luna de miel me había confesado en más de una ocasión lo preparada que se sentía para por fin dejar salir todo su potencial; estaba ilusionada de verdad…

Yo no podía hacerle eso. No podía permitir que desaprovechara esa oportunidad.

Así que el sábado ya lo tenía todo pensado.

Viajaría con ella a Los Ángeles, estaría unos días allí con ellos para asegurarme de que estaban seguros y luego volvería a afrontar la guerra que habían empezado contra nosotros. Ya había hablado con la empresa de seguridad que daba servicio a mi familia siempre que la requeríamos. El equipo que seguiría a mi familia estaría liderado por Steve, que desde la distancia tendría a mi mujer protegida con Charlie a la cabeza.

Aquella noche, con Andy ya dormido, me senté en el sofá a admirar las vistas de la ciudad. A veces me sentía tan solo en aquella urbe tan llena de gente… Por unos instantes, al principio, cuando Noah me dijo que se quedaría, había sentido paz… Me había sentido seguro sabiendo que ella dormiría conmigo todas las noches… Estar lejos de ella, de Andy… Me mataba por dentro, pero en esos momentos yo debía permanecer sereno, fuerte, seguro en mi decisión.

Noah iba antes que yo. Siempre iría antes que yo.

La vi aparecer por la esquina del salón, acababa de darse una ducha y me la quedé mirando cuando se me acercó con un camisón increíblemente sexy. Era el que mandé comprar para ella cuando me confesó que se había dejado su pijama en casa.

Me sonrió de lado mientras se acercaba con sigilo como si fuese un gatito.

Sonreí al ver que su nariz respingona llena de pecas se fruncía levemente.

Amaba esa naricita…

Me quitó el vaso de cristal de las manos y lo colocó en la mesita que había al lado del sofá para sentarse a horcajadas sobre mí, con cada una de sus piernas a un lado de mis caderas.

Mis manos se posaron sobre sus muslos y le subieron un poquito el camisón.

—Estás taciturno —dijo acariciándome el pelo.

Cerré los ojos un instante y me permití aspirar su fragancia…

Sentí su boca sobre mis labios y dejé que me besara.

Bajó por mi mandíbula hasta llegar a mi cuello.

Me estremecí y noté que toda la sangre del cuerpo me bajaba para centrarse en mi entrepierna.

—¿No te alegra saber que me vas a tener para ti todos los días?

Sentí un pinchazo de dolor en el corazón.

Por un instante dudé de mi decisión… Dudé porque me lo imaginé… Tenerla allí conmigo, que me ayudara a afrontar toda la mierda que se me venía encima.

Pero luego recordé la mirada triste que había tenido toda la semana y esa posibilidad volvió a descartarse.

—Cariño —dije cogiendo su barbilla entre mis dedos y obligándola a devolverme la mirada—, ya está todo arreglado… No tienes que quedarte aquí.

Noah se apartó un poco para mirarme bien.

—¿Cómo? —dijo confundida.

—Vas a coger un avión, vas a llevar a nuestro hijo a casa y vas a empezar el trabajo de tus sueños.

Noah empezó a negar con la cabeza y la callé con un beso.

—Iré con vosotros, os acompañaré y me aseguraré de que estéis bien, podemos hacerlo… Esto se solucionará. Iré a casa todos los findes, me dan igual las reuniones, me da igual todo. Te prometo, aquí y ahora, que no volverán a pasar más de cinco días sin vernos.

Noah tomó aire y, antes de que dijera nada, la besé en los labios otra vez.

—Está decidido.

—Pero… —empezó a decir, y yo negué con un gesto.

—Ahora deja que te haga el amor en este sofá.

La tumbé sin esperar respuesta y me centré en lo único que me ayudaría a despejar la cabeza.

La hice mía de nuevo. Le hice el amor despacio, sin apartar la mirada de sus ojos, de su cuerpo, de toda ella.

Memoricé cada rincón de su piel y cada mirada de deseo… Me grabé cada sonido que salió de sus labios y la llevé al éxtasis todas las veces que su cuerpo me lo permitió.

Cuando se durmió, exhausta, la levanté y la trasladé en brazos hasta la cama.

Me quedé mirando cómo dormía y sentí miedo… Miedo de que algo le ocurriera, miedo de no estar cerca si las cosas se descontrolaban…

Pero me obligué a respirar y a tranquilizarme, me obligué a permanecer sereno.

Debía confiar en las personas que se ocuparían de su seguridad. Debía confiar en la justicia y en que esta terminaría demostrando que yo no había hecho nada malo.

No fui capaz de dormirme con ella aquella noche.

Mi cabeza no paraba y me encerré en el gimnasio a intentar desahogarme contra el saco de boxeo.

Una, dos, tres veces… Y vuelta a empezar.

13

NOAH

No había habido manera de convencerlo, aunque una gran parte de mí quería creer que tenía razón y que podíamos hacerlo... Al final, dejé de insistir y, con una sensación agridulce, volví a guardar todas mis cosas y las del niño en la maleta.

Nick intentaba disimular que estaba bien, pero lo conocía. Lo conocía lo suficiente como para saber que para él era tan o más duro que para mí que tuviéramos que separarnos otra vez.

Después de un rato buscándolo por el piso, con Andy bañado, comido y dormido, lo encontré en el pequeño gimnasio que tenía junto a la biblioteca.

Desde donde él estaba no me veía, y me quedé observándolo durante un rato.

Estaba desnudo de cintura para arriba, solo llevaba unos pantalones de deporte y todos los abdominales se le marcaban con una exquisita nitidez.

El saco de boxeo se tambaleaba con cada golpe excesivamente fuerte que Nick le propinaba. Sus brazos musculados destacaban con cada movimiento y el sudor hacía que le brillara la piel bronceada.

A veces me preguntaba cómo había tenido tanta suerte... Qué había visto Nick en mí para haberme elegido, para haberse enamorado tan locamente de mí como yo de él.

Era hermoso… De ese tipo de hombre que solo existe en las películas, y allí, frente a mí, dejando sacar toda su rabia me sentí increíblemente afortunada de ser su mujer.

Me acerqué hasta que por fin me vio.

Sus brazos levantados en puños se aflojaron y se detuvieron.

Cogí el saco por detrás y lo miré.

—¿Es mi cara la que ves cuando golpeas? —pregunté, sabiendo que una parte de él me odiaba por haberlo hecho ceder sobre lo de venirme a vivir aquí.

Yo también lo habría odiado un poquito si hubiese tenido que renunciar a todo por estar en Nueva York. Y estaba bien, podía vivir con eso.

Nick se me acercó con paso decidido.

Me cogió la barbilla con firmeza.

Joder, su mirada estaba llena de ira.

—Eso no lo digas ni en broma —dijo muy muy serio—. Jamás.

Me estremecí por dentro.

Mierda.

—Tranquilo —dije, levantando la mano para posarla en la suya.

Se alejó de mí y me dio la espalda hasta que llegó al banco y cogió la botella de agua.

Lo observé mientras bebía.

Después, agarré los guantes que había por allí tirados y me los puse.

Nick no los había estado utilizando, por lo general se vendaba los nudillos con una cinta blanca.

Los guantes me quedaban bastante grandes, pero no me importó. Me coloqué al otro lado del saco y lo golpeé.

Con fuerza.

Apenas se movió.

Nick me observó callado desde donde estaba, al otro lado de la sala.

Volví a golpear.

Y luego otra y otra vez.

Al quinto golpe sentí que las manos de Nick me agarraban por detrás y me abrazaban de manera que ya no pude mover los brazos.

—Para —me susurró al oído—. Vas a hacerte daño.

—Enséñame —le pedí, temblando ante el contacto de nuestros cuerpos.

—No —contestó, y me soltó.

Lo busqué con la mirada.

—¿Por qué? —pregunté.

—No es necesario —contestó sin más.

—Yo creo que sí —dije, volviendo a golpear el saco.

Noté una especie de latigazo en la parte baja de la espalda y Nick me vio hacer una mueca de dolor.

—Joder, Noah —dijo frustrado.

—Enséñame —insistí.

Nick vino hacia mí y se colocó de manera que el saco quedó entre los dos. Sus ojos serios me observaban.

—¿Para qué? —preguntó—. ¿Para visualizar mi cara mientras golpeas? —me devolvió el comentario frío como el hielo.

Decidí ignorar toda su intensidad y volví a golpear.

—No me hace falta tener un saco de boxeo para imaginar que te doy una tunda, Nick… Puedo hacerlo sin accesorios.

Al final, conseguí lo que quería.

Nick soltó una risotada y el corazón se me hinchó de orgullo.

El ambiente había estado tan cargado que agradecí ese respiro.

—A veces se me olvida lo desarrollada que tienes tu parte masculina, Pecas.

—Y tú lo poquito que tienes desarrollada tu parte femenina —contesté haciendo un gesto con los dedos para enfatizar lo mínima que era esta.

—Peores cosas se han visto —dijo, y me señaló los pies con un gesto de cabeza—. Estás mal colocada, pon el pie izquierdo delante y el otro atrás, así. —Hice lo que me pidió y me quedé ligeramente girada con respecto al saco de boxeo. Sonreí contenta al ver que sí que iba a enseñarme, por fin.

—Las rodillas semiflexionadas, nunca rectas —me indicó, acercándose por detrás, y me rozó con las manos la parte trasera de las rodillas con un toque suave. Noté el calor de su cuerpo y volví a sentir un escalofrío. Joder. ¿Por qué me excitaba tanto aquella situación?

Luego me colocó las manos sobre las caderas… Sus manos grandes, fuertes… Muchas cosas podía hacer ese hombre con esas manos, con sus dedos…

—Debes rotar las caderas cuando das un golpe, así. —Me indicó el movimiento—. Los hombros y las caderas son un bloque, se mueven juntos —añadió, subiendo las manos hasta mis hombros, y el muy canalla se inclinó para aspirar mi perfume. Sentí el roce de su nariz contra la oreja y casi pierdo el equilibrio—. Es importante estar concentrada, Pecas. Si no, le das ventaja a tu oponente y no queremos eso, ¿verdad?

«Creído», pensé en mi fuero interno, pero me obligué a concentrarme.

—Con una mano te cubres el mentón y con la otra la mandíbula. Siempre en guardia, siempre concentrada en tu objetivo. —Se separó de mí y extrañé el calor de su cuerpo. Giró hasta colocarse frente al saco para sujetármelo—. Cuando golpees, lo debes hacer rápido. Tu mano tiene que volver a su posición original de defensa, no empujes el saco. Ah, y, al golpear, respira y suelta el aire despacio.

Esperé hasta que me indicó con un gesto de su cara que golpeara.

Lo hice y el impacto fue mucho mejor que las anteriores veces. Comprendí entonces la importancia de sentir el control del cuerpo, de la fuerza.

Como es obvio, el saco ni se inclinó ligeramente, pero me sentí fuerte…, poderosa.

—No me gusta ese brillo que tienes en los ojos, amor —dijo Nick frunciendo el ceño.

Le devolví la mirada y una sonrisa apareció en mis labios.

—¿Qué brillo? —pregunté, volviendo a golpear.

—El mismo que tienes cada vez que te subes a un coche y pisas el acelerador… El mismo que aparece en tus ojos siempre que jugamos a un juego de mesa o echamos un billar…

—Soy competitiva —dije encogiéndome de hombros y sonriendo satisfecha.

—Ya… No hace falta que lo jures, Pecas, pero no quiero imaginarte peleando contra nadie. De hecho, sería mi peor pesadilla hecha realidad.

Dejé de mirar al saco para centrarme en lo que decía Nick.

—Si alguna vez me veo en un aprieto, ¿no preferirías que supiera defenderme?

Se le ensombreció la mirada y juro que pareció como si el color azul celeste de sus bonitos ojos se oscureciera dos tonos de repente.

—Mientras yo esté vivo, jamás vas a verte en la necesidad de pegarte con nadie, Noah.

Incliné la cabeza al recordar todo lo que habíamos vivido.

Él pareció leerme la mente.

—Nunca más volverás a sufrir nada parecido —dijo contundente.

—No puedes protegerme del mundo, Nick —confesé y, por alguna razón, se me vino a la cabeza lo que había ocurrido hacía unas semanas en nuestra casa. Las luces apagadas, mi vecino teniendo que comprobar que todo estaba bien… ¿Dónde estaba entonces mi marido?

No le había contado nada a Nick y no pensaba hacerlo tampoco… Lo último que me faltaba era preocuparlo aún más sobre mi seguridad.

—¿Dudas de mi capacidad para manteneros a Andy y a ti a salvo? —preguntó, y me chocó la intensidad con la que me lo dijo… Joder, ¿había inseguridad bajo ese tono amenazante, estaba decepcionado?

—Si solo existe una persona en este mundo capaz de hacer todo lo que esté en su mano para protegerme, eres tú, Nick —contesté, abandonando mi postura de combate y mirándolo a los ojos.

Él pareció relajarse un poco.

Se acercó a mí y me ayudó a quitarme los guantes.

Cuando mis manos estuvieron liberadas, le rodeé el cuello con los brazos y recibí su abrazo con ganas.

Me apretó fuerte contra su pecho y no imaginé lo asustado que estaba cuando me susurró al oído:

—Júrame que, ante cualquier inconveniente, ante cualquier duda sobre tu seguridad, me llamarás y vendrás aquí conmigo. Júramelo —insistió.

Me separé de él un poco para poder mirarlo a la cara.

—¿De qué tienes tanto miedo, Nick? Son periodistas, al fin y al cabo —le dije, y sentí en mi propia piel que me traspasaba ese miedo que parecía dominarlo desde que había viajado a Nueva York.

Él negó con la cabeza y me besó en los labios, lo cual me distrajo un poco…, un poco bastante.

Sentí que mi cuerpo chocaba ligeramente contra la pared.

Nick me subió las manos por el camisón hasta quitármelo por la cabeza, dejándome desnuda salvo por las braguitas de algodón rosa que llevaba.

Volvió a besarme. Su lengua dominando mi boca por completo, su cuerpo pegado al mío, tan cerca que podía sentir todas las partes duras de su anatomía.

El aire salió de mis labios de forma entrecortada cuando me apretó los pechos y su boca se perdió en mi cuello, besándome, mordiéndome, chupándome y susurrándome cosas inconexas al oído.

Se quitó los pantalones y, con un brazo, me levantó para que pudiera rodearle las caderas con las piernas.

Sentí que su miembro me llenaba poco a poco y exhalé con fuerza perdiéndome en esa exquisita sensación pasional.

—Mírame —me exigió, y lo hice.

Cuando Nicholas Leister te hacía el amor, todo su ser se entregaba a ese cometido. Durante todos los años que llevábamos juntos, entre idas y venidas, siempre que habíamos conectado de esa forma yo había sido plenamente consciente de que para ese hombre, durante lo que durara el acto sexual, su único cometido era hacerme disfrutar.

Puede que no fuera así con todas las chicas con las que había estado, y por eso uso la expresión «hacer el amor»… Porque eso era lo que me hacía cada vez que me entregaba su cuerpo. Me amaba… Me amaba con todo su ser, con cada célula de su cuerpo, y conectábamos de la única forma que una pareja que se ama es capaz de conectar.

Pero aquella vez…, aquella vez lo noté tan distante, tan lejos de mí, que sentí miedo.

14

NOAH

Tal y como me había prometido, Nick nos acompañó a casa.

Y, tal y como temíamos, los periodistas nos acosaron cuando llegamos al aeropuerto. No sabíamos cómo se habían enterado de que viajaríamos aquel día, supongo que había chivatos por todos lados.

Nick fue quien sujetó a Andy entre sus brazos. Ambos llevaban sendas gorras de los Knicks para dificultar que se les viera cuando les hicieran fotos, mientras que yo me había cubierto con unas gafas de sol que me tapaban gran parte de la cara.

Me asustó ver el semblante de Nick durante lo que duró el trayecto hasta que nos subimos al coche que aguardaba en la parte de llegadas.

Steve corrió para meter las maletas en el maletero y Nick se armó de paciencia mientras se encargaba de sentar a Andy en su sillita. Se demoró más de la cuenta porque mi hijo gritaba como un loco, pues estaba asustado por las cámaras y por todo el revuelo que nos había estado esperando.

Los periodistas soltaban barbaridades para intentar conseguir alguna reacción de Nick, y lo cierto es que admiré su temple. Incluso me sorprendió gratamente ver que su semblante permanecía estoico durante lo que tardó en sentar al niño, rodear el coche y sentarse junto a Steve, que iba al volante.

Cuando por fin dejamos aquella locura atrás, fui capaz de soltar todo el aire que había estado conteniendo.

—Hijos de puta —escuché que decía Nick mientras yo intentaba sin éxito que Andy se calmara.

—Para en la primera gasolinera que encuentres, Steve —le pedí, sabiendo que el niño no iba a calmarse mientras estuviese allí sentado.

—No —dijo Nick—. No pares, seguro que nos están siguiendo. Ve directo a casa.

El viaje fue un infierno.

Andrew vomitó en el coche de tanto llorar, lo que provocó que aún llorara más fuerte, pero no nos detuvimos, Nick no me dejó.

Cuando llegamos a casa, se me cayó el alma al suelo al ver que allí también había periodistas.

—No puedo creerlo… —dije, y Nick me escuchó.

—Te advertí sobre esto, Noah —contestó apretando la mandíbula con fuerza.

Era cierto, me había avisado.

Vi que tres hombres enchaquetados se acercaban a la puerta y hacían de pared humana para dejarnos bajar. Cogí a mi hijo y, sin mirar, acorté la distancia que había desde la acera hasta la casa.

Fue horrible, aterrador… Escucharlos decir esas barbaridades sobre Nick… Saber que todos aquellos hombres ahora sabían dónde vivíamos, donde dormíamos…

Vacilé, dudé sobre si habíamos hecho lo correcto regresando a casa.

Cuando por fin estuvimos todos dentro y las puertas se cerraron, dejando a todos esos periodistas detrás, conseguí sentir algo de paz.

—Subiré las maletas a la segunda planta —anunció Steve, y nos quedamos a solas.

Andy parecía haberse calmado, aunque tenía toda la cara roja y los ojos hinchados de llorar. Sujetaba su osito de peluche preferido con fuerza y el chupete entre los labios.

Nick me dio la espalda para entrar en la cocina.

Mientras yo dejaba al niño en su parque con sus juguetes, escuché una maldición al mismo tiempo que el ruido de algo de cristal que se rompía.

Fui corriendo a la cocina y me quedé sin respiración al ver la sangre que caía de la palma de la mano de Nick hasta su brazo.

—¡Nick! —exclamé acercándome asustada.

—Estoy bien —dijo apartándose y colocando la mano bajo el grifo—. Joder.

El agua se tiñó de rosa y pareció que perdía mucha más sangre de la que era en realidad.

Cuando sacó la mano del agua, vi que tenía un corte de unos dos centímetros…

—Nick… —empecé a decir.

—Te he dicho que estoy bien —me ladró cuando me acerqué para ayudarlo.

Me detuve y permanecí muy quieta.

Nick tomó aire, cogió un trapo de la cocina para vendarse la herida y se giró hacia mí.

—Lo siento —se disculpó no muy convencido—. Lo siento, joder.

No me acerqué y por fin me miró a los ojos.

Estaba enfadado. Enfadadísimo, y lo entendía. Oír que lo habían llamado ladrón, que lo habían llamado estafador…

Yo también estaría de muy mal humor.

—Traeré el botiquín —dije con la intención de alejarme, pero él me cogió por el brazo con suavidad, me frenó y me obligó a mirarlo.

—Lo siento —repitió entonces, y pude ver que esa vez sí parecía sentirlo de verdad. Su tono suave y su mirada arrepentida parecían estar gritándome: «Por favor, ten paciencia conmigo».

Y la tuve.

Me puse de puntillas y lo besé en la mejilla con suavidad.

Después, cogí el botiquín y le desinfecté la herida.

Nick, apoyado contra la encimera, me observaba en silencio escoger una tirita de *La Patrulla Canina*.

Sonrió ligeramente.

—No tengo de las otras —dije.

—Me gusta esta —contestó, y después soltó un suspiro profundo.

Me cogió la barbilla entre sus dedos.

—¿Estarás bien? —preguntó.

Y me hubiese gustado contestarle que no lo sabía, que no tenía ni la menor idea de cómo serían los próximos días, que no sabía cómo sería salir a la calle y escuchar que dijesen barbaridades sobre mi marido, sobre mi familia…

Pero tuve que mentirle, tuve que hacerlo porque parecía devastado…

—Estaremos perfectamente, Nick —dije, y lo besé.

Él asintió con la cabeza.

—Voy a darle un baño a Andy —dijo entonces—. Necesito despejar la mente con algo puro e inocente.

Lo entendí.

A veces bastaba con ver el mundo a través de un niño de dos años para comprender que todo lo malo merecía la pena solo por poder disfrutar de tiempo de calidad con un hijo.

Nick cogió a Andrew, lo tiró por los aires haciéndolo reír y subió las escaleras.

Mientras tanto, me puse a cocinar algo rápido.

No era muy tarde, pero estaba agotada.

Mientras ponía la mesa, sonreí al escuchar los gritos y las risas de Andy en la bañera, pero me quedé quieta cuando llamaron al timbre.

Miré el reloj.

Eran las siete.

Me acerqué a la puerta algo tensa y, al echar un vistazo por la mirilla, solté el aire que había estado conteniendo…

Los periodistas se habían marchado ya hacía un rato, era bueno saber que al menos respetaban los horarios nocturnos de una familia con hijos… Pero sí que me sorprendió ver a Zack al otro lado de la puerta.

Abrí sin dudar y le ofrecí la mejor sonrisa que fui capaz de dibujar teniendo en cuenta todo lo que había ocurrido aquel día.

—¡Hola! —exclamó de forma amigable.

—Hola, Zack. ¿Qué tal? —saludé sin saber muy bien por qué había decidido venir.

—Te preguntarás por qué he venido… —dijo leyéndome la mente—. Verás, la última vez que te vi saliste corriendo como alma que lleva al diablo rodeada de gilipollas con cámaras… He visto las luces encendidas y solo quería saber si estabas bien.

—Zack, gracias, no tenías por qué molestarte…

La puerta que mantenía medio abierta se abrió del todo cuando una mano tiró de ella desde arriba.

Sentí la presencia de Nick a mi espalda.

—Noah está perfectamente, gracias —explicó mi marido en un tono amable pero frío. Un tono que yo conocía muy pero que muy bien—. Nicholas Leister —se presentó tendiéndole la mano.

Zack, que era un poco más bajo que él, desvió la mirada de mis ojos a los suyos.

Dudó un segundo, pero al final aceptó el apretón.

—Zack Benett —dijo, y noté una variación en su tono de siempre.

—¿Tú eres el vecino que ayudó el otro día a mi mujer? —preguntó Nick, y a ninguno de los tres se nos escapó que utilizara el calificativo «mujer» para dejar bien claro quién era cada uno.

Puse los ojos en blanco en mi fuero interno.

—Sí —dijo Zack forzando una sonrisa—. El mismo… Fue bastante intenso y solo quería saber que Noah y Andy estaban bien —repitió, esta vez para que Nick lo escuchara.

Mi hijo soltó una risita y, al girarme, vi que su padre lo llevaba medio desnudo sobre las caderas.

Él estaba sin camiseta, supuse que se la había quitado para no mojarse mientras lo bañaba. El pecho le brillaba por el agua y los pelos de mi hijo estaban mojados y mirando a cualquier dirección.

—¿Quieres pasar? —ofreció Nick apartándose.

Forcé una sonrisa cuando Zack me miró buscando mi aprobación.

—Claro. ¿Por qué no?

Entramos todos en casa y sentí que el ambiente se enrarecía un poco.

—¿Lo coges? —me dijo Nick pasándome a Andy.

Mi hijo se me tiró a los brazos y lo abracé cubriéndolo mejor con la toalla. Estaba como Dios lo había traído al mundo.

—¿Te gusta el whisky, Max? —preguntó Nick.

—Soy más de cerveza, y es Zack —lo corrigió mi vecino con toda la educación que pudo.

—Iré a buscarte una —dije, y agradecí poder escaparme un segundo a la cocina.

Cuando volví, ambos estaban tensos, Nick lo observaba con un vaso de whisky en la mano y Zack estaba mirando las paredes, «admirando» uno de los cuadros del salón.

—Es de Mark Bradford, un increíble artista y amigo de mi familia —le explicó Nick.

—Es increíble… Me llamó mucho la atención cuando lo vi la última vez.

La mirada de Nick voló en mi dirección.

Al principio no lo comprendí, ya que Zack nunca había estado en casa… Pero entonces…

—Cuando lo de las luces —me recordó Zack, y luego miró a Nick—. Nos conocimos un día que todas las luces de vuestra casa estaban apagadas. Me ofrecí a comprobar que no hubiese peligro alguno.

Mierda.

Acababa de meterme en un buen lío.

—¿Cómo? —preguntó Nick en un tono tan gélido que me estremecí de forma involuntaria.

—Hace unos meses robaron a unas dos manzanas de aquí y, al ver todo apagado… —siguió explicando Zack.

—No fue nada, Nick. Seguro que las luces fallaron sin más —dije, y sabía que nada iba a librarme de una bronca. En ese momento, comprendí que tal vez debería habérselo dicho…, pero no había querido preocuparlo.

—¿Y tú, un completo desconocido, fuiste quien se encargó de entrar en mi casa a ver que no había ningún peligro? —preguntó Nick todavía mirándome solo a mí.

Lo cierto es que dicho así…

—Oye, tío, soy padre, como tú. Tengo una niña de tres años y vi sola a tu mujer con tu hijo en brazos y la casa a oscuras…

Al ver la cara de Nick comprendí que lo que sintió en aquel instante no fueron celos ni miedo, sino decepción. Decepción consigo mismo. Y también porque tener que escuchar de boca de Zack que Andy y yo habíamos estado solos ante un posible peligro, y que yo había tenido que acudir a un completo desconocido, fue lo que caló en lo más profundo de su ser.

Digirió los hechos como pudo y, cuando se giró hacia Zack, supe que las palabras le salían directas del corazón.

—Gracias —dijo, a pesar de que yo sabía que le costaba admitirlo. Le costaba admitir que un desconocido, ahora un amigo, hubiese ocupado el lugar que le correspondía a él.

La intensidad del momento y de su tono nos dejó a los tres un poco incómodos.

Zack asintió en silencio y, después de mover la cabeza mirando hacia todos lados, decidió irse por patas.

—Será mejor que me vaya —dijo—. Mi madre me traerá a Eve en breve y aún no he hecho ni la cena…

—Venid a cenar aquí —ofreció entonces Nick—. Tu hija y tú, así podemos conocernos todos un poco más.

Eso sí que no me lo esperaba, ni Zack tampoco, estaba claro.

—Nick… —empecé diciendo, aunque no sabía muy bien cómo terminaría la frase. ¿Qué iba a decir? «No, mejor que no». Pero Zack salió automáticamente a rescatarme, a rescatarnos a todos de la posibilidad de tener que ser testigo de la cena más incómoda jamás propuesta.

—Gracias, de verdad, pero mis padres han llevado a Eve a un parque de atracciones hoy y sé que viene agotada. Le daré algo rápido de cenar y caerá rendida…

—¿Seguro? —pregunté solo con la intención de ser educada, pues no quería que pensara que no me apetecía cenar con él y su hija.

—Venid mañana —propuso entonces Nick—. Sí, haremos una cena antes de que tenga que volver a irme. Lo pasaremos genial y los críos podrán jugar juntos.

Zack volvió a mirarme y entendí sus sentimientos encontrados. No era fácil compartir espacio con Nicholas Leister, admitámoslo. Mi marido intimidaba y no era lo mismo cenar conmigo o que desayunáramos con Jenna que…

Ese pensamiento derivó en una muy buena idea.

Me obligué a sonreír con toda la cara.

—Será divertido —dije juntando las manos y sonriéndole para darle confianza—. Pero me pido no cocinar —añadí, intentando destensar ese ambiente tan extraño que se había generado desde que Zack había llegado.

Nick sonrió.

—Encenderemos la barbacoa, yo me encargo de todo. Tú solo encárgate del vino, Zack —dijo Nick pasándome un brazo por los hombros.

Zack sonrió y asintió en silencio.

Fui a acompañarlo a la puerta, pero Nick se me adelantó.

Le dio una palmada en la espalda a Zack y lo acompañó hasta la salida.

Volvió a estrecharle la mano.

—De verdad, tío, muchas gracias por todo.

Zack asintió y luego me sonrió.

Cuando se marchó, Nick se apoyó en la puerta cerrada y se me quedó mirando, pensativo…

—En Nueva York, hace solo unos días, me prometiste que me avisarías si sentías que Andy y tú no estabais a salvo —dijo sin añadir nada más.

—Y lo haré —me sinceré completamente.

Nick asintió, todo lo que fuese que sentía se lo guardó para él, y se me acercó para darme un beso en la coronilla.

Pero entonces sentí que todo su cuerpo se tensaba. Antes de que pudiera darme la oportunidad de preguntarle qué ocurría, volvió a mirarme. Su semblante había cambiado y me devolvía una mirada de preocupación.

—¿Le diste el código de la alarma?

El corazón me dio un vuelco.

Mierda. Había olvidado cambiarlo.

Se alejó de mí como si mi cuerpo le quemara. Decepcionado, enfadado, asustado.

—¿Y así pretendes quedarte aquí? ¡¿Así pretendes que te confíe la seguridad de nuestro hijo, cuando le das el puñetero código de la alarma de nuestra casa a un completo desconocido?!

Me dolió tanto esa frase… Como si yo no fuese lo suficientemente capaz de cuidar de mi propio hijo, de protegerlo…

—Confío en Zack… —empecé a decir.

—¡Joder, Noah! —gritó, e hizo que me sobresaltara—. ¡Ni siquiera sabías quién era!

—Venía con una niña, Nick. A veces uno debe fiarse de su instinto, y Zack…

—¿De su instinto? —me preguntó sin dar crédito—. ¿El mismo instinto que te llevó a confiar en Michael, por ejemplo? ¿O en Briar?

Fue como si me clavara un puñal en el corazón.

—Siento no ser como tú, Nick…, que desconfías de todos y de todo como forma de vivir la vida. Yo al menos intento pensar que queda gente buena en el mundo, ¿sabes?

Nick cogió a Andy del parque y me miró una última vez antes de subir las escaleras y alejarse de mí.

—Da gracias que yo no pienso como tú. Al menos Andy tiene un padre que siempre verá los peligros antes que todo lo demás y tendrá un plan para protegerlo de todos y cada uno de ellos.

No lo seguí, no quería seguir discutiendo. Aquel día ya habíamos tenido suficiente los dos.

Me dejé caer en el sofá y me quedé pensando en lo que me había dicho…

¿Teníamos esa forma tan distinta de ver la vida?

Pero ¿cuál era la correcta?

¿Confiar o desconfiar?

¿Temer o actuar?

Estaba claro que yo ya estaba cansada de vivir con miedo.

Eso había quedado muy atrás para mí.

Pero estaba claro que no para Nick.

15

NICK

Después de acostar a Andy, bajé al salón al ver que Noah no subía a la habitación. Andy había tardado horas en dormirse, el muy granuja. Pero, cuando me hablaba con sus palabras sueltas y en esa voz tan tierna…, cuando me decía: «Papi, haz ruiiidos, haz la *bujaaa*»…, pues no podía resistirme, así que le había leído su cuento favorito. Era la historia de una brujita a la que le cambiaba el color de piel dependiendo de lo que sentía. Estuvimos con el cuento durante casi una hora, hasta que por fin el niño cerró los ojos y se durmió.

Cuando llegué abajo, al salón, vi que Noah se había dormido en el sofá. Su postura no era la más idónea, obviamente se había sentado a descasar unos minutos y se había quedado traspuesta.

La cogí en brazos y apenas abrió unos segundos los ojos.

Al ver que era yo, se relajó y dejó que la subiera y la metiera en la cama.

Me senté a su lado y la observé.

Me había jodido… Me había tocado muchísimo las pelotas conocer a ese tío, saber que había tenido que acudir a él en ya más de una ocasión. Me daba celos, me daba rabia, pero debía controlar mis instintos más primitivos. Los celos no nos habían llevado a ningún lugar bueno en los años pasados, y yo ya no era el Nick de antes… Al menos me controlaba muchísimo mejor, todo gracias a una buena psicóloga de parejas que nos había orientado durante un año sobre cómo ser mejores el uno para el otro.

Hacer terapia de pareja no es fácil, joder. Hay que abrirse en canal delante de un completo desconocido, pero nos había venido muy bien. Habíamos aprendido a escucharnos, a confiar el uno en el otro, a anteponer nuestra familia sobre todas las cosas… Habíamos abierto nuestras heridas, las habíamos dejado sangrar en aquella sala y habíamos podido desahogarnos, mantener fuera todas aquellas cosas que nos habían hecho daño.

Pero, desde hacía unos meses, la inseguridad había vuelto a apoderarse de mí. Desde la luna de miel, desde aquella maldita conversación con Noah, desde ese vuelo insufrible…

No me encontraba bien y sopesé la posibilidad de volver a llamar a Lidia, la terapeuta, para contarle lo que me estaba sintiendo. Pero estaban pasando tantas cosas… Estar separado de mi hijo y mi mujer, los periodistas, el acoso mediático y la denuncia a la que me enfrentaba, que no era moco de pavo. Además, si no conseguía encontrar pruebas suficientes para defender mi inocencia, no sabía dónde podía terminar todo aquel asunto.

Tapé a Noah con la manta y, antes de meterme en la cama, abrí el ordenador que teníamos sobre un pequeño escritorio en la habitación. Sloan, mi abogada, me había enviado un correo hacía un par de horas.

Debes regresar a Nueva York cuanto antes. Esto se está poniendo muy feo.

Me estremecí, cerré el ordenador y me metí en la cama.
No conseguí dormirme hasta pasadas las cuatro de la madrugada.

16

NOAH

Al despertarme a la mañana siguiente, vi que ni Nick ni Andy estaban en casa. Encontré una nota en la cocina donde ponía que habían salido con la bici. El pequeño amaba ir sentado detrás de su padre, con su casco azul favorito. Juntos se lo pasaban bomba recorriendo el parque nacional, que no quedaba lejos de donde vivíamos.

Me serví una taza de café y llamé a Jenna como única prioridad aquella mañana soleada de septiembre. La puse al día de la cena que habíamos organizado de improviso con Zack.

—Tenéis que venir —insistí en cuanto la respuesta de mi amiga fue una negativa.

Al fondo, el llanto de un bebé histérico apenas me dejaba escuchar lo que Jenna le estaba diciendo a su marido.

—Noah, no sabes lo que me estás pidiendo —me dijo alejándose del ruido—. Mi hija ha heredado los gases de mi marido, ¿sabes lo que eso significa?

Me reí sin poder evitarlo.

—Sí, tú ríete —dijo al otro lado del teléfono en un tono de desesperación que yo misma comprendía a la perfección—. Tengo los pezones en carne viva, estoy hecha un desastre, esa niña no deja de llorar. Noah, no para… en TODA la noche.

—Tranquila, se le pasará… —intenté animarla, pero me interrumpió.

—Recuérdame por qué me metí en esto… Por favor, intento repetirme los motivos y no los encuentro —dijo.

—Bueno… —dije, rememorando cómo se había obsesionado con ser madre nada más nacer Andy—. Mi hijo puede haber tenido algo que ver.

—Tu hijo no lloraba como June. Esta niña, Noah… Escúchame bien, esta niña es MUY difícil… No sé a quién ha salido, joder.

Me reí.

—¿A su madre tal vez? —sugerí yo.

—Oye —dijo Jenna indignada—, esa niña podrá ser un calco mío, pero no ha heredado mi personalidad, eso te lo aseguro.

—Lo mejor que le puede pasar a mi ahijada es parecerse a su madre —dije yo conciliadora.

—A este ritmo se parecerá a una madre arrugada de estrés. ¿Sabes desde cuándo no puedo hacerme el *skincare*? ¡Me estoy marchitando como una flor sin agua!

—Pues ven esta noche y te daré la mejor agua con burbujas que encuentre.

—¡Encima! —me contestó indignada—. Ni vino voy a poder beber… Recuérdame por qué decidí dar el pecho.

Puse los ojos en blanco. Esa mañana la cosa iba de recordarle lo bonito de la maternidad.

—Porque, cuando la tenías en el vientre, te encantaba la idea de ser la fuente de alimentación de tu hija.

—Ya, bueno… Pues ahora que ha nacido lo cierto es que no le encuentro el encanto…

—Estás estresada, tranquilízate. Llama a la niñera esta noche.

—¿Niñera? —me cortó—. ¡Ya nos han rechazado tres! ¡TRES!

—Bueno, pues tráela y yo te ayudo. Haré lo que sea, pero, por favor, no me dejes sola cenando con estos dos. ¡¿Tú sabes lo incómodo que puede llegar a ser?!

Jenna suspiró.

—Ha vuelto el Nick celoso, ¿eh? ¡Joder! Pero ¿no decía que lo había enterrado en el fondo de su ser?

—No está celoso… Es solo que las cosas están muy tensas con todo lo que está pasando, y creo que una cena con amigos puede ayudarnos mucho a distraernos un poco.

—Oh, eso no lo dudes… Los llantos de mi hija os distraerán durante horas.

—¿Eso significa que vas a venir? —pregunté esperanzada.

Oí que Jenna volvía a entrar a la habitación de los llantos.

—Lion… ¡Lion! —gritó por encima de los chillidos de la niña—. Noah nos pide que cenemos en su casa esta noche.

—¿Y qué hacemos con esto? —preguntó él, y yo volví a reírme imaginándome que miraba a la niña desesperado.

—Noah dice que se encarga ella.

No tenía idea de lo que me esperaba.

—Entonces estupendo —aceptó Lion, y hasta yo, que me encontraba al otro lado de la línea, pude percibir su tono de alivio.

Jenna volvió a dirigirse a mí.

—No tienes ni idea de dónde te estás metiendo.

Después de comer nos fuimos los tres al supermercado. Hacer la compra con un bebé tan bonito como mi hijo y mi marido increíblemente atractivo podía ser muy pero que muy interesante, sobre todo cuando me alejaba y los dejaba solos.

No sé cómo lo hacían las mujeres, pero, de repente, si ellos estaban cerca, ninguna llegaba a las estanterías más altas.

Esa imagen me encontré cuando giré la esquina del pasillo de las leches: Nick estaba un tanto apurado mientras dos chicas de más o menos mi edad sonreían como colegialas y le hacían carantoñas a mi hijo, y por poco también a mi marido. Ambas cargaban con sendos paquetes de leche en polvo, curiosamente, los más difíciles de alcanzar si no se medía el casi uno noventa de altura de Nick.

—¡Eres superjoven para ser padre! Pensamos que tal vez era tu sobrino o tu hermano pequeño, ¿verdad, Leila? —le decía una chica teñida de rubio a otra, cuyo escote podría distraer hasta al más despistado.

Sonreí al ver que Nick les devolvía la mirada, estoico y sin ni siquiera fijarse en los atributos voluptuosos de aquella veinteañera.

—Es lo bueno de encontrar al amor de tu vida pronto, que no pierdes el tiempo, ¿verdad, Noah? —me llamó al verme justo detrás de ellas.

Sonreí y me acerqué a él, que me quitó de las manos los rollos de papel higiénico que llevaba y los soltó en el carro. Después me atrajo hacia su costado con un gesto de posesión.

Las chicas desviaron la mirada de él a mí y casi pongo los ojos en blanco cuando me recorrieron de arriba abajo.

—Caray… Nadie diría que has tenido un hijo —soltó la rubia mirándome desconfiada, como si no terminase de creérselo.

—Las ocho horas de parto te aseguro que dicen lo contrario —asentí mirando a Nick, que no tardó en buscar mi boca para darme un beso sexy e intenso en los labios.

Las chicas dieron un paso hacia atrás, casi como si las hubiésemos empujado.

—Bueno…, enhorabuena —dijo la tal Leila mientras la otra simplemente nos miraba con envidia.

Les devolví la sonrisa y, cuando se fueron, me giré hacia Nick.

—No se os puede dejar solos —dije divertida.

—Es Andy quien las atrae con sus risas de bebé ligón —respondió dándome un pico rápido, volviendo a sujetar el carro y moviéndonos en dirección a las cajas registradoras.

Mi hijo se rio mientras sujetaba la botella de perlitas de suavizante como si fuese su tesoro más preciado.

Seguimos comprando lo que necesitábamos para la cena de aquella noche, hasta llegar a la zona de los lácteos. Nick cogió una cosa y se me acercó mirándome de aquella manera tan sexy que no sabría describir con palabras, pero que tenía un efecto inmediato en mis rodillas.

—Esta noche… —dijo muy cerquita de mí—, cuando todos se vayan —me susurró al oído. Yo tenía la mirada clavada al final del pasillo, donde varias personas compraban yogures, quesos y cosas congeladas—, tú vas a ser mi postre —dijo enseñándome el bote de nata que había cogido un segundo antes.

Le devolví la mirada y fui testigo de cómo el deseo se reflejaba en sus ojos cristalinos como el agua.

—¿Te recuerdo la última vez que lo intentamos? —No pude evitar decir con la risa a punto de salírseme de los labios y el recuerdo de un Nick todo pringado de nata intentando calmar a un bebé que esa noche decidió que era el mejor momento para coger una otitis. La imagen de Nick vistiéndose a toda prisa para llevar a Andy a urgencias a las tres de la mañana sin siquiera poder ducharse de lo malito que se puso Andrew me hizo estremecer.

Nick desvió la mirada a nuestro hijo, que soltó una carcajada.

—Ya hemos hecho un trato de hombre a hombre —dijo Nick—. Andy me ha prometido dormir toda la noche del tirón en su habitación, ¿verdad, hijo?

—¡SÍÍÍÍÍÍ! —gritó Andrew, y yo creo que por su entusiasmo había entendido absolutamente todo lo contrario.

Me reí al ver que Nick fruncía el ceño, pues su fantasía peligraba.

Cogí el carro y seguimos comprando.

Por un momento, olvidé todos los problemas, olvidé que Nick se iría pronto a Nueva York, olvidé que la prensa quería desprestigiar la reputación de mi marido y que debíamos empezar a llevar escolta. Por eso, cuando llegamos a la cola para pagar, comprendí que habíamos cometido un grave error al ir solos al supermercado aquella tarde.

Los vi antes que Nick. No le dije nada mientras pagábamos y metíamos las cosas en bolsas hasta que ya fue inevitable que no se los encontrase de frente nada más salir en dirección al aparcamiento.

Esta vez eran tres periodistas con sus enormes cámaras, que esperaron a que saliésemos del súper para empezar a sacar fotos sin nuestro permiso.

Las mismas chicas que habían estado ligando con mi marido ahora nos observaban desde su coche con la boca abierta. Una de ellas no tardó en sacar el móvil y empezar a grabar, como si fuésemos famosos y ella acabase de darse cuenta.

—Joder —dije en voz baja.

Nick no dudó en ir directo al coche, ignorando a los periodistas y sus insultantes preguntas.

Mientras él vaciaba el contenido del carro en el maletero, yo me apresuré en sentar a Andy en su silla.

Y entonces pasó.

Uno de los reporteros soltó aquella pregunta asquerosa, aquella pregunta que me rompió el corazón y me hizo querer hacerle mucho, muchísimo daño.

—¿Le tapáis la cara al niño porque ha salido lerdo? —dijo el periodista riéndose de una forma tan malvada que sentí un escalofrío que me recorría toda la espina dorsal.

En ese momento el tiempo pareció detenerse como si mi mundo contuviese el aliento.

El ruido seco del portazo del maletero fue presagio suficiente de lo que vino a continuación.

Vi con horror que Nick estampaba el puño en la cara de aquel imbécil, lo que provocó que tanto él como su cámara cayeran al suelo.

Y entonces todo se convirtió en un auténtico infierno.

Los otros dos periodistas hacían fotos, y no solo las chicas del súper grababan con el móvil, sino también cualquiera que pasara por allí.

—¡Nick! —grité al ver que el periodista se levantaba y hacía el amago de ir hacia él.

No, no, no. ¡Por Dios, lo estaban grabando!

—¡Nick, no lo hagas! —chillé, pero no me hizo caso.

Fue como si no estuviese allí, como si de repente toda la madurez, todo el autocontrol que tanto tiempo le había costado conseguir, se esfumara ante el hecho de que un hombre adulto se metiera con nuestro hijo insinuando que nuestro bebé era fruto del incesto que ninguno de los dos cometíamos, por el amor de Dios.

Mi hijo gritaba, yo gritaba, la gente gritaba y los periodistas hacían fotos, fotos, fotos. Dios mío. Aquellas fotos estarían en todos los periódicos sensacionalistas del país al día siguiente.

Y entonces, como si no tuviésemos suficiente ya, dos policías se acercaron corriendo a separar a Nick de aquel malnacido.

—¡Me ha roto la nariz! —gritaba el *paparazzi*, mientras la sangre le manchaba la camiseta blanca y le daba a la escena un aspecto aún más aterrador de lo que en verdad era.

El policía cogió a Nick y lo empujó contra el coche.

Él se resistió y el otro agente ayudó a su compañero a retenerlo.

Miré con horror cómo sacaban las esposas.

—¡Por favor, por favor, no lo hagáis aquí delante de todos! Ese imbécil se ha metido con nuestro hijo para hacerlo reaccionar. Por favor, mi hijo os está mirando —supliqué con las lágrimas cayéndome por las mejillas de forma desconsolada.

Nick me miró dolido, arrepentido. Vi que los ojos se le humedecían y apoyaba la frente contra el coche, derrotado…

El policía volvió a analizar la situación.

—¿Vas a comportarte? —le preguntó.

Nick asintió en silencio y los policías lo soltaron.

Mi marido me dio la espalda, pero escuché cómo respiraba y soltaba el aire de forma entrecortada.

Andy lloraba y gritaba «mamiii, mamiiiiii», pero no pensaba sacarlo de ese coche. No pensaba permitir que le hiciesen más fotos, que lo vieran envuelto en aquel infierno.

—¿Es usted… Nicholas Leister? —preguntó entonces el policía.

Nick le devolvió la mirada y asintió.

El agente volvió a fijar la mirada en el periodista y pareció entender lo que ocurría.

—¿Has molestado a esta familia para poder vender tus asquerosas fotos? —preguntó el policía con cara de aversión.

Estábamos en Los Ángeles, los *paparazzi* se ganaban la vida intentando provocar a gente famosa: actores, cantantes…, a cualquiera por quien los medios pagasen por fotos controvertidas.

Hijos de puta.

—¡Me ha roto la nariz! —volvió a gritar el periodista.

El policía se giró hacia mí.

—¿Estás bien, chica? —me preguntó.

Asentí.

—Puedes coger al niño, aquí nadie más hará ninguna foto —dijo el hombre, señalando a su compañero y luego a las cámaras—. Que borren todo el contenido antes de irse.

—¡Eso es ilegal! —gritó otro periodista.

El policía dio un paso hacia él de forma intimidante.

—Denúnciame —dijo sin pestañear.

El otro fue a replicar y el compañero lo interrumpió.

—O si quieres puedo llevarte a comisaría y lo explicas ahí. Será divertido escuchar tu versión de los hechos.

—¡Estoy haciendo mi trabajo! —contestó ese impresentable, a lo que el policía estiró el brazo para pedirle la cámara de fotos.

—Me importa una mierda lo que estés haciendo. Sé perfectamente cómo os ganáis la vida y bajo mi turno no pienso tolerar que insultéis a una familia que estaba haciendo la compra tan tranquila.

Vi aliviada que los obligaban a borrar las fotos a los tres.

Sabía perfectamente que el policía estaba arriesgándose muchísimo al hacer eso. La realidad, por muy repugnante que fuese, era que hacían su trabajo. Y lo triste era que en nuestro maldito país fuera legal acosar a gente, siempre y cuando llevases una cámara de fotos en las manos.

Injusto y sin ningún sentido.

—¿Y qué pasa con el puñetazo que me ha dado? —replicó de nuevo el más hijo de su madre de los tres.

Ahí entendí que los policías no podían hacer mucho.

Tuvieron que tomarle declaración y supe que aquel incidente nos traería problemas futuros.

—¿Podemos irnos, agente? —preguntó Nick, que tenía la cara desencajada, la mandíbula tensa.

—Sí —dijo el agente—. Llevad a ese niño a casa y tú cúrale a este esa herida —dijo el agente mirándome mientras señalaba la pequeña brecha que tenía Nick en la ceja.

Asentí y enseguida nos subimos al coche.

No dijimos nada, sobre todo porque los diez minutos que duró el trayecto solo pude dedicarlos a tranquilizar a Andy. De los tres, era el que peor llevaba todas aquellas situaciones horribles con la prensa.

En casa volvimos a encontrarnos con varios periodistas.

Joder, ¿cuánto iba a durar eso?

Nick dio la vuelta y se alejó de la casa.

—Llamaré a Steve —dijo en un tono que dejaba muy atrás el tono feliz y pícaro con el que se había dirigido a mí en el supermercado.

Esperamos hasta que Steve llegó con otros dos hombres más.

Los tres abrieron sendos paraguas de color negro que evitaron que nos sacaran fotos y nos permitieron entrar en la casa sin que vieran ni la herida de Nick ni los nudillos ensangrentados.

Ya dentro, mi marido les pidió que se quedaran fuera vigilando el perímetro.

—A veces me arrepiento de haber comprado esta casa —dijo, dejando las bolsas de la compra en la cocina—. No vivir en una urbanización privada es lo que tiene…, que cualquiera puede acosarte en la puerta.

No me gustó que dijera eso. Amaba nuestra casa, nuestro hogar…, y hasta ahora no habíamos tenido ningún problema.

—¿Sabes lo peligroso que es que nuestra fachada salga ahora en todos los malditos periódicos?

No quise darle muchas vueltas a eso y me centré en lo único que podía hacer. Dejé que Andy viera un rato los dibujos y cogí el botiquín.

De repente tuve un *déjà vu*, un recuerdo lejano de cuando hacía no muchos años atrás había estado justamente en aquella misma situación. Un Nick herido que había recibido una paliza a manos de un Ronnie cabreado conmigo por haberle hecho perder aquella carrera de coches ilegal. Y, al igual que aquella noche, él no había dudado en darle una paliza a quien había osado amenazarme. Aquella tarde, en el aparcamiento del supermercado, había hecho lo mismo por defender la legitimidad y la salud de nuestro hijo.

Al igual que entonces, los ojos se me llenaron de lágrimas. Y, al igual que entonces, él me cogió la barbilla y me obligó a mirarlo.

—No llores —me rogó.

Negué con la cabeza y ese gesto hizo que las lágrimas salieran disparadas hacia abajo.

—Joder, Noah, no me hagas esto, por favor —me pidió sujetándome la cara entre sus manos—. Si lloras, me rompes, por favor.

Sus palabras solo hicieron que llorara aún más.

Entonces, me envolvió entre sus brazos y, mientras su mano acariciaba mi pelo con dulzura, su boca me susurraba cosas bonitas al oído.

—Cariño, no hay nada que merezca tus lágrimas. No las desperdicies por mí, amor —dijo, limpiándomelas con los dedos. Sus ojos buscaban los míos y, cuando los encontraron, me sonrieron.

—¿Sabes el tiempo que llevaba deseando desquitarme con alguno de esos malnacidos? —dijo encogiéndose de hombros—. Olvidémoslo, ¿de acuerdo? Vamos a preparar una cena deliciosa para nuestros amigos y vamos a divertirnos. Me muero de ganas por conocer en profundidad a nuestro querido e increíblemente amable nuevo vecino…

Aquello hizo que se me escapara una risita.

Ambos sabíamos las ganas reales que Nick tenía de conocer a mi nuevo amigo.

Nick volvió a mirarme, volvió a clavar sus ojos en los míos y se puso serio una vez más.

—Siempre voy a defenderte, a ti y a nuestro hijo, lo sabes, ¿no? Sé que odias la violencia con toda tu alma, pero jamás dejaré que nadie se meta con mi familia, y eso tienes que perdonármelo.

Asentí.

—Lo sé, Nick.

Me besó en la frente y dejó que terminara de curarlo.

17

NICK

Mientras yo encendía y controlaba el fuego, Noah se hizo cargo de preparar la mesa que teníamos en nuestro jardín. No muy arriba en el cielo, el sol se pondría pronto y, hasta que llegara ese momento, los colores de las nubes se habían tornado rosas y violetas. Un bonito atardecer intentaba sin mucho éxito mejorar mi estado de ánimo.

No quería ver llorar a Noah, no quería verla sufrir por la situación de mierda en la que había acabado metiéndome sin ni siquiera saber cómo. Intenté dejar los problemas a un lado y sacar mi mejor versión para aquella cena con amigos.

Noah había invitado a Jenna y a Lion, a quienes no veía desde el escalofriante y maravilloso *baby shower* de Jenna, y tenía muchas ganas de ver a mi mejor amigo encarnando el papel de padre. A mi ahijada, June, tampoco la veía desde que había nacido de aquella manera tan abrupta e increíble a la vez. Así que, cuando escuché los llantos desquiciados de aquella niña recién nacida, no pude evitar que se me escapara una sonrisa.

Dejé las pinzas con las que había estado moviendo el fuego a un lado de la barbacoa, me limpié las manos con un trapo y cogí a Andy, que estaba jugando con unos bloques en una manta que Noah había puesto sobre el césped, pues nuestro hijo le tenía una fobia que yo no entendía a tocar la hierba con los pies. Una vez con él en brazos, me dirigí al interior de la casa.

Parecía como si de repente nuestros amigos hubiesen decidido mudarse con nosotros. Jenna llevaba a la niña contra su pecho en aquella mochila portabebés que yo había utilizado en más de una ocasión para llevar a Andy, y a su lado Lion empujaba el carro, que rebosaba de chismes como si fuese más un carro de carga que uno de bebé.

—¡Lion, cuidado! —le gritó Jenna cuando casi vuelcan el carro al intentar pasar todos a la vez por la puerta de entrada.

Noah sonreía divertida, igual que yo.

—¿Pensáis quedaros a vivir aquí? —pregunté, acercándome para ayudar.

Jenna me fulminó con la mirada.

—Tú —dijo clavando sus ojos en mí, solo como ella podía hacer—. Todo esto es culpa tuya —añadió señalándome con un dedo. Los gritos de June tal vez hicieron que no oyese bien lo que había dicho.

—¿Cómo? —pregunté extrañado, sin poder hacer nada por borrarme la sonrisa de la cara. Solo había que echarles un vistazo para ver que no llevaban del todo bien eso de ser padres, y puede que tal vez fuera la primera vez que no veía a una Jenna perfectamente maquillada y vestida. Ojo, estaba increíblemente guapa, incluso más que antes, sin tanto brillo y adornos superfluos. No había nada que embelleciera más a una mujer que verla cargar con su bebé, pero era algo a lo que no estábamos acostumbrados.

—Si no hubiera sido por tu desliz de hace tres años, amigo, no hubieseis tenido a ese bebé tan mono y… —Se detuvo cuando el niño empezó a llamarla con alegría y a tirarle los brazos—. ¡No! ¡No, no, no me mires, Andy! ¡No me mires con esos ojos enormes y azules porque eso fue lo que me llevó a cometer esta locura!

Volví a reírme y nos apresuramos en ayudarlos a entrar con todas las cosas que traían.

—Dámela —le dijo Noah a Jenna, pidiéndole que le diera la niña, que lo cierto es que lloraba como una descosida.

Lion me miró con cara de circunstancias o pidiendo ayuda, no supe determinar muy bien cómo. Luego me señaló la puerta del jardín con los ojos bien abiertos.

—Lion, ¿me echas una mano con el fuego? —pregunté por encima de todo aquel jaleo.

—¡Cómo no, hermano! —dijo rodeando a las mujeres y siguiéndome como alma que lleva al diablo.

Andy le tiró los brazos a Lion, que lo cogió sin demora, y una vez fuera en el jardín nos invadió la calma. Miré a mi amigo y me fijé en las ojeras que le oscurecían los ojos verdes.

—Creo que es mejor no preguntar cómo lo estáis llevando, ¿no? —dije acercándome a la barbacoa.

Lion señaló a mi hijo, que se dejaba cargar sin más, mientras observaba el fuego y cómo movía yo las brasas para que no se apagara.

—Esto sí es un niño normal —dijo mi amigo señalándolo con los ojos—. Esa niña…, esa niña es un demonio.

Me reí.

—Andrew también lloraba sin parar cuando nació. Es lo que hacen los bebés.

Lion abrió los ojos con horror.

—Tú no lo entiendes… Me estoy volviendo loco, Nick.

—Pasará… y, cuando pase, llegará el momento de las pesadillas y el «Papi, ¿puedo dormir con vosotros?» y las rabietas, que parece que los posee un espíritu malvado… Es maravilloso esto de ser padre.

Lion me miró callado, serio, horrorizado. Volví a reírme.

—¡Estoy de coña! Bueno, no del todo, pero merece la pena —dije mirando a mi hijo, que, aburrido ya de estar en brazos, empezó a patalear para que Lion lo dejara en el suelo.

Mi amigo fue a decir algo, pero entonces Jenna y Noah salieron al jardín y se nos unieron.

June dormía entre los brazos de Noah, que la sujetaba boca abajo… Así habíamos dormido a Andy cuando tenía gases y le dolía la barriga.

Jenna señaló a la bebé indignada.

—Ha sido cogerla así y, pum, dormida como un tronco.

Lion miró a Noah sin dar crédito y luego miró hacia arriba como esperando algo.

—Pero… ¿cómo puede ser que aún siga escuchando sus llantos…?

Noah se rio y le dio un besito a la niña en la cabeza. Era diminuta comparada con Andy, y ver a mi mujer sujetar a un bebé tan pequeño me hizo recordar todos aquellos meses después de que el nuestro naciera… Verla sujetar a una niña me hizo volver a imaginarme cómo sería tener una hija con Noah.

¿Sería rubita como ella? ¿Tendría las mismas pecas? ¿Los mismos rizos que sabía que ella tuvo de pequeña y que derivaron en esas ondas que la caracterizaban?

Todos dimos un respingo cuando el timbre sonó, y Jenna se ofreció a abrir la puerta.

Unos minutos después, nuestro vecino apareció en el jardín cargando con una niña un poco más mayor que Andy.

Sentí algo extraño cuando lo vi cargándola… No sé explicar el qué.

La pequeña tenía el pelo rubio rizado, unos enormes ojos marrones y un millar de pecas que le salpicaban la nariz y parte de las mejillas.

Sentí un pinchazo en el corazón, como si esa niña hubiese sido la misma que había estado imaginando hacía un instante.

—Nick, te has quedado como pasmado —me dijo Jenna, que me observaba preocupada.

—Sí, Nick, Zack te ha hecho una pregunta —intervino Noah mirándome con curiosidad.

—Lo siento… —me disculpé, aclarándome la garganta y apartando la mirada de la niña que abrazaba a su padre con timidez. Me acerqué a Zack para darle la mano—. ¿Qué tal, tío? —pregunté.

—Muy bien —dijo mirándome también extrañado.

—Te ha preguntado si un Dark Horse va bien con la carne.

Contuve la cara de disgusto al oír el nombre del vino y forcé una sonrisa.

—Lo pondré a enfriar —contesté sin poder quitarme esa sensación tan extraña que se había apoderado de mí.

Me alejé de todos ellos y entré en la cocina. Noah vino detrás de mí.

—¿Qué pasa? —quiso saber mientras metía la botella en la nevera.

Me giré hacia ella y la observé. Seguía con la bebé dormida en brazos, ahora boca arriba, acunada y tapada con una manta rosa.

Sentí de repente un miedo inexplicable a que algo le ocurriera, a que aquel tipo pudiera hacerle algo. Se me habían encendido todas las alarmas y no podía explicar por qué.

—No me gusta —dije sin más.

—¿El vino? —preguntó Noah, y por un instante vacilé… Dudé si decirle la verdad.

—Sí… Es un vino de gasolinera —mentí.

Noah me miró con mala cara.

—No todos pueden permitirse una botella de doscientos dólares, Nick… No seas esnob —dijo antes de darme la espalda y volver con el resto de nuestros amigos.

Cogí el teléfono que tenía guardado en el bolsillo trasero de mis vaqueros y llamé a Steve.

—¿Nicholas?

—Necesito que averigües todo lo que tenga que ver con nuestro vecino Zack Benett… y su hija Eve.

Se hizo un silencio momentáneo.

—Enseguida, señor.

Colgué el teléfono sintiendo que algo se me escapaba…, pero no tenía ni la menor idea de qué podía ser.

18

NOAH

La cena fue bien, pero hubo algunos momentos de tensión. Nick empezó a hacer preguntas que incomodaron a Zack, por su forma de reaccionar. Obviamente, no era culpa de Nick preguntar por su mujer, que yo sabía que había fallecido, pero, claro, cuando Nick continuó indagando sobre qué le había sucedido, todos en la mesa observamos a Zack conteniendo el aliento.

—Tenía un aneurisma —explicó nuestro vecino—. No teníamos ni idea, como es obvio, y el esfuerzo en el parto hizo que su cuerpo no lo soportara… No llegó a conocer a Eve.

—Cuánto lo siento —dijo Nick con pena, pero en un tono serio que yo no llegaba a entender.

¿Estaba celoso? ¿Era eso?

—Debió de ser muy duro para ti —añadió Jenna, que desde hacía un buen rato sostenía a su hija entre los brazos con todo el amor del mundo. Le besaba sus ricitos oscuros cada vez que tenía ocasión y se aseguraba de acunarla para que su sueño no se viera interrumpido.

Eve y Andy dormían en la cuna de este último, arriba, en su habitación. Los habíamos acostado, ya que los pequeños estaban ya pasados de horas. Los vigilábamos con el aparatito con cámara que llevaba conmigo a todos lados.

—Fue el peor y el mejor día de mi vida —dijo Zack, y entendí a lo que se refería—. Perdí al amor de mi vida y gané otro…

Nos quedamos en silencio mirándolo y entonces Zack se incorporó, cogió la botella de vino, se sirvió otra copa, me sirvió a mí sin que yo se lo pidiera y soltó una pregunta para cambiar de tema.

Nick clavó los ojos en él durante los siete segundos que tardó en echarme vino como si quisiera arrancarle la mano.

—¿Cuál es vuestra historia? No todos los días uno se casa con su hermanastra.

Nick tardó unos segundos de más en forzar una sonrisa.

—No estarás insinuando nada, ¿verdad? —le preguntó en un tono tan gélido que, si hubiese podido dar por terminada la cena justo en ese instante, lo hubiese hecho.

Zack abrió los ojos con sorpresa.

—¡Por Dios, para nada!

Silencio… Y entonces Nick se rio y Lion se sumó de manera forzada, como queriendo ayudar a distender el ambiente.

—Estos dos se llevaban como el perro y el gato —dijo Lion echándose vino también.

—Oh, sí, doy fe —añadió Jenna—. Cuando entraba Nick, Noah solo quería pincharlo y que la empotrara contra la pared. Y, cuando aparecía Noah, a Nick dejaba de funcionarle el hemisferio norte para pensar solamente con el sur.

Casi me atraganto con el vino.

Todos se rieron.

Nick me buscó con la mirada y mis ojos ardieron ante lo que parecía querer prometerme.

—¿Ves? —dijo Jenna—. Ni con un hijo de por medio han dejado de comerse con los ojos… Yo de verdad que no sé cómo lo hacéis.

Sentí que me sonrojaba y Nick sonreía divertido.

—Yo hace dos meses que no toco a mi mujer —dijo Lion elevando la copa como si brindase por eso.

—Y ármate de paciencia, cariño, porque hasta que no supere el trauma de haber tenido a esta niña sin epidural, por un largo periodo de tiempo nada entrará ni saldrá por ahí abajo, eso te lo aseguro.

Todos volvimos a reírnos y pareció que por fin el ambiente se calmaba un poco.

—¿Y vosotros? —preguntó Zack, señalando a Jenna y Lion—. ¿Cómo os conocisteis?

Miré a mis amigos, lo cierto es que nunca me habían contado bien esa historia. Sabía que lo habían hecho gracias a Nick, que los presentó durante la época que este se fue de casa de William y conoció a Lion. Época donde su vida se complicó y empezó a meterse en todo tipo de problemas. Época donde empezaron las carreras ilegales, las peleas clandestinas y una vida llena de riesgos y sin sustento económico paternal.

Lion miró a Nick.

—Es una historia bastante interesante… —dijo este sirviéndose otra copa.

Nick desvió la mirada de él a mí y, por un instante, creí ver que se ponía algo nervioso.

Jenna permaneció callada, algo que también me resultó del todo inusual.

Los miré uno a uno preguntándome qué demonios pasaba.

—Oye, ¿qué ocurre? —pregunté sin entender nada.

—Es que es una larga historia… —dijo Nick recolocándose en la silla.

Miré a Zack, que al igual que yo también parecía preguntarse por qué de repente los tres parecían tan incómodos.

—No hay prisa —dije yo.

Lion se aclaró la garganta y volvió a mirar a Nick por encima de la copa de vino.

—Bueno, sobre todo porque Nick y yo nos conocimos a través de una chica —explicó Lion sin apartar la mirada del susodicho.

Era como si estuviese pidiéndole permiso para seguir hablando.

—¿Qué chica? —pregunté con muchísima curiosidad, y noté un pinchazo extraño de algo que no supe muy bien cómo descifrar.

—Verás, por aquel entonces yo vivía en Miami, aunque planeaba mudarme a Los Ángeles pronto… Mi familia es de allí y Nick…

Este dejó la copa de vino en la mesa y lo interrumpió. Su tono de voz delataba que no era un tema del que le apeteciera hablar, y eso me causó aún más curiosidad.

—Yo cogí el primer vuelo que encontré después de hacer las maletas y decirle a mi padre que no quería volver a verlo. Fue justo después de toda la movida con Briar… No sé si te acuerdas…

Claro que me acordaba. Como para olvidar que mi por aquel entonces compañera de habitación resultó ser la exnovia de mi novio, que encima padecía de un trastorno esquizofrénico bastante agudo que derivó en un intento de secuestrar a mi hijo recién nacido. Briar se había quedado embarazada de Nick siendo una cría y, a pesar de que intentaron hacerla abortar, ella tuvo al bebé, que por desgracia no sobrevivió. Ese trauma la llevó a hacer lo que hizo con mi hijo, llegando a creer que era suyo…

Una completa locura.

—Lo recuerdo bien —dije clavando los ojos en los suyos.

No me mantuvo la mirada cuando siguió hablando.

—Aquel verano conocí a una chica… Mariana —dijo Nick, y os juro que fue como si le costase pronunciar su nombre—. Me dijo que podía ir a su casa, que sus padres no volvían hasta acabar el verano, y eso hice…

—Mariana empezaba a juntarse por aquel entonces conmigo y con mi banda —dijo Lion, continuando la historia por Nick—. No estoy muy orgulloso de las cosas que hacíamos por aquel entonces… Éramos unos críos que daban bandazos por la vida. Bueno, Noah, tú nos conociste en ese plan, sabes perfectamente a qué me refiero.

Claro que lo sabía.

Carreras, peleas, gente peligrosa…

—Mariana se juntaba con nosotros y nos dejaba su casa para las fiestas… Sus padres estaban forrados…

—Forrados y ausentes —aclaró Jenna, que hasta entonces había estado callada.

Tampoco parecía muy contenta de hablar sobre aquella chica, Mariana.

—Ella fue quien me presentó a Lion —dijo Nick.

—Y, cuando yo fui a buscarlo para traerlo de vuelta de las orejas si hacía falta, me los encontré pasándoselo mejor que nunca. Conocí a Lion de la peor manera posible —agregó Jenna.

—No fue mi culpa que entrases sin llamar… —explicó Lion con cara de arrepentimiento.

—En realidad, es una imagen que aún me cuesta borrar…

—¿Qué imagen? —preguntó Zack.

—La de mi marido montándoselo con dos tías.

Abrí los ojos sin dar crédito.

—¡Lion!

—Oye, no me miréis así, tenía veinte años. Además, ellas me lo propusieron, ¡no iba a decir que no!

Miré a Nick, que en aquel instante volvía a servirse vino. Ya empezábamos todos a estar bastante achispados.

—¿Y? ¿Qué más pasó? —pregunté con curiosidad.

—Pues que interrumpí un trío y no salí de la habitación hasta que este de aquí me dijo dónde encontrar a Nick. No sabes la fiesta que tenían estos montada, todo en casa de Mariana, claro está… Una locura…

Fui a indagar más, pero mi esposo se me adelantó.

—Fue un verano bastante alocado, no estoy orgulloso de cómo nos comportamos, y lo único bueno que salió de ahí fue que estos dos se enamoraron.

Zack observaba con los ojos bastante abiertos.

—Vaya… —dijo impresionado.

—Fue el mejor verano de mi vida —admitió Lion, ahora buscando a Jenna con la mirada—. Conocí al amor de mi vida y a mi mejor amigo… ¿Qué más se puede pedir?

—¿Fue amor a primera vista? —preguntó Zack con curiosidad.

—¡Oh, no! —exclamó Jenna riéndose—. Después de aquella fiesta, y tras darme cuenta de que estaban tan borrachos que no podía hacer nada por ayudarlos, me largué y lo intenté al día siguiente. Aún recuerdo llegar a aquel taller donde tu hermano Luca y tú trabajabais por aquel entonces. Imagínate, Noah, iba buscando a Nicholas Leister y me encuentro a un individuo parecido a él, vestido con un mono lleno de grasa atado a la cintura, camiseta de nadador blanca mugrienta y casi dándose de leches con este idiota —dijo señalando a su marido.

—¡Le enseñaba a defenderse! —exclamó Lion—. Dios, tío, por aquel entonces estabas flacucho.

—¡Era más joven! —dijo Nick forzando una sonrisa.

No sabía muy bien por qué, pero no había vuelto a cruzar miradas conmigo durante la narración de la historia.

—De flacucho nada, recuerdo que flipé bastante cuando te vi… Joder, habías cambiado, habías crecido… —añadió Jenna.

—Estaba cachas —dijo Nick.

—¡Yo te puse cachas! —puntualizó orgulloso Lion.

—Llevaban un mes viviendo la gran vida, de fiesta en fiesta, trabajando en el taller y entrenando de tres a cuatro horas diarias —continuó mi amiga.

—Por aquel entonces tenía mucho estrés —se justificó Nick.

—Tú naciste con estrés, tío —le replicó Lion.

Nick sonrió.

—Es lo que tiene criarse en una familia desestructurada.

—¡No sabías nada de la vida! —suspiró Lion—. Imagínate, Zack. Jamás había trabajado, jamás había ido a un banco, jamás había tenido que hacer la compra o hacerse la cama…

—No exageres —lo contradijo Nick.

—Eras un niño de papá —estuvo de acuerdo Jenna— y yo también era una mimada, para qué negarlo.

Lion miró a Jenna con un brillo intenso en la mirada.

—Mi vida de «chico que no llega a fin de mes» de repente se vio rodeada de estos *nepo babies* increíblemente guapos.

Jenna soltó una risita.

—Éramos unos consentidos…

—Tú lo sigues siendo, cariño —dijo Lion mirándola con ternura.

Intenté cruzar miradas con Nick, pero no hubo manera. Sus ojos estaban fijos en el líquido rojo de su copa e iban de Lion y Jenna al vino que aún no se había bebido.

—Recuerdo que por aquel entonces os iban las motos… Nuestra primera discusión fue cuando vino a buscarme para llevarme a cenar, en nuestra primera cita, ya sabes, y me negué a subirme a la moto —contó Jenna.

—Todo porque no quería despeinarse con el casco —dijo Lion poniendo los ojos en blanco.

—¿Después de lo que te costó que aceptara no caíste en ese pequeño detalle? —dijo Jenna.

—Te conocí con trencitas, jamás imaginé que sería un problema.

—Ya, bueno, quise impresionarte con mi espectacular melena afro.

—¿Llevabas trencitas? —pregunté con una sonrisa.

Jenna me lanzó una mirada deslumbrante.

—Durante años fue la única forma en la que me gustaba peinarme…, hasta que conocí a este idiota y quise descubrir a una nueva Jenna, a la Jenna explosiva que de verdad era.

—Todos descubrimos quiénes éramos ese verano —dijo Nick en un tono melancólico.

—Unos más que otros —puntualizó Lion con los ojos en la copa de vino.

No pude contenerme más.

—¿Qué fue de la chica? —pregunté, y los tres, Nick, Lion y Jenna me miraron a la vez—. De Mariana. ¿Qué fue de ella?

Se hizo un silencio sepulcral.

Lion y Jenna miraban a Nick sin atreverse a seguir hablando.

Este último se aclaró la garganta antes de hablar.

—Creo que lo mejor será ir recogiendo la mesa —dijo intentando, sin éxito, escaquearse de contestar.

—Nicholas —dije mirándolo, hasta que por fin se atrevió a devolverme la mirada—. ¿Qué pasó con Mariana?

Todos lo mirábamos, expectantes y en silencio.

Yo, tensa, sin saber por qué.

Los segundos pasaron hasta que por fin Nick se decidió a hablar.

—Falleció —dijo sin apartarme la mirada.

El dolor que vi en sus ojos me despertó un miedo irracional que hacía muchísimo tiempo que creía haber superado.

Un escalofrío me recorrió la espina dorsal.

—Iré a ver cómo están los niños —dijo entonces, poniéndose de pie, y entró en la casa.

Sentí la mirada de Zack sobre mí, la mirada de todos.

¿Quién era esa chica y por qué hablar de ella parecía haber despertado un fantasma? Pero lo más importante… ¿Quién había sido esa chica para Nick? ¿Qué había supuesto para él para que jamás hasta ahora, y casi obligado, la hubiese mencionado siquiera?

El riego del jardín saltó en ese instante y todos dimos un brinco.

—Será mejor que te ayudemos a meter en casa todo esto… Es tarde y los niños deberían ya estar cada uno en su cama.

Asentí en silencio y todos empezamos a recoger.

Nick no bajó a despedirse y, cuando Zack me acompañó a la planta de arriba a buscar a Eve, no vimos a Nick por ninguna parte.

—¿Estás bien? —me preguntó Zack, con la niña en brazos, antes de bajar la escalera.

Lo miré sintiéndome rara… Creía que conocía todos los aspectos importantes de la vida de mi marido y acababa de darme cuenta de que no era así. Había secretos, heridas de las que no tenía ni idea.

Asentí sin atreverme a poner la mentira en palabras.

—Si necesitas algo…, hablar…

Volví a asentir con la cabeza y lo acompañé hasta la puerta.

Jenna vino a darme un abrazo y me susurró al oído:

—No te preocupes, Noah, simplemente hay cosas que a veces conviene dejar enterradas…

¿Qué quería decir con eso?

Estaba tan aturdida que me despedí de todos sin indagar más.

Después de cerrar la puerta y poner la alarma, cuyo código Nick había tenido la precaución de cambiar la noche anterior, el susodicho apareció por la escalera.

Me giré y lo observé.

Bajó despacio sin quitarme los ojos de encima y, cuando lo tuve delante, su intensidad me hizo dar un paso hacia atrás, provocando que mi espalda chocara con la puerta.

Nick se acercó más y su mano derecha me acarició la mejilla con suavidad hasta llegar al cuello. Me apartó con dulzura el pelo que me caía sobre el hombro y se inclinó para besarme la piel sensible que había justo bajo de mi oreja.

Cerré los ojos y me estremecí.

—Te lo contaré —me dijo suavemente al oído. Solté el aire que estaba conteniendo y Nick volvió a buscar mi cuello. Se enterró en él mientras que sus manos me sujetaban por la cintura con fuerza, obligándome a estar quieta—. Pero no esta noche, esta noche solo quiero enterrarme en ti, sentirte y amarte con locura, ¿de acuerdo?

Me miró, me miró a los ojos y sentí unas ganas irremediables de ponerme a llorar.

Él negó con la cabeza.

—No hay ni ha habido nadie en mi vida a quien haya amado tanto como te amo a ti.

Esa frase solo podía significar una cosa.

Había amado a Mariana… La había amado y había algo en ese hecho que me rompió en mil pedazos.

No pregunté, no indagué, y no porque no sintiera curiosidad, sino porque no era capaz… Aún no era capaz de abrir esa puerta.

Subimos al dormitorio y nos perdimos el uno en el otro de una manera distinta, de una manera tan intensa que me pregunté cómo sería mi vida si no tuviese a Nick conmigo, si no tuviese esa dosis de éxtasis líquido que a veces me hacía sentir…

¿Había habido alguien más que había compartido con él ese sentimiento que hasta ahora yo creía que solo me había pertenecido a mí?

Como he dicho antes…, en ese momento no me vi preparada para averiguar la respuesta.

19

NICK

No podía dormir.

Miré a Noah, que descansaba en ese instante junto a mí. También había tardado en dormirse y me sentía culpable por ello. No había estado en mis planes abrir el baúl de los recuerdos, mucho menos de unos recuerdos que juré dejar enterrados en el fondo de mi corazón.

El idiota del vecino había provocado todo aquello… Si no hubiese preguntado a Jenna y Lion cómo se habían conocido, jamás hubiésemos tenido que sacar el tema y, en ese momento, yo no estaría sintiéndome culpable, sin poder conciliar el sueño. Y sobre todo me daba miedo que, por desgracia, iba a tener que contarle a Noah algo de lo que no estaba en absoluto orgulloso y que le haría daño. Pero se lo tenía que contar porque, si me ponía en su lugar, a mí no me gustaría escuchar la historia de mi mujer con otro hombre…

Mariana… Hasta decir su nombre me costaba.

No pude evitar que su imagen se proyectara en mi cabeza como si fuese una película vista con un proyector viejo.

Sus recuerdos aún seguían en mí, pero algo distorsionados, no tan claros… Tal vez se debía a que había tenido que conocerla llena de vida para después despedirla sin ella. La imagen de su muerte a veces todavía me perturbaba en sueños; no mucho, pero en ocasiones aparecía. El subconsciente me traicionaba…

Prefería recordarla viva, como es obvio.

Sus ojos azules, su pelo castaño…, no era muy alta y tenía una sonrisa que contagiaba. De ese tipo de sonrisa que captura todas las miradas… Había sido, tal vez, esa magnitud que ella provocaba en todos, en mí, lo que la había llevado a cometer tantos errores. Cuando uno sabe que tiene ese poder compulsivo sobre los demás… o bien lo utiliza para cosas buenas o bien…

Bueno, o bien lo utiliza como arma.

No me sentía orgulloso por la manera en la que nos habíamos conocido. Si pudiese volver atrás en el tiempo y saber todo lo que sabía ahora, jamás la hubiera invitado a fumar conmigo, jamás la hubiera llevado a esa fiesta y jamás me la hubiera llevado a la cama.

Pero ¿cómo iba a saberlo? ¿Cómo iba a saber todo lo que estaba sufriendo? ¿Cómo iba a saber que me traicionaría de la manera en que lo hizo?

Miré a Noah dormida en la cama y sentí paz.

A veces agradecía a quien estuviese allí arriba por haberla traído a mi vida. Si no hubiese aparecido, si no me hubiese cautivado como lo había hecho, como aún lo hacía, si no hubiese tocado mi alma con esos ojos color miel y esa galaxia de pecas sobre sus mejillas, seguramente estaría perdido… Tal vez incluso no estaría aquí. Habría seguido metiéndome en líos, habría seguido viviendo una vida que podría haberme llevado a lugares muy oscuros.

Escuché un ruido proveniente del aparato de escucha que teníamos en la habitación de Andy.

Miré la cámara y vi que se había despertado.

Eran las tres de la madrugada.

El muy granuja sabía perfectamente dónde estaba el aparato, porque miró en esa dirección y, haciendo pucheros, empezó a llamarme.

—Papiii —dijo empezando a lloriquear—. ¡Papiii, veeen!

Apagué el aparato para que Noah no se despertara y me levanté.

Que me llamara a mí y no a su madre me había tocado el corazón. A veces me daba un poco de celos ese vínculo increíble que tenían ellos dos. Además, estar tanto tiempo fuera no ayudaba a que mi hijo pensara en mí primero cuando necesitaba ayuda.

Por eso a los dos segundos estaba entrando en su habitación.

Estaba de pie en la cuna y llorando con lágrimas de cocodrilo.

Los ojos se le iluminaron cuando me vio entrar y sus bracitos se levantaron con desesperación hasta que lo levanté para no hacerlo esperar ni un segundo más.

—¿Qué pasa, pequeño? —le pregunté sonriendo al ver que me abrazaba con fuerza. Sus bracitos me apretaban el cuello y apoyó la cabeza sobre mi hombro al mismo tiempo que sus sollozos se calmaban.

—Papi, pesadilla —dijo con esa vocecita de dibujos animados.

—Bueno, ya pasó, ya estoy aquí contigo.

—*Monstro*, papi, había un *monstro*.

Sonreí.

—¿Un monstruo?

Andy me miró con sus ojos enormes y asintió.

—Así de *gaaande* —dijo abriendo los brazos.

Me sorprendió que ya empezara a formar frases enteras. Mi hijo crecía a pasos agigantados y yo me lo estaba perdiendo.

—¿Dónde estaba el monstruo, que le voy a dar una tunda de las buenas? —respondí, y el niño me señaló debajo de la cuna.

—¿Ahí está? —dije, y Andy sonrió a la vez que asentía con la cabeza reiteradas veces.

Lo deposité en el suelo mientras me agachaba para verificar que no hubiera ningún «monstruo». Me hizo gracia que Andy permaneciera a mi lado, su puño sujetando mi camiseta con fuerza.

Al asomarme debajo de la cama, vi que había un muñeco de estos que desprendían luces.

Estiré el brazo para cogerlo y el puñito de Andy se apretó con más fuerza contra mi camiseta, como si le aterrorizara que a su padre pudieran arrancarle el brazo los monstruos de debajo de la cama.

Cuando saqué el juguete, el niño se relajó y empezó a saltar con alegría.

—¡Gusy! —gritó emocionadísimo, pegando saltitos en el suelo.

—¿Quién? —pregunté.

—¡Gusy, papi, Gusy!

Le tendí el muñeco y el niño lo abrazó con fuerza. Estaba demasiado emocionado para mi salud mental, teniendo en cuenta que eran las tres de la madrugada.

—Ahora vamos a poner a dormir a Gusy, ¿vale? —dije, y di gracias a todos mis ancestros cuando bostezó y asintió con la cabeza.

Lo metí en la cama y él se acurrucó con su muñeco entre los brazos.

—Pero no te vas, papi —me pidió, y negué con la cabeza.

—Me quedaré aquí hasta que te duermas —lo tranquilicé.

Mi hijo pareció aliviado al oír mi promesa, soltó un profundo suspiro y cerró los ojos.

A los cinco minutos, oí que su respiración se acompasaba y se volvía profunda, pero no me fui. Me quedé observando lo bonito que era y la paz que me daba verlo dormir tan plácidamente. Sentí envidia al ver la rapidez con la que había conseguido dormirse, pues una de las cosas malas de ser padre es que ya no vuelves a dormir tranquilo…, o al menos yo no conseguía hacerlo.

—Nick —dijo una voz a mi espalda.

Me giré y vi a Noah apoyada en el marco de la puerta. Llevaba como pijama una camiseta mía. De hecho, era una de mis favoritas, y no la había podido recuperar desde que a ella se le antojó que era suave y gustosa para usarla de camisón.

—¿Qué haces despierta? —le pregunté en susurros acercándome a ella.

—Noté que no estabas… —me susurró de vuelta, y no pude evitar preguntarme si los días que no estaba aquí con ella se despertaba buscándome entre las sábanas.

La culpabilidad de nuestra situación volvió a azotarme con fuerza.

—Andy se ha despertado porque creía que había monstruos en su habitación —dije sonriendo.

Noah me sonrió, pero vi que la felicidad no le llegaba a los ojos.

—¿Te apetece un té? —me preguntó entonces—. No creo que pueda volver a dormirme.

Me marchaba en unas horas a Nueva York… Apenas había dormido, pero, si ella quería un té, pues me bebería una infusión o un chocolate o lo que ella quisiese, joder.

—Vamos —dije, cerrando la puerta sin hacer ruido.

Preparamos juntos una tetera de infusión de jengibre y vi que Noah sacaba unas galletitas de la alacena. Sonreí al ver que eran sus preferidas, las de chocolate, y que aparte también traía las que me gustaban a mí con gelatina de fresa y que ella odiaba con todas sus fuerzas.

Sabía que esta infusión de madrugada no era algo inocente, sabía que ella iba a querer hablar de la cena de anoche. Por eso mismo, me sorprendí cuando, al sentarnos en la mesa de la cocina, con sendas tazas humeantes frente a nosotros, lo primero que me preguntó fue algo totalmente opuesto a lo que esperaba que me preguntase.

—¿Te gustaría viajar conmigo a Canadá?

Parpadeé con sorpresa.

—¿A Canadá? —pregunté.

Noah abrazó la taza con las manos como si de repente sintiese frío.

—Sí… Quiero llevarte a mi pueblo, que conozcas dónde crecí, enseñarte mi cole, mi librería favorita…

Me imaginé de repente a una Noah pequeña, preadolescente, con esas coletas que sabía que había llevado porque la había visto en fotos. Me la imaginé de pequeña corriendo por el parque, celebrando sus cumpleaños con amigos de su edad…

—Sabes que cualquier cosa que tenga que ver contigo voy a querer hacerla, amor —le contesté, y me pregunté de dónde vendría esa idea repentina.

—Genial…, porque no me gustaría pensar que hay una parte de mi vida que no conoces.

Mis ojos se encontraron con los de ella y por fin lo comprendí.

—Noah…

—Está bien, Nick —dijo, y por su tono yo sabía que no estaba bien—. Entiendo que ambos tenemos un pasado y respeto que haya una parte de tu vida que tenías antes de conocerme que no quieras compartir conmigo…

—Noah, no es eso —la corté y solté un suspiro profundo—. Nunca he hablado de mi época con Lion porque fue muy dolorosa para mí. No estoy orgulloso de las cosas que hice ni de cómo me comporté… Tú conociste una parte de ese Nick y, aunque por alguna razón que todavía no comprendo viste lo bueno en mí, sé que has odiado muchas facetas de ese Nick que procuro mantener muy escondido en mi interior.

Nos quedamos en silencio durante unos segundos.

—¿La quisiste? —preguntó entonces sin mirarme.

Joder.

Al ver que me callaba durante unos instantes, me buscó con la mirada y tuve que contestar, tuve que serle sincero, porque mentir no iba a llevarme a ningún lado…

—Sí.

Noah asintió despacio.

—¿La quisiste como quise yo a Dan?

Solo la idea de recordar a ese idiota me puso de mal humor.

—No se puede medir el amor, Noah. No puedo compararlo porque yo no soy tú… —intenté explicarle, pero ella me interrumpió.

—Nick, sabes perfectamente a lo que me refiero.

Le devolví la mirada.

—No —contesté entonces—. No creo que fuese igual a lo tuyo con Dan, pero tampoco tuvo nada nada que ver con lo que yo sentí al conocerte. Esto fue… Más bien fue creer que quise a alguien que en realidad… Alguien que me traicionó, Noah. No es una historia bonita…

—¿Te hizo daño? —preguntó.

Mierda… Sí, me había hecho daño, sí, claro que me lo hizo.

Mariana había sido otra de las razones por las que me había negado en redondo a abrir mi corazón.

—Me lo hizo —admití.

Noah me cogió la mano y volvió a buscarme con los ojos.

—Siento que muriera.

Noté un pinchazo en el corazón. Cientos de recuerdos se me pasaron por la mente: fiestas, besos, mar, oscuridad, nubes, llantos, pastillas…

Fui completamente sincero cuando al final le contesté:

—Yo no.

20

NOAH

No me esperaba esa respuesta, y me dio la sensación de que él no quería indagar mucho más en el tema. Se levantó de la mesa con la excusa de que su infusión estaba fría y el ruido del microondas se interpuso entre los dos. Casi consiguió que se rompiera la atmósfera para seguir confesándonos cosas.

Me levanté y fui hacia él. Lo abracé por detrás y él colocó sus manos sobre las mías. Me hizo girar de modo que mi espalda quedó ligeramente apoyada con el mármol frío de la encimera y me obligó a mirarlo a los ojos.

—No quería abrir este baúl de los recuerdos, Pecas —dijo acariciándome la mejilla con dulzura.

Levanté mi mano y le rocé ligeramente la sombra que veía bajo sus ojos.

—Te veo muy preocupado, Nick...

Sus dedos bajaron hasta rozarme el labio inferior.

—Se han juntado muchas cosas, pero todo se arreglará...

Busqué sus ojos con la mirada para ver si podía darme cuenta de si había verdad en sus palabras... Al contrario que yo, que era un libro abierto incluso cuando no quería serlo, Nick podía guardar todo tipo de secretos. Él podía permanecer impasible ante cualquier situación, y eso a veces no me ayudaba a la hora de poder ayudarlo.

—¿Qué es lo que más te preocupa? —le pregunté.

Nick llevó su mano hasta mi cuello y se inclinó hasta rozarme la oreja con sus labios.

Sentí un escalofrío.

—Estar lejos de ti me está consumiendo día a día —admitió, y en sus palabras pude sentir la desesperación a la vez que el miedo.

Me sentí culpable… Al fin y al cabo, yo podía hacer las maletas y subirme al avión con él al día siguiente. Mudarme a su piso y acompañarlo, estar juntos…

—No le des más vueltas, amor —dijo separándose un poquito de mí, aunque nuestras narices prácticamente se rozaban—. Mañana te acompañaré a tu primer día de trabajo y llevaremos juntos a Andy a la guardería. Mañana el día empezará como si fuésemos una familia normal y, cuando me suba a ese avión, cada decisión que tome lo haré solo pensando en el día en el que por fin todo vuelva a ser como antes.

Asentí intentando creer que era cierto lo que decía.

—¿Y todo lo demás? —pregunté con cautela.

Nick apretó los labios un poco.

—Hay cosas que es mejor dejar enterradas, Noah —me contestó, y sentí una desilusión intensa al caer en la cuenta de que había una parte de su vida que no quería compartir conmigo.

No supe qué contestar, una parte de mí quería insistir, quería saber, quería que me lo contara todo, mientras que otra…

—No le des más vueltas, por favor —me pidió—. Conocí a una chica, creí estar enamorado de ella y me demostró que, si para conseguir lo que quería tenía que pasar por encima de mí, lo haría sin importarle las consecuencias. No es una historia agradable, Noah. Acabó con una muerte, unos padres destrozados y una lección muy dura que me hubiese encantado no tener que aprender.

—¿Qué lección? —pregunté.

Nick soltó un suspiro profundo y se echó un poco para atrás.

—Por mucho que quieras a alguien, eso no significa que te quieran igual.

Lo observé mientras analizaba sus palabras y la triste verdad que había en ellas. Tenía razón… La vida es así y duele averiguarlo. Quise a mi padre con locura y casi consigue matarme… dos veces. Nick había querido a su madre y esta lo dañó en lo más profundo de su corazón, y al parecer ahora me enteraba de que esa tal Mariana le había hecho daño a un Nick adolescente, a un Nick que ya estaba roto entonces, esa… De repente, sentí un odio irracional hacia esa chica a la que ni siquiera era capaz de ponerle cara.

—¿Por qué nunca me habías hablado de ella? —pregunté mientras lo observaba con atención.

—Porque… —empezó diciendo, y luego se calló para volver a empezar en un tono más contundente—. Porque me enseñaste lo que era amar a alguien de verdad y, a veces, cuando recuerdo lo estúpido que fui contigo, lo mal que hice las cosas al principio y cuando… Joder, cuando rompimos y estuvimos más de un año separados, el dolor que eso te causó a ti y a mí, sé que es debido a aquellas personas que me dañaron y me hicieron desconfiar de cualquier cosa buena. Hasta el día de hoy a veces siento que lo que tenemos es una fantasía, una alucinación…, un sueño que me pueden arrebatar en cualquier momento. Y eso me da tanto miedo, Noah, que a veces me gustaría viajar al pasado para protegerme de quienes me hicieron daño. Porque eso me hubiese hecho llegar a ti entero y no roto. Y quizá hoy no estaríamos aquí hablando y recordando cómo me dañaron, sino que estaría arriba haciéndote el amor hasta que te quedases dormida entre mis brazos del cansancio.

Sentí que se me humedecían los ojos. Odiaba que le hubiesen hecho tanto daño, odiaba averiguar que se sentía así, como si no se mereciese tener lo que teníamos, aunque una parte de mí lo entendía. Joder, claro que lo entendía, porque me había pasado lo mismo.

—Somos muchas cosas, Nick, pero también somos nuestras heridas. Las heridas nos han traído aquí a curarnos el uno al otro. No podemos arrepentirnos de nuestras decisiones o de en quién colocamos nuestro amor o nuestra confianza hace tiempo, porque, nos guste o no, gracias a lo vivido estamos donde estamos y tenemos lo que tenemos… Andy no existiría si tú y yo no hubiésemos roto, y eso… Eso hace que todo lo que hemos pasado haya merecido la pena.

Nick me escuchó con atención y terminó asintiendo despacio.

—Mi único objetivo en esta vida es que Andy crezca sano y feliz, que no tenga que vivir nada de lo que vivimos nosotros. A veces me obsesiono pensando cómo hacer que crezca sin dolor y, cuando imagino que se interponen en mi objetivo, siento que podría arrasar con todos. Me da igual cómo lo haga, mataré a cualquiera que intente dejar una huella negativa en él o en ti…

Me dio un poco de miedo sentir que decía aquellas palabras muy en serio.

—No vas a poder protegerlo de todo, Nick. Lo sabes, ¿no?

Él volvió a acercarse y posó sus labios en los míos como la caricia de una pluma, suave y ligera.

—Pues me dejaré la piel intentándolo, Pecas.

Sentí que el corazón se me agrandaba de amor y de orgullo.

Ambos habíamos tenido padres que nos habían querido, pero que nos habían hecho mucho daño… Me enamoraba oírle decir que se dejaría la piel intentando que nadie dañara a nuestro hijo.

No había nada más romántico, puro y bonito que eso.

—¿Vamos a la cama? —pregunté después de abrazarlo con fuerza.

Nick me cogió la mano y juntos subimos a nuestro dormitorio.

Lo noté inquieto durante las siguientes horas de sueño, como si haber removido su pasado le hubiese provocado pesadillas. Ninguno de los dos conseguimos descansar y, cuando sonó el despertador para empezar el día, ambos estábamos ya despiertos.

Nick me ayudó con Andy mientras yo preparaba el desayuno.

Ver las tazas de la infusión que habíamos compartido de madrugada me removió de nuevo, y las lavé con la mente ausente. Una parte de mí deseaba no haber tenido que conocer nada sobre aquella chica, sobre ese lado de la vida de Nick que no sabía que existía…

Nuestro hijo ocupó todo nuestro tiempo aquella mañana y juntos lo llevamos a la guardería. Andy estaba como loco por poder enseñarle a su padre su clase, sus dibujos y sus amiguitos.

Me dio la risa cuando Nick entró a la clase y todos los niños lo miraron como si fuese una especie de superhéroe. Tan alto e imponente, provocó en los críos una admiración casi inmediata. En cuanto se puso a lanzar al aire a Andy, antes de despedirse, se hizo una cola de niños y todos esperaron a que hiciera lo mismo con el resto.

La profesora de Andy se acercó mientras mi marido se convertía en una atracción infantil y vi en sus ojos que no podía evitar comérselo con la mirada.

—Qué bien que haya podido venir —dijo Mandy, que tendría más o menos mi edad—. Para los niños es muy importante que sus padres formen parte de este proceso.

Asentí en silencio sabiendo que llevaba razón.

Cuando ya fue el momento de despedirnos, Nick levantó a Andy, lo abrazó y le besó en la cabeza. Mi hijo parecía no querer soltarlo y me dio miedo que se pusiese a llorar.

La profesora entonces entró en acción y, dando palmadas, llamó la atención de todos los alumnos.

—¡Vamos a jugar a un juego! —gritó entusiasmada.

Nick puso a Andy en el suelo y este corrió a sentarse junto a sus amigos. Luego me alcanzó en la puerta y ambos salimos cogidos de la mano.

—¿En qué momento se ha hecho tan mayor? —me preguntó pasándome un brazo por los hombros.

Fui a contestar, pero justo entonces nos cruzamos con Zack, que venía de dejar a Eve en su clase, supuse.

Mi nuevo amigo y vecino pareció algo incómodo cuando nos detuvimos en el pasillo para saludarlo. Fue extraño sentir que se miraban el uno al otro con cierto desafío, rodeados de dibujos infantiles y guirnaldas de colores hechas por los niños.

No me hizo ninguna gracia que el brazo que Nick tenía apoyado sobre mis hombros se tensara, ni tampoco que los ojos de Zack se detuvieran ahí unos segundos de más.

¿Estaba celoso?

Imposible. Jamás había demostrado interés por mí, más allá de la simple amistad.

Cuando mi nuevo amigo cruzó miradas conmigo entendí que no eran celos, si no que no le gustaba que Nick pareciese estar marcando territorio a todas horas.

Me zafé del brazo de mi marido y abracé a Zack como hacía siempre que lo veía.

Cuando lo solté y volví a colocarme junto a Nick, sentí su rabia irradiar por todos los poros de su piel.

—¿Qué hay, vecinos? —preguntó mirándome solo a mí—. Ayer me lo pasé muy bien, deberíamos repetirlo.

—Estoy de acuerdo —dije con una sonrisa.

Nick volvió a colocar su brazo sobre mis hombros.

—De hecho, la próxima vez podríamos ir a tu casa, ¿no? —preguntó Nick.

Zack tardó un segundo de más en sonreír.

—Mi casa no es como la vuestra… Es la más grande del barrio, ¿no? Muy bonita, por cierto —dijo Zack, ahora mirando a Nick.

—Gracias… Hablando de mi casa, ya he cambiado el código de la alarma, Noah —me dijo Nick, y sentí su mirada en el lado izquierdo de mi cara.

No tenía sentido que me dijera eso allí, estaba dando a entender que Zack no era de fiar.

—Menos mal que tenéis alarma… Sobre todo ahora que te has visto envuelto en semejante escándalo, con los periodistas acosándoos y tal…

El recordatorio del «escándalo» al que se refería Zack nos cayó a Nick y a mí como un jarro de agua fría. Aquella mañana no había habido periodistas siguiéndonos y, por un instante, nos habíamos olvidado del problemón en el que nuestra familia se veía involucrado.

—Es lo que tiene ser nombrado Empresario del Año dos años consecutivos… La envidia de muchos deriva en desear verme caer, da igual qué mierda se inventen para hacerlo.

—Pero no lo harán —dijo Zack forzando una sonrisa.

Nick también sonrió.

Era una de sus épicas sonrisas tensas.

—No soy tan estúpido como para cometer ilegalidades en mi empresa. Quien haya intentado difamarme pagará las consecuencias muy pronto.

Zack asintió en silencio y luego sonrió en mi dirección.

—Ahora que por fin nos conocemos espero que te quedes tranquilo sabiendo que Noah no está sola… Yo estoy encantado de cuidarla mientras tú no estés.

Se hizo el silencio y justo entonces apareció la directora del centro.

Era normal que llamara la atención ver a tres padres que ocupaban todo el pasillo de la guardería mientras tenían una conversación de lo más tensa por razones que no era capaz de comprender.

—¿Todo bien por aquí? ¿Os acompaño a la salida? —nos preguntó observándonos con curiosidad, puesto que hacía tiempo que el horario de clase había comenzado.

Cogí a Nick de la mano y tiré de él para irnos de allí.

Cuando los tres estuvimos fuera, no me detuve y bajé los escalones con Nick siguiéndome los talones. Su ira era tan perceptible que temía que no fuese capaz de controlarla.

—¡Adiós, Zack! —me despedí con un ademán de la mano.

Fui directa hasta el coche.

Nick lo puso en marcha y se dirigió rumbo a mi nuevo trabajo.

—Ese tío me da mala espina —dijo tras una larga pausa.

Puse los ojos en blanco.

—Claro que sí, Nick —dije sin poder evitar el tono sarcástico.

—Le gustas —aseguró mirando hacia delante.

—Es un amigo, nada más.

—Él no quiere ser solo tu amigo.

Lo miré sin dar crédito.

—¿En serio, Nick? Es viudo, es nuevo en el vecindario, tiene una niña de tres años que está criando solo… Podrías ser un poquito más empático.

—¿Empático? —contestó con indulgencia—. No lo conoces, Noah. Siempre quieres salvar a todo el mundo, pero ni siquiera sabes si lo que dice es cierto.

Lo observé con perplejidad.

—¿Por qué iba a mentirme?

—Pues no lo sé, pero lo estoy averiguando.

Abrí los ojos sin dar crédito.

—¿Que lo estás averiguando? ¡¿Qué demonios significa eso?!

Nick no apartó la mirada de la carretera en ningún momento.

—Pues que le he dicho a Steve que verifique que lo que dice es cierto, nada más.

—O sea, que has mandado a que lo investiguen…

—Llámalo como quieras. Si ese tío va a pasar tiempo contigo y con mi hijo, pienso asegurarme de que es de fiar. Creía que a estas alturas del cuento ya sabías que esto es algo que pasará siempre que alguien nuevo entre en nuestras vidas.

No daba crédito a lo que estaba escuchando. Zack era un tío increíble, un padre que solo quería lo mejor para su hija. Había estado a mi lado cuando sucedió todo el caos de los *paparazzi* y había demostrado ser un buen amigo. Es cierto que no hacía mucho tiempo que lo conocía, pero me fiaba de mi instinto. La reacción de Nick venía de otro lado, por mucho que estuviese intentando ocultarlo, y así me aseguré de decírselo.

—Si te soy sincera, creía que habíamos dejado atrás el tema de los celos.

Él soltó una especie de bufido.

—No estoy celoso de ese tío, solo pongo en palabras algo que estaba gritando a los cuatro vientos: «Yo estoy encantado de cuidarla mientras tú no estés» —dijo intentando imitar el tono de voz de Zack—. Lo ha dicho para intentar joderme.

Lo miré sin dar crédito.

—¿De verdad dejas que esta tontería te afecte? —le pregunté, observándolo con atención.

Más que enfadado, lo veía dolido, y eso captó mi atención.

—Tu cuidado no es ninguna tontería para mí… Es mi responsabilidad hacerlo, no la de un vecino cualquiera. Yo soy tu marido y el padre de Andy, joder.

Como si hiciese falta que me lo recordase. Respiré hondo e intenté que el enfado se disipara. Ya tenía bastante con todo como para encima discutir conmigo.

Estiré la mano y acaricié su mejilla, y, aunque movió la cara rechazando mi gesto, eso solo le duró un instante. Cuando insistí y mis dedos se deslizaron hasta su nuca, dejó que lo hiciera y pareció calmarse un poco.

—Sé cuidarme sola, Nick, eso para empezar. Pero, si por alguna razón yo fallara, sé que tú tienes cinco planes listos para entrar en acción. Estoy a salvo y Andy también. No te preocupes por nosotros.

Él negó con la cabeza mirando la carretera.

—Qué fácil es decir eso cuando no eres tú la que ha provocado toda esta mierda de situación con la prensa.

—Los periodistas se aburrirán cuando no tengan nada de lo que hablar. No les daremos motivos y mañana o pasado ya estarán con otra cosa.

Nick no pareció muy convencido, pero al final llegamos a mi nueva oficina. Estaba en un alto edificio en la zona financiera de Los Ángeles, donde una pequeña editorial había decidido montar su negocio yendo en contra de la tendencia ancestral de las grandes editoriales por situar su sede en Nueva York.

Yo no quería empezar en una de esas editoriales gigantes; prefería hacerlo desde abajo, aprender del negocio de los libros poniéndole cara a mi jefe y no siendo un número más dentro de una corporación.

Nick detuvo el coche y por fin pareció estar listo para poder mirarme a los ojos.

—Steve me ha dicho que tiene a alguien con formación profesional que puede ayudarte siempre que lo necesites. Ya te he mandado su número, se llama Derek Stone. Cualquier incidente, cualquier motivo sospechoso, lo llamas y te acompañará donde sea. O incluso puede quedarse fuera de casa vigilando que…

—¿Y Charlie? —pregunté haciendo alusión a quien hasta la fecha había sido a quien Nick había llamado si necesitaba protección.

—Derek está mejor formado y, con todo este lío, prefiero a alguien de la formación de Steve a tu lado.

—Nick, estaré bien, ¿vale? —lo corté—. Pero lo llamaré si la cosa se pone fea, no te preocupes.

—Muy bien —dijo, aunque parecía no querer marcharse.

—Voy a echarte de menos —dije con pena por tener que volver a separarnos.

Nick estiró el brazo y me levantó la barbilla obligándome a mirarlo.

—Toda mi energía va a estar puesta en solucionar este asunto. Tú no te preocupes por nada, ¿me oyes? —dijo besándome la punta de la nariz—. Deslúmbralos con tu sonrisa y tu inteligencia, Pecas. Serás la mejor editora junior que jamás hayan tenido el placer de conocer —dijo, y no pude evitar sonreír.

—No hay duda de que eres mi mayor fan —contesté tirando de él para que nuestros labios se encontraran.

Me besó con intensidad y, tras unos segundos, tuve que obligarme a separarme.

Sentí las mejillas enrojecidas y el cuerpo tembloroso…

—Así te espero cuando vuelva la semana que viene. Ruborizada y excitada para mí —me dijo, y volvió a enterrar su boca en la mía. Esta vez su lengua me acarició los labios como si no tuviese suficiente, como si temiera olvidar el sabor y necesitase volver a probarlo para rememorarlo durante los próximos días.

—Te quiero —dije, buscando aire para respirar, y le di un beso en la áspera mejilla.

—Yo te quiero más —contestó, y después me bajé del coche.

Esperó hasta que entré en el edificio y una parte de mí, como siempre que nos separábamos, se fue con él.

21

NICK

Llegué a Nueva York casi a las ocho de la tarde. Steve había reservado un helicóptero para llegar pronto al apartamento y evitar el tráfico, ya que tenía una reunión con Sloan para hablar sobre cómo afrontaríamos las siguientes semanas.

Noah me había mandado un mensaje diciéndome que había conocido a su jefe y que ya le habían asignado cinco manuscritos para ponerse a trabajar. También me mandó un selfi en la oficina sonriendo y levantando la taza con el nombre de la editorial: Barret. Saber de ella me había levantado el ánimo después de haber tenido que dejarla, consciente de que pasarían días hasta volver a verla, a ella y a Andy.

Me quité la chaqueta y vi que Sloan me esperaba en el salón junto a Gerry, mi director financiero. Ambos presentaban sendas caras de preocupación, y ya debía de ser importante para que hubiesen querido reunirse conmigo a esas horas.

—Deberías haber vuelto ayer, Leister —me dijo Sloan a modo de saludo.

No era famosa por su simpatía, pero sí por ser implacable en lo suyo. Iba impecablemente vestida, con su pelo negro peinado hacia atrás gracias a una de sus infinitas diademas cuyo color oscuro se fusionaba con su cabello. Me lanzó una mirada que, de no ser porque le tenía cariño y me había librado de varios aprietos, no hubiese permitido en nadie que perteneciera a mi equipo.

—Tener una familia a veces implica hacer sacrificios —contesté acercándome al bar donde guardaba el whisky. Necesitaba una copa urgente—. Llevar a mi hijo a la guardería es más importante que cualquier otra cosa —añadí.

Mi abogada frunció la nariz y casi se me escapa una sonrisa. Ya me había dejado bien claro en más de una ocasión que ella jamás tendría hijos. Sloan estaba casada con su trabajo y nada la haría moverse de ahí, o al menos eso decía.

—Nicholas, han solicitado que comparezcas ante un juez —dijo Gerry preocupado. Gerry tenía un poco más de cuarenta y cinco años y siempre había estado en forma, aunque desde hacía unos meses, desde que lo había dejado con su mujer, su barriga empezaba a marcarse contra los botones de la camisa.

Detuve lo que estaba haciendo y el vaso de whisky se quedó a medio llenar.

—¿Han encontrado pruebas? —pregunté sin dar crédito.

—Las suficientes como para citarte en cinco días —dijo Sloan soltando un sobre grueso en la mesita que había frente al sofá—. Tenemos que preparar tu defensa.

Me pasé la mano por la cara en un intento por aclararme las ideas.

—¿Hay alguna novedad sobre quién puede estar intentando joderme? —quise saber.

—Tu padre ha hablado conmigo esta mañana. Le han pedido documentos de la sede de Los Ángeles. Tiene miedo de que esto también le salpique. Me pidió que hicieras una lista de posibles enemigos o personas que quieran verte caer… Él ya nos ha dado la suya.

Solté una carcajada.

—¿Una lista de enemigos? ¿Personas que quieren verme caer? Joder, no tendría tiempo en esta vida para poder acabarla… —contesté con sarcasmo, aunque no era mentira lo que acababa de decir.

Sloan se sentó en el sillón y se cruzó de piernas con elegancia.

—Ahora mismo lo que importa es que te quedes aquí y mantengas un perfil bajo. Por si no lo recuerdas, ya tienes antecedentes por violencia en el pasado y eso puede joderte pero bien.

—Están prescritos y lo sabes —le recordé apretando la mandíbula y maldiciendo en mi fuero interno haber sido tan estúpido años atrás.

—Legalmente puede que sí, pero por desgracia eres un perfil público. Toda tu vida está en internet, lo que sucedió hace dos años con tu hijo captó el interés de la prensa internacional… Joder, ¡si hasta tu boda salió en las revistas del corazón!

Y tanto que salió…, y sin mi consentimiento o el de Noah.

—Tu historia de amor con tu hermanastra ha sido motivo de cientos de artículos y, seamos claros…, que seas tan atractivo no ayuda en absoluto, solo crea más morbo.

Sabía que lo que acababa de decir no era ni mucho menos un cumplido. Sloan, para empezar, no tenía ni el más mínimo interés en los hombres, y me había confesado sin pelos en la lengua que, cuando empezó a trabajar conmigo, pensaba que solo era una cara bonita. Tardó un año en darse cuenta de que no tenía un pelo de tonto, pero, como acababa de decir, el ser atractivo no ayudaba en nuestro gremio, solo provocaba desconfianza.

—Quien intenta joderte sabe todo esto, porque no paran de salir cosas sobre ti. Han abierto el baúl de los recuerdos, así que no te sorprendas si toda tu vida empieza a aparecer en los tabloides.

Joder.

—Si están removiendo en mi mierda, entonces tiene que ser alguien que me conozca… —pensé en voz alta—. De todos modos, ¿qué pruebas han conseguido?

—La carta de autorización de la trasferencia de fondos está firmada con tu firma digital, y también están utilizando algunos correos sacados de contexto para incriminarte.

—Morris presentó su dimisión ayer, por cierto —añadió Sloan refiriéndose a mi asesor fiscal, el mismo que jamás debí contratar, joder—. Está claro que tiene algo que ver con todo esto...

Negué con la cabeza.

—Ese idiota no es lo suficientemente capaz ni tiene los huevos para venir a por mí... No, alguien más gordo está detrás de este asunto, y seguro que utilizó a Morris para que hiciera el trabajo sucio...

—Lo que importa ahora es llevar a cabo una investigación interna, comprobar que todo está bien hecho, buscar falsificaciones e intentar encontrar a quien ha querido joderte —dijo Gerry.

Me quedé en silencio unos segundos... pensando. ¿Querían joderme? Bien... Yo no tenía nada que ocultar.

Me alejé de ellos y me acerqué a los ventanales para fijar mi vista en Central Park. Cuando se tiene el poder que yo tengo, los enemigos empiezan a salir de debajo de las piedras. Sin embargo, que intentaran mermar mi reputación, que me acusaran de fraude... Sentía tanta rabia, tanta impotencia que, cuando se me ocurrió una forma de acabar con todo esto, no lo dudé a pesar del peligro que eso podía suponer.

—Nada de investigación interna..., todo lo contrario —dije encarándolos de nuevo—. Contrataremos una auditoría externa para llevar a cabo la investigación —anuncié, consciente de lo que provocaría en mis interlocutores.

—¿Estás loco? —dijo Sloan—. ¿Vas a abrirle las puertas de tu empresa a alguien externo? Como encuentren algo, estás muerto.

—Esa es la cosa, no van a encontrar nada —dije llevándome el vaso de whisky a los labios—. No tengo nada que ocultar, nunca he hecho nada ilegal y el que esté detrás de esto habrá tenido que dejar algún tipo de huella... Que un equipo forense analice todos los documentos, los archivos. Quien esté detrás de esto va a cagarse en los pantalones y, tal vez así, acorralándolo, consigamos averiguar quién cojones es.

Sloan y Gerry se marcharon nada contentos, pero con instrucciones muy precisas para poner en marcha lo que les había ordenado. Aproveché para pedirme algo de comida a domicilio y, mientras esperaba a que llegara, levanté el teléfono para hablar con Steve.

—Nicholas —me contestó sin más.

Me encaminé hacia el dormitorio mientras conversaba con él.

—¿Le has dicho a Derek que sea discreto? No quiero que Noah se dé cuenta.

—Se mantiene en la sombra, pero la tiene vigilada en todo momento. Ahora está en casa de Jenna. Todo controlado.

—Muy bien —dije sintiendo un pequeño pinchazo de culpabilidad al ocultarle a mi esposa que tenía a alguien protegiéndola desde las sombras.

Por mucho que le hubiese dado el número de teléfono para que llamara a Derek si pasaba cualquier cosa, Noah y mi hijo necesitaban tener a alguien las veinticuatro horas pendiente de ellos. No quería que Noah se preocupara; nunca le había hecho gracia tener guardaespaldas, la ponía nerviosa y la hacía sentir que corría peligro constante. Mejor así. Ella no lo sabría y yo podría dormir tranquilo… o al menos intentarlo.

—¿Has averiguado algo de nuestro vecino? —pregunté con una rabia incoherente al recordar su rostro.

—Lo único que hemos podido averiguar es que lleva tres meses viviendo en vuestro barrio. Alquila la casa, tiene una hija de tres años, trabaja en una empresa de ciberseguridad y…

—Espera, ¿qué? —lo interrumpí—. ¿Trabaja en ciberseguridad?

—Sí, a mí tampoco me gusta —reconoció Steve en tono serio.

—¿Algo más? —pregunté.

—Se mudó a Los Ángeles hace cuatro meses y medio.

—¿Desde dónde? —dije, haciendo girar mi pequeña bola antiestrés.

—Toronto —contestó.

—¿Es de Canadá? —Sentí algo extraño recorrerme por dentro.

—Ahora mismo tengo al equipo trabajando sobre su pasado allí… Puede ser simple casualidad, Nick.

Miré hacia el cielo neoyorquino. Una ligera lluvia caía y golpeteaba en ese instante los cristales, provocando que estos quedaran mojados e impidiéndome ver con claridad la ciudad que se alzaba frente a mí.

—Yo no creo en las casualidades.

22

NOAH

La semana empezó sin incidentes. Empecé a trabajar con toda la ilusión del mundo, estaba tan feliz de sentir por fin que estaba poniendo en práctica todos mis conocimientos y amor por los libros… Mi jefe era un encanto y casi todo mi departamento estaba compuesto por mujeres que me dieron la bienvenida con muchísima ilusión.

Tenía un pequeño módulo solo para mí que decoré con cositas que me traje de casa. Lo más importante: una fotografía de mis dos hombres favoritos. Era una foto que tomamos una tarde cualquiera en casa. Andy era aún un bebé sin dientes y sonreía mientras Nick lo lanzaba al aire causándome un microinfarto. La foto era preciosa porque la cámara los había pillado a ambos justo mirando al objetivo.

Era mi foto favorita y, cuando la miraba, solo podía pensar en lo afortunada que era por tener una familia tan bonita.

Estábamos a miércoles y ese viernes Nick comparecería ante el juez por la acusación de fraude. Sentía tanta rabia por quien quisiera culparlo injustamente de algo tan horrible… Nick me había asegurado que lo tenían todo controlado, que contaba con el mejor apoyo legal que se podía tener en estos casos y que no había nada de lo que preocuparse.

Agradecía su intento por quitarle hierro al asunto, pero lo conocía lo suficiente para reconocer que estaba muy tenso. Además, cuando hablábamos por teléfono, lo notaba distraído, ausente, como si tuviese tantas cosas en la cabeza que apenas era capaz de centrarse en lo que estábamos hablando.

No lo presioné, pero me preocupé.

Me planteé la posibilidad de volar el viernes a Nueva York, de acompañarlo a la vista, pero se puso muy serio cuando le comuniqué mis intenciones. Se negó en redondo e insistió en que me quedara en casa, con Andy, y que me centrara en mi trabajo.

Al fin y al cabo, la decisión de estar separados era para que yo pudiese trabajar donde quería, por lo que no insistí. Sin embargo, aquella tarde, mientras le daba de comer a Andy, sí que llamé a Steve para preguntarle cómo veía a Nick.

El pobre mediaba entre los dos y sabía que su lealtad era con Nick, por mucho que me adorara, que lo hacía.

—Me llamarías si lo vieses muy mal, ¿verdad, Steve? —le pregunté intentando controlar mi impulso por comprarme un billete y viajar a pesar de que Nick me había insistido en no hacerlo.

—No te preocupes, Noah —me aseguró el hombre—. Se han juntado muchas cosas, pero está bien. Está acostumbrado a vivir con estos niveles de estrés, va con el cargo.

No me gustó nada esa afirmación.

—Ya, bueno… Justo eso es lo que me preocupa. No es bueno vivir con el cortisol por las nubes, Steve… Deberíais aplicároslo los dos —dije acariciando el pelo de Andy y apartándoselo un poco de los ojos. Le había crecido lo suficiente como para que se le empezara a ondular en las puntas.

Era tan igual a su padre que a veces me daba miedo comprobar el poder de la genética.

—Está todo controlado —me dijo a modo de despedida.

Colgué el teléfono y me quedé mirando a mi hijo mientras comía.

No podía quitarme de encima una sensación extraña, como si las cosas solo fuesen a empeorar…

Y eso fue exactamente lo que pasó.

Llegó el día de la vista y, con la salida del sol, también en primicia salió un vídeo del día que Nick le pegó a aquel *paparazzi* en el supermercado, el mismo que se había metido con nuestro hijo.

El vídeo aparecía por todos lados y las noticias se habían hecho eco como si les diera placer echar leña a un fuego ya bastante peligroso, como si de repente todos los malditos periódicos y medios sensacionalistas fueran unos pirómanos que deseaban ver caer al empresario del año.

A pesar de que los policías habían obligado a esos imbéciles a borrar las fotos y los vídeos que habían hecho con las cámaras, este vídeo había sido grabado desde más lejos, desde el móvil de algún cliente del supermercado que había decidido dejar constancia de lo que había ocurrido aquel día. Y lo peor de todo era que no había estado lo bastante cerca como para escuchar lo que esos gilipollas habían insinuado sobre nosotros o sobre Andy. Recordé a aquellas chicas, las mismas que después de intentar ligar con Nick se habían quedado pendientes de lo que ocurrió fuera del supermercado.

Intenté ponerme en contacto con Nick, pero no me cogía el teléfono. Entonces intenté llamar a Steve, pero tampoco me dijo qué estaba pasando.

Los periodistas volvieron a agolparse en casa y, de puro instinto, me salió llamar a Zack.

—Voy para allá —dijo en cuanto le expliqué la situación.

Preparé un té, nerviosa, mientras esperaba a que viniera. Justo entonces vi que me entraba una llamada de Nick.

Estaba enfadada, joder, llevaba horas ignorándome.

—Noah —dijo, y por su tono de voz supe que no tenía buenas noticias.

—Joder, Nick —contesté sin poder evitar que mi tono de cabreo y preocupación se filtrara en la llamada—. Estaba superpreocupada. ¡Llevo intentando hablar contigo todo el día!

—Lo sé, lo siento, ¿vale? —me contestó en un tono que se asemejaba mucho a mi tono de cabreo—. He estado bastante ocupado, por si no te has dado cuenta.

Respiré hondo intentando controlar mi impulso de contestarle igual de borde.

—¿Cómo ha ido la vista? —pregunté, asegurándome de que Andy estaba controlado jugando tranquilamente con sus juguetes mientras yo me alejaba en dirección a la cocina.

—Me han jodido, Noah —dijo, y sentí en mi corazón el dolor con el que habló—. Pusieron una denuncia por agresión en el tribunal de Nueva York. Joder, por culpa del hijo de puta del periodista... Bueno, qué te voy a decir, ya habrás visto el vídeo.

—¿Una denuncia? ¿Quién? —repetí llena de impotencia por no poder estar allí para abrazarlo, para decirle que se tranquilizara.

—No puedo viajar a Los Ángeles... Me han prohibido salir del estado de Nueva York por riesgo de fuga. ¡Joder, me están tratando como a un maldito delincuente!

Lo que me dijo me paralizó.

No podía ser cierto.

—¿Qué dices, Nick? —susurré sin podérmelo creer.

—Sloan va a solicitar que me prohíban salir del país, no del estado, pero no sé cuánto tiempo puede tardar en gestionarlo, y ahora hay que ver si el juez decide concederme ese favor.

—Tu familia está fuera de Nueva York, ¡¿cómo van a prohibirte venir a vernos?! —dije poniéndome histérica.

Justo entonces llamaron al timbre.

—Un segundo, Nick —dije.

—¿Quién es? —preguntó al otro lado de la línea.

Lo ignoré hasta que llegué a abrir la puerta.

Zack apareció frente a mí.

Me fijé en que seguía habiendo coches de periodistas, y desde la acera empezaron a hacerle fotos a Zack.

—Entra —le pedí a Zack, y una vez dentro, al verme tan agobiada, me abrazó.

—¿Qué ocurre? ¿Estás bien? —preguntó, y sentí que se me escapaba un sollozo.

—¡Noah! —gritó Nick al otro lado del teléfono.

Me aparté de Zack y le indiqué que esperara un momento.

—Cariño… —empecé a hablar con voz temblorosa.

—¿Por qué cojones está ese tío en casa?

—Nicholas, para… —dije intentando controlarme. Andy me vio y empezó a hacer pucheros—. Zack, por favor, ¿te importa coger al niño y llevártelo arriba? —le pedí. No quería que me viera disgustada.

—Claro —contestó mi vecino sin dudar.

Me fui a la cocina y Nick estalló contra el teléfono.

—¿Por qué cojones tienes que llamar a ese tío para que vaya a casa a estas horas? ¿Estás intentando joderme? ¿Qué demonios te pasa?

—¡Lo llamé porque fuera está lleno de periodistas! —dije; no tenía por qué darle explicaciones—. Zack es mi amigo. Si estás celoso, es tu problema, ¡no el mío!

—No son celos, es que no me hace ni puta gracia que un tío cualquiera sea quien acuesta a mi hijo.

Eso dolía, joder, y tanto que dolía, sobre todo cuando no había nada que me importara o quisiese más que Nick fuera quien se ocupara de Andy. Sentí rabia por su trabajo, por la distancia, por quien fuese que intentara jodernos… Fui egoísta al soltar lo siguiente que dije, pero estaba enfadada, dolida, preocupada y me sentía sola.

—Bueno, pero tú no estás aquí, ¿verdad?

Supe que me había pasado… Lo supe en el instante en el que se hizo el silencio al otro lado de la línea.

—Siento mucho ser una decepción como marido y como padre, Noah. De verdad que lo siento.

Me cortó la llamada y me quedé mirando la pantalla mientras se me caían las lágrimas. Le habían prohibido viajar… Le habían prohibido salir de Nueva York. Volví a llamarlo, pero me saltó el contestador.

Había apagado el teléfono.

—Mierda —dije en silencio, sintiéndome culpable.

Zack apareció en la cocina.

—¿Qué sucede, Noah? —me preguntó mirándome preocupado.

Una parte de mí comprendió que a Nick lo hiciese sentir inseguro que otro hombre, al que ni siquiera conocía más allá de una cena, estuviese en casa conmigo a estas horas. Pero, desde que Jenna y Lion habían tenido a June, era muy complicado quedar con ellos como antes. Siempre estaban ocupados adaptándose a su hija y yo no podía llamar a mi amiga para que viniera a casa como hubiese hecho un año atrás.

Zack era nuestro vecino y tener a alguien cerca, a una llamada de teléfono, me hacía sentir segura, sobre todo cuando Nick pasaba tanto tiempo fuera.

Fuimos hasta el salón y me dejé caer en el sofá.

—El Departamento de Justicia le ha prohibido a Nick salir del estado de Nueva York —admití, aunque todavía no me podía creer lo que decía.

Zack me miró sorprendido y se sentó junto a mí en el sofá.

—Joder, Noah… —dijo negando con la cabeza y con la sensación de que le hubiera gustado continuar hablando.

Lo miré.

—¿Qué? —insistí, consciente de que había querido decir algo más.

—Nada… Solo que me parece que la situación no para de empeorar y los periódicos os están acosando. Además, si el fiscal cree que… ¿Te has planteado que pueda haber algo de verdad en la acusación? Debe de ser algo muy grave para que le hayan prohibido salir del estado…

Negué con la cabeza.

—Nick no es culpable de nada de lo que dicen, él jamás haría algo ilegal… —Me callé en el momento en que Zack elevó las cejas con escepticismo.

—Su pasado no tiene nada que ver con cómo lleva sus negocios, Zack. Fue un idiota inmaduro hace tiempo, pero todo eso ha quedado atrás.

Mi vecino me miró muy serio y luego asintió con la cabeza.

—Está bien, si tú crees que es así…

—Lo conozco mejor que nadie. No tengo ni la menor duda de que él no ha cometido fraude.

Zack volvió a fijarse en mí. Algo en su mirada cambió.

—¿Estás segura de que lo conoces mejor que nadie? No me malinterpretes, es tu marido y no dudo de que contigo se muestra tal y como es, pero hace unos días te enteraste sobre una etapa de su vida de la que no tenías ni idea, la muerte de esa chica… Lo siento, sé que no debería meterme, pero no pude evitar investigar un poco y… Noah, creo que te ha mentido.

Lo miré sintiendo una ola repentina de inseguridad. El tema de Mariana era algo que aún me generaba preguntas y, sinceramente, no podía negar que me había hecho dudar sobre lo que creía saber y conocer de Nick.

—¿Por qué dices eso? —le pregunté un poco a la defensiva.

—Creo que no fue del todo sincero cuando habló de ella… —dijo observándome de una forma que no me gustó nada. Me miró con pena—. Hice una pequeña investigación para averiguar un poco sobre ella y me encontré con que aún tenía abiertas sus redes sociales… Ya sabes que Instagram, Facebook y todas esas plataformas son un cementerio de usuarios que ya no están y cuyas cuentas permanecen abiertas, ya sea porque sus familiares así lo prefieren o tan solo porque no conocen las contraseñas para poder entrar y cerrar los perfiles… Pues resulta que no fue nada complicado entrar en su cuenta de Instagram y, Noah…, casi el ochenta por ciento de las fotos de esa chica eran con Nick.

Mi corazón latía enloquecido y ni siquiera era capaz de determinar qué lo causaba: el hecho de no conocer toda aquella historia más allá de lo poco que Nick me había contado o saber que había en el mundo imágenes del amor de mi vida con otra chica que no era yo.

Sé que es un sentimiento que carece de lógica, es normal que tengamos un pasado. Yo misma había tenido novio antes que Nick y os puedo asegurar que no me olvidaba del pasado alocado de mi marido, pero aquella chica de la que no sabía nada… Aquella chica era distinta, porque todos me la habían ocultado. Habían decidido que era mejor no hablar de ella, incluso Jenna…

De repente, tuve la idea nada saludable de querer ver esas fotos. De ponerle cara a esa adolescente que se enamoró de Nick y que, por alguna razón que desconocía, había decidido hacerle daño.

Miré a Zack y decidí ignorar todas las razones que lo habían llevado a jaquear la cuenta de una chica muerta, y le pedí que me enseñara las fotos.

—Basta con entrar en su perfil —dijo desbloqueando el móvil. Buscó algo en él y luego me lo dio.

Sentí que un sudor frío me recorría la espalda cuando empecé a ver las fotos.

Era cierto… Casi todas eran fotos de ellos dos juntos. Primero me fijé en ella, en cómo había sido.

Mariana había sido una chica muy guapa con carita de ángel. Tenía el pelo castaño, grandes ojos azules, sonrisa radiante y hoyuelos en ambas mejillas. Cuando la hube analizado con atención, respiré hondo y pasé a centrarme en Nick. Era un adolescente… Estaba muy distinto a cuando yo lo conocí, y un abismo separaba a aquel Nick del de ahora, del Nick hombre.

Aquel chico era un chaval que destacaba por ser increíblemente atractivo y tener esos rasgos que hoy en día todavía conseguían atraer las miradas de cualquiera. Sin embargo, me sorprendió ver que su mirada era muy distinta a la actual; parecía como si circularan mil demonios tras esos iris color cielo, y eso me recordó el momento vital en que Nick se encontraba entonces… Se había marchado de casa, su madre había tenido un bebé que él ni conocía, había estado perdido y sin recursos debido a que William le había cortado cualquier tipo de ingreso económico…

Me detuve en una foto concreta. Nick estaba sentado de manera cómoda sobre una toalla en un césped increíblemente verde. Detrás de él se atisbaba una imponente mansión a lo lejos y parte de una piscina color turquesa. Abrazándolo desde atrás con su mejilla pegada a la de él, Mariana sonreía a quien fuera que les estaba haciendo la foto.

Hacían una pareja increíble… De ese tipo de pareja demasiado atractiva como para ser real fuera de una película o una revista de modelos adolescentes.

Seguí mirando fotos, enganchada al Instagram de aquella chica como si fuese una adicta que ha encontrado una droga que sabe que no le va a sentar nada bien, pero que no es capaz de soltar.

Había muchísimas fotos: ellos dos besándose, ellos dos riéndose, ellos dos fumando, ellos dos con mis mejores amigos, una Jenna mucho más niña y un Lion enamoradísimo… Era tan extraño… Era como si yo hubiese llegado a ocupar un lugar que en un principio había ocupado otra persona.

—Noah, ¿estás bien? —me preguntó Zack, sacándome del trance de ver fotos y más fotos en las que parecía haberme perdido por un momento.

—¿Se sabe cómo murió? —quise saber. De repente me sentía triste al caer en que esa chica ya no estaba… Había fallecido.

—Leyendo los comentarios de amigos que hay en su última publicación, creo que fue por una sobredosis.

Vaya…

—También hay un comentario… Bueno, ese comentario no es público, se lo mandaron de forma privada y…, bueno, es de Nick.

Levanté la mirada hacia mi amigo.

—Zack… —dije con voz temblorosa.

Eso era demasiado… Una cosa era ver las fotos que esa chica había publicado en su red social en abierto, y otra muy distinta era leer sus mensajes privados, mensajes escritos hacía tantísimo tiempo… ¿De verdad Zack había conseguido meterse en su cuenta? ¿En la cuenta de una chica muerta?

—Hay uno en concreto que me llamó la atención —dijo Zack, y me quitó el teléfono de las manos para buscar algo—. Deberías leerlo, Noah.

Todo me decía que no lo hiciera. Todo me decía que no volviera a aceptar ese móvil, que le pidiera a Zack que dejara aquel asunto en el pasado, donde debería haber permanecido.

Pero no pude.

Cogí el teléfono que me tendía mi amigo y miré la conversación.

Los mensajes habían sido enviados nueve años atrás. Tres años antes de que Nick y yo nos conociéramos.

Los leí en silencio, digiriendo cada palabra, cada sentimiento, cada letra y cada coma.

Se me revolvió el estómago y, de repente, sentí muchas ganas de vomitar.

—Noah —dijo Zack cuando me levanté y corrí hasta el cuarto de baño.

Vomité lo poco que había cenado aquella noche y me quedé allí, sentada en el suelo del baño.

Zack aporreaba la puerta de fuera preguntándome si me encontraba bien, pero ¿cómo iba a poder contestarle siquiera?

Solo podía pensar en la última frase de aquel mensaje de amor eterno.

Mariana, siempre te querré, siempre te llevaré en lo
más profundo de mi corazón.

Siento haberte matado.

El mensaje, obviamente, no había sido leído hasta ahora.

23

NOAH

—¡Noah, abre la puerta! —volvió a llamarme Zack aporreándola con fuerza.

Me incorporé y me apoyé en el lavabo. Después de echarme agua en la cara, me quedé mirando mi reflejo, observando las gotas que me caían por el cuello mojándome la camisa.

Tenía muchas preguntas.

La primera y más importante: ¿por qué demonios Nick confesaba en ese mensaje haberla matado? Me parecía obvio que, si había muerto por una sobredosis, era muy difícil que hubiese sido culpa de Nick, aunque… A saber lo que habían hecho. Por aquel entonces eran unos críos, sí, pero yo sabía muy bien en la de «líos de críos» que podía llegar a meterse Nick. Sin embargo, lo preocupante no era solo esa última frase, sino lo que decía justo antes. ¿«Siempre te querré»? ¿«Siempre te llevaré en lo más profundo de mi corazón»?

Ese tipo de mensaje no se manda sin más y, por otro lado, teniendo en cuenta que Nicholas Leister era el tío más hermético que jamás hubiese tenido el placer de conocer, me chocaba leer algo así dirigido a alguien que no fuese yo.

Intenté tranquilizarme. Estaba asustada, todo parecía estar peligrando: nuestra privacidad, nuestra estabilidad, su trabajo, nuestro hogar, nuestra relación convertida ahora en una relación a distancia…

Debía contarle lo que había leído… Debía hacerlo para que pudiese darme las explicaciones pertinentes. Me había dicho que me lo contaría todo, pero acababa de convertirse en un tema que no me podía sacar de la cabeza. Sobre todo después de haberle puesto cara. Sobre todo después de haber visto tantísimas fotos con ella, abrazados, besándose…

Zack volvió a llamar a la puerta y me incorporé tras lavarme la cara para poder hacerle frente.

—Noah, ¿estás bien? —dijo acercándose y colocando sus manos en mis mejillas.

—Sí —dije apartándome y dejando que hubiese distancia.

Zack había sido un buen amigo hasta el momento, pero me resultaba un poco extraño que hubiese puesto tanto interés en la historia que tuvo Nick con una chica de hace años. Que a mí me chirriara, siendo su mujer, era una cosa, pero Zack se había tomado demasiadas libertades jaqueando la cuenta de una chica muerta y de repente se me encendieron todas las alarmas.

—Zack, será mejor que te vayas…

Él me miró sorprendido, pero no tardó en asentir con la cabeza.

—Está bien, pero, por favor, si necesitas cualquier cosa, ya sabes dónde estoy —dijo con la amabilidad que lo caracterizaba.

Dudé sobre los últimos pensamientos que sentía hacia él y decidí hacerle una última pregunta.

—¿Por qué te has molestado en averiguar todo esto, Zack? —pregunté.

Él me miró con una actitud calmada antes de responder. Su postura era relajada, cercana, amable…

—Desde que te he conocido, he visto a una mujer que prácticamente está criando a su hijo sola. Me sentí identificado contigo en cuanto te vi aquella noche asustada por encontrarte las luces apagadas de tu casa y quise ayudarte. No era mi intención inmiscuirme, pero… simplemente fue fácil acceder a la información. Como estabas tan sorprendida cuando tus amigos y tu marido empezaron a hablar de aquella chica, quise ver qué averiguaba.

Asentí en silencio y él se encogió de hombros mientras se acercaba a la escalera.

—Habla con Nick de todo esto, Noah —me aconsejó, y antes de bajar la escalera se volvió para mirarme—. Puedo ocuparme de Andy este fin de semana si quieres ir a Nueva York a verlo y arreglar las cosas.

Agradecí mucho su oferta, pero no podía dejarle el niño a Zack. Nick me mataría…, aunque no me parecía mala idea volar a Nueva York para poder hablar con él. Necesitaba que me diese respuestas y estaba segura de que estaría subiéndose por las paredes con todo lo que había sucedido.

Le agradecí a Zack su oferta y lo acompañé hasta la puerta.

—Que descanses, Noah —se despidió dándome un abrazo cálido y luego se fue.

Cerré la puerta con llave.

Cuando se marchó, fui a ver cómo estaba Andy. Se había dormido y parecía muy a gusto. A veces mirarlo dormir me hacía desear tener dos años y cero preocupaciones. Lo acurruqué con su mantita favorita que le había regalado su tía Jenna.

Intenté llamar a Nick de nuevo, pero saltó el contestador.

Estaba enfadado de verdad.

Bien.

Yo también lo estaba.

No podía quitarme de la cabeza las imágenes de esa chica y, al mismo tiempo, no podía dejar de pensar en la cara que se le debió de quedar a Nick cuando le dijeron que no iba a poder salir de Nueva York.

Eso cambiaba mucho las cosas, y volví a replantearme mi decisión de quedarme en Los Ángeles. ¿Cuánto tiempo podría durar la prohibición? ¿Todo lo que se alargase la demanda? Conocía muy bien los tiempos legales gracias a que estaba casada con un abogado y, de repente, temblé al imaginar que Nick no podría regresar a casa en meses…

Joder, todo parecía complicarse cada vez más, y yo no tenía ni idea de qué debía hacer.

Después de sopesarlo durante al menos una hora, llamé a mi madre.

—¿Noah? —dijo preocupada al otro lado de la línea.

—Sí, soy yo —contesté. ¿Quién si no? Si era yo quien la llamaba—. ¿Te pillo mal?

—Bueno, William y yo acabamos de enterarnos de lo de Nick. Noah, la cosa pinta muy fea, creo que deberías estar a su lado.

—Por eso te llamaba —dije mordiéndome las uñas, un hábito que había dejado hacía ya tiempo, pero que parecía haber vuelto con el estrés de ser madre—. ¿Podríais quedaros con Andy este finde? Creo que debería ir sola a ver a Nick.

Mi madre le preguntó a William si tenían algo ese fin de semana y por suerte me contestaron que podían cuidar de su nieto sin problemas.

—Sabes que este finde es la gala de la empresa, ¿no? —preguntó mi madre entonces, pillándome completamente fuera de juego.

Miré el calendario y caí en la cuenta de que era uno de octubre. A principios de este mes, Leister Enterprises siempre hacía un acto benéfico, era cierto. El año anterior la recaudación había sido para los niños huérfanos de varios orfanatos del país y, con lo que se había conseguido, habíamos podido comprar libros, colchones, ordenadores y ropa, todo nuevo, para todos ellos. Lo sabía porque yo misma me había encargado en persona de que el dinero que habíamos donado hubiese caído en las manos indicadas y que los niños recibieran de verdad la ayuda que necesitaban.

¿Cómo se me había pasado por alto esa fecha tan importante?

¿Y por qué Nick no me había dicho nada al respecto? Desde que estábamos juntos, habíamos acudido cada año, este sería el tercero.

—¿Vosotros no vais? —pregunté, ya que normalmente íbamos todos en familia.

—William prefiere mantenerse al margen, sobre todo después de la demanda contra la empresa —dijo mi madre y, por su tono de voz, pude interpretar que no estaba del todo de acuerdo.

Ni yo tampoco.

—¿Me estás diciendo que Nick va a tener que ir solo sin ningún tipo de apoyo familiar? ¿Después de todo lo que está pasando? —pregunté enfadándome a cada segundo que pasaba.

—Es la postura que debemos adoptar…, al menos hasta que todo se tranquilice —escuché decir a William.

No daba crédito.

—Cariño, William teme que los periodistas empiecen a sacar cosas del pasado, ya me entiendes… Tu padre, el secuestro, el pasado de Nick… No conviene avivar las llamas y, aunque veo necesario que vayas a Nueva York, creo que también es importante que os mantengáis fuera de las cámaras por un tiempo —intervino nuevamente mi madre.

—Lo sé, mamá, pero no es tan fácil cuando los periodistas se agolpan a las puertas de tu casa.

—William le ha insistido a Nick que no asista a la gala, pero él se niega a escuchar. Tal vez si tú lo convences…

No me gustó nada aquella petición.

—Mamá, si Nick no va, solo parecerá que tiene algo que ocultar.

Mi madre soltó una risa nerviosa.

—Lo mismo que ha dicho él —respondió—. No se puede negar que estáis hechos el uno para el otro.

O sea, que Nick había estado hablando de este tema con nuestros padres, pero no conmigo… Me dolió que no acudiera a mí para sopesar juntos cuál era el mejor plan de acción teniendo en cuenta las circunstancias. ¿No se suponía que eso hacían los matrimonios?

Me despedí de mi madre y volví a intentar ponerme en contacto con Nick.

Nada…

Su teléfono seguía apagado o fuera de cobertura.

24

NICK

Me desperté al oír el ascensor. La noche anterior me había dedicado a beberme una botella entera de whisky y no me avergonzaba de ello.

Estaba tan cabreado, tan decepcionado, y tenía tantas ganas de tentar a la ley estadounidense subiéndome a un avión y viajando a mi puñetera casa, que lo mejor que pude hacer fue cogerme una borrachera que me dejara KO, tirado en el sofá.

Me incorporé y la cabeza empezó a darme vueltas.

Mi móvil seguía apagado, por lo que no pude recibir ningún tipo de llamada, ni de mi mujer ni de su guardaespaldas ni de Steve. Así que me pilló por sorpresa cuando, sobre las cuatro de la tarde, la puerta del ascensor de mi apartamento se abrió para dejar entrar a una chica increíblemente atractiva que me miró con cara de pocos amigos.

Por un instante, creí que eran imaginaciones mías, pero cuando pude enfocar bien la vista comprendí que no. Yo no era capaz de imaginar esas piernas largas con tanta precisión.

Fruncí el ceño enseguida cuando recordé que ella, siempre ella, había sido otra de las razones por las que el día anterior había perdido un poco la cabeza.

Me quedé sentado en el sofá mirándola, y no me atreví a levantarme por miedo a tambalearme. No estaba orgulloso de haberme bebido la botella yo solo, y tampoco estaba de humor para aguantar su mirada reprobatoria.

Llevaba un bolso grande colgado al hombro y un vestido corto que le llegaba por encima de las rodillas. Al fijarme en su pelo largo recogido en una coleta y su abrigo colgando de su otro brazo, entendí que si había viajado hasta aquí era para quedarse al menos un par de días.

Tardé un segundo de más en comprender que faltaba algo importante.

—¿Y mi hijo? —pregunté sin poder hacer nada por borrar mi cara de mala leche. Sobre todo, porque me jodía sobremanera que, aunque estuviese cabreado con ella, mi cuerpo reaccionara a lo hermosa que era sin poder hacer nada por reprimirlo.

—Nuestro hijo está con nuestros padres en Los Ángeles —dijo recalcando la palabra «nuestro».

Sí, nuestro. Nuestro hijo, al que apenas veía ni vería porque me habían prohibido salir del estado.

Al final me levanté del sofá mientras ella dejaba caer el bolso con su ropa en el suelo y me echaba una mirada de arriba abajo.

—Qué bonito, Nick —dijo, juzgándome con su aspecto impoluto, maduro, increíblemente sexy y endemoniadamente enfadado.

La fulminé con la mirada y le di la espalda.

Necesitaba un café… y una puñetera ducha. En ese orden.

—¿Qué haces aquí? —pregunté mientras me dirigía a la cocina y castigaba mentalmente todos los pensamientos intrusivos que solo me lanzaban órdenes de ir hacia Noah y abrazarla con fuerza.

—Lo sabrías si hubieses cogido el puñetero teléfono —dijo siguiéndome hasta la cocina. No me gustaba nada su tono. ¿Ella estaba enfadada? ¡Y una mierda! Era yo el que tenía razones para estar cabreado, joder—. ¿Qué hubiese pasado si te hubiera necesitado? ¿Qué hubiese ocurrido si algo me hubiera sucedido con la prensa o con quien sea…? ¿Cómo se te ocurre apagar el móvil? ¡Tenemos un niño pequeño, Nick!

Me giré apoyándome en la encimera de la cocina mientras se hacía el puñetero café, que esperaba que me ayudara a despejarme.

Miré a Noah con condescendencia.

—¿De verdad te crees que no tengo todo eso cubierto, cariño? —dije, y sonreí de lado como un auténtico capullo—. Tienes a Derek pisándote los talones desde el instante en el que tuve que marcharme.

Noah tardó un segundo en comprender lo que le acababa de decir.

—¿Me han estado vigilando y no me lo has dicho? —preguntó airada, y sentí una satisfacción inmadura al ver que conseguía cabrearla aún más.

—Exacto, amor —dije dándole la espalda; me serví una taza de café y volví al salón.

Noah me siguió.

—¡¿Por qué no me lo dijiste?! —estalló furiosa.

Me senté en el sofá y le di un trago al café.

—No quería discutir sobre tu seguridad y la de mi hijo —repetí imitando su tono de voz de hace un momento—. Es mi deber proteger lo que es mío. —Mis ojos llamearon sobre los de ella.

Noah negó con la cabeza con incredulidad.

—¿Volvemos a los comentarios tóxicos, Nick? —me espetó—. ¿Quién es ahora el que tiene dos años?

Me cabreó que utilizara la palabra «tóxico» conmigo.

Me levanté dejando el café en la mesa y me desvié hacia el dormitorio, no sin antes lanzarle un último cometario hiriente, porque, sí, aquella mañana estaba que me salía.

—Deberías haberte quedado en Los Ángeles, bastante tengo ya con aguantar las gilipolleces que vienen de la prensa como para tener que aguatar gilipolleces de ti.

Cerré la puerta de un portazo y fui hacia la cama mientras tiraba con fuerza de la corbata que aún llevaba puesta desde ayer. La tiré sobre el colchón de cualquier manera y, mientras me desabrochaba la camisa, la puerta del dormitorio volvió a abrirse.

—Te estás comportando como un niño pequeño, Nick —dijo, y no me giré para mirarla.

Tiré también la camisa de cualquier manera sobre el colchón y, de repente, sentí la urgente necesidad de encenderme un cigarrillo.

Desde que lo había dejado años atrás, jamás había sentido con tanta fuerza la llamada de aquel vicio delicioso.

—Por suerte, se te da muy bien cuidar de niños pequeños —contesté haciéndole frente.

Noah negó con la cabeza en silencio.

Odié ver la decepción en su cara.

—¿Cuándo vas a entender que la rabia no es la forma de llegar a mí, Nick?

Solté una risa irónica.

—Tal vez, si no tuvieses la habilidad olímpica de sacarme de quicio, no tendrías que soportar mi rabia. ¿No lo habías pensado?

Noah se detuvo un milisegundo de más observando mi torso desnudo y luego volvió a mirarme a los ojos. Sonreí en mi fuero interno.

—¿Qué se supone que he hecho yo para sacarte de quicio, Nick?

Volví a reírme. Toda aquella discusión era para troncharse.

—No sé, déjame recordar… ¿Meter a un puto desconocido en casa a altas horas de la noche?

—Eran las nueve y vino porque yo lo llamé. Me sentí insegura con los periodistas.

—¡Tienes a un puto guardaespaldas al que llamar si te sientes insegura, Noah! —exploté.

—¡Sí, un guardaespaldas que al parecer me seguía sin que yo lo supiera, Nick! ¡Me mentiste!

—¡Lo hice por tu bien! —le contesté furioso.

—¡Creo que tengo derecho a saber si vas a ponerme seguridad, Nicholas!

—¡Y yo tengo derecho a opinar si me parece bien que un puto tío cualquiera acueste a mi hijo cuando yo no estoy en casa!

Noah se llevó las manos a la cara con desesperación.

—¿Cómo puedes seguir sintiendo celos a estas alturas de la película, Nick?

—No me fío de ese tío —dije, y era la verdad. Noah tenía otros amigos de la universidad y trataba con padres de niños, y ellos no me hacían sentir lo mismo que cuando veía a aquel tipo.

—Pues yo sí —dijo desafiante—. Y vas a tener que fiarte de mí.

Negué con la cabeza, cansado de discutir, y me metí en el baño sin decir nada más.

Me duché con agua fría para calmar todos mis instintos más primarios y, cuando salí con la toalla atada a la cintura, vi que Noah se había ido.

Joder.

25

NOAH

No regresé al apartamento hasta que el sol casi se había puesto por el horizonte. Había dedicado un par de horas a pasear por el Soho e intentar despejar la mente. No quería seguir discutiendo, pues sabía que Nick estaba pasando por un mal momento, pero las mentiras se acumulaban y eso solo me hacía sentir más y más insegura.

No sabía cómo sacar el tema de Mariana, y me dolían todas las células del cuerpo por no haber podido abrazarlo, besarlo, sentir su contacto…

Hacía muchos días que no nos veíamos y, en vez de haber aprovechado el tiempo para estar juntos, lo habíamos dedicado a pelearnos.

Cuando regresé al apartamento, me prometí tomarme las cosas con calma, intentar hablar como adultos. Tal vez él también había estado reflexionando. Tal vez me recibiría con más alegría. Tal vez me pediría disculpas y aprovecharíamos el resto de la tarde para hacer el amor hasta acabar exhaustos.

Sentí una energía vibrante que me recorría la espina dorsal al recordar su torso desnudo; seguía poniéndome igual que al principio o incluso más. Con cada año que pasaba, ese hombre se volvía más y más sexy, y la imagen de sus abdominales marcados y sus oblicuos desapareciendo bajo la cinturilla del pantalón…

No estaba ni en el salón ni en la cocina cuando entré, por lo que fui directa al dormitorio. Me sorprendió cuando lo vi vestido de esmoquin y, de repente, recordé lo de la gala.

Mierda, ¿cómo se me había olvidado?

—No deberías haberte marchado sola por ahí —me dijo mientras se ponía los gemelos y me miraba con desaprobación.

Su humor no parecía haber mejorado en aquellas dos horas; todo lo contrario, parecía aún más cabreado que antes.

Dediqué unos segundos a admirar lo increíble que le quedaba el color negro de la chaqueta en contraste con sus ojos azules, y la mirada de hielo que me lanzó no consiguió distraer mi atención de lo sexy que estaba.

Joder.

—¿Vas a la gala benéfica? —pregunté ignorando el calor que noté por todo el cuerpo y las ganas casi traicioneras que tenía por sentirlo dentro de mí.

—Sí —contestó, escueto y algo sorprendido de que supiera a dónde iba, mientras terminaba de abrocharse el chaleco y cogía la levita negra del armario.

—¿No piensas pedirme que te acompañe? —pregunté.

—Si hubiese querido que me acompañaras, lo habrías sabido desde hace días.

—¿No quieres que vaya? —pregunté ofendida.

Nick volvió a centrar su mirada en las mangas de su camisa.

—Habrá un montón de periodistas. Jamás dejaría que te acosaran en una alfombra roja, aunque me odies por intentar mantenerte a salvo. No hay nada que me importe más que ahorrarte el mal trago de que te pregunten por el delincuente de tu marido.

Me dolió oírlo hablar así de sí mismo.

—No eres ningún delincuente, Nick.

Me arrasó con todo el poder de su gélida mirada.

—Según la justicia del estado de Nueva York, lo soy.

Fui a acercarme a él para…, no sé. Darle un abrazo, decirle que todo saldría bien, que odiaba verlo tan decaído y enfadado, pero levantó la mano para detenerme.

—Ahora mismo no puedo hacer esto —me frenó, y casi pude ver en sus ojos que perdía un poco de ese autocontrol férreo que solo parecía estar alimentado por su rabia—. Haz por una vez lo que te pido y quédate aquí. Steve me acompañará, así que no tengo a nadie que se quede en el apartamento. Si me hubieses avisado de que venías, lo habría arreglado, pero, como no ha sido así, tu seguridad serán estas cuatro paredes.

Me hubiese gustado aclararle que, si me hubiese cogido el teléfono, habría sabido que mi plan era visitarlo, y casi suelto una risotada irónica cuando se refirió al ático como «estas cuatro paredes», pero me callé.

—Debería ir contigo, soy tu mujer —insistí.

—Sí, y justo por eso quiero evitarte el mal trago —dijo mirándome a los ojos por primera vez desde que había llegado—. Prométeme que te quedarás aquí. No puedo enfrentarme a esto si creo que hay periodistas acosándote por ahí.

Dudé en insistir, pero al final asentí.

No me gustaba dejarlo solo.

No me gustaba en absoluto.

Nick pasó por mi lado. Pareció dudar unos instantes junto a la puerta, pero finalmente continuó su camino hasta que oí que salía.

Solté el aire que estaba conteniendo y me dejé caer sobre la cama.

Todos los años, la gala llamaba mucho la atención de la prensa. Siempre acudían todo tipo de medios e incluso algunas personas influyentes, casi siempre del mundo de los negocios, pero también varios famosos de la industria del entretenimiento.

El *photocall* sería una auténtica pesadilla. Nick iba a tener que contestar a todo tipo de preguntas indiscretas y, además, tendría que hacerlo solo, sin mi apoyo.

Cogí el móvil con intención de comprobar mis mensajes y justo entonces vi el enlace que me había mandado Jenna hacía apenas una hora.

«Nick va a flipar», decía el mensaje.

Pinché sin tener ni idea de lo que me iba a encontrar y, al leer el titular de uno de los peores tabloides del país, sentí que mi corazón me daba un vuelco enorme. El titular rezaba lo siguiente:

¿Noah Leister traiciona a su marido?

El escándalo que sacude a una de las familias más poderosas de Estados Unidos

La familia Leister —que durante años ha sido sinónimo de éxito, lujo y poder— atraviesa su momento más oscuro. Lo que parecía un imperio indestructible comienza a resquebrajarse, y no solo en los tribunales.

Con Nicholas Leister, CEO del conglomerado familiar, imputado por fraude y bajo una estricta orden judicial que le prohíbe abandonar el estado de Nueva York, la presión no deja de aumentar. Mientras él libra su batalla legal, su joven esposa, Noah Leister, madre de su único hijo, pasa largas temporadas en Los Ángeles...

Dinero, poder... y cero escrúpulos

No es ningún secreto que el apellido Leister siempre haya estado ligado al lujo extremo. Tanto Raffaella Leister como su hija Noah han demostrado tener un gusto exquisito por las grandes fortunas. Raffaella selló su destino junto al magnate William Leister y, años después, Noah repetiría la fórmula ganadora, aunque con un giro argumental que dejó a más de uno sin aliento: casándose con su propio hermanastro.

En esta familia, los límites morales parecen haberse diluido hace tiempo.

Un misterioso visitante y demasiadas preguntas
Pero, cuando el dinero y la reputación están en juego, no todas las mujeres están dispuestas a cumplir el juramento de «en la riqueza y en la pobreza». Las imágenes exclusivas de un hombre saliendo de la discreta residencia de los Leister a altas horas de la noche han desatado una tormenta mediática.

¿Quién es él?

¿Desde cuándo ocupa un lugar tan íntimo en la vida de Noah?

¿Y qué pensará Nicholas Leister al descubrir que su mujer no duerme sola mientras él se enfrenta al mayor escándalo de su carrera?

¿Separación a la vista?
Las especulaciones no dejan de crecer. Fuentes cercanas al entorno familiar aseguran que Noah Leister podría estar planeando su salida, justo cuando el apellido comienza a perder brillo. Porque, al final, ¿para qué permanecer al lado de un empresario caído en desgracia cuando el futuro económico ya está asegurado a través de su hijo?

Lo que está claro es que los cimientos del que fuera nombrado Empresario del Año durante dos años consecutivos se tambalean un poco más cada día. Y la que fue una de las familias más envidiadas de Estados Unidos parece no poder cerrar un armario del que siguen saliendo secretos, traiciones... y cadáveres.

Continuará...

¿Cómo que «continuará»?

Sentí que un calor arrasaba todo mi cuerpo, como si me incendiaran con un lanzallamas y me saliera humo y fuego por las orejas.

¡¿Cómo se atrevían?!

Y lo peor de todo era que, debajo de aquel artículo interminable, había una foto mía y de Zack abrazándonos junto a la puerta de nuestra casa. Había sido un abrazo rápido, un gesto de cariño entre amigos, el típico abrazo de medio segundo, pero en esa foto parecía de verdad que lo que decía el artículo fuese cierto.

Sentí miedo.

Miedo de cómo se lo iba a tomar Nick, miedo de lo que podían llegar a preguntarle en la alfombra sobre esto, porque estaba segurísima de que sería lo primero de lo que le hablarían. Y encima yo no estaba allí. Eso solo iba a alimentar a las bestias que parecían querer vernos caer.

Mierda, mierda, mierda.

Algunas de las frases del artículo no paraban de repetirse en mi cabeza, pero una en concreto me había dolido en el fondo del alma:

«¿Para qué permanecer al lado de un empresario caído en desgracia cuando el futuro económico ya está asegurado a través de su hijo?».

¿Cómo podían insinuar que solo estaba con Nick por su fortuna o que utilizaría a nuestro hijo para vivir a su costa?

«Tanto Raffaella Leister como su hija Noah han demostrado tener un gusto exquisito por las grandes fortunas».

¡No daba crédito! Estaban llamándonos cazafortunas sin ningún tipo de escrúpulos.

Este artículo iba a traer cola, joder. Como Nick lo leyese antes de llegar a la gala… No sabía qué era peor: que no lo leyese y le preguntasen al respecto pillándolo desprevenido, o que lo leyese de camino a la gala y lidiara con los periodistas echando humo por la boca.

Nick no estaba bien, ya no había estado bien antes de todas estas mentiras. No debería haber ido a la gala, y mucho menos solo.

Yo tenía que ir.

Oh, Dios mío, me iba a matar. Joder, le había prometido que me quedaría en casa, pero lo había hecho antes de saber todo esto.

¿Qué iba a pensar Nick al ver esa maldita foto cuando ya había dejado claro que estaba celoso de Zack?

Parecía como si todos los medios de Estados Unidos, todos aquellos que siempre nos habían respetado y admirado, de repente nos odiasen a muerte y de verdad quisiesen vernos caer.

Iba a ir a la gala.

Tenía que hacerlo.

Me metí en el vestidor con una prenda en mente.

¿Querían vernos arder?

Pues yo les iba a dar llamas.

26

NICK

Creo que hacía años que la rabia no me recorría de forma abrasadora como lo hacía en aquel instante.

Habíamos tenido que detener el coche para poder tranquilizarme. De hecho, el pobre móvil de Steve había acabado contra el asfalto hecho añicos.

—Te compraré otro, Steve —dije cerrando los ojos en un intento por borrar lo que acababa de leer y de ver. La imagen de ese imbécil abrazando a mi mujer me dolía… Joder, me dolía y me cabreaba de una manera que no sabía explicar, pero lo peor no había sido la imagen, sino lo que insinuaba aquel artículo.

Mi mente de abogado ya empezaba a redactar la demanda de cien folios que pensaba presentar al día siguiente contra aquel periódico de mierda, y no iba a detenerme ahí, no. Demandaría al periodista que había redactado esa mierda y a la asistente del periodista, incluso si hacía falta a la imprenta y al servidor que había…

—Nicholas, para —me llamó la atención Steve, y mis pensamientos asesinos se detuvieron—. Debemos continuar o llegarás tarde a tu propio evento.

—¡Me importa una mierda el puto evento de los cojones!

Steve respiró armándose de paciencia.

—Debes tranquilizarte. O lo haces o doy media vuelta y te llevo al apartamento.

Joder.

—¿Cómo se supone que voy a tranquilizarme después de leer esta mierda de artículo y cómo coño se supone que voy a enfrentarme a los periodistas?

—Lo harás con temple y autocontrol, porque no llevo tres años enseñándote técnicas para que ahora no sepas utilizarlas.

—Tú y tus técnicas —me mofé. Pero la realidad era que había aprendido mucho del temple de Steve. Joder, era como un segundo padre para mí y el tío era capaz de entrar en una sala sin titubear aunque hubiera pistolas apuntándole.

Tenía mucho que aprender de él… Demasiado, comprendí al ver cómo acababa de perder los papeles.

—Mándalos a la mierda con educación, Nick. Es lo único que puedes hacer —me aconsejó Steve y, tras unos cuantos minutos más, le pedí que retomara la marcha.

Llegar a la gala después de leer aquel artículo de mierda no fue tarea fácil, cuando de por sí ya estaba asistiendo a aquella fiesta para intentar mantener una imagen de aplomo.

Donde se suponía que las conversaciones girarían en torno a la recaudación de fondos, me vi envuelto en todo tipo de preguntas indiscretas sobre la sentencia del juez de hacía unos días, mi matrimonio con Noah y la ausencia de esta en la gala benéfica.

—¿Qué opina respecto a los rumores de su mujer y aquel hombre misterioso, señor Leister?

—Opino que el periodismo serio ha muerto y usted es un claro ejemplo de ello —contesté alejándome hacia el siguiente entrevistador.

—Se han hecho unas acusaciones bastante imprudentes con respecto a su mujer y sus intenciones matrimoniales con su persona, señor Leister. ¿Cree usted que, ahora que su situación reputacional está en riesgo, su mujer puede tener intención de abandonarlo?

Lo hubiese cogido por el pescuezo hasta dejarlo inconsciente en el suelo.

—Mi mujer y yo seguimos igual de unidos y enamorados que siempre. Gracias.

Pasé al siguiente periodista, pero Steve se me acercó para decirme algo al oído.

—Es demasiado evidente por tu expresión facial que estás teniendo impulsos asesinos. Controla la cara, Nick.

Joder.

—Buenos días, señor Leister, soy Angelina y mi pregunta es sobre el destino al que serán enviados los fondos recaudados en la gala. El año anterior se centraron en los orfanatos de varios estados del país y me gustaría saber… —Aquella chica fue la única que no preguntó por Noah o por mi situación con el Departamento de Justicia, por lo que le dediqué toda mi atención.

La gala parecía haber adquirido un interés más allá del que siempre obtenía. Habían acudido medios que ni siquiera estaban invitados y la seguridad estaba teniendo inconvenientes para mantener alejados a las personas y los *paparazzi* no invitados que querían colarse para poder hacer fotos.

Mis invitados, muchos de ellos amigos de hacía años, estaban allí dándome su apoyo y agradecí ver más caras de las que había esperado en un principio. No debíamos perder el foco de aquella fiesta. Aquello no lo hacíamos para hablar de mi vida privada, sino para ayudar a una causa que merecía la pena más allá de la repercusión mediática que pudiera darle a la empresa.

Mirara donde mirase, había periodistas que gritaban mi nombre y reclamaban mi atención. Aquello se estaba convirtiendo en una jungla y una parte de mí se cuestionó si había sido una buena idea continuar con el evento…

La tal Angelina acababa de hacerme una pregunta relacionada con la trayectoria de la empresa cuando la atención de los periodistas pareció ser captada por algo o, mejor dicho, por alguien que no era yo.

Por un instante, sentí alivio al ver que dejaba de ser el foco de todas las miradas. Tal vez un actor o una actriz acababa de llegar y, con su presencia, conseguía darme un respiro de toda aquella locura mediática que tanto aborrecía.

Pero la sentí antes de verla.

Todas las células de mi cuerpo la sintieron antes de que yo posara mis ojos sobre ella. Porque daba igual que allí hubiese cientos de personas: si ella entraba en una habitación, los demás desaparecían.

Así, sin más.

Obviamente, no me había hecho ni puto caso y, aun así, una parte de mí, de verdad de la buena, creyó que iba a quedarse en casa. Dada la gravedad de los acontecimientos, pensé ingenuo de mí que por una vez haría lo que le pedía, pero no. Ahí estaba, acaparando todas las miradas.

Una parte de mi cerebro, la que no estaba ciega por la rabia, fue capaz de registrar cada detalle de su aspecto. La raja del impresionante vestido rojo que llevaba le dejaba la pierna al descubierto, y su cintura, aquella a la que me sujetaba con ambas manos cuando hacíamos el amor, se marcaba realzando sus curvas naturales y su esbelta figura.

—Señor Leister, su esposa acaba de llegar —aclaró la periodista que había estado entrevistándome como si no tuviese justo en ese instante los ojos clavados en mi mujer.

Noah me miró, pero no le sostuve la mirada, no.

—¿Va a terminar su entrevista? —insistí al notar que todo mi cuerpo se tensaba por la rabia. No solo estaba allí desobedeciéndome, sino que lo hacía sin importarle las consecuencias que podría traernos el hecho de que apareciera allí sin previo aviso cuando ya había explicado a la prensa que Noah no se encontraba en Nueva York.

—Eh, sí, claro, perdone —dijo aquella chica, que se ruborizó y volvió a sus notas. Al menos era la única que parecía haber tenido respeto con sus preguntas—. Señor Leister, como su esposa acaba de llegar, ¿siguen ustedes igual de unidos que hace un año? Ha habido rumores…

—Tan unidos que voy a dejar de contestarle para poder recibirla como es debido —la corté alejándome de su micrófono, porque tenía ganas de tirárselo a la cabeza.

Con la llegada de Noah, sería incluso más complicado alejar las preguntas sobre nuestra relación y la puta crisis que supuestamente estábamos atravesando.

La imagen de aquel imbécil abrazando a Noah en la puerta de mi casa…

Hacía muchísimo tiempo que la inseguridad que me provocaban los celos había dejado de estar presente en mi día a día. Confiaba en mi mujer más que en nadie en este mundo, pero tener que estar lejos de casa, saber que no estaba allí para ella, que una nueva figura masculina era la que ayudaba a Noah con nuestro hijo…

El Nick dormido había despertado.

Los fotógrafos gritaron nuestros nombres para que posáramos frente al *photocall*.

No nos íbamos a librar de eso y, aunque jamás lo admitiría, esas fotos nos podían venir bien para acallar cualquier rumor estúpido.

Noah y yo nos encontramos y mis ojos abrasadores la recorrieron de arriba abajo.

—Deslumbrante, desafiante y terriblemente irresponsable —dije, deseando llevármela a una habitación privada y no precisamente para hacerle el amor.

Noah me miró con ganas de decirme muchas cosas.

—Señor Leister.

La mujer que llevaba el orden de posado frente al *photocall* nos interrumpió para indicarnos dónde debíamos colocarnos.

Puse mi mano con firmeza en la cintura de Noah y la apreté contra mi costado mientras nos situábamos frente a las cámaras.

—Sé que estas enfadado —susurró mientras intentaba parecer risueña ante la prensa.

—Cariño…, enfadado es quedarse corto. —La hice girar un poco hacia la izquierda para que los fotógrafos que había allí pudiesen obtener su imagen.

—Tenía que venir… No sé si has llegado a ver…

—Por supuesto que lo he visto —la corté, y sentí que mi cara se enfriaba y que mi escueta sonrisa desaparecía.

Esa gente no obtendría a un Nick sonriente aquella noche.

—No iba a dejarte solo —contestó ella, y noté cómo me estaba mirando.

Las cámaras tiraron más fotos, esperando captar cualquier mierda que pudieran utilizar contra nosotros al día siguiente en los periódicos o revistas.

—¿Puedo preguntar cómo has venido hasta aquí?

Noah se quedó callada mientras seguían haciéndonos fotos.

Me giré para mirarla y exigir una respuesta.

Los flashes eran cegadores y no se detenían.

—Nick…

Mis dedos se tensaron contra su cintura cuando, con mi mirada clavada en la de ella, intenté comprender por qué acababa de ruborizarse un poco.

—¿Cómo, Noah? —volví a insistir.

Noah evitó mis ojos antes de responder.

—He pedido un Uber.

Cerré los ojos una milésima de segundo y apreté la mandíbula con fuerza.

¿De verdad no era consciente de lo peligroso que era eso teniendo en cuenta las circunstancias?

Joder.

Me giré hacia ella y me incliné contra su mejilla hasta que mis labios rozaron su oreja derecha. La atraje con fuerza hacia mí.

Las cámaras se volvieron locas.

—A partir de ahora, las cosas se harán a mi manera. Has roto tu promesa y ya no confío en tu criterio ni para cuidar de ti misma ni para cuidar de nuestro hijo —le susurré tan cerca que en aquel instante mis labios podrían haber estado besándola perfectamente—. Y ahora disimula, amor, porque esta gente debe creer que nuestro matrimonio es la descripción literal de «perfección».

Noah se estremeció y yo volví a colocarme como antes.

Ya tenían la puta foto que querían.

—¡Señor Leister, ahora una individual!

Solté a Noah y me alejé de ella sin mirar atrás.

27

NOAH

Tuve que pillar un Uber.

Sí, un Uber.

Al menos era uno de estos negros, un Tesla, para ser precisos, que me servía perfectamente para la ocasión. Podía imaginarme la cara de Nick y de Steve si me veían llegar a la gala en Uber, pero ahora no podía centrarme en eso. Mi prioridad era llegar junto a Nick y ponerlo sobre aviso, debía estar a su lado en la alfombra y defendernos de las habladurías de los periodistas.

Me miré una vez más en el espejito que tenía en el bolso mini que me regalaron con el vestido rojo sangre que llevaba colgado en el armario hacía justo un año.

No me lo había puesto porque no había tenido ocasión. Había sido un regalo de un diseñador de lujo al que el bufete de Nick le había solucionado un marrón gordo. Su mujer Stella había sido un encanto, nos habíamos llevado muy bien, así que ella y su marido insistieron en regalarme aquel vestido increíble, digno de una alfombra roja.

Era perfecto para la ocasión.

Rojo como mi furia e increíblemente elegante y sexy.

Con escote de palabra de honor, ajustado a la cintura, caía a mi alrededor como si fuese una nube, con una apertura increíble al costado, dejando a la vista una de mis piernas y mis taconazos negros Jimmy Choo.

Me había maquillado usando los mejores productos de mi neceser, y el pelo me lo había recogido en una cola con algunos mechones ondulados que me perfilaban el rostro. El peinado no era nada del otro mundo, pero, con semejante vestido, como si hubiese ido con el pelo suelto.

Volví a mirar el reloj. Llegaba justísima a la alfombra roja.

Mi carnet de identificación fue suficiente para que me dejaran pasar, puesto que mi familia era la anfitriona de aquella fiesta. Sin embargo, cuando vi la alfombra llena de gente y los periodistas tirando fotos sin parar, casi sentí un pequeño ataque de pánico.

Nunca me habían gustado aquellas cosas, ser el centro de atención, que me hicieran fotos… Con los años me había ido acostumbrando y, por suerte, tener a Nick a mi lado lo había hecho mucho más fácil, pero enfrentarme a la prensa cuando sabía que en ese momento estábamos en el punto de mira y no por algo bueno precisamente…

Tuve que respirar hondo varias veces antes de bajarme del coche.

Cuando lo hice, todas las malditas cámaras se giraron de repente para enfocarme.

Los flashes me deslumbraron.

Tenían la foto que querían.

«Noah Leister sí acude a la gala del año y lo hace deslumbrante, en un vestido rojo que eclipsa cualquier chisme sin fundamento».

Me reí en mi fuero interno sabiendo que los titulares iban a estar muy lejos de lo que a mí me gustaría, pero ya estaba allí, ya no había vuelta atrás.

Me bajé del coche sujetando la mano que me tendió el chófer, que me abrió la puerta, y me centré en realizar el papel de mi vida.

No pensaba titubear, no pensaba flaquear.

Habían puesto en entredicho muchas cosas, pero no pensaba permitir que insinuaran que no quería al amor de mi vida, y mucho menos pensaba permitir que dijeran que lo engañaba.

Fue como si todo ocurriese a cámara lenta.

Identifiqué a Nick al otro lado de la alfombra, en ese instante hablaba con una periodista cuyo medio no fui capaz de identificar. Como las cámaras se habían girado para enfocarme, él levantó la mirada en un intento por entender qué pasaba para que, de repente, se hubiese provocado aquel revuelo.

Nuestras miradas se enlazaron casi por instinto.

Temblé cuando la sorpresa desapareció y el hielo azul de sus ojos cayó sobre mí con una furia silenciosa.

Estaba imponente vestido de esmoquin y luciendo aquella fría máscara de autocontrol que siempre llevaba a todas partes, pero yo lo conocía muy bien.

Estaba furioso.

Nos pidieron que posáramos juntos en el *photocall* y dejé que Nick me llevara hasta allí, aferrando mi cintura con firmeza de hierro. Supe que una parte de él quería protegerme de todo aquello.

Las cámaras se volvieron locas cuando nos tuvieron delante, e hice todo lo que pude para dar una imagen de aplomo y seguridad. Sin embargo, cuando Nick se inclinó para decirme que ya no confiaba en mí a la hora de mantener a nuestro hijo o a mí misma a salvo, me dolió.

Vale que subirme a un Uber no había sido lo más idóneo teniendo en cuenta las circunstancias, pero el mínimo riesgo había sido necesario para poder estar allí y ayudarlo a luchar contra las estúpidas habladurías que en esos momentos circulaban sobre nosotros.

Que me hablara al oído frente a todas aquellas personas simulando un acercamiento cariñoso para soltarme lo que me soltó no fue plato de buen gusto.

Después de darles las fotos que querían, Nick me soltó y se alejó de mí sin mirar atrás.

Mi corazón aún seguía acelerado tras el momento tenso que acabábamos de compartir, por lo que después del *photocall* me alejé de los periodistas, subí al ascensor y entré al recinto donde se celebraba la gala. Al ver que me alejaba, Nick le hizo señas a Steve para que me siguiera. Ya arriba, y con unas vistas impactantes de toda Nueva York, agradecí que este me acercara una copa de vino.

—No deberías estar aquí —me dijo Steve mientras yo casi me la bebía entera de un trago.

—Ya, bueno, tú y yo no siempre estamos de acuerdo, Steve —dije falseando una sonrisa cuando varios invitados se acercaron a saludarme.

Al rato subió Nick y se dio por concluido el *photocall*.

Yo permanecí un poco apartada, cerca de la barra, para qué os voy a mentir, intentando pasar desapercibida.

Nick llevaba un buen rato ignorándome. Tras el cóctel de bienvenida, él y el resto de los invitados habíamos entrado al salón, donde en ese instante camareros elegantemente vestidos repartían bebidas y canapés en bandejas de plata bien lustrada.

Al menos mi objetivo se había cumplido: la mujer de Nicholas Leister había estado a su lado apoyándolo en la gala benéfica, y los rumores, por mucho que Nick estuviese en contra de mi decisión, iban a ser aplacados gracias a mi asistencia a la fiesta.

No había podido librarme de algunas preguntas indiscretas, pero en general me habían respetado bastante y el peso de las acusaciones había recaído sobre él. Era como si la gente hubiese sabido o leído en el aire que, si querían tener la fiesta en paz, a mí debían dejarme tranquila.

La gente parecía estar pasándoselo en grande. Comían, bebían y charlaban como si todo siguiese como siempre, como si no tuviésemos una losa que amenazara con aplastarnos en cualquier momento.

Perdí de vista a Nick cuando llevaba ya dos copas de vino y en camino de una tercera. Él había estado interactuando con los invitados como se esperaba del anfitrión. Había sonreído cuando había tenido que hacerlo y había conversado con grandes magnates como si fuesen sus amigos del colegio… Tal vez algunos incluso lo eran.

Volví a girarme hacia Steve.

—Del uno al diez…, ¿cuánto crees que está de enfadado? —pregunté mientras dejaba la copa vacía y cogía una nueva.

Steve me miró con las cejas levantadas y entonces un brazo apareció por detrás de mí para quitarme la copa de las manos.

—Diez se queda corto —dijo Nick a mi espalda.

Steve asintió mirando a su queridísimo jefe y se marchó para darnos algo de intimidad.

Respiré hondo antes de encararlo.

Volví a maravillarme con lo guapo que estaba y me dolió notar lo frío que se mostraba conmigo.

—Veo que por fin te has dignado a acercarte —dije, intentando mantener la fachada de que todo iba bien entre nosotros.

Lo último que necesitábamos era que se hablara de lo distantes que habíamos estado en la fiesta.

—Ya llevas tres copas de vino en menos de una hora, ¿no crees que deberías aflojar un poco? —me preguntó, devolviéndole la copa al camarero y pidiéndole una botella de agua.

—Habló al que pillé medio borracho en un sofá hace apenas unas horas.

Nick me tendió la botella de agua sin quitarme los ojos de encima.

La cogí porque en realidad sí que tenía sed.

—Te pedí expresamente no contar con tu compañía esta noche, Noah —dijo observando sin pestañear cómo me bebía el agua—. Me prometiste que te quedarías en el apartamento.

—Eso fue antes de ver el artículo —dije, aunque temía sacar el tema allí en público.

Nick se pasó la mano por la barbilla y le dio un repaso a la gente que teníamos a nuestro alrededor para asegurarse de que no estábamos llamando la atención.

—No quiero que vuelvas a ver a ese tío —sentenció entonces, cosa que me pilló desprevenida.

Pestañeé sorprendida por su tono contundente.

—La foto que viste era un abrazo inocente.

—Me importa una mierda la foto que vi —me cortó fulminándome con todo el poder de su mirada—. No debería haber ninguna foto, joder.

—Fui yo quien lo llamé, ya te lo he dicho.

—Y eso es lo que más me cabrea. Te dije que avisaras a Derek si tenías algún problema y decides ignorar lo que te digo y llamar a ese...

—Es solo un amigo.

—Por poco tiempo.

—Nicholas, no puedes decirme...

Él dio un paso hacia delante, cortando el espacio que nos separaba y obligándome a que levantara la mirada.

—Puedo hacer lo que me dé la gana, Noah, y ahora bésame y cierra la boca.

—¿Qué? —contesté, alucinando con ese giro inesperado en la conversación—. No pienso...

Su brazo me rodeó por la cintura y me apretó contra él, e incluso tiró de mí ligeramente hacia arriba.

—Bésame. Ahora.

Giré la cabeza y vi que había personas mirándonos, entre ellos el fotógrafo de la fiesta.

Joder..., no quería besarlo, o, bueno, sí, para qué mentir, pero no así.

Nick no esperó a que me decidiera.

Se inclinó sobre mí y posó sus labios contra los míos con fuerza.

Al principio pensé que se apartaría, que me daría un pico y listo, pero no... Apretó con firmeza hasta que mi boca se entreabrió y su lengua entró para arrebatarme lo que fuera que me hubiese gustado decirle. No era decoroso besarnos así en público, y odié con todas mis fuerzas que mi cuerpo reaccionara a ese beso ignorando mi mente y yendo por libre. Me rodeó la lengua con la suya acariciándola suavemente mientras que su cuerpo, duro como una piedra, se pegaba al mío y obligaba a mi espalda a arquearse de manera involuntaria.

El centro de mi cuerpo ardió deseando más, y supe que él sabía muy bien lo que me estaba provocando.

Nick besaba de una manera gloriosa, no había duda de ello, pero aquel beso estaba destinado a una sola cosa. Había una simple, tóxica y asquerosa razón: dejar claro que yo era suya. Dejar claro que los rumores eran mentira. Dejarle claro a Zack que mantuviese sus manos alejadas de mí.

Cuando me soltó, no había ni una pizca de cariño ni de amor en su mirada, solo rabia… y posesión.

—¿Satisfecho? —le dije mirándolo furiosa.

—Ni un poquito —me contestó, abrasándome con los ojos antes de alejarse de mí.

El resto de la velada la pasamos separados. No nos juntamos para hablar ni para bailar ni para nada que no fuese lo justo y necesario.

Las fotos estaban cubiertas y, aunque para mí era obvia la tensión que había entre ambos y lo distantes que estábamos el uno con el otro, para el resto de los invitados tan solo estábamos ocupados atendiendo a la gente y siendo todo lo buenos anfitriones que se suponía que debíamos ser.

No entendía cómo habíamos llegado a ese punto. No entendía cómo volvíamos a los celos, a las mentiras y a los engaños…

Volví a pensar en Mariana… En esa declaración de amor tan sincera y desgarradora que le hizo a una chica muerta.

¿Y él se mostraba celoso?

¿Cómo debía estar yo después de descubrir que había tenido un primer amor del que yo no sabía nada? ¿Cómo se suponía que debía digerir que, de alguna manera, Nick había estado involucrado en su muerte?

La fiesta siguió su curso y, por suerte, no hubo ningún incidente.

Nick pronunció un discurso alejado de cualquier polémica y, cuando quisimos darnos cuenta, llegó el momento de irnos.

Él estaba ocupado con la propina a los organizadores, y tenía su pajarita metida en el bolsillo y la camisa desabrochada.

Yo me había quitado los zapatos e iba descalza por aquel edificio despampanante con unas vistas impactantes al río Hudson.

Cuando los organizadores se marcharon, nos quedamos solos.

Steve coordinaba la salida de algunos de los invitados más importantes y Nick tuvo que enfrentarse por fin a mi presencia, más allá de algún gesto forzado, como aquel beso que me había dado para las cámaras.

—Tenemos que irnos —me llamó desde la otra punta.

Me quedé donde estaba, observando las vistas y los edificios al otro lado del río.

Unos segundos después, lo sentí detrás de mí, aunque mantuvo las distancias.

—Tenemos que dejar de mentirnos, Nick —dije, girándome y buscando a mi marido con los ojos—. No dejamos de tomar decisiones pensando en el bienestar del otro y, al final, solo nos hacemos daño o enredamos más las cosas.

Nick tenía las manos metidas en los bolsillos y parecía no tener ninguna intención de rebajar su estado de frialdad conmigo.

—Es cosa mía manteneros a Andy y a ti a salvo de todo esto. Este es mi problema, Noah, no el tuyo, y, si escucharas en vez de actuar de forma impulsiva, me ahorrarías muchos quebraderos de cabeza.

—¿Ves, Nick? —contesté molesta—. No nos consideras un equipo, te crees que eres tú quien tiene que solucionar todos los problemas. Estás tan centrado en intentar protegerme y mantenerme fuera de las cosas que al final me obligas a implicarme desde un lugar que siempre me deja en desventaja.

Nick desvió la mirada y me dio la espalda.

—No es el momento ni el lugar para tener esta conversación.

Se alejó en dirección al ascensor y no me dejó más opción que seguirlo.

El camino de vuelta al piso fue tenso y apenas tuvimos ningún tipo de interacción.

Cuando llegamos a casa, Nick encendió las luces y desapareció por el pasillo sin ni siquiera esperarme.

Cuando escuché el ruido del agua cayendo, estuve tentada de intentar solucionar nuestros problemas por la vía rápida: entrando en la ducha con él y buscando el contacto que tanto ansiaba, pero no lo hice.

Me fui a la habitación de invitados, me quité el vestido como pude, me puse el pijama y me metí en aquella cama que solo olía a suavizante.

Nick no apareció por allí. No vino a buscarme ni tampoco a pedirme que fuera a dormir con él.

Sentí un nudo en el estómago al comprender entonces que todo aquello era mucho más serio de lo que esperaba. Además, mi intención de solucionar las cosas en apenas dos días antes de regresar a Los Ángeles con nuestro hijo no había salido en absoluto como me había llegado a imaginar.

La mañana siguiente fue tensa. La máquina de café y los reproches no pronunciados hacían más ruido que cualquier conversación que no estuviésemos teniendo.

—¿Cómo lo haremos con Andy, Nick? —pregunté mientras mi enfado crecía al ver que pasaba olímpicamente de mí—. Tiene que ver a su padre y, si tú no puedes viajar…

Nick dejó a un lado el teléfono, del que no se había separado durante todo el desayuno, y se dignó a mirarme por fin.

—Deberías haberlo traído contigo —dijo serio.

—Pensé que nos vendría bien pasar un fin de semana los dos solos… Está claro que me equivoqué.

Sus ojos encontraron los míos desde el otro lado de la mesa.

—Últimamente te equivocas con respecto a muchas cosas, sí.

—Nicholas, para —lo corté, dejando mi taza con un golpe más fuerte del que había pretendido—. Estás enfadado con el mundo, pero no voy a permitir que lo sigas pagando conmigo.

—¿Pagarlo contigo significa decirte lo que pienso? Has ignorado todo lo que te he pedido. He hecho todo lo que querías: he aceptado vivir separados para que puedas tener tu trabajo soñado, he aceptado estar lejos de mi hijo con tal de que podáis mantener la vida que teníamos, he aceptado estar solo aquí afrontando una de las mayores crisis mediáticas y judiciales de mi vida con tal de verte feliz… ¿Y cómo me lo devuelves? ¡Poniéndote en peligro y codeándote con un extraño que lo único que quiere es follarte!

Pestañeé varias veces incrédula. Eso sí que no me lo esperaba.

—¡Dios santo, está claro que hemos vuelto a cuatro años atrás! —le contesté sin dar crédito.

Nick me fulminó con la mirada.

—¿Qué pensarías si encontrases una foto mía abrazando a otra mujer en la puerta de nuestra casa? ¿Cómo te tomarías que insinuasen ante el mundo entero que estoy con otra, que te engaño?

¿Que cómo me lo tomaría?

—¡Pues supongo que de la misma manera que me tomo haber descubierto casi cinco años después de conocerte que tuviste una relación con una chica muerta a la que juraste amar por el resto de tu vida! —le grité poniéndome de pie.

Nick se quedó blanco.

—¡He visto los mensajes y las fotos! —le contesté, sin darme cuenta hasta ese instante de lo mucho que me dolía todo aquel asunto—. ¡Pensaba que no había secretos entre nosotros! Pensaba…, pensaba que yo había sido tu primer amor, pero no es eso con lo que me encuentro cuando entro en el Instagram de aquella chica y descubro que la mirabas como me miras a mí.

Nick se puso de pie e intentó venir hacia mí.

—¡No! —le dije mientras levantaba la mano para que no se acercara—. El momento para hablar de esto ya pasó, Nicholas —añadí intentando tranquilizarme, intentando ignorar cómo había reaccionado al volver a mencionar a esa chica.

—Te dije que te lo contaría todo…

—Pero ¡no lo has hecho! —dije, decepcionada y dolida—. ¡Y sigo sin entender nada! ¡Sigo preguntándome por qué murió y por qué en un mensaje escribiste que lamentabas haber causado su muerte!

Si ya había perdido casi todo el color, Nick se quedó lívido.

—¿De dónde has sacado eso? —preguntó en un tono muy bajo.

—¿Qué importa? Lo que sé es que ese mensaje existe, que lo enviaste, que algo muy serio debió de ocurrir y que jamás me has hablado de ello porque te sientes culpable de que muriera.

Nick apretó la mandíbula con fuerza.

—No tienes ni la menor idea de nada, Noah —dijo, recuperando su mirada furiosa—. ¿Cómo has accedido a esos mensajes? —exigió que contestara.

¿Qué importaba ya contarle la verdad?

—Zack accedió a ellos y me los enseñó.

Nick abrió los ojos sorprendido y se llevó las manos a la cabeza.

—¡¿Tienes idea de lo que podría pasarme si esos mensajes salen a la luz?! —me contestó con el pánico reflejado en la mirada.

Me quedé callada, porque no había pensado ni un segundo en que eso pudiese ocurrir.

—Zack jamás…

—¡No lo conoces, Noah! —me cortó—. ¡Joder!

Me dio la espalda con brusquedad y se marchó mientras marcaba un número de teléfono.

Yo me quedé allí plantada en la cocina sin saber qué hacer o decir.

Otra vez se había marchado sin contarme nada en absoluto.

Comprendí entonces que sobraba en esa casa, así que cogí mis cosas y me encaminé hacia la puerta.

—¿A dónde vas? —me cortó Nick—. Tenemos que hablar.

—No quiero hacerlo, no quiero hablar. Es imposible confiar en ti cuando tienes secretos después de cinco años de relación interrumpida.

—Noah —dijo, y noté un cambio en su tono de voz—. Por favor, no te vayas y hablemos de esto.

Me giré hecha una furia.

—¡No, Nick! —dije con las lágrimas recorriéndome las mejillas—. No se habla solo cuando a ti te conviene, no se habla solo cuando me ves en este estado. El momento para hacerlo fue ayer. Ahora me marcho con nuestro hijo, que seguramente estará preguntándose dónde demonios están sus padres.

No titubeé.

Recogí mis cosas en cinco minutos y me monté en el ascensor con el corazón roto.

Y lo peor de todo es que, con la imposibilidad de Nick para viajar…, no tenía ni la menor idea de cuándo nos íbamos a volver a ver.

28

NICK

Noah se marchó y no fui capaz de detenerla. Sobre todo porque sabía que, si lo hacía, iba a tener que abrir el baúl de los recuerdos y aún no me sentía preparado para hacerlo.

Mucho menos con todo lo que tenía encima. Mucho menos en ese momento, cuando mi vida, mi reputación y mi estabilidad mental y emocional se tambaleaban.

Derek me informó de que Noah había llegado a casa sana y salva, y luego le pedí que no le quitara los ojos de encima. La única buena noticia era que los medios parecían haberse puesto de nuestro lado por fin. Las fotos de la gala habían recorrido los canales adecuados, incluso medios y periodistas de renombre estaban criticando con dureza el artículo que había insinuado que Noah me engañaba.

Y es que una cosa era que se hablara de un asunto relacionado con mi empresa y otro muy distinto era intentar poner en entredicho mi matrimonio.

Obviamente, hubo de todo, pues el chisme a veces puede con todo lo demás, pero tuve que reconocer que la asistencia de Noah a la gala y las fotos de ambos juntos en la alfombra habían ayudado a mi imagen y a acallar rumores estúpidos.

Rumores que algo de razón tenían, porque Noah y yo estábamos pasando por un momento delicado.

No habíamos hablado más allá de mis videollamadas con Andy y, cuando el niño terminaba de contarme sus hazañas en la guardería, Noah apenas intercambiaba más de dos frases conmigo.

Pensé que era mejor darle su espacio. En cuanto las cosas se solucionasen aquí, iba a poder viajar e instalarme de nuevo en nuestro hogar.

El problema es que no tenía ni idea de cuándo sucedería eso.

Sloan estaba intentando localizar a la persona que había puesto la denuncia del supermercado, ya que no habría peso legal suficiente para impedirme salir del estado si la retiraban.

Pagaría lo que fuera para que retiraran la denuncia, ya me daba igual incluso que me sobornaran.

Necesitaba volver a casa, necesitaba recuperar mi libertad.

La auditoría externa que estaba llevando a cabo la investigación de mi empresa por el momento no había encontrado nada más que pudiera incriminarme de cualquiera de los delitos que decían que había cometido. Haberles abierto las puertas sin poner objeción le gritaba al mundo que Leister Enterprises no tenía nada que ocultar, y eso también empezaba a ayudarme y a darme credibilidad.

Gerry empezaba a alterarse. Temía que encontrasen algo, y más le valía haber hecho su trabajo bien, porque su cabeza sería la primera en caer si un error suyo había provocado todo este terremoto empresarial.

En general, la gente estaba nerviosa y no era agradable ver a aquellos hombres trajeados entrando en las oficinas y haciendo preguntas.

Estaba justo terminando de cerrar una reunión con la junta directiva cuando mi secretaria me interrumpió para decirme que había una tal Juliet que quería verme.

—Insiste en hablar con usted, señor —dijo—. Creo que puede ser una periodista, pero no lleva credenciales.

—¿Cómo ha llegado una chica sin credenciales a hablar contigo, Shauna?

¿Esa era la clase de seguridad que teníamos?

—Señor...

—Despáchala de inmediato y dile a Steve que me llame.

—Sí, señor, lo siento.

Le canté las cuarenta también a Steve, porque se suponía que era el encargado de mi seguridad.

No podíamos permitir que cualquiera entrara en el edificio, ¿habíamos perdido la cabeza?

Steve endureció la seguridad hasta el punto de que era muy complicado incluso entrar en las oficinas siendo trabajador. Mi padre había solicitado también que endureciésemos las medidas, insistía en que no quería que volviese a ocurrir lo que había sucedido dos años y medio atrás, cuando me dispararon en el aeropuerto a traición.

Podrían haberme matado y no lo olvidaba, jamás lo olvidaría. ¿Cómo olvidar que intentaron matarme delante de mi novia embarazada?

Estaba nervioso..., muchísimo, porque la situación con Noah no mejoraba y me agobiaba saber que, si ocurría cualquier cosa, yo no iba a poder viajar.

Según Derek, Noah ya no veía tanto a Zack, o al menos este ya no iba a casa a la hora de la cena.

Mi mujer apenas hablaba conmigo y, joder, la echaba muchísimo de menos.

Intenté escribirle una carta... Una carta contándole toda la historia de Mariana, pero sentí un dolor intenso en el pecho cuando empecé a hacerlo... No quería recordar aquello, no quería volver a ese momento tan complejo de mi vida.

No quería abrir el baúl de los demonios.

Aquel último mensaje que le envié... fue antes de saber la verdad, fue antes de descubrirlo todo.

Aquella chica me hizo dudar de mí mismo, me hizo cuestionarme muchísimas cosas, me... Joder, me traicionó de la manera más triste y lo hizo con mi corazón en sus manos. Un corazón frágil, dañado, vulnerable. Un corazón que ya había sufrido debido a la separación de mis padres, al abandono de mi madre, a la relación compleja con Briar…

Después de todo aquello, me protegí con una coraza de hierro.

Después de aquello, me juré que jamás volvería a confiar en nadie, que jamás volvería a amar.

Hasta que una chica rubia, preciosa y con pecas apareció en mi cocina.

Y el resto… Bueno, el resto ya es historia.

29

NOAH

El mes de octubre pasó volando. Mi jefe me dio tanto trabajo que, por suerte, pude despejar la mente de los problemas y centrarla en algo que de verdad me encantaba y me hacía disfrutar. La editorial había firmado un contrato gordísimo con un autor novel que había escrito un libro increíble. Contaba la historia de un veterano conductor de Fórmula 1 que, debido a un accidente, tenía que dejar de correr y, tras caer en una depresión, decidía volver a su pasión a través de su hijo adolescente. Era apasionante y tocaba todos los temas que me encantaban: tenía coches, carreras, superación personal, una historia de amor increíble… En cuanto mis compañeros se enteraron de que yo había corrido en las ligas infantiles de *karting* y que mi padre había sido corredor de Nascar, me dejaron trabajar en el manuscrito, aunque con la supervisión de mi jefa, claro. Estaba disfrutando como nunca, aplicando todos los conocimientos que había aprendido en la facultad y, al mismo tiempo, desarrollando ese instinto de editora propio que sabía que llevaba dentro. Además, querían realizar un evento por la salida del libro en el circuito de Nascar de Los Ángeles. Cuando lo propusieron, no pude evitar soltar que tenía una amiga que podía ayudarnos a que nos dejaran realizarlo allí. Tal vez me había precipitado a la hora de llamar «amiga» a Anna, pero no me importaba tirar de ella si así conseguía ganarme a mis jefes. Si no recordaba mal, Jenna me había dicho que ahora salía con el director del Auto Club Speedway.

Me dolía estar tan contenta en el trabajo y, al mismo tiempo, tan deprimida por el momento tan complicado que estábamos pasando Nick y yo. Como matrimonio, podía afirmar que atravesábamos nuestro primer bache serio. Ya habíamos superado tantas cosas en el pasado que no entendía por qué parecíamos estar enredándonos cada vez más en esta pelea llena de reproches y verdades contadas a medias.

Manteníamos una relación correcta, por llamarla de alguna manera. Hablábamos todos los días, sobre todo de Andy, que viajó con la madre de Nick en dos ocasiones para poder ver a su padre, mientras que yo decidí quedarme en Los Ángeles. Nick no entendió mi decisión y aquello nos separó aún más, pero no me apetecía volver a experimentar la frialdad con la que me recibió en Nueva York. Además, todo el asunto de su pasado… No sé cómo explicarlo, pero no estábamos en un buen momento para intentar normalizar las cosas. Él estaba centrado en solucionar los marrones de su empresa y ni siquiera estábamos en el mismo estado. Así era imposible arreglar lo nuestro, y mucho menos cuando él estaba de mal humor casi todo el rato, saturado con problemas y enfurruñado conmigo porque había seguido con mi relación con Zack, aunque al principio sí que mantuve las distancias con él, sobre todo porque Nick parecía de verdad preocupado por que los medios utilizaran nuestra amistad para seguir echando leña al fuego de una posible separación.

La conversación no fue agradable, Nick me gritó que hiciera lo que me diera la gana, pero me advirtió de que Derek no iba a separarse de mí y acepté estar protegida veinticuatro horas al día, siete días a la semana, a cambio de poder tener la fiesta en paz.

No os voy a engañar: estaba destrozada por la separación, por estar tan lejos el uno del otro… Lo más duro era cuando me llamaba y no éramos nosotros mismos. Nos hablábamos con frialdad, nos preguntábamos trivialidades cuando lo que más necesitaba yo en ese momento era un abrazo suyo.

Jenna decía que no me preocupara, que era normal pasar por etapas complicadas y que ninguna relación era perfecta. Incluso que, dadas las circunstancias, al menos podía darme con un canto en los dientes por poder estar siendo joviales el uno con el otro.

Por el momento no parecía que le fueran a retirar la prohibición que le habían impuesto respecto a salir de Nueva York, y eso nos dejaba totalmente fuera de juego.

Steve me mantenía al tanto sobre cómo estaba Nick en realidad, ya que de él apenas era capaz de conseguir más que frases simplistas como «Todo se arreglará» o «No te preocupes por nada».

—No sé, Jenna… Estoy muy preocupada. Lo echo tanto de menos y, al mismo tiempo, me siento… No sé, ¿«traicionada» es la palabra?

—Noah, ya te he dicho que todo el asunto de Mariana es mejor dejarlo donde está…, de verdad.

Miré a mi amiga a los ojos.

—¿Cómo era ella? —pregunté, aun sabiendo que esas preguntas no me iban a ayudar en nada, solo añadirían sal a la herida.

Jenna cogió su taza de café y bebió dos tragos antes de contestarme.

—Era… magnética —dijo encogiéndose de hombros—. La clase de chica a la que todo el mundo se acerca porque tiene ese efecto hipnotizador. No sé explicarlo, pero incluso yo sentí la necesidad de ser amiga suya, ¿sabes? Quería caerle bien, quería que me invitara a sus fiestas…

—¿Y Nick? —pregunté mirando la servilleta y haciendo como que le arrancaba un hilo suelto a la tela blanca—. ¿Cómo era con ella…?

—Pues… como es Nick cuando está enamorado —dijo Jenna, y fue como si me clavaran una estaca en el corazón.

Miré a mi amiga y esta dejó la taza de café sobre el platillo de porcelana.

—Noah, ¿qué quieres que te diga? —dijo—. Nick tenía casi veinte años, estaba jodido por lo de sus padres. Imagínatelo adolescente, cabreado con la vida, lleno de hormonas y pasando el tiempo con el cafre de mi marido. Y encima va y conoce a una chica preciosa que está tan jodida como él.

—¿Qué le hizo, Jenna? ¿Por qué lo destrozó? ¿Por qué Nick se sintió culpable de su muerte?

Mi amiga parecía querer dejar el tema, pero insistí.

—Es que creo que es Nick quien debe contártelo, Noah. Solo puedo decirte que esa chica vivía al límite… Recuerdo que llegó un punto donde se volvió tan temeraria que todos tuvimos que alejarnos… Todos menos Nick. Ahí empezaron las carreras, las partidas de póquer, las fiestas hasta el amanecer… Yo me alejé la primera, era más joven que todos ellos y Lion sabía que yo no debía estar ahí, pero Nick… No sé, era como si la autodestrucción de Mariana lo atrajera como las polillas a la luz. A veces parecía que los dos querían…

Sentí miedo en el tono de voz de mi amiga, y mi corazón se aceleró.

—¿Querían qué? —pregunté.

Jenna volvió a mirarme a los ojos.

—Esos dos juntos eran un coche a doscientos kilómetros por hora en una curva, y parecía que ninguno quería frenar.

Me lo imaginé.

Me imaginé a Nick destrozado, joven, temerario como siempre fue y, de repente, comprendí muchas cosas de cuando lo conocí. Lo cerrado que estaba, que todo parecía importarle una mierda, incluso yo al principio… Recordé que me dejó tirada en la carretera sin importarle que pudiese ocurrirme algo. Estaba tan cabreado con el mundo, estaba tan sumido en la oscuridad…

El Nick que después se enamoró, el Nick que me protegió incluso cuando no estábamos juntos…

—Odio a esa chica —no pude evitar decir.

Jenna asintió en silencio.

—Se juntaron el fuego y el queroseno… Yo también llegué a odiarla cuando vi hacia dónde llevaba a mi mejor amigo… Luego sentí pena y comprendí que hay heridas tan profundas que arrastran todo lo bueno que haya alrededor.

—¿Por qué siento que todo lo que ocurrió después conmigo ahora cobra un nuevo significado?

Jenna me cogió la mano para que la mirara a los ojos.

—Porque tú viviste la versión definitiva. El Nick al que ya no se le podía dañar más porque era imposible… Tú lo devolviste a la vida, Noah, y lo sabes. Tú fuiste su verdadero amor. Joder, ¡está casado contigo! Tenéis un bebé. ¿Por qué te importa tanto lo que ocurrió en el pasado?

Me encogí de hombros con tristeza.

—Porque… siempre pensé que yo había sido la primera y la última.

—Cariño…, fuiste la más importante.

Asentí en silencio y justo entonces llegó Zack con Eve en brazos.

Andy se emocionó al verla y se me escapó una sonrisa al ver lo amiguitos que se habían hecho.

—¿Qué tal, chicas? —preguntó Zack sentándose a mi lado y colocando un brazo en el respaldo de la silla.

Jenna forzó una sonrisa y yo hice lo mismo.

La conversación había sido tensa, y hacer como si nada nos costó un poco al principio.

—¿Estáis bien?

—Perfectamente —dije yo sonriendo.

—Y mejor que vamos a estar, porque tengo una propuesta que haceros —anunció Jenna desviando la atención por completo y sonriendo de aquella manera que no presagiaba nada bueno.

Zack me miró elevando las cejas y yo miré a mi amiga con cierto reparo.

—¿Qué os parece si nos vamos de fin de semana al lago Tahoe por el cumple de Lion? Mis padres tienen una casa allí y me han dicho que podemos ir sin problema. ¡Sería superdivertido! Y he visto que tal vez nieve. A los niños les encantaría, y puedo llevarme a Nana para que les eche un vistazo y así los mayores nos relajamos en el jacuzziii —dijo con voz cantarina, alargando la «i» final durante varios segundos.

Jenna había contratado a una niñera que la ayudaba con June y estaba encantada, porque conocía todas las técnicas para los gases habidas y por haber. Mi amiga parecía que había recuperado las horas de sueño perdidas y estaba de muchísimo mejor humor. Incluso June parecía otra desde que dormía como un tronco y no le dolía la barriga.

Zack me miró con una sonrisa y sentí un pinchazo de incomodidad ante la situación que había planteado Jenna.

A ella no le había contado nada sobre cómo llevaba Nick mi amistad con Zack… No había querido contárselo porque, siendo sincera, aquello dejaba a Nick en muy mal lugar. Lo último que quería era poner en palabras que habíamos vuelto a esa dinámica arcaica del principio de nuestra relación, cuando los celos se convirtieron en un problema.

Nick insistía en que no eran celos, sino que no se fiaba de mi amigo, pero no tenía razones para no fiarse… Yo era consciente de que se habían sumado muchas cosas: Nick no estaba aquí, Zack sí; Nick no veía a su hijo, Zack cada día se llevaba mejor con él, hasta su hija y Andy se habían convertido en mejores amigos. Nick, además, atravesaba un momento muy delicado. Yo todo eso lo comprendía, pero no por ello iba a dejar de hablarme con el que hasta el momento había sido un buen amigo.

—¿Nos apuntamos? —preguntó Zack—. A mí me has ganado con eso del jacuzzi.

—No sé… —dije, pues no estaba nada convencida… No quería complicar más las cosas con Nick, aunque si íbamos todos, incluidos los niños…

Zack cogió a Eve en brazos y se la sentó sobre las rodillas. La niña se rio cuando este le hizo cosquillas.

—¿Tú qué opinas, renacuaja? —le dijo, y la niña se rio divertida—. ¿Nos vamos de viaje?

Ella abrió mucho los ojos, estaba entusiasmada de verdad.

—¿Vamos a ir a ver a mami? —preguntó, y se hizo un silencio muy incómodo. Su pregunta nos cayó como un jarro de agua fría.

Jenna y yo intercambiamos una mirada de pena, y Zack se puso muy tenso, con la sonrisa congelada en el rostro.

—Cariño…, ya sabes que eso no es posible —le dijo Zack.

La niña nos miró a ambas y sus ojos se llenaron de lágrimas.

—¡Yo quiero ver a mami! —gritó llorando con un dolor que me partió el corazón.

Jenna intervino deprisa al ver que Zack no sabía qué decir.

—Eve, mi amor, ¡vamos a ir a la nieve! ¡Haremos muñecos de nieve! ¿Tú sabes hacer muñecos de nieve?

—Yo síííííí —gritó Andy, levantándose del suelo donde había estado jugando con sus juguetes y corriendo hasta colocarse junto a Jenna, que lo levantó y se lo sentó en las rodillas.

Sonreí de lado, pero no podía dejar de sentir el dolor de la pequeña Eve.

Perder a su madre debió de ser horrible, aunque técnicamente ella no había llegado a conocerla, ya que había muerto durante el parto, según Zack.

—¿Seguro que hay lugar para todos, Jenna? —preguntó nuestro amigo, intentando cambiar de tema para que la niña no lo pasara mal.

—¡Claro que sí! —dijo emocionada, haciendo saltar a Andy en sus rodillas. Entonces se giró hacia mí—. Nick lo va a tener difícil para viajar, ¿no?

Asentí en silencio, intentando determinar qué debía hacer.

—Yo no sé si debería ir, Jenn… —empecé a decir, y Jenna me miró con cara de pocos amigos.

—¿Por qué no? —dijo indignada—. Hace mil años que no hacemos algo así. Además, Lion está deseando pasar un rato con amigos.

—Ya, pero Nick no va a poder venir y no me parece…

—Noah, no deberías cancelar un plan divertido solo porque Nick no pueda sumarse —dijo Jenna mirándome como si me hubiesen salido dos cabezas.

—No es eso, es que…

—Está celoso —dijo entonces Zack, mirándome a mí primero y luego a Jenna.

Esta abrió los ojos sorprendida y me miró pidiendo explicaciones.

—No está celoso… —empecé a justificarlo, pero me callé—. Está pasando un mal momento, eso es todo.

—¿Y por eso no puedes irte de viaje con tus amigos? —preguntó Zack incrédulo—. Si yo soy el problema, no te preocupes, Noah, no iré. Puedes ir tú con tu mejor amiga, no pasa nada.

Eve abrió los ojos sorprendida y miró a su padre.

—¿Ya no vamos a hacer muñecos de nieve? —preguntó con pena.

Jenna negó con la cabeza y colocó las manos sobre la mesa.

—Vamos a ver… ¿Os podéis dejar de gilipolleces? —dijo indignada—. Noah, te vienes y punto. Y tú también, Zack. Si Nick tiene algún problema, que me llame y se lo explico.

—Tú no lo entiendes, Jenna…

Mi amiga volvió a fijarse en mí.

—Noah, entiendo que estáis pasando por un momento complicado, pero Zack tiene razón. No solucionas nada quedándote en casa encerrada. De hecho, te vendrá bien alejarte de la ciudad y del escrutinio al que estás sometida aquí desde hace semanas. Eso Nick tendrá que entenderlo.

Me puse nerviosa, porque me sentía presionada y arrinconada.

—Me lo pensaré, ¿de acuerdo? —dije cogiendo a Andy en brazos y poniéndome de pie—. Gracias por la invitación, te diré algo en unos días.

—¿Te marchas? —preguntó Zack. Parecía bastante decepcionado.

—Tengo mil cosas que hacer, debo poner lavadoras y darle de comer a Andy…

—No sé a qué esperas para contratar una niñera, Noah —dijo Jenna sin dar crédito—. Tu marido es uno de los hombres más ricos de este país y tú pierdes el tiempo poniendo lavadoras…

No iba a tener esta discusión con Jenna… Bastante era ya tenerla con Nick.

—Me relaja limpiar y poner lavadoras, ¿qué le vamos a hacer? —contesté encogiéndome de hombros.

—Pues nada, hablamos mañana, y dime algo pronto, porque tengo que avisar para que preparen la casa, y debemos sacar los billetes de avión…

—¿Hay que ir en avión? —preguntó Zack al mismo tiempo que se echaba hacia atrás el pelo rubio con cierto nerviosismo.

—Bueno, se puede ir en coche, pero la ruta es mucho más larga…

—Yo creo que iré en coche… No me gustan mucho los aviones —dijo él.

—Me marcho —insistí, cogiendo mis cosas, y me despedí.

Los dejé charlando amigablemente sobre los planes del viaje y, cuando me subí al coche, no tuve claro qué debía hacer.

Aquella noche, cuando por fin me metí en la cama, pensé en llamar a Nick, y, justo cuando iba a guardar el teléfono, su nombre apareció en la pantalla.

—Hola, Pecas —dijo. Su tono no era tan frío, pero seguía sin ser el tono con el que nos hablábamos habitualmente.

—Hola.

—Jenna me ha llamado hace un rato —dijo, y aquello sí que me sorprendió—. Me ha invitado a un plan de cumpleaños al que no puedo sumarme, como es obvio.

Joder, Jenna.

—Yo aún estoy deliberando si voy… —dije, porque no sabía muy bien cómo me sentía al respecto.

Escuché a Nick suspirar al otro lado de la línea.

—Deberías ir —dijo entonces, cosa que me pilló totalmente fuera de juego—. No quiero condicionarte, Noah, de verdad que no. Siento mucho la actitud que he tenido las últimas semanas, estoy sometido a mucha presión y me da miedo que os ocurra algo a Andy o a ti. Vivo con miedo, joder. Vivo con miedo y no sé cómo controlarlo. No estoy durmiendo bien. El hecho de que me hayan prohibido viajar y estar tan lejos el uno del otro me está consumiendo, y tal vez esté viendo demonios donde no los hay…

Fue como si volviese a respirar en profundidad, como si por fin el oxígeno me corriera por el cuerpo y me quitaran un peso enorme de encima.

Podía tratar con este Nick… Con este sí.

—Gracias, Nick —dije, sin saber muy bien qué más decir. Ese mes había sido raro…, muy raro para ambos.

Nos quedamos en silencio durante unos segundos.

—Bueno, te llamaba para desearte que duermas bien —dijo y, por alguna razón, sentí unas ganas repentinas de llorar.

—¿Qué haces despierto tan tarde? —pregunté, intentando retenerlo un poco más. Miré mi reloj y le sumé tres horas de cambio horario.

Nick soltó un suspiro profundo.

—Estaba repasando los archivos del caso… Al parecer hay correos electrónicos que yo no envié, pero que están escritos como si hubiese sido yo. He contratado a un investigador privado para que intente averiguar quién pretende joderme.

—¿Por qué iba alguien a hacer eso?

—Aún no lo sé, pero tengo mis sospechas…

—¿Puede ser peligroso? —pregunté preocupada.

—No…, tranquila. No quiero que te preocupes por esto, lo tengo controlado y creo que cada vez estamos más cerca de solucionarlo.

Se volvió a hacer el silencio y sentí de nuevo que había un abismo entre nosotros.

—¿Hay alguna novedad con respecto a que te dejen viajar? —pregunté intentando mantenerlo al teléfono un poco más.

—Por ahora no… Serás la primera en saberlo, te lo aseguro —dijo escueto.

—Vale… Que descanses, Nick… Te quiero —dije sujetando el teléfono con fuerza contra mi oído.

Se quedó callado unos segundos.

—Yo te quiero más —añadió—. Buenas noches, Noah.

Cuando colgó, sentí una presión incómoda en el pecho… Volvía a sentir como si aguantase el peso de dos gigantes en la espalda que no querían moverse de ahí.

Intenté decirme a mí misma que las cosas se solucionarían, que solo debía tener paciencia.

«Vamos a estar bien… Hemos superado cosas peores… Es solo una mala racha…».

Me repetí esas frases hasta que al final me quedé dormida.

30

NOAH

La ruta desde el aeropuerto de Reno hasta el lago era de una hora y media más o menos. En avión habíamos viajado Lion, Jenna, la pequeña June, que acabábamos de descubrir que odiaba volar, la niñera, mi pequeño Andy y yo.

Zack y Eve llegaban un poco más tarde, ya que este había preferido ir en coche para disfrutar de la ruta de Sierra Nevada y así evitar el avión.

Lion había alquilado un Mercedes de siete plazas para que cupiéramos todos y, aunque había sido lo óptimo, no pude evitar mirar con horror las plazas del fondo y rezar para que no me tocara ir detrás del todo. Entendía la existencia de ese tipo de coches, pero siempre los había odiado.

Una de las razones por las que tenía claro que no quería ser familia numerosa era para evitar ir en vehículos familiares que parecieran naves espaciales.

Si Nick hubiese estado ahí, se habría negado en redondo a subir a un coche así, y lo más seguro es que estuviéramos alquilando un deportivo. Sonreí en mi fuero interno al recordar los cochazos que había alquilado para nuestra luna de miel y suspiré, lo echaba muchísimo de menos.

Emprendimos el camino hacia la casa de los padres de Jenna y apenas pudimos disfrutar del recorrido, ya que June no dejó de llorar durante todo el camino. Ni siquiera Nana fue capaz de calmarla, y, claro, Andy, agotado de los llantos de la pequeña, se agobió y empezó a darnos su propio concierto de gritos y lágrimas.

Cuando llegamos a la casa, nos bajamos del coche con la sensación de haber vivido una experiencia traumática.

—¿Por qué sigo escuchando llantos si por fin está dormida? —dijo Jenna como si estuviese en un estado de trance.

Lion la miró con horror.

—Eso es lo que quiere... Meterse en nuestra mente... Así nos tiene bien sujetos con esas manitas rollizas.

Me reí, aunque una parte de mí quería echarse a llorar.

La casa en el lago era todo lo espectacular que me esperaba. Los Tavish no defraudaban.

Era increíble. Estaba hecha de troncos de madera y grandes cristaleras, y desde la parte exterior se podía ver el lago que había al otro lado de la mansión y la nieve que coronaba los cientos de árboles que nos rodeaban en un abrazo gélido verde y blanco.

Andy, que nunca había visto la nieve antes, me pidió que lo bajara y empezó a corretear emocionadísimo.

—¡Mami, mami, mami, mira, mira! —empezó a gritar mientras apretujaba la nieve como si fuese plastilina.

El mono de esquí que le había comprado apenas le dejaba moverse con normalidad, pero él se las apañó para jugar y llenarse de nieve casi al instante.

—Familia, os veo dentro. Es buena idea que encendamos la chimenea, va a refrescar muchísimo en las próximas horas —dijo Lion, que cogió las maletas del coche y cargó con ellas hasta la entrada.

Miré el reloj y vi que eran las cinco. Zack no debería de tardar mucho más. Habían salido muy temprano aquella mañana, aunque lo más probable es que hubieran hecho unas cuantas paradas.

Mientras Jenna se resguardaba con la pequeña del frío, Nana me hizo el favor de echarle un ojo a Andy. Entre Lion y yo metimos en la casa el resto de las maletas y bártulos que habíamos llevado. Parecía que nos habíamos ido para un mes y solo íbamos a estar tres días.

Al entrar en la casa, el olor a madera y a leña me inundó. Me adentré en el salón amplio y diáfano bajando los tres escalones que llevaban a una zona con sofás colocados en semicírculo frente a una chimenea imponente. A ambos lados de esta, dos inmensos ventanales dejaban ver el lago Tahoe en todo su esplendor.

Me acerqué a la puerta corredera, que estaba cerrada, y, al abrirla, la brisa gélida me removió el cabello.

Las vistas eran un sueño. Me quedé prendada de la imagen de postal que tenía ante mis ojos. No tardaría en hacerse de noche, y el ruido de los pájaros y el susurrar del viento me relajó el ritmo cardiaco al instante. Había echado de menos la naturaleza. Los últimos meses todo había sido ciudad, Nueva York y nada de vegetación.

Allí el entorno era de un verde intenso, y la primera nevada había dejado un paisaje espectacular.

—Bonito, ¿verdad? —preguntó mi amiga detrás de mí en apenas un susurro.

June dormía contra su pecho, bien colocada en la sillita de porteo. Sus ricitos de color café eran diminutos y le coronaban la cabecita de una manera adorable.

—Increíble —dije sin palabras.

—Hacía mucho que no venía, se me había olvidado lo hermoso que es —dijo admirando las vistas igual que yo—. Mi padre vino con Lion hace un año y se pasaron cinco días pescando y haciendo barbacoas… Me dijo que se había convertido en su lugar favorito y por eso quise traerlo por su cumple. Está emocionado —añadió mientras lo veíamos coger troncos de leña y tirarlos en la carretilla para poder encender la chimenea del salón.

—Intentaré acostar a June en el dormitorio y luego podemos decidir qué pedimos para cenar.

Asentí y alguien diminuto me abrazó entonces la rodilla.

Andy me tiró los brazos para que lo cogiera. Venía todo mojado después de haberse revolcado en la nieve, y sus mejillas estaban rojas del frío.

—¿Te gusta? —le pregunté mientras le colocaba bien el gorro de lana.

—SÍÍÍÍÍÍ —contestó lleno de alegría.

Sonreí.

—Pues ahora hay que darse un baño caliente y cenar para que mañana estés lleno de energía para hacer un muñeco de nieve —dije entrando en la casa, pues temía que cogiera un resfriado. Al muy bruto se le había metido nieve hasta en el pañal.

—¿Un muñeco de nieve? —preguntó abriendo mucho los ojos.

Asentí mientras le daba un achuchón y un beso en la mejilla. A veces tenía que controlarme, pero era tan adorable...

Justo cuando iba a coger la maleta de Andy para adjudicarnos una habitación, escuchamos el claxon.

Zack acababa de llegar.

Salí fuera para recibirlo y Andy y Eve corrieron a abrazarse como dos mejores amigos.

Le sonreí a Zack, que le echó un vistazo a la casa mientras soltaba un silbido de asombro.

—Madre mía... Cuando dijo que era una cabaña, me imaginé una cabaña literal.

—Eso es que aún te queda mucha Jenna por conocer —dije bajando los escalones, y lo recibí con un abrazo.

Cuando nos separamos, me miró sonriendo y sus ojos marrones desprendieron un brillo especial.

—¿Qué se sentirá al tener tanto y todo esto a tu disposición? —dijo volviendo a centrarse en la casa, y luego en mí.

Lo entendía... Yo había pasado por ahí y, aun así, años después, me costaba acostumbrarme a tantísimos lujos.

Lo ayudé a cargar con sus maletas mientras Andy y Eve correteaban a nuestro alrededor tirándose bolas de nieve. Con Andy debía tener mil ojos porque, a pesar de que había empezado a andar hacía ya un año, el pobre aún era un poco patoso. Eve, en cambio, corría y saltaba con una destreza envidiable.

Zack saludó a Lion y se ofreció a ayudarlo con el fuego.

—Zack, ¿quieres que la bañe con Andy? —le pregunté refiriéndome a Eve.

Zack asintió y me indicó en qué maleta estaba su pijama.

Los dos niños estaban como locos el uno con el otro y, cuando los metí a ambos en la bañera, se pusieron a jugar y a reírse a carcajadas.

Jenna apareció por el baño un ratito después con June aún en el portabebés.

—¿No se ha quedado en la cuna?

—No ha habido manera, esta niña quiere ser mi pegatina —respondió sentándose con cuidado en el váter y sonriendo ante las risas de los niños—. Estos dos están como una cabra… —dijo, y ambas nos empezamos a reír contagiándonos de sus carcajadas infantiles. Eso tenían los niños…, que reían sin más, porque eran felices con muy muy poco.

—En un par de añitos, esta renacuaja de aquí será quien se bañe con Andy y se ría como una loca —dijo Jenna besando la cabecita de su hija con ternura.

Los dejamos jugar un rato con el agua y luego me puse a bañarlos. Eve llevaba dos trenzas, por lo que tuve que destrenzarle el pelo con cuidado de no darle tirones.

—Tú eres la mamá de Andy, ¿verdad? —preguntó entonces la niña.

Sonreí.

—Así es, sí —dije creyendo que eso ya estaba claro.

Eve miró a Jenna con curiosidad.

—Y tú eres la mamá de June, ¿no? —preguntó.

Mi amiga asintió.

Eve me buscó con sus enormes ojos azules.

—¿Tú vas a ser mi nueva mamá? —preguntó entonces.

Jenna me lanzó una mirada divertida.

—Esta niña tiene un cacao…

—No, Eve, yo soy amiga de tu papá, como Jenna y como Lion.

—Entonces ¿yo no tengo mamá? —preguntó.

El corazón se me encogió un poquito al fijar mis ojos en aquella dulce niña, tan bonita y llena de vida. Era una lástima que no hubiese podido conocer a su madre.

—Tienes un papá que te quiere mucho —dije yo intentando que no se me notara lo triste que me ponía hablar con una niña pequeña sobre la ausencia de su madre.

—No es lo mismo… —dijo cabizbaja.

Andy entonces la salpicó con el agua y la niña volvió a distraerse.

Jenna me miró antes de levantarse y salir del baño.

—A veces hay que recordar lo afortunados que somos, ¿verdad? —me comentó, y asentí con el corazón en un puño.

Los bañé a ambos y me aseguré de secarlos bien antes de ponerles los pijamas. Ese era mi momento favorito del día, cuando bañaba a Andy, lo perfumaba y le ponía su pijama calentito. Los cogí a ambos de la mano y, cuando bajamos al salón, vi que Zack y Lion trajinaban en la cocina.

—Estamos haciendo sopa, acatando las órdenes de tu querida amiga Jenna —dijo Lion con cara de pocos amigos—. Yo quería un buen filete.

—Qué rica la sopa —dije yo, y lo cierto es que me apetecía muchísimo. Tenía el cuerpo un poco cortado por el frío y la casa estaba tardando en calentarse.

Al menos la chimenea estaba encendida.

Los niños corrieron a tirarse en la alfombra que había frente al fuego y me aseguré de que estuviese puesto el protector antes de acercarme a la cocina.

—El domingo por tu cumpleaños podríamos hacer una barbacoa de esas que tanto te gustan —dijo Jenna sentándose en una de las banquetas que había frente a la isla, observando a los chicos, que pelaban y cortaban verduras para el caldo.

—Tendremos que ir al súper —dijo Lion mirando a Zack.

—Sin problema —contestó este, y luego me guiñó un ojo.

Sonreí.

Todos estábamos de buen humor y lo cierto era que estar allí era un sueño.

Sentí pena por Nick… Este tipo de planes eran de sus favoritos, y perderse el cumpleaños de su mejor amigo cuando todos estábamos aquí celebrándolo…

Miré el móvil y vi que no tenía ningún mensaje suyo desde el día anterior.

—¿Sabes algo de Nick? —me preguntó Jenna viendo que me quedaba mirando el móvil más de la cuenta.

—No desde ayer… Qué pena que no haya podido venir —dije guardándome el teléfono en el vaquero.

—¿No ha habido ninguna mejoría con respecto a que le dejen viajar? —preguntó Zack con curiosidad.

—No por ahora… ¡Y es una mierda! Se está perdiendo tantas cosas… —dije mirando a nuestro hijo, que crecía a pasos agigantados.

—Estos asuntos pueden llevar meses…, incluso años —dijo entonces Zack, lo que me causó una angustia horrible. ¿Meses? ¿Años?—. Deberíais ir pensando un plan B.

Jenna lo miró un tanto sorprendida.

—Zack, no digas eso… Se solucionará, Noah. Nick tiene los mejores abogados del país —dijo censurando a nuestro amigo con la mirada.

—Hablé con él y lo que más le ha perjudicado ahora mismo ha sido la denuncia esa del supermercado —dijo entonces Lion—. Estaba intentando convencer a quien la puso de que la retirara.

—¿Si la retiran podría viajar? —dijo entonces Jenna.

—Eso me dijo Nick.

Los niños entonces empezaron a llamarnos para que les pusiéramos una película.

Me alejé de la cocina y los senté a ambos en el sofá con una manta encima. Les puse *Toy Story* y, unos cuarenta minutos después, estábamos todos sentados sobre la alfombra del salón, cenando la sopa que habían hecho los chicos.

Andy y Eve se habían quedado dormidísimos después de cenar, por lo que los acostamos en la habitación para que no se despertaran.

June hacía rato que dormía en su habitación con Nana cuidando de ella, así que propusimos irnos a dormir después de recoger las cosas de la cena.

—Oye, ¿y el jacuzzi? —preguntó entonces Zack, y añadió emocionado—: Sueño con él desde que nos lo dijiste, Jenna.

—¿Abrimos una botella de vino y aprovechamos que los niños duermen? —propuso Lion.

No me moría de ganas de salir a cero grados a meterme en un jacuzzi, pero los chicos parecían emocionados.

Jenna me miró igual de entusiasmada y con ojos suplicantes.

—Venga, Noah, será genial… —dijo, y no me quedó otra que unirme al plan—. Yo no puedo beber vino, pero os observaré con envidia —añadió recordándonos que aún daba el pecho y no podía beber alcohol.

—¡Nos vemos fuera en cinco minutos! —avisó Lion, y cada uno nos fuimos a nuestra habitación a cambiarnos.

Cogí el biquini que me había traído y recordé que era uno de los favoritos de Nick. Tenía dos tiras a ambos lados de la cadera y recordé que, arrodillado frente a mí y con mucha parsimonia, me lo había desabrochado con los dientes en la luna de miel.

Hacia tanto que no nos acostábamos que por un instante me permití fantasear recordando aquel encuentro excitante en las playas de Mykonos.

Mi cuerpo vibró con los recuerdos.

Volví a coger el móvil y casi lo llamo solo para oír su voz. Sin embargo, al ver que aún seguía sin contestarme, lo dejé sobre la cama, decepcionada, y me envolví en la toalla. Echaba mucho de menos la conexión física con Nick, sentirlo, tocarlo, besarlo… Salí del dormitorio con una tristeza en el pecho que me enturbió bastante el estado de ánimo.

Antes de juntarme con los demás, pasé a ver si los niños estaban bien y me llevé el aparatito con la cámara. Ambos dormían como troncos después de un día entero de viaje.

Me encontré con Zack frente a la puerta que daba al porche de fuera.

Parecía estar armándose de valor para salir.

—Ahora ya no parece tan buena idea, ¿a que no? —le dije tiritando, ya que, aunque la casa ya estaba bastante calentita, no estaba el ambiente como para ir descalza y en biquini.

—¿Contamos hasta tres? —preguntó él, y me reí.

—Vale —dije nerviosa—. ¡Uno, dos…!

—¡Tres! —gritamos juntos, y salimos corriendo en dirección al jacuzzi.

El suelo estaba congelado, pero el jacuzzi no estaba lejos.

Zack me cogió de la mano para ayudarme a subir y, en cuanto nos metimos, ambos soltamos un suspiro de alivio y consuelo.

—¡Está supercalentita! —dije, pues me sentía en la gloria.

Zack sonrió mirándome con diversión… y algo más.

No sé si fueron imaginaciones mías, pero pareció como si sus ojos me hicieran un repaso rápido.

—Ese biquini te queda increíble —dijo corroborando que no habían sido imaginaciones mías, y me hizo sentir un poco incómoda.

—Gracias… Es el favorito de Nick —le contesté alejándome un poco de él con la excusa de centrarme en las vistas del lago. Eran espectaculares y las estrellas se veían increíbles al haber luna creciente.

—No me extraña —insistió él y, cuando lo miré con cara de pocos amigos, se rio—. ¿Qué pasa? —dijo mirando también las vistas—. Tengo ojos, Noah, y tú estás increíble.

Justo entonces aparecieron Lion y Jenna, así que no pude decirle a Zack que aquel comentario estaba totalmente fuera de lugar. Lo había dicho como si nada, como si fuese un cumplido sin más... Puede que lo fuera y yo estuviese dándole demasiadas vueltas... Tal vez los celos de Nick me hacían que estuviese más en guardia de lo que lo estaría con un amigo que me dice que soy guapa.

—¡Dejadnos hueco, cabrones! —gritó entonces Lion, congelado de frío y metiéndose en el agua. Soltó el mismo suspiro de alivio que habíamos soltado nosotros unos segundos antes.

Jenna se colocó a mi lado y apoyó la cabeza en el bordillo.

—Esto es la gloria —dijo sumergiéndose en el agua calentita—. Siento como si no me mereciese estar tan relajada —dijo unos minutos después, cerrando los ojos.

Entonces, Lion la agarró del pie y la hizo hundirse, cabeza incluida. Al salir, ella empezó a tirarle agua enfadada y el otro la cogió por las muñecas y la atrajo hacia él para plantarle un señor beso en los labios.

Zack intercambió una mirada divertida conmigo y volví a sentirme incómoda.

Lion y Jenna se separaron, pero se quedaron acurrucados el uno junto al otro mientras Lion le susurraba cosas al oído y Jenna se reía.

Lo cierto es que el lugar era de lo más romántico, y no pude evitar preguntarme si había actuado correctamente metiéndome en un jacuzzi... Con amigos, sí, pero Zack parecía empezar a creerse algo que no era.

—Oye, ¿y el vino? —dijo entonces Lion.

Esa fue mi oportunidad.

—¡Yo voy a por él! —dije levantándome, y salí del agua como pude con cuidado de no matarme.

—Te acompaño —dijo Zack.

—No, no, de verdad, no hace falta —le dije, pero no me hizo caso y vino conmigo.

Me envolví en la toalla y corrí hacia la casa con Zack a mi lado.

Imaginaos mi cara cuando, al entrar, me encontré a Nick en la puerta, vestido con un abrigo de plumas, el pelo húmedo despeinado y una bolsa de viaje en la mano.

Me detuve en seco y casi me resbalo. Zack me cogió de la cintura para evitar que me cayera y los ojos de Nick viajaron por todo mi cuerpo, apenas cubierto por la toalla, hasta fijarse en las manos de nuestro vecino y el lugar donde estas estaban colocadas.

Pero nada de eso me importaba.

¡Nick estaba allí!

31

NICK

Mis ojos se clavaron como dardos venenosos en las manos de aquel capullo cuando vi que las había plantado sobre las caderas desnudas y mojadas de mi mujer.

Noah iba en biquini, medio cubierta con una toalla, y el idiota que estaba detrás de ella no vestía más que un bañador de rayas azul y blanco.

Mi cerebro casi cortocircuita y mil combinaciones peligrosas de lo que podrían haber estado haciendo esos dos se me pasaron por la mente, pero las detuve en seco. Frené de manera casi automática mis pensamientos intrusivos.

«Para, piensa y actúa», me recordé.

Esas tres palabras habían sido las que mi psicóloga había intentado tatuarme en la mente para evitarme problemas y frenar mi carácter explosivo.

No siempre conseguía aplicarlas, pero aquella vez hice un esfuerzo sobrehumano por no dar tres zancadas y arrancarle las manos a ese individuo, para mantenerlas alejadas de mi mujer.

Me centré en Noah.

Joder, llevaba un mes entero sin verla.

Por un momento, dudé sobre cómo me recibiría, ya que no estábamos bien. No habíamos sido nosotros mismos las últimas semanas y no tenía ni la menor idea de cómo iba a reaccionar ante mi llegada. No le había cogido el móvil ni contestado a los mensajes porque había querido darle una sorpresa.

Pero entonces vi que los ojos se le iluminaron como dos luciérnagas en mitad de una noche cerrada y todo lo demás pareció desvanecerse.

Noah se alejó corriendo del vecino y voló hacia mí como si el que acabara de llegar fuese el mismísimo Papá Noel y no la versión taciturna de su marido celoso.

Solté la bolsa de viaje que cargaba en una mano y la sostuve cuando saltó para abrazarme y rodearme el cuello con sus brazos. Incluso me mojó la camisa.

De verdad que fue como si volviese a respirar.

Cerré los ojos estrechándola con fuerza contra mí. Enterré la nariz en su cuello y aspiré el aroma de su piel como si fuese el alimento que necesitaba mi cuerpo para darme energía, como si yo fuese una planta y ella el sol que me alimentaba.

Noah no me soltaba, y esbocé una sonrisa verdadera al comprobar que, pasara lo que pasase entre nosotros, ella siempre me abrazaría como si fuese lo más importante de su vida.

La bajé al suelo y ahí fue cuando mis ojos se cruzaron con los del vecino.

No fue ni un segundo lo que tardó en cambiar su mirada fría por una sonrisa falsa cuando vio que le prestaba atención.

—¿Te han dejado salir, Nick? —preguntó, y no pude ignorar que su pregunta parecía estar formulada como si hubiese estado en la cárcel.

Miré a Noah, que me buscó ilusionada y con mil preguntas en la cara.

—He conseguido que retiraran la denuncia del supermercado —le dije solo a ella.

A Noah se le iluminó la mirada con alivio.

—¡Nick, eso es estupendo!

Sonreí y volví a abrazarla con fuerza.

Percibí el frío que tenía y, cuando me aparté de ella, pero sin apartar los ojos del vecino, me quité el abrigo que llevaba y se lo coloqué sobre los hombros.

Noah agarró el abrigo con fuerza cubriéndose con él y aspirando mi aroma, como acababa de hacer yo en su cuello un instante antes.

—Has llegado en el mejor momento, Nick. Íbamos a abrir una botella de vino —dijo Zack dándonos la espalda y encaminándose hacia la cocina.

—¿Y Jenna y Lion? —pregunté mirando a Noah. No podía evitar ignorar a ese capullo.

—Están fuera —dijo ella—. ¿Te has traído bañador? —preguntó emocionada.

—Por supuesto —dije justo cuando Zack volvió con la botella en una mano y las copas en otra.

—¿Me ayudas, Noah? —dijo mirándola solo a ella.

Ella fue a asentir, pero la cogí de la mano y tiré de ella hacia el pasillo donde sabía que estaban las habitaciones.

—Ahora vamos, Zack, tú espera en el jacuzzi —dije cogiendo la bolsa de viaje con la otra mano y sujetando a mi esposa para que me acompañara.

Noah no le dirigió ni un segundo de su atención a Zack, por lo que no vio que la sonrisa se le congelaba un poco cuando le dimos la espalda y nos encaminamos hacia el dormitorio.

Nada más entrar en la habitación, dejé todos los trastos y arrinconé a mi mujer contra la puerta. Mis manos jamás imaginaron encontrarse con su piel desnuda al llegar a la casa, y mis ojos recorrieron su cuerpo escultural con un deseo que se avivaba a cada segundo que pasaba. No podía creer que ese imbécil hubiese sido quien había estado disfrutando de su compañía, de su atractivo, de lo hermosa que era…

Subí las manos hasta cogerle las mejillas y le planté un beso que nos dejó a ambos sin aliento.

—Te he echado de menos, Pecas, no sabes cuánto —dije pasándole los dedos por sus labios y deseando comérmela a besos. Me apreté contra ella y, cuando me separé un poco para respirar, las mejillas se le habían sonrosado de esa forma tan endemoniadamente tierna y sensual.

Noah se mordió el labio sin ser consciente de las ganas que me provocaba querer hacer lo mismo.

Me aparté un paso de ella y me fijé en las pintas que llevaba: bañador amarillo con abrigo de plumas y pies descalzos.

—Estás muy graciosa, Pecas —me reí, deseando encerrarme con ella en esa habitación y no salir en varios días.

Noah sonrió.

—En la casa hace frío.

Volví a acercarme y le besé la punta de la nariz.

—Conmigo aquí ya no vas a pasar frío, eso te lo aseguro —dije dejando una promesa oculta en mis palabras.

Noah sonrió de lado y me volví a inclinar para morderle el labio inferior, sintiendo cómo mi cuerpo se endurecía.

Noah tiró de mí y volvimos a besarnos. Su lengua entró en mi boca y supe que me necesitaba de la misma forma que yo a ella.

Dejé que jugara con mi lengua mientras mis dedos bajaban por su cintura y se dirigían a su espalda. La levanté en volandas por el culo y la aprisioné contra la pared.

La tenía tan dura que me apreté contra ella para que sintiera lo mucho que me atraía, lo mucho que me ponía solo con tocarla, con verla.

—Nick… —susurró contra mi boca cuando mi mano derecha fue en busca del centro de su anatomía. Aparté la tela del biquini y dejé que mis dedos se encontraran con la humedad de su excitación.

—Joder —dije, y me volvió loco la facilidad con la que pude penetrarla con los dedos. La acaricié despacio, tocando sus paredes interiores y deseando enterrar la boca entre sus pliegues para saborear lo que solo yo sabía que podía provocar.

Noah dejó caer la cabeza hacia atrás y tuve que cambiar de postura para poder hacer bien mi trabajo. Volví a colocarla sobre el suelo y me arrodillé.

La miré desde mi posición favorita.

Arrodillado ante ella, ese era mi lugar. Esa era mi fantasía. Esa era nuestra jerarquía y siempre lo sería.

—Deja que te saboree, Noah —le pedí mientras tiraba de los lazos del biquini en una necesidad desesperada de mojarme la boca con su excitación.

Cuando la tuve desnuda de cintura para abajo, ella me enredó la mano en el pelo y me marcó la dirección con la respiración acelerada.

Cuando mi boca se encontró con ese manjar, casi me corro allí mismo.

Mis manos la sujetaron con fuerza mientras saboreaba aquella parte de su cuerpo como si fuese mi postre favorito. Estaba tan suave y mojada que me entretuve todo lo que ella me permitió. Se retorció bajo mis caricias obligándome a anclarla contra la puerta con las manos. Me la comí entera disfrutando de cada lametazo y de cada respuesta de su cuerpo ante mi intrusiva necesidad de volverla completamente loca.

—Nick… ¡Nick! —gritó, y sonreí orgulloso cuando se corrió en mi boca temblando contra mí.

Recogí toda su humedad con la lengua y seguí saboreándola. Solo quería regalarle otro orgasmo más, me lo decía todo su cuerpo, y eso pensaba hacer…, colmarla de orgasmos. Uno por cada día que habíamos estado separados.

Me puse de pie y busqué su boca con la mía mientras introducía mis dedos en su interior y empezaba a moverlos como sabía que a ella le gustaba.

Se volvió loca.

Yo la volví loca a la vez que mi polla dura palpitaba contra el vaquero que llevaba puesto.

Me la tuve que recolocar, pero seguí besándola y tocándola como debería haber hecho el día que vino a Nueva York. Si hubiese sabido que pasarían otras cuatro semanas sin verla, me la habría follado contra el sofá o en el suelo o en la cama. Me daba igual, pero no debería haber tardado tanto tiempo en escuchar cómo sus labios susurraban mi nombre cuando gritaba de placer.

El segundo orgasmo no tardó en llegar, y me sujetó la mano para que me detuviera mientras temblaba como una hoja.

—Otro más, Noah —dije mordiéndole el lóbulo de la oreja y haciéndola estremecer—. Deja que te regale otro.

—Nos… Nos están esperando, Nick —dijo levantando la cabeza para poder mirarme a los ojos.

Mi sonrisa más lobuna apareció en mi semblante.

—Pues que esperen —dije, encantado con la idea de que el gilipollas del vecino entendiera perfectamente qué habíamos estado haciendo para tardar tanto en volver con ellos.

—Luego…, luego podemos seguir —dijo sujetándose a mis brazos con fuerza.

Volví a sonreír.

—Luego vamos a seguir, amor —la corregí, ya que no había otra opción. La haría mía, una, dos, tres veces hasta quitarme el último mes de mierda de encima.

—Me tiemblan las piernas —dijo, aún sujetándose a mí.

—Vale, vamos a ese jacuzzi a que te relajes… —accedí.

La besé de nuevo y tuve que armarme de todo mi autocontrol para no hacerle el amor allí mismo. Quería enterrarme en su interior y no detenerme en horas, pero Noah por fin se recuperó y, mientras volvía a colocarse el biquini, yo fui a buscar mi bañador.

Tardé un rato en poder controlar mi excitación y tuve que utilizar todas las técnicas de relajación para que se me bajara y poder salir de la habitación.

—¿Dónde está Andy? —pregunté cuando abrimos la puerta del dormitorio.

Noah me hizo señas para que hablara bajo y me llevó hasta la habitación de enfrente.

Allí, en una cama que compartía con la niña del vecino, se encontraba mi hijo dormido y espatarrado de cualquier manera.

El chupete se le había caído al lado de la cara y tenía los mofletes rojos como dos manzanas.

Estaba enorme. Cada día se hacía más grande y dejaba atrás los rasgos de bebé para ir adoptando los de un niño.

—Lo echo tanto de menos, Noah —dije inclinándome para darle un beso en la frente a mi hijo y aspirar ese olorcito que solo él poseía.

—Y nosotros a ti, Nick —dijo ella abrazándome con fuerza.

Salimos de la habitación y, de la mano, fuimos hacia la parte trasera de la casa.

Allí estaban mis dos mejores amigos… y el vecino.

—¡Cómo tardas tanto en venir a saludarnos, hermano! —dijo Lion poniéndose de pie mientras el agua que entraba en contacto con el frío creaba una película de vapor a su alrededor.

Jenna sonrió feliz al vernos llegar.

—¿Qué habéis estado haciendooo? —soltó mi mejor amiga, y sonreí divertido mientras entrábamos al jacuzzi y nos sentábamos junto a ellos. Tiré de Noah para que se colocara encima de mí y le besé el cuello con posesión.

—¡Jenna! —contestó Noah, censurando a su amiga, y esta solo pudo reírse y levantar la copa que tenía en las manos.

—No sé cómo te las has apañado para estar aquí, Nick, pero brindo por eso y por la sonrisita que le has puesto a Noah en la cara, porque estoy segura de que tiene que ver con algún trabajito de los tuyos, de esos en los que sacas sobresaliente.

Lion y Jenna se rieron, mientras que Noah escondía la cara bajo el agua muerta de vergüenza.

Me fijé en el vecino.

Sonrió, pero sus ojos decían algo muy distinto.

—¿No tenías a nadie a quien traerte, Zack? —pregunté mirándolo fijamente—. ¿Ninguna chica guapa a la que invitar a una escapada romántica al lago?

El aludido me devolvió la sonrisa.

—Jamás hubiese traído a otra chica sabiendo que Noah iba a estar sola. La idea era que esto iba a ser una escapada de amigos.

Asentí en silencio fulminándolo por dentro.

—Y ahora se ha convertido en una escapada de gente casada… Lo siento, tío —dije llevándome la copa de vino a los labios.

Zack sonrió sin dejarse intimidar y eso me jodió más que cualquier otra cosa.

—Siempre podría intentarlo con la niñera de Jenna —soltó de broma, y todos se rieron.

Todos menos yo.

No pensaba reírle las gracias a ese capullo.

—¿Ahora tenéis niñera? —le pregunté a Jenna.

—Tenemos más años de vida —especificó Lion—. Mañana la conocerás, está descansando después del viaje de los horrores.

Noah me miró y sonrió. Le robé un beso antes de que me explicara qué había ocurrido.

—Los niños han estado algo revoltosos durante el camino.

—Me imagino… Tres críos, un avión y un solo coche… —Miré a Lion—. ¿En qué estabas penando? ¿Cómo habéis entrado todos?

—Zack ha venido con el suyo —dijo Noah.

Miré al vecino con cara de incredulidad.

—¿No has venido en avión? —pregunté.

—Quería disfrutar del paisaje —dijo escueto, desviando la mirada hacia el lago y llevándose la copa a los labios.

—¿Cuánto has tardado? Son unas diez horas por lo menos, ¿no? —dije dirigiéndome a Jenna.

Noah pareció sorprendida.

—¿Tanto? —dijo con los ojos muy abiertos.

—Está bastante lejos de Los Ángeles…

—Hemos ido haciendo paradas —explicó Zack otra vez evitando cruzar miradas con nadie.

Estaba incómodo.

Lo percibía.

—¿No te gustan los aviones? —pregunté.

Zack volvió a mirarme.

—No mucho —admitió.

Asentí con la cabeza.

—Es complicado cuando dejamos que los miedos nos limiten. Si quieres, puedo pasarte el contacto de un cursillo para perder miedo a volar… La hija de mi secretaria, una chiquilla, lo hizo y ahora siempre va volando a los sitios.

Zack sonrió mientras clavaba los ojos en los míos, consciente de mis claras intenciones.

Sonreí en mi fuero interno.

—En realidad no es que tenga miedo —aclaró—, pero tuve que llevar el ataúd de mi mujer en avión para que sus padres pudiesen enterrarla donde nació y fue una experiencia de lo más traumática. Volar me lo recuerda y, desde entonces, procuro evitarlo.

Se hizo un silencio entre todos los que estábamos allí, interrumpido por el ruido de los chorros del jacuzzi al repiquetear el agua contra nuestros cuerpos.

Noah se alejó de mí y se colocó a su lado.

—Cuánto lo siento, Zack —dijo ella, y este aprovechó para darle un abrazo.

Apreté la mandíbula con fuerza cuando vi que el pecho de mi mujer se apretaba contra el torso desnudo de ese imbécil.

—Gracias, Noah… Lo cierto es que el camino se me ha hecho largo… Yo solo con la niña y diez horas de coche… —soltó entonces riéndose de forma amarga e intentando dar pena.

Miré a Jenna y a Lion.

Los tenía a todos en el bote.

Noah lo miró y luego dirigió los ojos hacia mí y luego hacia él otra vez.

—Yo podría acompañarte a la vuelta, Zack, no me importaría.

Todo mi cuerpo se tensó casi al instante.

Zack me observó antes de dirigirse a Noah.

Me hubiese gustado gritarle a los cuatro vientos que NI DE PUTA COÑA.

—No te preocupes, Noah. Seguro que tu marido está deseando pasar hasta el último segundo contigo, ¿verdad, Nick?

Noah volvió a mirarme. Frunció el ceño y luego volvió a dirigirse a Zack con cariño.

—Ya lo hablaremos luego.

Me estiré sobre el agua para coger a Noah del brazo y atraerla de nuevo hacia mí.

—No soporto estar ni medio palmo lejos de ti —le dije alto y claro delante de todos.

Noah se sonrojó y volvió conmigo, aunque percibí que su actitud ya no era tan receptiva como antes.

—Oye, ¿a qué vienen esas caras tristes? —dijo entonces Zack de buen humor, y ahí pude entrever por qué los tenía a todos hipnotizados… El tío poseía un carisma que flipas y lo usaba para su beneficio—. ¿Por qué no jugamos a un juego?

—¡Sí, un juego! —dijo Jenna sumándose a la propuesta al instante—. Por favor, uno de beber, así me reiré de todos vosotros mientras os emborracháis.

—No sé… —empecé diciendo.

No me apetecía jugar a nada, solo me apetecía enterrarme en el cuerpo de mi mujer y cerrar la puerta durante horas.

—¡Venga, vamos a jugar! —dijo Noah.

—¿Verdad o reto? —propuso Lion.

—Es como volver al instituto —comentó Zack fingiendo que le hacía ilusión.

—Yo paso —dije entonces tajante. Esos juegos siempre terminaban igual, con peticiones estúpidas y verdades embarazosas.

—¡Venga ya, Nick! ¡Será como en los viejos tiempos! —dijo Noah emocionada.

—Eso, Nick, no seas cobarde —añadió Zack de forma fulminante.

Os juro que iba a hundir a ese capullo hasta dejarlo inconsciente.

—Está bien —acepté mirando a Noah, que me sonrió agradecida.

—Venga, Nick, empiezas —dijo Jenna—. ¿Verdad o reto?

Hice como que me lo pensaba.

—Verdad —contesté.

No me apetecía tener que ponerme a dar saltos a la pata coja ni moverme de donde estaba, básicamente.

Jenna sonrió con picardía.

—¿Qué habéis hecho Noah y tú antes de venir aquí? —preguntó.

Fui a abrir la boca, pero mi mujer me la cubrió con la mano para impedirme hablar.

Todos se rieron…, aunque alguien con menos entusiasmo.

Luché con Noah haciéndole cosquillas para que me soltara.

—Literalmente le…

—¡Nick, para! —gritó Noah muerta de la vergüenza.

Me reí.

—¡Vale, vale! —dije tirando de ella para darle un beso tranquilizador—. Solo diré que le he hecho un regalo bastante satisfactorio… Bueno, en realidad han sido dos —especifiqué.

Noah se tapó con las dos manos la cara para ocultar lo colorada que acababa de ponerse.

Lion silbó, Jenna aplaudió y Zack sonrió antes de llevarse la copa de vino a los labios.

—Solo se bebe cuando no se cumple con la prueba, Zack —le recordé.

Este asintió sonriendo de manera aún más pronunciada y se alejó la copa de los labios.

—Nick, ¿a quién retas? —me preguntó Jenna.

Miré a todos y procuré tener la fiesta en paz.

—Noah —dije, mirándola embobado con lo bonita que era, y le pregunté—: ¿Verdad o reto, cariño?

Noah me miró levantando una ceja.

Ya se había puesto en modo competitivo.

—Reto, por supuesto —dijo sonriendo.

Le devolví la sonrisa sin apartar los ojos de ella.

—Dame un beso con lengua.

—¡Nick! —me reprendieron Noah y Jenna a la vez.

—Eso es superfácil —exclamó Lion decepcionado—. Con Noah podrías haber pedido de todo, tío… Que le gane a un delincuente en una carrera de coches, que asista un parto, que te pegue a un puñetazo, que sobreviva a una persecución policial, que oculte un embarazo durante seis meses… Hasta podrías haberle pedido que robara un banco —añadió Lion, y todos nos reímos.

Zack pareció bastante sorprendido, pero me importaba una mierda que se sintiera fuera de lugar.

—¿A qué esperas, Pecas? —dije instándola a cumplir con mi reto sugerido.

Noah negó con la cabeza, pero se acercó a mí dándole la espalda al grupo y me besó justo como yo quería que lo hiciera.

Nuestras lenguas se enroscaron y la sujeté con firmeza de manera posesiva. Me volvía loco la forma tierna que a veces tenía de introducir su lengua en mi boca, como si siempre pidiera permiso. De hecho, ese beso se alejaba mucho del que nos habíamos dado en la habitación, cuando no había dudado, desesperada por sentirme dejando la decencia a un lado. Noah fue a apartarse, pero profundicé más el beso hasta que mi cuerpo volvió a calentarse.

Desde que había llegado, me había dedicado a torturar aquella parte favorita de mi anatomía.

Jenna y Lion silbaron y rieron hasta que Noah consiguió soltarse y respirar.

Nos miramos a los ojos, excitados.

—Vámonos de aquí —le susurré solo a ella.

Noah se rio, pero percibí que dudaba un poco.

—Lion, por Dios, reta a Noah a cambiarse de lugar. Estos dos no pueden sentarse juntos —dijo Jenna.

Su marido estuvo de acuerdo.

—Noah, cámbiate de lugar.

—Los cojones —dije yo cogiéndola por la cintura.

—Noah, ¿vas a perder un reto? —la picó Lion tentándola.

Ella lo miró y luego a mí.

—Cariño…

—No —dije tajante.

Todos se rieron.

—Volveré, no te preocupes —dijo dándome un pico rápido, y se sentó entre Zack y Jenna.

Mi semblante se enfrió en menos de dos segundos.

—Noah, ven aquí —le pedí cabreadísimo.

—¡Y luego plánchame la ropa y prepárame la cena! —soltó Zack riéndose.

Jenna y Lion se rieron, aunque me miraron un poco expectantes.

¿Este tío era gilipollas?

No pensaba entrar en su juego.

No pensaba entrar porque entonces nos quedaríamos sin vecino, y me daba pena la niña que dormía en ese instante con mi hijo.

—Qué gracioso eres, Zack —dije mirándolo muy serio—. Tal vez te vendría bien participar en el juego… ¿Qué prefieres, verdad o reto? —añadí mientras cogía la botella de vino y empezaba a rellenar las copas de todos.

—Reto, por supuesto —dijo muy seguro de sí mismo.

Lo miré divertido.

—Muy bien… —dije mientras pensaba cómo putearlo—. Debes decir tres razones por las que nuestras esposas tienen suerte de tenernos —dije echándome hacia atrás sin apartar los ojos de los suyos.

Me moría de ganas por que ese tío me piropeara.

Las chicas se rieron, Zack sonrió sosteniéndome la mirada y, sin titubear, se dirigió a Lion.

Primero lo miró divertido, pero luego su semblante pasó a ser más intenso, como si de verdad se tomase en serio el reto. Hasta su tono de voz cambió y captó la atención de todos, incluso la mía.

—Lion, tío, eres un hombre con un corazón que no te cabe en el pecho —empezó diciendo, y el aludido asintió con una sonrisa de agradecimiento—. June es muy afortunada de tenerte como padre, porque eres un padrazo de los pies a la cabeza y esa niña crecerá sintiendo que ha tenido al mejor padre del mundo —siguió, y a Jenna se le humedecieron los ojos—. Podría decir veinte cumplidos más, pero, como solo me queda uno, voy a destacar lo bonito que es ver que siempre estáis juntos sin soltaros de la mano. Sois un equipo increíble y se nota que os queréis, que la quieres, por encima de todo —terminó.

Las chicas parecían estar conteniendo el aliento, incluso Noah se llevó una mano al pecho con los ojos enternecidos por lo que acababa de escuchar.

—Gracias, tío —dijo de corazón.

Lion brindó por eso y luego se giró hacia Jenna para darle un beso en los labios.

Le sonreí a mi amigo y entonces Zack se volvió hacia mí.

Esto iba a ser interesante.

—Nick… —empezó, y se detuvo unos cuantos segundos de más en darle vueltas a qué decirme… Pensó durante tanto tiempo que empezó a ponerse incómodo. La sonrisa se me estaba congelando en la cara—. Estás cachas —dijo al fin sin más. No sonreí, pero levanté la copa siguiéndole el juego. Todos se rieron—. Está claro que billetes no te faltan, Noah siempre podrá ir vestida de marca a tu lado —agregó como segundo cumplido.

Me quedé quieto mirándolo fijamente.

—Te falta uno —dije instándolo a seguir, y hasta yo me di cuenta del tono gélido de mi voz.

Zack sonrió.

—Bueno, por la cara de tu mujer al salir de la habitación, está claro que sabes satisfacerla en menos de diez minutos. Enhorabuena, a algunos nos gusta hacer que dure un poco más.

Volvió a hacerse el silencio y Zack levantó la copa sin apartar los ojos de mí.

—Nick —dijo entonces Noah a modo de advertencia, buscando mi mirada desde el otro lado del jacuzzi. Entonces una voz femenina nos distrajo a todos y consiguió que mis pensamientos asesinos quedaran congelados.

—Siento interrumpir, Jenna, pero la niña tiene hambre —dijo la mujer que acababa de salir de la casa. Yo no la había visto en la vida, y entonces caí en que debía de ser la nueva niñera.

Jenna se puso de pie de inmediato.

—Demasiado bien estaba comportándose —dijo en un tono algo nervioso—. Tal vez sea hora de que nos vayamos a dormir —agregó, haciéndonos un barrido general a todos.

Lion se puso de pie también.

—Sí, creo que será lo mejor. Te acompaño, cariño —dijo, y ambos salieron del jacuzzi.

Noah no dejaba de mirarme.

Entonces Zack tomó la única decisión que podría librarlo de un puñetazo en el ojo.

—Yo también me voy a dormir —dijo mirando a Noah y luego a mí—. Ha sido divertido.

Salió del jacuzzi y nos quedamos solos.

La puerta del salón se cerró y se hizo el silencio.

Miré a Noah, que estaba sentada al otro lado, aún alejada de mí.

—Qué pedazo de amigo tienes —dije asintiendo con la cabeza—. Me hace muy feliz que de todo lo que le habrás contado de mí él solo se haya quedado con que estoy fuerte, tengo dinero y puedo follarte.

—Eso no es justo —dijo ella aún sin moverse—. No sé qué mosca le ha picado. Soy consciente de que se ha comportado como un imbécil, pero, Nick, no has dejado de fulminarlo con la mirada desde que has llegado. Parecíais dos perros peleándose por un mismo hueso.

—¿En este caso el hueso serías tú? —pregunté—. Yo no peleo por algo que ya es mío.

Noah se acercó a mí con cautela.

—Por favor, no quiero discutir —dijo y, cuando su cuerpo entró en contacto con el mío, bajé un poco todas las defensas—. Zack se ha comportado como un capullo y hablaré con él de esto…

—No quiero que hables con ese tío. ¡Le gustas, Noah! ¿No lo ves?

Se quedó callada y entonces todos mis miedos se despertaron de un plumazo.

—Ya lo sabías… —dije sin dar crédito.

Ella negó con la cabeza.

—Te juro que no, pero es cierto que desde ayer… Bueno…

—¿Ha hecho algo?

—¡No, no ha hecho nada! —se apresuró a decirme mientras sus manos se sujetaban a mis brazos en un intento absurdo por retenerme, aunque ¿qué iba a hacerle a ese imbécil? ¿Pegarle una paliza y echarlo a patadas?

Obviamente, no podía hacer eso, por muchas ganas que tuviera.

—Entonces ¿por qué no lo niegas?

—Simplemente me he dado cuenta de que tal vez me mire de forma distinta…

—Siempre te ha mirado de la misma manera, con deseo, solo que no has querido verlo y yo llevo diciéndotelo desde hace semanas…

—¡Yo no tengo la culpa de que le guste, Nick!

—No es solo que le gustes, ¡claro que le gustas! Cualquier tío con ojos que pase más de dos minutos contigo se quedaría prendado de ti. El problema es que no has sabido ponerle límites y ahora este imbécil se cree que puede hablarme como lo ha hecho, ¡avergonzándome delante de mis amigos y de ti!

—¡Pues no dejes que lo haga, Nicholas!

Fue a cogerme la cara con las manos, pero la giré rechazando su caricia.

—¿Por qué te muestras tan inseguro si sabes perfectamente que para mí no hay nadie en este mundo que pueda llegar a compararse contigo siquiera?

Decidí mirarla antes de hablar.

—Porque mi mayor miedo siempre ha sido perderte, Noah. Ya te perdí una vez y casi muero en el proceso, por eso no puedo evitar entrar en un bucle tóxico de autodestrucción e inseguridad que no me deja ni dormir cuando siento que alguien te acecha. Tengo pesadillas en las que me abandonas y me despierto gritando, porque no estás a mi lado. Y, cuando encima no lo estás de verdad porque nos separan seis horas de puto avión, las pesadillas se hacen realidad y así llevo dos putos meses, Noah. Y, cuando encima tengo que leer un artículo donde se verbalizan todos estos miedos y ese artículo va acompañado de una foto tuya abrazando a ese imbécil, y leo en palabras de otro mis propias pesadillas, todas mis inseguridades expuestas en un papel, me rompo en mil pedazos y no sé cómo salir de ahí.

Sentía que iba a explotar.

Me empezaron a temblar las manos y el corazón se me aceleró a un ritmo alarmante.

Miré a Noah y vi mi miedo reflejado en sus ojos.

—Nick…

Entonces, antes de que pudiera decir nada más, se inclinó y me besó, como queriendo contener con ese beso todos aquellos sentimientos y miedos que parecían querer salir de mi interior a modo de explosión.

32

NOAH

Jamás lo había visto de esa forma.

Estaba asustado.

Muy asustado, y eso me rompió el corazón.

Lo besé porque sabía que esa era la única manera de conseguir alejarlo de aquellos pensamientos.

No quería que se sintiera así. No quería que dudara de mí y, aunque el pasado había quedado ya muy atrás, me desgarró el corazón que nuestra ruptura aún siguiera torturándolo hoy en día.

Le coloqué la mano en el pecho y noté lo acelerado que estaba su corazón.

Me separé para asegurarme de que se encontraba bien. Tenía los ojos enrojecidos y fue como si me apretujaran el corazón hasta hacerlo sangrar.

—Nick... —dije con la voz rota.

Él negó con la cabeza, aferrándose a mis caderas con fuerza, como si en ese instante mi cuerpo fuese lo único que lo estaba manteniendo a flote.

—He... He vuelto a ver a Lidia —dijo entonces.

Era nuestra psicóloga de pareja. Habíamos empezado a ir justo después de lo que había sucedido con Briar y Michael, y también porque esta vez queríamos que lo nuestro funcionara.

Que Nick hubiese vuelto a ir a terapia significaba que no estaba bien... No estaba nada bien.

—¿Por qué no me lo habías dicho? —pregunté intentando que me mirara a los ojos, ya que por alguna razón parecía estar avergonzado.

—No quería preocuparte —admitió entonces, y le empujé el mentón con los dedos para que me mirara por fin, y lo hizo—. Con todo lo que está pasando no quería que pensases que era el débil o que no podías apoyarte en mí como siempre he querido que hicieras.

Lo miré incrédula.

—¿Cómo voy a pensar que eres débil por pedir ayuda, Nick? —le dije.

No daba crédito a cómo funcionaba su lógica, aunque podía entenderlo, en cierta manera. Hubo un momento de mi vida que él mismo me había instado a buscar ayuda psicológica… Algo que acabó muy pero que muy mal, aunque eso ya es otra historia. Sin embargo, también sentí que era débil por necesitarla. También sentí que algo iba mal dentro de mí por no poder solucionar mis movidas yo sola. Pero, en realidad, admitir que necesitas ayuda es lo más valiente del mundo.

—Se supone que yo soy quien debe cuidarte. Se supone que soy yo quien debe mantener a esta familia alejada de cualquier peligro…

—Pero ¡qué dices, Nick! —lo interrumpí—. Aquí no hay jerarquías. Tú y yo mantenemos a esta familia unida. Tú y yo luchamos para que todo salga bien, los dos juntos.

Nick me devolvió la mirada y vi en ella que no estaba del todo de acuerdo.

—Siempre has sido tú quien ha cuidado de todos, Noah, ¿te crees que no lo veo? ¿Te crees que no lo vi con tu madre o con tu padre? Eres así, amor. Quieres cuidar de todos y eso me enamora de ti, pero yo soy quien cuida de ti. Yo soy quien juró protegerte a ti y a nuestro hijo, y, si no lo hago, entonces es que he fracasado.

—Nick, escúchame —dije sujetándolo por las mejillas—. Esto no es una competición para ver quién cuida mejor al otro, lo hacemos lo mejor que podemos, ¿vale? Y, si nos equivocamos, nos perdonamos, porque eso hace la gente que se quiere.

—Cuando lo dices parece fácil, pero en realidad es una mierda, sobre todo cuando no estamos juntos.

Al decir eso me partió el alma. Si era sincera conmigo misma, era cierto que la separación nos estaba pasando factura. No habían sido nuestros mejores meses y esa maldita acusación nos estaba robando la paz por la que tanto habíamos luchado. Y quizá yo no se lo estaba poniendo fácil tampoco.

—Pero ya puedes viajar, ¿no? —pregunté esperanzada.

—Sí… Ya puedo viajar —dijo colocándome un mechón de pelo húmedo detrás de la oreja.

Dejé que mi frente se apoyara contra la suya y sus manos recorrieron mi espalda de arriba abajo.

—Entonces, de ahora en adelante, todo irá mejor e iremos superando los obstáculos uno a uno, ¿de acuerdo?

Nick asintió, aunque no muy convencido. Iba a ser complicado conseguir que se desprendiera de ese rol protector que siempre había tenido conmigo. ¡Por Dios! Incluso cuando me dejó siguió encargándose de mí… Me pagaba el alquiler y les preguntaba a Jenna y Lion si estaba bien, pero no podía seguir autoimponiéndose esa responsabilidad.

—¿Y qué hacemos con el vecino? —preguntó Nick, y una sombra oscura cruzó sus ojos azules.

—Yo me encargaré de Zack, ¿vale? Si no entiende cuáles son los límites, pues tendrá que dejar de ser mi amigo. No te preocupes por él, por favor, es inofensivo —dije, y a una parte muy en el fondo de mi ser le picó esa última palabra.

—Te mira como si fueses suya —soltó Nick apretando la mandíbula—. No lo puedo soportar —añadió cogiéndome del trasero y atrayéndome hacia él, luego pegó su entrepierna contra la mía y me hizo notar que empezaba a excitarse muy rápido.

Miré a mi alrededor.

Las luces de la casa estaban apagadas, no se oía ningún sonido más que el movimiento del agua.

—Si tan tuya soy, demuéstramelo, Nick —dije, dejándome caer contra su excitación y sintiendo que ambos nos estremecíamos ante el roce placentero de nuestros cuerpos.

Su mirada se volvió oscura, intensa y desesperadamente sexy.

—¿Aquí, Pecas? —preguntó inclinándose sobre mí y besando la piel que había justo sobre mi corazón acelerado—. ¿Tanto me necesitas que no puedes aguantar hasta llegar al dormitorio?

—Sí —respondí con la respiración acelerada.

Al decirlo, él colocó los dedos debajo del biquini y me hizo estremecer.

Su pulgar me acarició de manera superficial y resbalosa.

—El día que te toque y no estés así de mojada, me preocuparé.

Cerré los ojos dejándome caer un poquito hacia atrás cuando introdujo dos dedos en mi interior.

Solté un gritito entrecortado y me dejé guiar por él cuando me inclinó hasta que mi cabeza se apoyó en el otro lado del borde del jacuzzi. Nick se colocó ligeramente encima de mí para tener mejor ángulo y empezó a mover los dedos en mi interior provocándome oleadas intensas de placer.

Se me escapó un grito.

—Noah, nos van a oír —me reprendió, pero yo sabía que no lo decía en serio.

Me incorporé y fui hacia él para que me besara.

Entonces me detuvo sonriendo.

—Me gusta verte así de necesitada —dijo cogiéndome los brazos y obligándome a mantenerlos fijos en los costados—. ¿Tanto me has echado de menos?

—Nick —dije, intentando soltarme.

Negó con la cabeza, me sujetó las muñecas detrás de la espalda con una mano, me subió un poco por encima del nivel de agua y, con la otra mano que le quedaba libre, me soltó el sujetador del biquini dejando mis pechos al descubierto y expuestos frente a él.

Me miró con una sonrisa lobuna antes de inclinarse y llevarse un pezón a la boca.

Cerré los ojos muriéndome de placer cuando me dio un mordisquito y luego me besó justo encima de la marca que seguro que me había dejado con los dientes.

Me conocía bien, sabía perfectamente cómo volverme loca.

—Nick —le rogué de forma lastimera, pero me rechistó pidiéndome silencio.

Cuando tuvo suficiente con el pecho izquierdo, se fue al derecho y empezó la misma tortura, pero yo lo conocía… Estaba segura de que no podía resistirse a…

Mis brazos quedaron libres cuando sus dos manos me apretaron los pechos con fuerza y ahí aproveché la oportunidad.

Nos encontramos a medio camino, rodeados de agua y burbujas. Me besó como solo él sabía hacer. Me introdujo la lengua en la boca, danzando conmigo en un baile de lo más erótico y húmedo…

Le tiré de su bañador hasta que se lo quitó y pude sentir su miembro entre los dos.

Me cogió por las caderas y me obligó a sentarme sobre él.

—Joder —dijo cerrando los ojos cuando lo apreté un poco entre los dedos, entonces sentí lo duro y excitado que estaba.

—Quiero metérmela en la boca —solté sin ningún tipo de reparo o vergüenza.

Nick abrió los ojos excitado. Su miembro dio una ligera sacudida en mi mano y sonreí satisfecha al ver que yo también era capaz de provocar que se estremeciera de placer.

Fuera solo se escuchaba el ulular de los búhos, el ruido del agua y el susurro del viento contra las hojas de los árboles que nos rodeaban. Todo estaba oscuro, salvo por la luz celeste que iluminaba el jacuzzi, y me sentí como si estuviésemos haciendo algo prohibido.

Me gustó la sensación.

Me gustó demasiado.

Lo acaricié sin apartar los ojos de él.

—Siéntate en el bordillo —le pedí, y Nick solo dudó un segundo.

Hizo lo que le pedí y entonces tuve todo el acceso del mundo para hacer lo que deseaba en realidad.

Su miembro erecto parecía estar pidiendo a gritos que cumpliera con mi deseo y, cuando lo introduje en mi boca, mi cuerpo tembló de placer al igual que el de él.

—Dios… —dijo Nick echando la cabeza hacia atrás.

Abrí los ojos para no perderme detalle.

Tenía ante mí a un dios griego suspirando por mí. Sus abdominales endemoniadamente perfectos, su pelo húmedo despeinado apuntando en cualquier dirección, sus manos apoyadas contra el borde, sujetándose y marcando los bíceps que con tanta fuerza eran capaces de levantarme y sostenerme como si fuese una muñeca…

Subí y bajé la cabeza saboreándolo entero. Él me enredó la mano en el pelo para marcar el movimiento e instarme a ir más lento.

—Joder, Noah —suspiró abriendo los ojos y mirándome con un deseo irrefrenable, con un gozo que me excitaba más de lo que jamás admitiría en voz alta, pero él sí que lo confesó temblando en mi boca—. Me vas a matar…

Justo entonces empezó a nevar y en ese momento Nick decidió volver a meterse en el agua.

—Por mucho que me gustaría correrme en tu boca, quiero estar dentro de ti. Ahora mismo. Ven aquí —dijo ayudándome a colocarme encima de él.

Su miembro entró con tanta facilidad que me dio hasta vergüenza.

—¿Te gusta? —me preguntó mientras, sujetándome por las caderas, marcaba un movimiento que me estaba haciendo perder la cabeza—. ¿Te gusta cómo te follo?

Estábamos desatados, desesperados como si llevásemos una vida sin estar juntos.

Me moví más rápido buscando el roce, buscando ese placer que cada vez iba a más.

Nos volvimos a besar y lo hicimos de una forma que, al recordarlo, aún me hace sonrojar.

Había algo distinto en ese encuentro, algo que iba más allá del sexo o la necesidad casi enfermiza de fundirnos en uno… Había un anhelo, un deseo superlativo, una necesidad de gritar para buscar un desahogo que parecía no querer llegar porque ninguno de los dos quería que aquel momento acabase.

—Estoy temblando —susurré, apoyando la frente contra la suya. Ya no tenía fuerza para moverme y él se hizo cargo de que no nos detuviésemos.

—Vamos, amor —dijo pidiéndome lo que tanto deseaba—. Córrete para mí y grita como nunca lo has hecho.

Y con eso fue suficiente. Como si pincharan un globo y el aire fuese puro éxtasis que se liberaba hacia todas direcciones.

Y grité… Claro que grité, pero él me calló con su boca al mismo tiempo que también llegaba al éxtasis en un orgasmo inigualable e irrepetible, porque nunca más iba a pasar tanto tiempo sin sentirnos. Nunca más nos negaríamos lo que ambos necesitábamos como el agua o el oxígeno, porque nosotros… Joder, nosotros estábamos hechos el uno para el otro.

No sé ni cómo llegamos al dormitorio. Solo sé que nos secamos con las toallas, nos pusimos el pijama y, muertos de frío, nos metimos en la cama y nos cubrimos con el edredón.

Dormir abrazada a Nick fue como si me quitaran un peso gigante de encima. Sentir su corazón latiendo bajo mi mejilla me produjo el mismo efecto que si me hubieran cantado una nana. Eso, sumado a las caricias dulces de los dedos de Nick en mi espalda, me sumió en un sueño reparador que no había sido consciente que necesitaba. Sabía que había muchas cosas que aún debíamos hablar, pero aquella noche decidí centrarme en lo importante: reconectar con Nick y disfrutar de tenerlo conmigo.

A la mañana siguiente, cuando abrí los ojos, me llevé un chasco al ver que no estaba allí.

Mi intención había sido vestirme rápido e ir a buscarlo, pero, al mirarme en el espejo y ver el estado en el que estaba mi pelo, tuve que frenar mis impulsos y darme una ducha rápida que, por desgracia, borrara los efectos de nuestro increíble encuentro.

Me puse ropa de abrigo, ya que seguía haciendo bastante frío en la casa, y, cuando salí de la habitación, el ruido de voces y risas me provocó una ilusión indescriptible.

El corazón se me infló como un globo cuando, al girar la esquina de la cocina, vi a Nick sentado a la mesa con Andy sobre las rodillas. El niño se reía y se sujetaba a su padre como si no quisiera perderlo de vista ni permitir que se escapara.

Lo entendía.

Yo me sentía igual.

Fui hacia ellos con una sonrisa que me ocupaba toda la cara.

Nick desvió su mirada hacia mí y su sonrisa pareció un reflejo de la mía.

—Nada más y nada menos que la mujer más hermosa de la casa —anunció, y luego, mirando a Jenna, que le daba el pecho a June frente a él, añadió sonriendo—: Sin ofender.

Mi amiga, que sin reparo alguno desayunaba con un café humeante frente a ella, un pecho fuera y la niña comiendo como si no hubiese un mañana, le guiñó un ojo de forma tranquilizadora.

Me encantaba la relación que tenían esos dos. Eran como hermanos y mejores amigos en uno.

Lion, que estaba preparando algo un poco más alejado de nosotros, se giró indignado.

—No acabarás de insinuar que las mujeres de mi vida son menos hermosas que la tuya, ¿no? —dijo.

—Lo siento, perdón —se disculpó Nick, recibiéndome con los brazos abiertos, y me cedió la otra pierna, la que no tenía ocupada con Andy, para que yo también pudiese sentarme en su regazo.

Le di un beso en los labios que consiguió que los pelos se me erizaran y luego me centré en mi hombrecito favorito.

—¡Mami, papi aquí! —dijo ilusionado.

Me reí.

—Sí, mi vida. Papi ha vuelto y ya no se irá a ninguna parte —le prometí, y sentí que Nick se tensaba un poquito bajo mi cuerpo.

Lo miré sin entender, pero entonces Zack apareció en la cocina cargando a una Eve despeinada y con cara de dormida.

—Y ya estamos todos —dijo Jenna sonriéndole a la niña, que era la mismísima representación de cuando te han arrancado de la cama pero aún necesitas un par de horas de sueño más.

El aspecto de Eve era adorable, y me recordó a mí de pequeña, cuando mi madre me despertaba para ir al colegio y ponía justo esa misma cara.

Nick se la quedó mirando unos segundos de más mientras Zack nos daba los buenos días.

—¿Qué tal habéis dormido? —le preguntó a nadie en particular.

Dejé que Jenna y Lion respondieran por mí.

Andy, en cuanto vio a Eve, pidió que lo bajáramos y entonces Zack puso a la niña en el suelo. Los dos se fueron juntos corriendo a jugar frente a la chimenea.

—¡Eve, tienes que desayunar! —dijo Zack mientras cogía lo necesario para prepararle el desayuno.

Miré a Nick para ver qué tal estaban los ánimos.

No quería que la presencia de Zack nos estropeara el fin de semana, pero me sorprendió ver que seguía sonriendo.

—Se han hecho muy amigos, ¿no? —me preguntó refiriéndose a los niños.

Asentí divertida al ver que las dos cabecitas, una rubia y la otra morena, se inclinaban divertidas sobre unos bloques que les habíamos traído de casa.

—Podemos decir que es su primera amiga oficial —dije.

Como Andy no había ido a la guardería hasta hacía unos meses, apenas había tenido ocasión de hacer amigos de su edad que no fueran los niños que veía en el parque de vez en cuando.

Nick frunció el ceño de manera sutil, pero decidí no preocuparme.

Me acerqué a la encimera a hacerme un café y entonces Zack me tendió una taza humeante.

—Ya te lo he preparado —dijo sonriendo.

—Gracias —respondí un poco tensa. No por Nick, sino porque no me había gustado como se había comportado la noche anterior.

—¿Te pasa algo? —me preguntó mi vecino, y al fijarme en la mesa vi que Nick estaba distraído con Andy, que se había acercado a él para enseñarle lo que había construido con los bloques.

—No —contesté escueta, y Zack asintió con la cabeza sin apartar los ojos de mí.

—¿Acabasteis bien la noche? —preguntó y, cuando levanté la mirada del café para centrarla en él, supe que sabía perfectamente lo que habíamos estado haciendo antes de irnos a dormir.

Me enderecé y dejé a un lado cualquier signo de vergüenza.

—La noche acabó de la mejor manera posible, Zack —dije lanzándole una mirada que lo decía todo, y me alejé de él para ir con mi familia.

El resto del día lo pasamos jugando con trineos y patinando sobre hielo. Los chicos eligieron un restaurante en el hotel Caesars Republic, concretamente en la planta diecinueve, con unas vistas impresionantes al lago y una comida exquisita.

Zack, a mi lado, admiraba cada rincón nuevo al igual que hacía yo, y Lion disfrutaba de su último día teniendo veintisiete años, comiéndose el filete de ternera más grande que había en el local.

Por suerte, Zack y Nick no volvieron a tener ningún tipo de encontronazo y, aunque parecían evitarse de manera deliberada, el ambiente fue lo suficiente relajado como para que todos disfrutásemos de la compañía del resto.

Fue un día increíble, y ver a Nick disfrutar con su hijo de aquella forma tan adorable me ablandó el corazón. Además, Andy lo seguía a todas partes. Se había convertido en su sombra y yo me derretía cuando los veía juntos.

—¿Todo bien anoche? —me preguntó Jenna cuando, ya en la casa, veíamos a los chicos encargarse de encender la barbacoa.

—Muy bien —dije sin mirarla, y noté de manera automática que se me sonrojaban las mejillas.

—Por cómo se tensó el ambiente, Lion y yo nos debatíamos entre que Nick y tú acabaseis a gritos o follando como locos —soltó.

No contesté y Jenna se rio.

—Lo que sí quedó bastante claro es que Zack se muere por tus huesos, amiga —dijo, y ahí sí que dirigí los ojos hacia ella.

—¿Qué dices? —contesté a la defensiva.

—Cariño —dijo contemplándome con pena—, es tan obvio que aún me pregunto cómo es que Nick no le ha cortado la cabeza y la ha clavado sobre una pica en el jardín.

—No digas tonterías… —solté.

—Lo cierto es que me da un poco de pena… Con todo lo de su mujer y siendo padre soltero, va y se enamora de la única chica que jamás podrá tener —continuó Jenna.

Fui a rebatirle, pero entonces el mismo Zack se acercó a nosotras.

—¿Queréis beber algo? —preguntó mirándome solo a mí.

Había estado un poco seca con él durante lo que habían durado las actividades del día, pero no me salía actuar de otra forma sabiendo lo que acababa de descubrir, que estaba interesado en mí, y que parecía que todos ya lo habían visto antes que yo.

—Yo estoy bien —dije escueta.

Zack miró a mi amiga y esta repitió lo mismo que yo.

—Ha sido un día increíble, Jenna, gracias por esta oportunidad —dijo él muy educado.

Ella le sonrió con afecto.

—No hay nada que agradecer, ¿para qué si no se tienen tantas casas? —dijo encogiéndose de hombros.

Puse los ojos en blanco y entonces Lion llamó a Jenna para que lo ayudara con la niña.

Zack y yo nos quedamos solos, alejados un poco del resto.

—Estás enfadada conmigo —afirmó Zack, sin preguntar.

Negué con la cabeza.

—Para nada, Zack —respondí con la mirada fija al frente.

Me centré en el lago, en el fuego que habían encendido en la chimenea exterior y que en ese momento iluminaba las caritas de nuestros hijos mientras quemaban nubes con un palo, supervisados en todo momento por la niñera y por Nick.

—Noah, mírame —me pidió Zack, y lo hice.

Era un tío atractivo, mucho. Podría estar con quien le diera la gana. Si hubiese sabido entonces quién había sido su chica los últimos tres años…

—Si he hecho algo que te ha molestado…, por favor, dímelo.

Me giré por completo hacia él, dándole la espalda al resto.

—Tu actitud desde que Nick ha llegado ha sido del todo inapropiada, y lo sabes —empecé diciéndole, nerviosa y tensa, pero decidida a dejar las cosas claras.

—¿Mi actitud? —preguntó, y no me gustó nada que se hiciera el sorprendido.

—En el jacuzzi —aclaré—. Fuiste un auténtico capullo —añadí sin pelos en la lengua.

Zack abrió los ojos con sorpresa.

Y luego sonrió.

—¿Te hace gracia? —pregunté.

Zack negó con la cabeza.

—No me gusta tu marido —dijo entonces, encogiéndose de hombros—. Si vieses desde fuera cómo actúa, como si le pertenecieras, como si fueses un objeto suyo, tal vez entenderías por qué no pude evitar ser un capullo ayer.

No pensaba permitir que opinara sobre mi matrimonio ni sobre mi relación con Nick. Bastantes personas ya habían intentado entrometerse en nuestra relación, y eso nunca había acabado bien… para ellos.

—Zack, estoy casada —le recordé de manera clara y concisa—. Y muy enamorada. Y, cuando dices que le pertenezco, es verdad, lo hago, y él me pertenece a mí, porque así lo hemos decidido, juntos.

—No era consciente de que te iba ese tipo de relación posesiva.

—No es asunto tuyo el tipo de relación que tenga con él.

Zack me escuchó, pero se me hizo muy difícil descifrar qué estaba pensando realmente.

—Entendido —dijo entonces.

—Podemos seguir siendo amigos siempre y cuando tengas claro que no permitiré que le faltes el respeto—añadí, mirándolo muy seria.

Zack sonrió ligeramente, aunque sus ojos permanecieron fríos y distantes.

—Jamás se me pasaría por la cabeza.

Entonces se alejó de mí y solté todo el aire que estaba conteniendo.

Al menos le había dejado las cosas claras.

33

NICK

Andy no se separaba de mí. Si hablaba por teléfono, me seguía imitando mis gestos como si él también charlara con alguien. Si me iba para coger leña, él insistía en cargar con algún tronco, y, si me alejaba un poco de su lado, dejaba automáticamente lo que hubiese estado haciendo para correr y colocarse junto a mí, hasta el punto de que se ponía muy nervioso si me perdía de vista o desaparecía durante un rato.

La segunda noche tuvimos que meterlo en la cama con nosotros, porque no había manera de convencerlo de lo contrario.

Yo estaba encantado, pero a la vez empezaba a comprender lo duros que habían sido los últimos meses para él. Me partía el corazón ver su carita de angustia cuando creía que me marchaba de verdad al levantarme del sofá e ir al baño, por ejemplo.

Mi hijo me necesitaba, y yo no pensaba seguir pasando eso por alto.

Me daba igual cómo íbamos a hacerlo, pero pensaba volver a casa. Se acabó lo de vivir separados.

Además, debido a ese comportamiento, mis momentos a solas con Noah se habían reducido casi al cien por cien, y mis ganas de volver a perderme en ella se vieron frustradas por esa personita tan demandante y adorable que ocupaba cada segundo de nuestro tiempo.

Solo pude robarle un beso cuando la pillé en la despensa cogiendo galletas. Tiré de ella, puse el pestillo y la besé como si me faltara el oxígeno.

—¡Nick! —dijo apartándose para poder respirar—. ¡Están todos justo ahí fuera!

Me daba exactamente igual.

—No me importa… Joder, ¿desde cuándo Andy no duerme la siesta?

Me sonrió.

—Desde que estás aquí y no sabe gestionar la posibilidad de que tal vez vuelvas a desaparecer.

—No me hagas sentir más culpable, Pecas, por favor.

Noah sonrió dejando que mi boca besara su cuello despacio.

—Tranquilo, solo está contento de que estés aquí.

—Y yo, pero te necesito—dije pegando mi cuerpo al suyo y acunando sus mejillas con mis manos—. ¿Le encasquetamos a Andy a los Tavish y nos fundimos en un solo ser? —le pregunté.

Noah se rio.

—Déjate de bromas, Nick.

La miré muy en serio.

—¿En qué momento te has creído que estaba bromeando?

Intenté camelarme a Lion para que se llevara a Andy a hacer un muñeco de nieve o a jugar a lo que fuera, pero él me devolvió la mirada un tanto desquiciado. Es cierto que justo se lo había preguntado cuando June había vomitado como la niña de *El exorcista*.

—¿Me ves cara de teleñeco? —preguntó con incredulidad—. Esa niña me ha chupado la energía vital de al menos cuatro años completos, ¿y tú pretendes echar un polvo con tu mujer mientras yo hago muñecos de nieve?

Me miró tan trastornado que opté por alejarme antes de que me tirara la niña a la cabeza, y mi intento de poder pasar un rato a solas con mi mujer se vio reducido al olvido.

La mañana del domingo me llamó Steve.

Me pedía que regresara cuanto antes, pues habían encontrado nuevas pruebas con relación a las falsas acusaciones y Sloan me necesitaba allí lo antes posible.

Justo era el cumpleaños de Lion, y en teoría el plan era regresar todos al día siguiente, pero tuve que darles la mala noticia, aunque me esperé a que mi amigo soplara las velas de su flamante pastel antes de decirles a todos que me marchaba esa misma noche.

Los niños estaban lejos jugando con la nieve que había caído aquella mañana.

Noah me miró decepcionada.

—¿De verdad no puedes volver a Los Ángeles con nosotros? —preguntó.

—Joder, tío, esto es una mierda, te echamos de menos —se lamentó mi mejor amigo, y Jenna asintió a su lado, mirándome a mí y luego a Noah.

—Lo siento… Es una mierda, lo sé —dije con una gran angustia en el pecho y una ansiedad horrible al tener que alejarme de mi familia otra vez.

—Cuando se entere tu hijo… —dijo Zack mirando a los niños con lástima. Era la primera vez desde lo del jacuzzi que se dirigía a mí directamente, y no me gustó que lo hiciera justo para recordarme el daño que iba a hacerle a Andy.

Entonces, Jenna verbalizó una idea que no se me había pasado por la cabeza.

—¿Por qué no te lo llevas? —dijo, y Noah la miró como si estuviese loca.

Por un momento, a mí también me pareció bastante loco, pero Andy ya había viajado con mi madre en dos ocasiones el mes pasado y me las había apañado bastante bien. Silvie, la chica que me ayudaba en casa, había hecho de niñera las horas que yo había tenido que ausentarme por trabajo y Andy había estado de lo más entretenido y feliz.

—¿Tú qué opinas, Noah? —le pregunté.

Ella me miró y pareció sopesar esa idea de verdad.

—No sé…

Dirigí la mirada hacia mi hijo, que jugaba en ese instante poniéndose perdido de nieve y revolcándose en el suelo como si no hubiese un mañana.

Mi idea era regresar a Los Ángeles en un par de días, ahora que ya me dejaban viajar, por lo que no era una propuesta tan rocambolesca.

—Así tú también tendrás un pequeño descanso, Noah —dije atrayéndola contra mi costado, y le di un beso en la coronilla.

—¿Te las apañarás bien tú solo? —preguntó.

—La duda ofende, amor —dije haciéndome el indignado.

—La duda y el séquito de niñeras que tendrás en tu casa, Nick —añadió Jenna riéndose.

La fulminé con la mirada.

—No tengo un séquito de niñeras. Pero tengo a Silvie, que me ayudará encantada, gracias.

Noah volvió a mirarme y luego la vista se le fue a Andy, a lo lejos.

—Bueno, vale, pero recuerda que el miércoles debe regresar a la guardería.

Asentí, aunque no sabía muy bien dónde me estaba metiendo, ni mucho menos lo que iba a descubrir cuando llegara a Nueva York.

Sobre las cinco de la tarde, ya tenía mi maleta y la de Andy preparadas, todo listo para marcharnos.

Ya me había despedido de los demás y Noah nos acompañó al coche. Andy parecía ilusionado con venirse conmigo, y Noah, un poco nerviosa.

—Estaremos bien —dije al quitarle el niño de las manos, y lo senté en la sillita que habíamos colocado en el asiento trasero. Noah ya se había despedido de nuestro hijo durante al menos diez minutos, con achuchones y besos.

—Te llevas lo más valioso que he hecho en mi vida —me dijo acercándose a mí para que la envolviera entre mis brazos.

Sonreí.

—Lo más valioso que *hemos* hecho, Pecas —la corregí—. No te olvides de que esos ojos azules y esa cara de diablillo son míos.

Me fulminó con la mirada y solté una carcajada.

—Te llamaré en cuanto aterrice.

—Con dos años y volando en avión privado —dijo entonces ella, negando con la cabeza.

Volví a sonreír.

—Es lo que tiene ser un Leister, amor —contesté, y volví a abrazarla.

Nos besamos con la sensación de que nos habían quedado mil besos por darnos. Cuando nos separamos, al echar un último vistazo a la casa no pude evitar añadir algo antes de irme.

—Por favor…, ten cuidado con…

—Lo sé, Nick —me cortó—. Está todo solucionado, ¿vale?

Noah me había contado que le había puesto los puntos sobre las íes a ese imbécil, pero a mí no solo me preocupaba que le gustase mi mujer, pues eso era de lo más entendible. No, lo que no me gustaba eran mis sensaciones cuando lo tenía cerca, y estas no venían provocadas por los celos, sino por una corazonada que no era capaz de quitarme de encima…

—Avísame mañana en cuanto llegues a Los Ángeles. Derek te estará esperando en el aeropuerto para llevarte a casa, ¿vale?

Noah asintió, a pesar de que puso los ojos en blanco, y al final tuvimos que marcharnos.

Mi viaje hasta el aeropuerto consistió en una hora y media escuchando música infantil y las anécdotas adorables de mi hijo.

Por suerte, cuando llegamos al aeropuerto, estaba tan cansado que lo subí dormido en brazos y así se quedó casi todo el vuelo.

Steve nos esperaba en el aeropuerto para recogernos y sonrió cuando me vio aparecer con Andy en brazos.

—Steviii —dijo el niño en su forma adorable de llamarlo.

El hombre lo saludó sonriente y luego cogió el carro donde llevaba las maletas.

—¿Alguna novedad? —pregunté cuando ya nos subimos al coche y pusimos rumbo a la ciudad.

—¿Recuerdas la chica esa que quería hablar contigo? —dijo entonces, lo que me pilló desprevenido—. La que creímos que era alguien de prensa.

Asentí con la cabeza al recordar el momento en que tuve que reforzar la seguridad en el trabajo, pues esa chica casi consiguió entrar al despacho pidiendo reunirse conmigo.

—¿Qué pasa con ella? —pregunté.

—Se ha presentado todos los días en las oficinas insistiendo en que quiere hablar contigo. Me preocupa.

Eso sí que no me lo esperaba.

—No me habías dicho nada —le solté, teniendo en cuenta que hacía dos días que me había marchado.

—No creí que fuese un problema —dijo serio.

—No me parece que sea importante, quizá quiera una exclusiva o una foto para vender a la prensa —dije cerrando los ojos, dejando que mi cabeza se apoyara contra el respaldo del asiento.

Andy había vuelto a dormirse y yo empezaba a notar las pocas horas de sueño que había tenido desde que había subido al avión.

—Está siendo de lo más insistente —escuché que añadía Steve, pero me encontraba tan cansado que me dejé llevar por el sueño. Cuando abrí los ojos, estábamos entrando al aparcamiento del edificio.

—Hemos llegado, señor —anunció Steve.

Bostecé y miré a Andy, que dormía en el asiento de atrás.

Eran casi las siete de la mañana cuando subimos al apartamento. Ya había avisado a Silvie antes de salir para que tuviese preparada la cuna de Andy, aunque conociéndolo sabía que iba a terminar durmiendo conmigo.

Se despertó en cuanto lo saqué de la sillita y empezó a lloriquear, pues estaba molesto y cansado después de tantas horas de viaje.

Cuando por fin entramos en el apartamento, se tranquilizó con los dibujos animados y un biberón. Me dejé caer a su lado con una taza de café humeante en las manos.

—Señor —dijo Silvie llamando mi atención—, la señorita Sloan ha llamado y me ha pedido que le diga que estará aquí a mediodía.

—Está bien. Gracias, Silvie —dije agotado, pero al menos tenía unas cuantas horas para descansar y estar con mi hijo antes de volver al trabajo y a los problemas.

Noah se quedó tranquila en cuanto le conté que estábamos en casa y le mandé una foto de ambos, a lo que me respondió con un montón de emojis lacrimógenos.

Sonreí y me puse a Andy en el regazo.

Los dibujos de animalitos nos hicieron caer rendidos a los dos.

Sloan llegó a las doce del mediodía, puntual como un reloj.

Nada más entrar en el apartamento, me lanzó una mirada entre sorprendida e incrédula. Me había puesto un pantalón gris de chándal y una camiseta de deporte, nada que ver con el traje que siempre solía llevar para trabajar. Supongo que el hecho de tener a un bebé sentado en la cadera tampoco ayudó para que la escéptica de mi abogada me devolviera la mirada con algo del respeto que sabía que ya me había perdido debido a la confianza que nos profesábamos.

—Estás irreconocible, Leister —dijo mientras entraba y se dirigía a la mesa del salón, donde nos solíamos poner para tratar cualquiera de mis asuntos.

Mientras sacaba sus papeles y yo dejaba a Andy en el suelo para que se entretuviera con sus juguetes, escuché que el timbre volvía a sonar.

Miré a Sloan.

—¿Viene alguien más? —pregunté.

Algo en su mirada brilló con un tipo de emoción que no había visto con anterioridad.

—Oh, sí —dijo con algo de misterio—. He tenido que pedir refuerzos.

Fruncí el ceño un poco y fui hasta la puerta para ver de quién estábamos hablando.

Cuál fue mi sorpresa cuando, vestida de punta en blanco, como siempre, apareció ante mí la que no solo había sido mi abogada durante años, sino también mi novia y una amiga a la que sabía que había hecho daño, algo de lo que todavía me arrepentía.

—Sophia —dije sin dar crédito.

Mi exabogada estaba impecable, como siempre: el pelo oscuro le caía suelto sobre la espalda y una coleta alta se lo apartaba de la cara, dando lugar a aquel aspecto impoluto que siempre mostraba en todos lados. De repente, imaginarme a Sloan trabajando con Sophia tuvo todo el sentido del mundo para mí: esas dos eran iguales.

—Nick —dijo a modo de saludo.

Nos habíamos visto en bastantes ocasiones. Al final seguíamos moviéndonos por los mismos lugares y, aunque yo ya estaba más centrado en los negocios y no tanto en el derecho, era inevitable que nuestros mundos siguieran entrecruzándose. Las cosas con ella habían terminado bien, pero supe que le había roto el corazón. Ella se había enamorado de mí y, aunque yo intenté con todas mis fuerzas corresponderle de la misma manera y olvidar a Noah, fue algo que no llegó a ninguna parte.

La razón que ayudó a que todo aquello sucediese apareció corriendo y se abrazó a mi pierna, mirando a Sophia desde abajo.

Ella desvió los ojos de mí a mi hijo y una sonrisa apareció en su semblante.

—¿Este es Andrew? —preguntó.

—El mismo —dije, aún dándole vueltas a qué demonios hacía Sophia en mi apartamento.

Cogí a mi hijo en brazos y cerré la puerta.

Sophia se me quedó mirando igual que lo había hecho Sloan. Con incredulidad, sorpresa y ternura, pues, aunque la otra no era capaz de sentirla, eso sí que fui capaz de verlo en los ojos de Sophia.

—Te sienta bien, Nick —dijo admirando la estampa. Andy la observaba con curiosidad y timidez—. No se puede negar que es hijo tuyo —agregó haciendo alusión al increíble parecido entre ambos.

—Ha heredado lo mejor de cada uno —dije—. Él tiene un corazón que no le cabe en el pecho.

Sophia me miró en silencio y una sonrisita apareció en su cara al darse cuenta de que esa referencia, obviamente, era a mi mujer, y luego asintió de manera ligera con la cabeza.

—Quién te ha visto y quién te ve, Leister.

Sonreí y entonces la invité a seguirme.

Andrew no quiso que lo soltara, pues se sintió un tanto intimidado con la presencia de dos chicas desconocidas en su espacio de juegos.

—¿Pasamos a mi despacho? —pregunté.

Me fijé en que Sloan se incorporaba rápidamente en cuanto Sophia apareció en su campo de visión.

Observé cómo se saludaban y una ligera duda surgió en mi cabeza, pero no… No podía ser.

Ambas me siguieron al despacho y las invité a acomodarse. Andy se sentó en mi regazo y empezó a jugar con los lápices y las hojas que tenía por encima del escritorio. Dejé que se entretuviera pintando mientras observaba a aquellas dos bellas mujeres ponerse nerviosas a saber por qué razón.

—Soy todo oídos —dije entonces.

Sloan pareció recomponerse y me miró con seriedad.

—Tengo una noticia buena y otra mala. ¿Cuál quieres primero?

Dudé durante unos segundos pero preferí empezar por la buena y entonces Sloan miró a Sophia.

—Gerry vino a verme anoche —dijo esta última, muy seria, refiriéndose a mi director financiero. Sophia lo conocía desde hacía muchísimos años, había trabajado con nosotros y era amigo de la familia. De hecho, su padre fue quien se lo presentó al mío y, desde entonces, empezó a trabajar en la empresa—. Ha sido él, Nick —dijo ella con cautela.

Me tensé en la silla y mi hijo desvió la mirada de sus dibujos a mí.

—¿Qué quieres decir? —pregunté poniéndome muy nervioso.

—Ha estado blanqueando dinero a tus espaldas. Él ha sido quien ha orquestado todo este fraude —habló Sloan.

—¿Gerry? Pero ¿cómo? —pregunté con incredulidad.

—Movía tu dinero de una forma que en apariencia era legal, inventándose operaciones para llevarse comisiones —me explicó Sophia con mucha cautela—. Al crear sociedades pantalla, el único perjudicado serías tú, ya que él tan solo hacía su trabajo. Creyó que no lo pillarían, pero el muy idiota se vino arriba y ahí es cuando el FBI empezó a sospechar.

—¿Recuerdas el acuerdo con Titan Core Technologies?

Asentí mirando a Sloan muy serio. Había sido el acuerdo más grande desde que me había incorporado a la empresa. Un contrato de ochocientos millones de dólares, la transacción más grande de Leister Enterprises. La razón por la que me dieron el premio al Empresario del Año.

—Pues gran parte de ese dinero fue desviado a Leister Strategic Consulting LLC.

—¿A dónde? —pregunté.

—Exacto —contestó Sloan.

—Esa sabandija creyó que nadie sospecharía si la empresa fantasma estaba ligada directamente con la empresa que autorizó la transacción. Lo justificó como gastos de consultoría y, al ver que le salía bien la jugada, empezó a repetir el patrón.

—Ha robado millones de dólares, Nick, y lo peor de todo es que tú autorizabas cada movimiento —dijo Sophia preocupada.

Sentí cómo un sudor frío empezaba a formarse en mi cuello y en la espalda.

Apreté el interfono que comunicaba mi despacho con la zona del servicio y llamé a Silvie para que se llevara a Andy.

Mi hijo se fue con ella animado por la promesa de un helado y yo volví a sentarme frente a mi abogada, con ganas de ponerme a romper cosas del cabreo que sentía al pensar que ese hijo de puta me había traicionado. Ya entendía su reacción cuando dije que iba a contratar una auditoría externa...

—¿Y esta es la buena noticia? —pregunté mirando a Sophia y luego a Sloan con rabia contenida.

—Sí. La buena noticia es que se ha cagado de miedo, Nick —dijo Sophia—. Me ha dicho que está dispuesto a confesar y a llegar a un acuerdo con el Departamento de Justicia.

Sentí que un poco de calma entraba en mi sistema.

—¿Va a contarlo todo, así, sin más? —pregunté incrédulo. Aunque, si el muy cabrón no admitía su culpa, ya me encargaría yo mismo de llevarlo ante la justicia, a golpes si hacía falta.

Maldito traidor.

—Lo hará, Nick, la ha cagado y el FBI ya ha encontrado falsificaciones de tu firma. Ahora mismo están registrando su casa, se han llevado su ordenador, tanto el de la oficina como el personal. Está de mierda hasta las cejas y, como no colabore, le puede caer una condena de treinta años por blanqueo de capitales, fraude electrónico y robo agravado de identidad. Al parecer también tenía amenazado a Morris, por eso se marchó hace un mes. De hecho, fue él quien llamó para confesar lo que estaba pasando. Dijo que él no tenía ni idea, que solo acataba órdenes, vamos. Tal vez conspiraban los dos contra ti, no lo sé, pero a él también lo van a investigar.

Joder.

No podía creerlo.

Pero sobre todo me costaba procesar que el fraude viniera de Gerry.

—Entonces ¿ya está? ¿Por fin se ha solucionado todo? —pregunté sin dar crédito, notando que mi cuerpo se relajaba ante la noticia de saber que por fin me libraba de aquel asunto tan feo.

Miré a Sloan y luego a Sophia, y entonces recordé que aún quedaba la mala noticia.

—No del todo —dijo Sloan mientras abría su maletín y sacaba unos papeles. Los colocó encima de mi escritorio para que pudiera echarles un vistazo.

—¿Qué es esto? —pregunté.

—De todos los documentos falsificados, este es el único que es real, Nick —dijo Sophia mirando a Sloan y luego a mí.

Parecía nerviosa.

—Debiste de firmarlo por puro trámite. Ese cabrón se aprovechó de que confiabas en él, pero es grave, Nick. Firmaste la creación de la sociedad pantalla, el acta de constitución, la autorización de apertura de la cuenta bancaria, la designación de administradores…

Cogí el documento que tenía delante y empecé a leer por encima lo que decía.

Recordé una charla con Gerry… Había sido hacía años, creo que antes de volver con Noah… Me habló sobre la necesidad de una filial estratégica para gestionar honorarios de consultoría y estructurar grandes operaciones…

—Ese hijo de puta… —Caí entonces en lo que había hecho—. ¿Sale aquí la fecha de firma? —pregunté buscándola entre los papeles.

—Sí, en la última página… ¿Qué pasa, Nick? —preguntó Sophia.

Al ver la fecha, me dejé caer contra el asiento…

—Ese cabrón me hizo firmar ese documento la semana que me dispararon. Vino a verme al hospital… Ya me encontraba fuera de peligro, pero mi vida se había puesto patas arriba, joder. Habían intentado matarme, Noah estaba embarazada...

—Entonces ¿recuerdas haberlo firmado? —insistió Sloan.

La miré.

—Confié en él... Confié en él durante el único momento de mi vida en el que no estaba capacitado para trabajar.

—Eso puede servir para tu defensa —dijo Sloan mirando a Sophia.

Esta asintió con la cabeza antes de coger el documento y leerlo por encima; supuse que también estaba buscando la fecha.

—¿Pueden imputarme por esto? —pregunté asustado. Esta vez el miedo se apoderó de mí con más intensidad, ya que en todo momento yo había creído que se trataba de un error. Que el trabajo se había hecho bien, que tan solo se habían equivocado...

—Tranquilo —dijo Sloan—. Te has librado de lo más gordo. Habrá una investigación y tal vez una responsabilidad civil, pero no podemos saber nada hasta que no haya un juicio.

—Sin embargo, Nick —intervino Sophia, que se inclinó hacia delante y puso su mano encima de la mía—, Gerry va a colaborar... El hecho de que salga alguien haciéndose cargo del fraude ya es suficiente motivo para que te metas a todos en el bolsillo. Lo peor ha pasado...

Pero ¿eso era cierto?

—Firmé ese documento, Sophia... Permití que ocurriera —dije llevándome las manos a la cara y echándome el pelo hacia atrás con desesperación.

—Nicholas. —Sloan me llamó la atención. La miré—. Hace dos días estabas acusado de todos los cargos a los que se acusará a Gerry. No es el final que esperábamos, pero tenemos un culpable. Dadas las circunstancias, esto es lo mejor que podría haber pasado.

Y tuve que creerlas.

No me quedaba otro remedio y, lo más seguro, viendo lo visto, era que tendría que hacerme responsable a nivel económico de las consecuencias de haber firmado ese maldito papel. Pero que lo peor fuera que todo quedara en una sanción.

Permanecimos un rato más hablando de los pasos a seguir y Sophia me prometió ayudarnos con el caso. Se disculpó en nombre de su padre por habernos presentado al impresentable de Gerry, irónicamente. Incluso me prometió hacer todo lo posible para limpiar mi imagen.

Cuando terminamos y las acompañé hasta la puerta, me fijé en que volvían a comportarse de una forma un tanto extraña la una con la otra.

Sloan se despidió de ambos y le pedí a Sophia si podía quedarse un rato más.

Quería hablar con ella.

Mi exnovia y abogada pareció dudar, pero al final decidió quedarse. Se despidió de Sloan con un ademán de su mano y nos quedamos solos en la entrada de mi apartamento.

La miré y no pude evitar que una sonrisita apareciera en mi cara.

—¿Hay algo que quieras contarme? —le pregunté.

La conocía muy bien. Más de lo que me hubiese gustado, he de admitir, pero al ver que no podía evitar sonrojarse comprendí que mis sospechas eran ciertas.

—¡Te gusta Sloan! —dije con incredulidad.

—Nicholas Leister, eres un… ¡sinvergüenza!

Solté una carcajada.

—Eso ya lo sabemos los dos. Lo que jamás imaginé es que te gustaran las chicas. ¿Ella lo sabe?

Sophia me fulminó con la mirada.

—Es muy probable que sea tu culpa, ¿te has parado a pensarlo? Mi experiencia contigo y, por tanto, con los hombres, fue tan traumática y atroz que tuve que cruzarme de acera.

Volví a reírme.

—¡Pues sí que fui un mal novio, sí!

Me golpeó en el brazo muerta de la vergüenza y procuré controlar mi sonrisa.

—Oye, que me alegro por ti, Soph. Sloan es… Bueno, es dura como el cemento e increíblemente brillante y muy guapa. Entiendo perfectamente que te hayas fijado en ella.

—No me he… Aún no… Ni siquiera sé qué siento ahora mismo, solo sé que hemos salido un par de veces y…

—Te gusta —acabé por ella.

—¿Cómo lo sabes?

Levanté un poco las cejas antes de contestar.

—Porque te gusté durante algún tiempo y sé cómo te pones cuando alguien te atrae.

—A lo mejor estás equivocado —dijo a la defensiva.

—¿Qué es lo que te frena? —le pregunté entonces—. Ella está coladita por ti, eso puedo asegurártelo… Jamás he visto a Sloan ponerse nerviosa ante nadie, y contigo estaba hecha un flan.

Ver la ilusión en su mirada me hizo volver a sonreír.

—Llámala —le dije sin que me pidiera consejo alguno—. Invítala a cenar y ponte uno de esos vestidos increíblemente sexis que tanto te gustaba usar conmigo.

Sophia negó con la cabeza, pero sonrió un poco.

—Además, compartís iniciales —empecé a decirle en broma—. Ahora solo tenéis que empezar a salir, adoptar una mascota, llamarla S y a ser felices y comer perdices —solté riéndome, y Sophia se unió a la risa, no pudo evitarlo.

—¿Noah se encuentra bien? —preguntó entonces—. ¿No está aquí?

Negué con la cabeza, pero sonreí al acordarme de mi bella mujer.

—Está en el lago Tahoe con Jenna y Lion. Se alegrará de saber de ti —mentí, aunque sí que iba a flipar cuando se enterase de que a Sophia Aiken, la primogénita del gobernador, ahora le gustaban las chicas.

—Dale un abrazo de mi parte, y Nick… —dijo sonriendo y mirándome con verdadero afecto—. Te queda muy bien ser padre… Se te ve feliz. Cuida de Noah y de ese niño tan bonito.

—Gracias, Soph —me despedí dándole un abrazo rápido.

Ella se marchó y, cuando iba a buscar a mi hijo, llamaron al timbre.

Fui a abrir creyendo que sería Sophia, que se habría olvidado algo, pero mis ojos se abrieron con sorpresa al encontrarme con una chica joven, de unos veinticuatro años como mucho, que tenía un parecido escalofriante a mi mujer.

—¿Quién eres tú? —pregunté, y sentí que todo mi cuerpo entraba en tensión.

—¿Señor Leister? —preguntó la chica, desesperada—. Tiene que ayudarme, por favor. Yo… Usted… Soy hermana de Noah Morgan.

34

NOAH

Se me hizo superraro estar allí sin Andy y Nick. Su ausencia fue tan notoria que el estado de ánimo de todos decayó un poquito y, aunque pasamos el resto de la velada compartiendo risas y celebrando el cumpleaños de Lion con la mejor actitud posible, en el fondo agradecí saber que al día siguiente nos marchábamos a casa.

Sin embargo, noté un cambio bastante grande en Zack. A él parecía que la ausencia de mi hijo y mi marido no le había causado ningún tipo de mal, pero he de admitir que fue el único que ayudó a que los ánimos no decayeran del todo. Lo noté mucho más relajado conmigo, por ejemplo, así que agradecí recuperar al amigo que había sido para mí durante los últimos meses.

Aquella noche, cuando Nick se marchó, pedimos pizzas a domicilio y decidimos ver una película frente al calorcito de la chimenea.

Eve fue quien la eligió, por lo que nos tocó a todos ver una peli de dibujos animados en familia. Nos reímos y pasamos un buen rato. Cuando ya le quedaba poco para terminar, Jenna y Lion decidieron marcharse a la habitación con la pequeña June dormida como un tronco sobre los brazos de su padre.

No me di cuenta de que acababa de quedarme a solas con Zack hasta que este se inclinó y me susurró algo sobre la peli al oído, lo que me provocó un estremecimiento que no me gustó en absoluto.

La pequeña Eve estaba dormida hecha un ovillo al otro lado del sofá, y eso acentuó la sensación de que estábamos completamente solos.

Sonreí ante lo que Zack me dijo y, antes de que yo pudiera decir nada, él decidió hablar.

—Oye…, solo quería pedirte disculpas por la actitud que he tenido estos días —dijo demasiado cerca de mí.

Me recoloqué en el sofá y conseguí poner algo de distancia entre ambos.

—Está bien, Zack… No hay problema —dije agradeciendo su disculpa. Él sonrió.

—¿Nos vamos a dormir? —preguntó entonces, y sentí un alivio increíble de que fuera él quien lo propusiera.

—La verdad es que estoy agotada y a ti te espera un viaje muy largo mañana —le recordé.

—Uf, ni me lo digas —contestó poniendo cara de espanto.

Recoloqué un poco las mantas y apagué la tele mientras Zack cogía a la niña en brazos. Estaba tan profundamente dormida que ni siquiera abrió un poquito los ojos.

Al encaminarnos juntos hacia las habitaciones, nos fijamos en que había empezado a nevar.

Nos paramos un momento frente a los ventanales del salón.

—Las vistas son impresionantes —dije admirando el espectáculo que ocurría ante mis ojos.

Zack se acercó más a la ventana y la abrió con la mano que tenía libre para que pudiéramos asomarnos al porche y ver mejor la nieve caer.

Eve estaba cubierta con una manta, pero yo no pude evitar abrazarme a mí misma con fuerza ante el escalofrío que me provocó el viento gélido del exterior que entraba en la casa.

—Este lugar es un sueño —dijo Zack mientras salía, y yo lo seguí con un poco de tembleque—. ¿Cuánto costará la casa? —preguntó entonces.

—Conociendo a los Tavish, una millonada —dije admirando las estrellas y la nieve caer sobre el césped pintado de blanco.

—¿Te has fijado en la seguridad que hay? No me extraña, teniendo en cuenta que la casa la usan solo de vez en cuando —dijo, y señaló con su mano libre las cámaras que había fuera y que yo ni había visto.

—No había caído —admití al ver entonces que había cámaras por todos lados.

—Seguro que graban cuando captan movimiento —dijo encogiéndose de hombros—. Si los padres de Jenna se aburren, habrán visto lo bien que nos lo hemos pasado liándola en el jacuzzi —agregó riéndose.

Caí entonces en que no solo habíamos estado jugando y bebiendo en el jacuzzi… Nick y yo habíamos hecho muchas más cosas… Cosas para mayores de dieciocho años y bastante explícitas…

Mierda. ¿Nos habían grabado las cámaras mientras…?

—Hace frío, ¿entramos? —dijo entonces Zack, ignorando la vergüenza que acababa de instalarse en mi sistema.

Lo seguí y decidí no pensar mucho en la posibilidad de que los padres de Jenna, o quien estuviera a cargo de la seguridad de la casa, nos hubiesen visto o dejado de ver.

Le di las buenas noches a Zack y me metí en mi habitación.

No aguantaba más las ganas de estar en casa con Nick y Andy, por lo que procuré dormirme pronto y no darle muchas vueltas a la sensación extraña que me decía que no había sido buena idea quedarme allí sola sin mi familia, que lo más acertado hubiese sido irme a Nueva York con Nick…

La mañana siguiente se presentó fría y un manto blanco muy poco común para esas fechas del año lo cubría todo. Ya habían informado de que el frío se había adelantado y, aunque había nevado aquellos días, no lo había hecho como para tener que tomar precauciones.

La nieve no había dado tregua aquella noche y, cuando aparté las cortinas, me sorprendí al ver que al menos había tres centímetros de aquel manto blanco acumulados sobre el suelo.

En la cocina, me encontré con Jenna y Lion preparándose el desayuno. Ambos comentaban justo lo mismo que había pensado yo: el tiempo estaba loco. Antes de entrar, me paré a escucharlos.

—Está precioso, eso sí —dijo Jenna mirando por la ventana de la cocina—. Ojalá pudiéramos quedarnos unos días más.

—Volveremos —la animó Lion mientras recogía algunas cosas que habían dejado por allí tiradas.

Las maletas de ellos ya estaban colocadas en la entrada, pues no tardaríamos en marcharnos. Nuestro vuelo salía por la tarde y debíamos ir con tiempo teniendo en cuenta el temporal.

Decidí no darle vueltas al pellizco de nostalgia que me provocaba verlos desayunar en pareja, me armé de valor y entré en la cocina.

—Buenos días —dije yendo directa a servirme una taza de café.

Ambos me contestaron sonrientes.

—¿Tienes tus cosas preparadas? —me preguntó Lion.

Asentí y, justo cuando me sentaba en una de las sillas de la cocina con la taza entre las manos, Zack apareció por el pasillo con el semblante preocupado.

—¿Todo bien, Zack? —preguntó Lion nada más verlo.

Este le devolvió la mirada y luego la desvió hacia mí.

—Eve tiene fiebre —dijo con cara de preocupación—. Ha pasado una noche muy mala. Debió de coger frío o no sé, pero ya no tengo nada que darle. ¿Tú has traído medicinas, Noah? —me preguntó.

Abrí los ojos con sorpresa.

—Ostras, pues se las di a Nick con las cosas de Andy…

—¿Está muy enferma? —preguntó Jenna.

—Se pondrá bien…, pero ya sabéis cómo son los niños cuando están enfermos… Y encima ahora me esperan diez horas de coche —dijo, y se veía verdaderamente agobiado.

—Podemos acercarnos a la farmacia si quieres —se ofreció Lion—, aunque con el temporal que está cayendo…

Todos miramos hacia fuera. La cosa no pintaba muy bien.

—No, no os preocupéis… De hecho, creo que debería salir ya… Pararé en una farmacia por el camino. No quiero que el tiempo empeore y me pille en mitad de la carretera.

Durante la siguiente hora nos dedicamos a recoger la casa y guardar las maletas en los coches. Ayudé a Zack mientras Eve permanecía dormida en su cama.

—Ha caído rendida —dijo Zack con Eve en brazos, sacándola de la habitación.

La niña aún llevaba el pijama y dormía como un tronco.

—Te ayudo a sentarla —me ofrecí acompañándolo al coche.

Eve tenía algunos mechones de pelo rubio pegados a la frente debido al sudor. Cuando Zack la colocó en la silla, le pasé la mano por la frente.

No estaba muy caliente.

—La medicación debe de haberle hecho efecto… Me quedaba algo de Apiretal y se lo di hace un par de horas —me explicó.

Cuando todos habíamos sacado y guardado ya nuestras cosas en el maletero, no pude evitar preocuparme por Zack y la niña… Tenían un largo viaje por delante y salir a la carretera, solo, con una niña enferma y sin nadie que lo pudiera ayudar…

Sabía que aquello me metería en problemas. Sabía que a Nick no le haría ninguna gracia, pero no podía dejarlo solo. Si a mí me ocurriese algo parecido, esperaría que mi amigo se ofreciera como mínimo a acompañarme.

Tomé una decisión.

—Zack —dije acercándome mientras él terminaba de meter las maletas y las cosas que había traído—. Iré contigo —me ofrecí.

Detrás de él, Jenna y Lion intercambiaron una mirada.

—Noah…, no hace falta —dijo mi vecino, aunque no lo hizo muy convencido.

Me necesitaba.

—Zack, no hay más que hablar. No irás solo con Eve enferma. No pasa nada, ya no voy con Andy. De verdad que no es ningún problema —le dije con una sonrisa.

Zack pareció aliviado… Mucho.

Lo entendía, no era fácil cuidar de los hijos uno solo.

—Noah… —empezó diciendo Lion.

Me giré para mirarlo.

—De esto ni una palabra a Nick —me adelanté acercándome a ellos y hablando bajo, de manera que solo mis amigos pudiesen escucharme.

—No me jodas, Noah. Lo único que me pidió antes de irse es que no te dejara volver en coche con Zack.

¿Eso le había pedido Nick?

—Ya, bueno, pues ahora lo que yo te pido es que no le digas nada —le dije a Lion intentando mantener la calma—. En diez horas o tal vez un poco más estaré en Los Ángeles. No puedo dejarlo solo, ¿y si la niña empeora?

Lion parecía muy nervioso.

—¡Eh, Zack! —lo llamó—. ¿Seguro que no quieres venir en avión con nosotros?

Lo cierto es que sería lo más acertado. En avión tardaríamos menos en llegar a casa.

Zack señaló el coche.

Claro… Había venido con su propio vehículo, a diferencia de nosotros, que habíamos alquilado un monovolumen para llegar al lago.

—No os preocupéis —les dije a mis amigos—. Estaremos bien y, si la niña empeora, yo podré hacerme cargo de ella mientras él conduce.

Ninguno de los dos parecía convencido, sobre todo porque el tiempo no acompañaba.

La nieve no amainaba y el cielo estaba pintado de un denso color gris, tintando el ambiente de una sensación opresiva.

—Deberíamos salir ya —le dije a Zack.

Nos despedimos de nuestros amigos. Jenna cerró la casa y nos alejamos hasta alcanzar la carretera en que se desviaban nuestros caminos.

—Oye…, muchas gracias por acompañarme —me dijo Zack desviando la mirada de la carretera durante un segundo solo para poder sonreír de lado.

—De nada… Para eso están los amigos, ¿no?

Zack asintió y volvió a mirar hacia delante.

Me giré para mirar a Eve… La niña dormía como un tronco.

Cuando volví la vista a la carretera, la nieve caía sin parar y solo pude rezar para que el tiempo mejorara y pudiésemos llegar a casa sin problemas.

35

NICK

Tuve que dejar entrar a aquella chica a pesar de la negativa de Steve, a quien casi le da un infarto nada más ver por las cámaras de seguridad que se las había apañado para subir hasta mi ático.

—Steve, tráele un vaso de agua —dije censurándolo con la mirada después de dejarle claro que pensaba escucharla.

La chica se dejó guiar por mí y le ofrecí asiento en el sofá del salón.

—¿Cómo te llamas? —le pregunté.

La chica tragó saliva, estaba muy nerviosa. Apretaba las manos contra los costados y no dejaba de mirar hacia todos lados.

—Me llamo Juliet —dijo—. Juliet Morgan.

Joder.

—Vale… Entiendes que mi primer instinto sea no creerte, ¿no?

Pero, hostias… ¿Cómo no iba a creerla? ¡Si se parecía muchísimo a mi mujer, joder!

—Sé que no tienes razones para hacerlo, pero… es cierto, somos hermanas. O, bueno, medio hermanas. Compartimos padre.

Negué con la cabeza con incredulidad y Steve justo apareció para ofrecerle a la chica el vaso de agua. Se colocó detrás de mí con los brazos cruzados y cara de pocos amigos.

—¿Cuántos años tienes? —tuve que preguntarle, ya que se la veía muy joven… Casi como Noah.

—Tengo veinticuatro —admitió después de darle un trago al agua y dejar el vaso en la mesita que tenía delante.

La pobre no dejaba de temblar.

—¿Y por qué estás tan segura de que eres hermana de mi mujer? Hasta la fecha, Noah era hija única —le dije, pues quería decantarme hacia la postura de Steve y no creerla, pero el parecido… El parecido era demasiado evidente.

Su pelo era más corto, lo llevaba ligeramente por encima de los hombros y era más rubia que Noah, cuyo pelo entremezclaba tonalidades rubias y pelirrojas. Su piel constaba de una galaxia infinita de pecas, cientos más que las que decoraban las mejillas y la nariz de Noah. Incluso sus ojos eran más verdes que miel y tal vez no tan rasgados como los de mi mujer, pero, joder… Sí que podían ser familia, sí.

—Mi madre conoció a mi padre en una fiesta de la universidad… No contaba con quedarse embarazada, pero lo hizo y decidió tenerme sin decírselo a él —explicó—. Realmente no supe quién era mi padre hasta hace cuatro años, cuando… Bueno, cuando murió.

La imagen del padre de Noah muerto en la carretera después de habérsela llevado, después de haberla secuestrado, se me vino a la cabeza y una rabia interna pareció resurgir de una herida que creía ya más que cicatrizada.

—Ese hombre era un hijo de puta —no pude evitar decir.

Aquella chica, Juliet, apenas titubeó.

—Yo no lo conocí —dijo a modo de defensa—. Mi madre me crio sola y nunca quiso decirme quién era… hasta que se enteró de su muerte.

—¿Y por qué te lo contó entonces? —pregunté.

Juliet volvió a coger el vaso de agua.

—Ella no quería… —Tragó saliva muy nerviosa, parecía estar al borde de un ataque de nervios—. No quería que me quedara sola después…, después de su muerte. Quería, quería que contactara con mi hermana, al menos…, quería que tuviese una familia.

Procesé esa información con cautela.

—Pongamos que lo que me dices es cierto… Pongamos que de verdad eres hermana de mi mujer… ¿Por qué no hemos sabido de ti hasta ahora?

Aquella chica clavó sus ojos en los míos y sentí un escalofrío.

—Yo nunca quise… Nunca entró en mis planes contactarla, por mucho que mi madre lo hubiese querido. Mi vida… No he tenido una vida fácil, ¿vale? Y, cuando me enteré de que mi hermana se había casado… contigo, supe que tener relación con ella iba a ser del todo imposible —añadió mirando a su alrededor, a los muebles, a las vistas, a Steve…

—No te sigo —dije con sinceridad.

—¿Qué piensas ahora mismo, al verme aquí sentada, diciendo que tu mujer es mi hermana? ¿Qué crees que quiero o busco?

Me daba cosa decirlo en voz alta, pero tampoco sabía qué quería esa chica exactamente, así que fui claro y sincero.

—Dinero —contesté con seriedad.

Juliet asintió despacio.

—Exacto —admitió y, cuando lo hizo, pude fijarme un poco más en su aspecto, en su ropa… No iba precisamente vestida como una pordiosera, pero su ropa no distaba mucho de la que venden en unos grandes almacenes.

—¿Eso es lo que quieres? —pregunté poniéndome a la defensiva, aunque, si de verdad era hermana de mi mujer…, no era mi decisión si debíamos ayudarla a nivel económico, eso sería decisión de Noah.

—No —dijo negando con la cabeza—. Nunca fue esa mi intención, y menos cuando… cuando hace un año me condenaron a seis meses de cárcel. —Habló con vergüenza y miedo.

—Nicholas —dijo muy serio Steve a mis espaldas, dando un paso hacia delante.

Levanté la mano para indicarle que todo estaba bien, que se quedara donde estaba.

Juliet lo miró a él y después a mí, poniéndose muy nerviosa.

—Mirad, no he venido aquí a contaros mi historia y pediros que me creáis. Yo solo he venido aquí porque estoy buscando a mi hija.

Mis ojos se abrieron sorprendidos.

Pero ¿qué demonios?

—¿Tu hija?

Juliet asintió desesperada.

—Mi expareja se la ha llevado… La tiene desde que yo ingresé en la cárcel y no he sabido nada de ella ni de él desde hace tres meses. Bueno, hasta que hace un mes salió una foto en el periódico. Vi a Zack con tu mujer… en la puerta de lo que imagino que será vuestra casa. Y entonces comprendí que había hecho lo que quería hacer desde que se enteró que de alguna forma estaba relacionada con vosotros, con tu familia.

Mi corazón empezó a latir acelerado. Mi mirada se desvió de esa chica que acababa de conocer y cuyos ojos me recordaban a Noah. Clavé la vista en Steve, que pareció perder el color de su piel como reflejo de mi nerviosismo.

—¿Tú eres la madre de Eve? —pregunté con miedo en la voz.

Juliet asintió y las lágrimas desesperadas empezaron a caer por su rostro.

—Sí… Sí, ella es mi hija. Es mi niña. Por favor, necesito saber que está bien, necesito recuperarla…

Descubrir que todos mis instintos habían estado en lo cierto no me provocó ningún tipo de satisfacción, sino todo lo contrario.

Miré el reloj de pulsera. Noah debía de estar volando en ese instante, no podía contactarla.

Eso me alivió por un momento.

Ese hijo de puta…

—¿Zack es el padre de tu hija? —tuve que preguntar.

Imaginaos mi sorpresa cuando esa chica, que lloraba desconsolada en mi sofá, empezó a negar una y otra vez con la cabeza.

—No, no lo es —dijo angustiada, sujetando con fuerza una crucecita que llevaba colgada al cuello—. Pero como si lo fuera. Eve era apenas un bebé cuando empecé a salir con él, por lo que la ha criado conmigo… Pero es un hijo de puta. Me engañó, me engañó y por su culpa me cayeron dos años de cárcel que he podido reducir a seis meses. Salí de prisión hace un mes y desde entonces estoy intentando saber dónde está mi hija.

—¿No lo has denunciado a la policía? —pregunté incrédulo.

Juliet negó con la cabeza y más lágrimas cayeron por sus mejillas.

—No puedo… Si lo hago, Zack tiene pruebas suficientes para que vuelvan a meterme en la cárcel…

Aquello se estaba yendo de madre y encima estaba a miles de kilómetros de distancia de Noah.

Justo en ese instante, Andy apareció en el salón tirando de un trenecito atado a un cordel. Era un tren de madera, un juguete *vintage* que le había comprado en un mercado de juguetes antiguos. Me sonrió divertido y vino corriendo hacia nosotros. Pero, como aún no se coordinaba del todo bien, tropezó y se cayó sentado sobre sus pañales, que al menos le hicieron de amortiguador.

Me levanté del sofá, cogí a mi hijo en brazos y lo alejé de esa chica cuyas lágrimas se acentuaron al verlo llegar.

—Por favor, yo solo quiero recuperar a mi hija —dijo temblando de la cabeza a los pies.

—Hay que llamar a la policía —empezó a decir Steve—. Ese hombre ha secuestrado a una niña…

—No —lo contradijo Juliet—. No la ha secuestrado porque yo misma le cedí la tutela mientras estuviese en prisión. Me engañó…, me engañó y no sé muy bien qué pretende, pero te juro que es un hombre peligroso, Nicholas —dijo llamándome por mi nombre por primera vez desde que había entrado en mi casa—. Por favor… Por favor, pídele a Zack que me devuelva a mi hija.

No podía pensar con claridad. Lo único que me daba cierta tranquilidad era que mi hijo estuviese allí conmigo y mi mujer volando dirección a Los Ángeles.

Miré el reloj.

El vuelo no llegaba a Los Ángeles hasta al menos dentro de tres horas.

Esperaríamos y, cuando Noah aterrizase… ¿Qué? ¿Cómo iba a contarle toda esta historia, si es que era cierta? «Mira, Noah, es que acaba de llamar a mi puerta tu hermana perdida. Dice que su hija, o sea, tu sobrina, es Eve y, por cierto, ahora entiendo por qué desde el minuto uno en que la vi me recordó a ti. Bueno, el caso es que la niña está en peligro a manos del hijo de puta del vecino que tanto empeño ha tenido en relacionarse contigo y que yo te dije que me daba mala espina».

Llevé a Andrew con Silvie. Le pedí que se quedara con él y que por nada del mundo dejase que volviese al salón. Quería a esa mujer lo más alejada posible de mi hijo.

Todo sonaba a auténtica locura y no sabía cómo gestionarlo.

Cuando regresé al salón, me senté de nuevo frente a Juliet.

—Vengo de pasar dos días con ese tipo en la casa de mis amigos en el lago Tahoe. Tu hija estaba allí, está bien —añadí con prisa al ver que la cara de Juliet se desencajaba—. Zack nos ha estado mintiendo todo este tiempo… Nos contó que la madre de Eve había muerto en el parto. ¿Por qué haría algo así?

La chica negó con la cabeza.

—Quiere dinero —dijo con vergüenza y miedo—. Le debe mucho al líder de una banda de narcotraficantes. —Habló mirándose las manos que tenía apoyadas en el regazo.

Joder.

—¿Por eso acabaste en la cárcel? ¿Por vender droga? —pregunté procurando no juzgarla demasiado. No la conocía.

Juliet asintió y volvió a mirarme.

—No mentía cuando te he dicho que he tenido una vida difícil, y Zack… Zack fue la única opción para obtener dinero rápido.

La miré muy serio antes de lanzarle una última pregunta.

—¿Hasta qué punto es peligroso?

Juliet miró a Steve y luego a mí. Su aspecto, su miedo, sus lágrimas dejaban claro que había vivido un calvario.

A saber cuánto tiempo llevaba intentando encontrar a su hija… ¿Cuántas veces se había presentado en mi edificio intentando hablar conmigo y cuántas veces la habían interceptado para prohibirle el paso?

—Mientras él crea que tiene el control, será más fácil manipularlo, pero si lo acorralan…, si siente que ha perdido…, puede cometer cualquier locura. —Al decir aquello, al mirarla a los ojos, pude ver que muchas vivencias tal vez traumáticas con ese hombre le habían otorgado la potestad para lanzar una afirmación tan grave como esa.

Asentí en silencio.

—Haremos lo siguiente —dije procurando respirar y tomar decisiones con cabeza—: mis amigos y mi mujer llegarán a Los Ángeles en un par de horas… Zack va en coche con Eve, lo dijo estando yo allí, y tardarán más de la cuenta. Cuando sepamos que está en su casa, hablaré con él.

—Señor —intervino Steve dando un paso hacia delante.

Lo miré entendiendo su preocupación.

—Si lo que dice Juliet es verdad y tiene la tutela de la niña…, no ha hecho nada malo, más que ser un auténtico hijo de puta y un puto mentiroso —dije sin pelos en la lengua—. No podemos llamar a la policía porque no podemos acusarlo de nada —insistí, y volví a mirar a Juliet—. Le daré dinero —proseguí tajante, aunque me quemaba por dentro que ese cabrón saliera ganando—. Hay una niña pequeña de por medio y haré lo que sea para devolvértela, pero que quede clara una cosa, Juliet —añadí mirándola fijamente y más serio que en toda mi puta vida—. Como me estés engañando… Como me estés mintiendo o algo de lo que me acabas de contar no sea exactamente lo que me has dicho, te juro por mi hijo de dos años que no habrá país al que podáis huir tú y tu puto novio de mierda. Porque os encontraré y usaré todos mis recursos para meternos a ambos en la cárcel, ¿está claro?

La chica que tenía frente de mí perdió el poco color que le quedaba, pero asintió sin apenas dudar más de un segundo.

—Juro que estoy diciendo la verdad. Lo juro.

Las siguientes dos horas, mientras esperábamos a que el avión aterrizase, se me hicieron eternas. Necesitaba poner a Noah sobre aviso y, aunque no pensaba contarle nada sobre que aquella chica era su hermana, al menos no cuando la tenía a miles de kilómetros de distancia, sí que necesitaba advertirle sobre Zack.

Miré el reloj de pulsera, nervioso. Cuando ya por fin supimos que el avión había aterrizado, empecé a llamar a Noah.

Su teléfono aparecía apagado o fuera de cobertura.

La llamé más de diez veces mientras iba y venía por el despacho, sin poderme sentar, nervioso, frenético.

«Joder, Noah, coge el puto teléfono», pensaba.

Al final decidí llamar a Lion, solo necesitaba saber que habían llegado bien. De hecho, pensaba pedirle a mi amigo que se llevaran a Noah con ellos a casa. No podía soportar el pensar que mi mujer pudiese estar sola y ese desgraciado llegara y le tocara el timbre estando yo aún en Nueva York.

Cuando por fin Lion me cogió el teléfono, respiré con cierto alivio.

—Tío, por favor, ponme con Noah, es urgente —dije casi sin saludarlo.

El silencio que se hizo al otro lado de la línea me puso muy nervioso y en alerta.

—¿Lion? —pregunté.

—Mira, tío… —dijo con un deje de remordimiento en su voz—. Siempre estáis con estos líos, nos metéis a mí y a Jenna de por medio. Que

si tú no quieres que viaje en coche, que si Noah quiere acompañar a Zack…
Son vuestras movidas, tío, háblalo con ella.

Me detuve en el despacho sin entender nada de nada.

—¿Qué cojones dices, Lion? Pásame a Noah, necesito hablar con ella
—insistí perdiendo la poca paciencia que me quedaba.

—Te lo estoy diciendo. No ha venido con nosotros, va en coche con
Zack. Eve se puso enferma y…

—¿Noah no ha viajado con vosotros? —pregunté notando que el miedo irracional que llevaba sintiendo todos esos meses se acentuaba y encontraba por fin una razón lógica.

—No, tío, está con Zack. Aún les quedará bastante para llegar. Además,
el tiempo se estaba poniendo bastante feo cuando salimos de casa…

—¿Nicholas? —preguntó Steve a mis espaldas—. ¿Estás bien?

Miré a Steve sintiendo que mi mundo volvía a tambalearse, que el peligro volvía a amenazar a mi familia y que otra vez…, otra vez me pillaba tan
lejos que mis ganas de salir corriendo a buscarla se veían truncadas por la
distancia.

—Va con él en el coche, Steve —dije con el miedo tiñendo cada una de
mis palabras.

Me dejé caer en la silla de mi despacho procurando mantener la calma,
pero perdí por completo el control de mi cuerpo.

—Nick, ¿qué pasa? —escuché a Lion preguntar al otro lado de la línea.

Respiré hondo hasta que la entrada de oxígeno me ayudó a despejar la
mente y a pensar con claridad.

—Steve… —lo llamé sin levantar la vista del marco que tenía sobre mi
escritorio, una foto donde Noah levantaba a Andy por el aire y sonreía mirando hacia mí, que había hecho la foto.

No pensaba pasar por lo mismo otra vez… No pensaba permitir que
jugaran con lo que más quería, que jugaran con mi vida entera.

—Avisa para que preparen el jet. Nos vamos en una hora.

36

NOAH

El tiempo se complicó… Mucho.

Por la radio informaban de un vendaval jamás visto en esas fechas y pedían a la gente resguardarse en las casas y no salir si no era del todo necesario.

Me puse muy nerviosa.

Eve, además, seguía dormida tras más de dos horas de coche, y Zack parecía tranquilo… Demasiado tranquilo.

—No podemos seguir conduciendo, Zack —dije viendo que la carretera que se extendía frente a nosotros se hacía cada vez más y más peligrosa.

—¿Y qué sugieres? —preguntó con la vista clavada al frente.

—Pues… no sé —empecé diciendo—. ¿Y si paramos en un motel o algo hasta que pase el temporal? No me gusta nada cómo está el tiempo y no es seguro hacer un camino tan largo.

A nuestro lado, en el exterior, el viento rugía con fuerza. Los árboles se movían de un lado a otro y la nieve caía sin tregua agolpándose en la carretera, lo que hacía que el camino fuera a cada minuto más inseguro.

—En cuanto lleguemos a Bishop y dejemos las montañas atrás, ya no será peligroso —me intentó tranquilizar Zack.

—¿Y cuánto queda para eso? —pregunté.

—Por lo menos una hora, aunque con esta visibilidad… —añadió mientras los limpiaparabrisas trabajaban sin parar y una densa neblina se arremolinaba frente a nosotros.

—Zack, vamos a buscar un lugar donde parar —le dije cogiendo el móvil—. Mierda, no tengo cobertura.

—Será por la tormenta —dijo—, pero no te preocupes, conozco un lugar… No es nada del otro mundo, te advierto, aunque valdrá para parar unas horas.

—Muy bien —accedí y, por otro lado, me arrepentí de haber ido en coche.

Nick no se iba a tomar aquello nada bien, y ahora que parecíamos haber vuelto a conectar…

Zack condujo unos veinte minutos más hasta llegar a lo que parecía un motel de carretera en toda regla, pero tenía un toque country que me sorprendió. Se llamaba Tom's Place, era un edificio bajo y alargado de madera, el cual prometía lo que buscábamos: una sopa caliente y un lugar donde resguardarnos de la nieve.

Nada más aparcar, Zack bajó y me dijo que preguntaría si tenían habitaciones disponibles. Me pidió que me quedara en el coche con Eve hasta saber si había disponibilidad y eso hice, aunque, justo cuando desapareció dentro del edificio, vi que la niña empezaba a despertarse.

La pequeña se restregó los ojos con los puños y, cuando me vio, pareció totalmente perdida.

—¿Dónde estamos? —preguntó confusa mirando hacia fuera.

—Cariño, vamos de camino a casa, pero hemos tenido que parar porque hay mucha nieve en la carretera —le expliqué con amabilidad, pues no quería asustarla—. ¿Cómo te encuentras?

Eve pestañeó un tanto aturdida y volvió a mirarme.

—¿Ya tengo que decir que estoy buena? —preguntó con aquella vocecita adorable que tenían los niños pequeños—. Papi me dijo que me compraría un helado de chocolate si lo hacía bien —pareció recordar con ilusión.

—¿Si hacías bien el qué, cielo? —le pregunté sin entender.

—Jugar a que estoy enfermita —admitió entonces.

Sentí como si todo el calor que hacía en el coche gracias a la calefacción fuese arrebatado de golpe.

—¿Cómo dices? —pregunté.

Eve me miró con ojos cansados.

—Papi quería que tú vinieses con nosotros… Papi quiere que tú seas mi nueva mamá —agregó poniéndome los pelos de punta—. Tú te pareces mucho a mi mami. La echo mucho de menos… Más que a nadie en el mundo —dijo separando mucho los brazos.

Vale… Acababa de cagarme de miedo.

Joder.

Antes de que pudiera contestar o hacerle más preguntas a Eve, Zack apareció junto a mi ventana provocándome un susto de muerte.

—¡Tranquila! —dijo abriendo mi puerta—. Solo queda una habitación, son como cabañitas en el exterior, pero le he dicho que nos la dé de todos modos, pues ahora mismo no creo que encontremos nada mejor —añadió sonriente.

Zack se dio cuenta de que Eve se había despertado y entonces pareció ponerse un pelín nervioso.

—¡Cariño, ya estás despierta! —dijo abriendo su puerta y sacándola del coche—. ¡Vamos, Noah! —me gritó, invitándome a seguirlo—. Dentro nos espera una sopa de calabaza y queso recién hecha.

Yo no sabía qué hacer.

¿Por qué Zack había mentido? ¿Qué era verdad de todas las cosas que nos había contado? Y, sobre todo, ¿la madre de Eve había muerto en el parto como él decía? Pero entonces ¿cómo era posible que la niña hablase de ella como si la conociese?

A ver… No podía permitirme perder la compostura. Estaba viendo demonios donde no los había. Vale que me parecía de lo más rastrero que Zack le pidiese a la niña que mintiera para que yo lo acompañara, pero tal vez la niña había visto miles de fotos de su madre, escuchado historias…

Tan solo se trataba de una jugada muy oportuna por parte de Zack y, obviamente, en cuanto llegase a casa tomaría la decisión de alejarme de él de manera definitiva. Nick tenía razón, yo le gustaba a nuestro vecino y eso ya empezaba a incomodarme.

Procuré mantener la calma. Viendo mis opciones y las circunstancias climatológicas, tuve que coger el móvil y el abrigo para seguirlos dentro del edificio.

Dentro no había mucha gente. Vi una familia a lo lejos, junto a la chimenea, esperando a que les sirvieran algo de comer, y luego dos hombres con los esquís tirados en el suelo, bebiendo cerveza.

El lugar era acogedor, pero bastante antiguo.

Pasamos junto al mostrador y Zack pidió una de las mesas más cercanas a la chimenea.

—Joder, ¡qué frío hace! —dijo mientras cogíamos sitio.

Yo no podía disimular ni mi nerviosismo ni mi cabreo.

¿Ese tío de verdad llevaba meses engañándome?

Intenté buscar alguna razón por la que no hubiese querido ser sincero con respecto a la madre de Eve... Tal vez no había muerto en el parto, tal vez había muerto más tarde y lo había resumido así por ahorrarse los detalles … Podía ser.

O tal vez era un maltratador que había secuestrado a su hija y estaba en busca y captura.

Mierda.

Mi imaginación podía ser mi peor enemiga en circunstancias como esa.

Miré hacia la ventana, hacia la nevada que parecía no querer darnos tregua.

Volví a mirar el móvil y vi que tenía algunas rayas de cobertura.

—Por fin tengo línea —dije poniéndome de pie—. Voy a salir e intentar contactar con Nick y ver cómo está Andy. Podéis ir pidiéndome esa sopa de calabaza calentita —dije nerviosa, pero a la vez intentando aparentar normalidad.

Las llamadas perdidas de Nick empezaron a llegar.

Me había llamado más de diez veces.

Marqué su número y tardó en cogérmelo, e incluso cuando lo hizo lo escuché muy lejos.

—¿Noah? —me dijo, y tuve que pegarme el móvil con fuerza al oído para poder escucharlo—. Noah, ¿dónde estás?

Respiré hondo intentando tranquilizarme.

¿Qué iba a decirle?

¿Le contaba mis sospechas de que Zack me había mentido?

—¡Hola, Nick! —grité para que me escuchara—. ¿Dónde estás tú? No te escucho.

—¿Estás sola? —me preguntó, y le dije que sí.

—Noah, presta atención —dijo en un tono que me alarmó al instante—. Debes llegar a casa cuanto antes —añadió, y la conversación se entrecortó dos veces.

—Nick, ¿desde dónde me llamas? —pregunté alterándome por el tono en el que me estaba hablando.

—Noah, cuando llegues a casa, no hables con nadie, espérame allí y, sobre todo, aléjate de Zack, ¿me has oído?

¿Qué demonios?

Era como si Nick se hubiese metido en mi cabeza, como si supiese de la conversación que acaba de tener con esa niña y que me hacía cuestionarme quién era Zack en realidad.

—Nick, ¿qué está pasando? —le pregunté.

—Noah, ahora estoy en el avión, voy para casa y aquí conmigo está la madre de Eve —dijo, y pude oír la frase claramente, sin que se entrecortara.

La escuché a la perfección.

Nick estaba con la madre de Eve.

—Nicholas, me estás asustando —dije con voz entrecortada.

—Zack nos ha estado mintiendo todo este tiempo, Noah. Debes mantener la calma y llegar a casa cuanto antes, ¿de acuerdo?

¿Llegar a casa cuanto antes?

Miré justo lo que tenía delante. La nieve y el viento me sacudían el pelo y me causaban escalofríos. Me abracé a mí misma buscando calor y algo de consuelo.

—Nicholas, estoy muy lejos de casa —admití con voz temblorosa—. Hemos tenido que parar en un motel debido al temporal, no vamos a poder movernos de aquí en horas.

—¿Que has hecho qué? —preguntó muy lejos.

Joder, ¡era imposible escucharlo con claridad!

—Noah, mándame tu ubicación —me pidió, y asentí en silencio como si él pudiera verme—. Lo importante es que mantengas la calma, ¿de acuerdo? Cuida de la niña, no la dejes con él a solas y procura volver a casa cuanto antes.

—Nick… —dije notando que me temblaba la voz y los ojos se me llenaban de humedad.

—Tranquila, amor, todo va a salir bien —intentó tranquilizarme… sin éxito—. Te lo explicaré todo cuando llegues a casa, pero ahora mismo debes fingir que todo sigue como siempre, ¿de acuerdo?

—Está bien —contesté completamente perdida y asustada.

No entendía nada.

¿De repente Zack era una amenaza? ¿La madre de Eve estaba viva?

—¿Ha secuestrado a la niña, Nick? —tuve que preguntar.

Nick dudó antes de responder.

—No exactamente, pero sí que ha mentido y no es su padre, Noah.

¿Cómo?

¿Zack no era el padre de Eve?

Joder, las cosas parecían empeorar a cada segundo que pasaba.

De repente, la línea que me comunicaba con Nick se cortó y, cuando fui a volver a llamarlo, me salió comunicando.

Respiré hondo intentando tranquilizarme y, al girarme para entrar al establecimiento, me encontré cara a cara con Zack.

Su semblante estaba frío como el hielo y su mirada parecía querer traspasarme y dejarme marca.

—Zack… —dije con voz temblorosa.

¿Cuánto tiempo llevaba allí escuchando?

Me aguantó la mirada durante unos segundos y, después, sonrió.

—La sopa ya está en la mesa… Si no vienes, se va a enfriar.

Respiré hondo, aunque el aire entró en mis pulmones entrecortadamente y me forcé a imitarle la sonrisa.

—Qué bien… Estoy muerta de hambre.

Lo seguí sin tener ni idea de a quién seguía en realidad.

¿Quién era ese hombre al que no había dudado en llamar «amigo»?

Nos tomamos la sopa junto al fuego mientras Eve jugaba y charlaba con normalidad.

—Parece que la fiebre ya se le ha ido por completo —dije mirando a Zack fijamente.

No era su padre.

Ese cabrón me había engañado y ni siquiera entendía por qué.

—Sí…, menos mal —dijo Zack, que no dejaba de mirarme con ojo clínico. Parecía estar haciéndome una radiografía mental cada vez que abría la boca.

Tenía muchas ganas de soltar lo que Nick me había dicho, de decirle que sabía la verdad, pero me controlé. Esta vez le haría caso a Nicholas.

Me ponía muy nerviosa que la niña estuviese sentada sobre su regazo, quería cogerla en brazos y salir corriendo de allí.

Me faltaba información y mi cabeza no dejaba de inventarse historias terribles.

¿Por qué había secuestrado Zack a una niña? Dios mío, ¡¿le habría estado haciendo algo indebido durante todo este tiempo?!

Eve parecía feliz a su lado, estaba cómoda…, pero tenía tres años, joder. Me espeluznaba pensar lo fácil que era engañar a niños tan pequeños, su inocencia era el incentivo perfecto para que personas horribles se aprovecharan de ellos y les hicieran todo tipo de cosas…

¡Me estaba poniendo enferma!

¿Qué había querido decir Nick con que Zack no la había secuestrado exactamente?

¿Exactamente qué?

O la había secuestrado o no, no había medias tintas en algo tan grave.

—Te veo nerviosa, Noah —observó Zack.

Forcé una sonrisa que se quedó más en una mueca que en otra cosa.

—No me gustan las tormentas… Nunca me han gustado —admití y, aunque era cierto, no me gustaban en absoluto, no estaba precisamente nerviosa por eso.

—Tranquila, seguro que en unas horas habrá pasado y podremos volver a la carretera.

Ya…, en unas horas… Habíamos tardado casi cuatro en llegar a donde estábamos y ni siquiera nos habíamos alejado de las montañas… Ese viaje iba a ser el viaje más largo, incómodo y tenso de mi vida.

—Aunque es cierto que se hará de noche en un par de horas… —dijo Zack mirando hacia fuera.

Ya eran pasadas las cuatro, pero el tiempo hacía que el cielo se viese prematuramente oscuro teniendo en cuenta la hora.

—Si quieres, podemos pasar aquí la noche y salir mañana —me ofreció.

—¡No! —contesté de manera automática, y mi tono de voz salió como tres octavas más altas de lo normal—. Me gustaría llegar a casa hoy, Zack —dije procurando hablar en un tono normal.

Él asintió sin decir nada más y el resto de la comida lo pasamos en silencio.

Cuando ya no pude alargar más que estuviéramos allí sentados, Zack me propuso ir a la pequeña cabaña que nos habían dado.

—Así descansaremos antes de salir. Si te empeñas en llegar hoy, deberíamos dormir un rato —me dijo, y no se me ocurrió nada convincente que me permitiera quedarme en aquel salón sin levantar sospechas.

—Muy bien —dije, y accedí a salir fuera del edificio.

Nos protegimos del frío hasta llegar a la cabaña…, que era la última y más alejada del edificio principal. Estaba cerca de un pequeño lago y a unos metros a la izquierda empezaba un bosque lleno de árboles nevados.

Cuando entramos, los tres estábamos congelados de frío.

La cabaña era amplia, con dos zonas diferenciadas, un pequeño salón con una cocinita y la habitación con cama matrimonial a un lado. En el pequeño saloncito había una chimenea de gas, un sofá y una tele antigua.

Zack sentó a Eve en el sofá y buscó en la tele hasta ponerle los dibujos.

En cuanto la niña estuvo entretenida y lo suficiente lejos como para no oírnos si hablábamos bajo, Zack se acercó a la puerta y, sin mirarme, la cerró con la llave que colgaba junto a esta.

El ambiente entre los dos se había enfriado tanto como el viento gélido de ahí fuera y, aunque yo había hecho todo lo posible por aparentar normalidad, mi nerviosismo había sido palpable para cualquiera que me conociese… Y, por desgracia, en los últimos meses, él había tenido la oportunidad de conocerme muy bien.

—Bueno…, está claro que has averiguado más de lo que yo pretendía que averiguases jamás, Noah —dijo entonces girándose hacia mí.

Su manera de mirarme, incluso de hablar, era completamente distinta. Como si de repente se hubiese quitado una careta y fuera él mismo.

Di un paso hacia atrás, sentía miedo real desde que había hablado con Nick.

—¿A qué te refieres? —dije intentando hacerme la tonta.

Zack me miró muy serio.

—Por favor, Noah, no me tomes por imbécil —dijo cabreado.

Odiaba tanto sentir que me había engañado, odiaba tanto saber que faltaban piezas en aquel puzle sin sentido, que decidí ir al grano.

—¿Qué quieres, Zack? —le pregunté intentando sonar segura, a pesar de las ganas que tenía de salir corriendo.

Zack sonrió mirando hacia la niña.

—Joder… ¿Que qué quiero? —contestó—. Quiero la pedazo de vida que tú tienes, eso es lo que quiero.

En mi fuero interno esperaba otro tipo de respuesta.

—¿Has hecho todo esto por dinero? —solté con incredulidad—. Pues sí que te has tomado tu tiempo.

¡No tenía sentido! ¡Nada tenía sentido!

Zack pareció ignorar mi último comentario y pasó a mirarme con una atención que me incomodó.

—¿Qué tendréis las Morgan que volvéis loco a cualquiera…? —dijo entonces, y no comprendí en absoluto qué quería decir con eso.

—Zack… Sé que Eve no es tu hija —dije hablando muy bajo para que la niña no pudiese oírme—. Deja que me la lleve… o me quedaré aquí con ella. Tú coge el coche y márchate. No sé qué pretendes, no me importa, yo solo quiero ponerla a salvo.

Zack me miró y se rio.

—¿Ponerla a salvo de qué? —dijo indignado—. Conozco a esa niña desde que no sabía ni andar. La he criado yo. La he mantenido yo. Jamás la pondría en peligro.

Al menos eso que dijo sí que parecía cierto.

Zack se giró y se llevó las manos a la cabeza, peinándose hacia atrás.

—Desde que llegamos a Los Ángeles, desde que te conocí…, he podido tener una vida que por fin parecía merecer la pena —dijo mirándome entonces con un odio infinito—. ¡No tienes ni idea de lo que es no tener nada y que la gente como tú nos trate como si fuésemos parias!

Eve echó un vistazo por encima del sofá y pareció asustada.

Zack estaba gritando, y no solo había asustado a la niña, a mí también.

—Zack, tranquilízate —le pedí procurando que mantuviese la calma—. Cariño, está todo bien —añadí sonriendo en dirección a Eve.

Zack soltó una carcajada y me observó de arriba abajo.

—Es una broma de mal gusto lo que te pareces a ella —dijo entonces, soltando cosas que no entendía ni quería entender.

—¿De qué demonios estás hablando, Zack? —le pregunté.

—Me fui con la hermana equivocada.

Ese tío estaba completamente loco.

Decía incoherencias y estaba perdiendo los papeles.

—¿Sabes…? Llevo intentando conseguir algo con lo que poder desplumar a tu marido desde hace meses… Y ese hijo de puta tiene una red de seguridad tan impenetrable que solo me dejó una puta opción —dijo mirándome a los ojos—. Me gustas… Sabes que me gustas —admitió como si fuese algo obvio.

¿Cómo había podido estar tan ciega? ¿Cómo había podido defenderlo ante mi marido, ante la única persona que vio cómo era y que me advirtió sobre que no era de fiar?

Permanecí en silencio porque no sabía qué decirle y no quería provocarlo. Estaba delirando.

—No sabes lo que siento cuando veo cómo te toca, cómo te habla…

Se acercó a mí poco a poco y, por el rabillo del ojo, vi que Eve estaba atenta a los dibujos.

No nos miraba, nos daba la espalda.

—Zack, por favor —le pedí cuando lo tuve tan cerca que ya violaba mi espacio personal.

—Cómo te folla… —añadió buscándome con la mirada.

Se la mantuve sin dar crédito.

—¿De qué demonios estás hablando, Zack? —le solté intentando controlar mi pánico.

—Accedí a las cámaras de la casa de Jenna… Si hay algo que se me da bien son los ordenadores. Puedo hacer con ellos lo que me dé la gana —admitió lleno de ira.

Recordé entonces su alusión a las cámaras de seguridad…

—Cuando leí ese artículo que hablaba sobre ti y sobre él… Decía que podrías dejarlo y, aun así, tendrías su fortuna… De verdad creí que tú y yo podíamos ser algo. Me hiciste desviarme de mis planes. He sido tu apoyo durante todos estos meses y aun así él llega y se te caen las bragas, joder, ¡eres patética!

Mis manos temblaban, mi cuerpo temblaba.

Quería salir de allí, quería coger a esa niña pequeña y largarme de esa cabaña. Me daba igual dónde, solo quería alejarme de ese lunático.

—Por fin me juntaba con alguien que tenía algo que ofrecer, por fin daba con la persona correcta. —Su voz se suavizó y su mano subió para acariciarme la mejilla—. Yo siempre estaría a tu lado, Noah… Tú y yo seríamos la pareja perfecta y Eve tendría la madre que sí se merece, la hermana correcta.

—Zack, me estás asustando. Por favor, deja que me vaya —le pedí intentando dar un paso hacia atrás sin ser consciente de que ya los había estado dando y él me había seguido hasta que mi espalda chocó con la pared.

—Te da igual, ¿verdad? —preguntó desolado—. Da igual que conozcas a alguien mejor, a alguien presente, a un buen padre para tu hijo. Tú siempre lo elegirás a él, siempre lo mirarás como si fuese el centro de tu universo.

—Zack, por favor —repetí despacio.

Entonces, se separó de mí y pude volver a respirar.

—No sé por qué estás tan asustada, Noah —dijo entonces en un tono de voz alegre y normal—. Solo estamos esperando a que pase la tormenta… ¿Verdad, pequeña? —añadió acercándose a la niña y sentándose a su lado.

Miré las ventanas, miré la puerta, pero él sabía perfectamente lo que hacía… Yo no me iría de ahí sin Eve.

Jamás la dejaría con ese lunático.

—Siéntate con nosotros a ver la tele, Noah —me ordenó—. Debemos descansar, puesto que nos espera un viaje muy largo.

Solo pude pensar en una cosa, en dos, en realidad: mi hijo y Nick.

No iban a volver a joderme.

No pensaba permitirlo.

37

NOAH

Cuando pasaron un par de horas y fuera el sol ya se había puesto sobre el horizonte, no pude evitar volver a abrir la boca.

—¿Cuál es tu plan, Zack? —le pregunté procurando sonar despreocupada. No quería darle el beneficio de ver que estaba completamente aterrorizada.

Zack, que estaba sentado frente a la pequeña mesa del salón con su ordenador delante, se dignó a mirarme.

—Me debato entre hacer las cosas bien o ser un auténtico hijo de puta.

Miré en dirección a Eve.

La niña se había dormido hacía un rato y roncaba como un tronco.

—Debe de seguir con los efectos del ansiolítico que le di esta mañana —dijo sin ningún tipo de remordimiento.

Lo miré horrorizada.

—De alguna manera tenía que convencerte de que estaba enferma —añadió encogiéndose de hombros.

—Estás loco, Zack —dije mirándolo con asco.

Él me ignoró por completo.

—¿Cuánto crees que me daría tu marido a cambio de que no suba este videíto vuestro haciendo el amor? ¿Te imaginas lo que supondría para su imagen que vieran cómo se folla a su mujer de esta manera tan guarra? Aunque he de admitir que, como él le da la espalda a la cámara, podría tratarse de cualquiera… Y la gente aún cree que Nicholas Leister tiene prohibido salir del estado de Nueva York… Sería un auténtico escándalo.

Me acerqué a él, quería arrancarle el ordenador de las manos y ver si era cierto lo que decía.

Me dejó verlo.

Joder.

Éramos nosotros… y era cierto que a quien más se veía era a mí… Nick le daba la espalda a la cámara todo el rato y, al ser de noche, apenas se le distinguía.

—¿Qué pensaría la prensa si creyesen que no es él?

Cerré el ordenador de un golpetazo y lo fulminé con la mirada.

—Estás enfermo.

Zack se rio.

—He de admitir que, después de convencer a esas chicas para que pusieran la denuncia en Nueva York, creí que tendría mucho más tiempo para terminar de conquistarte, Noah.

¿Terminar?

—Pero supongo que les dio un buen incentivo económico para que la retiraran y así poder viajar corriendo a tu lado.

—Zack, has perdido la cabeza.

Él me miró con expresión calculadora.

—¿Qué precio crees que tiene tu reputación? ¿Cuánto estaría dispuesto a pagar Nicholas Leister para que el mundo entero no te vea follando como una puta con a saber quién?

—Basta —lo corté, controlando mi tono, porque no quería despertar a la niña—. ¿Cómo puedes hacerme esto, Zack? ¡Éramos amigos!

Y lo peor de todo es que me dolía, me dolía demasiado su traición.

—Yo nunca quise ser tu amigo —contestó con calma—. Y aún no me has respondido a mi pregunta.

Negué con la cabeza sin dar crédito.

—¿De verdad crees que puedes chantajearnos e irte de rositas? ¡Irás a la cárcel por esto!

—Oh, por favor —dijo negando con la cabeza—. ¿Piensas que habrá algún rastro que indique que fui yo quien subió el vídeo? No soy tan imbécil, no. Me daréis el dinero y, de cara al mundo, solo será una donación de pura caridad que hace la familia Leister para ayudar a su sobrina y sacar a su hermanita de la cárcel.

Me quedé quieta.

Muy quieta.

—¿Qué has dicho? —pregunté.

—Se te da fatal leer entre líneas, ¿eh? —dijo levantándose y llenándose un vaso de agua—. Eve es tu sobrina —prosiguió, disfrutando de ver mi reacción ante esa ridiculez—. Tu padre tuvo una hija dos años antes de tenerte a ti. Se llama Juliet y ahora mismo está en la cárcel, cumpliendo condena por tráfico de drogas.

—¡Deja de mentirme! —le grité con voz temblorosa.

—¿Cómo no te has dado cuenta? ¡Mírala! —gritó señalando a Eve—. Podría ser hija tuya perfectamente, joder.

Jamás hubiese dicho algo parecido… Jamás hubiese pensado… La miré. Miré a Eve, que dormía hecha un ovillo, ajena a todas las locuras que estaban ocurriendo a su lado… Me fijé en su pelo rubio, en sus pequitas… Pero ¡eso no significaba nada en absoluto!

—¡Mientes! —volví a decirle.

Zack negó con la cabeza, sacó su móvil y buscó algo hasta que por fin lo encontró.

Al girar el teléfono, me enseñó una foto de una chica no mucho más mayor que yo…

Y ahí sí… Ahí sí que vi el parecido.

Me dejé caer sobre la silla de la cocina, puesto que mis piernas no parecían querer sostenerme.

—Pero… ¿cómo? —pregunté a nadie en concreto.

—Mira que no todos los hermanos se parecen, pero vosotras sois iguales… No haría falta ni hacer una prueba de ADN —dijo muy pagado de sí mismo.

Lo fulminé con la mirada.

No tenía ni idea de si lo que decía era verdad, pero me daba igual.

Solo quería largarme de ahí con Eve y llamar para que la policía apresara a ese hijo de puta.

—Aún no me has contestado… ¿Cuánto crees que me dará tu marido a cambio de tu reputación?

Apreté los dientes con fuerza.

No me importaba el dinero, por suerte teníamos para vivir cien vidas sin aprietos, pero no quería que ese cabrón se saliera con la suya. No soportaba la sonrisita con la que me miraba, como si su plan fuese un plan maestro sin fisuras.

Y entonces caí en que Nick me había dicho que estaba con la madre de Eve. ¿Habría descubierto Nick todo lo que Zack ocultaba?

—Supongamos que Nick te da dinero a cambio del vídeo… ¿De verdad crees que podrás seguir con tu vida sin más?

Zack me miró indignado.

—Noah… Yo no quiero hacerte ningún daño… Solo reclamo algo que creo que le pertenece a mi hija y que yo procuraré administrar de la mejor manera posible hasta que cumpla los dieciocho años.

—Yo no tengo la obligación de darle nada.

—Ya, pero seguro que tu alma caritativa no querrá dejar a tu hermana y a su hija sin un céntimo…

—¿Ella sabe que estás aquí haciendo esto? —le pregunté.

Me daba igual que Nick me hubiese dicho que estaba con esa chica, me daba igual. Yo ya empezaba a sospechar de todos, y si era cierto que esa chica era mi hermana… ¿De verdad había permitido que ese hombre viniese para chantajearme?

—Claro que lo sabe —dijo sin dudarlo—. ¿Quién te crees que orquestó todo este plan? ¿Te crees que le parecía justo que, mientras tú tenías todo lo que querías, ella y su hija pasaran penurias?

Al final tuve que dejar de escucharlo. No quería seguir teniendo esa conversación. Quería perderlo de vista. Deseaba con todas mis fuerzas que se pudriera en la cárcel, pero yo no estaba en unas circunstancias que me permitiesen actuar como deseaba, que me permitiesen ser esa Noah que arrasaba con todo y era capaz de enfrentarse a personas como él.

Ahora era madre.

Andy me necesitaba.

No podía ponerme en peligro. No podía ser valiente y luchar por lo que era justo.

Y no podía olvidarme de esa niña que dormía sin entender qué ocurría. ¡Ella no tenía la culpa de nada!

Me puse en modo supervivencia.

Debía sacarla de allí y volver a casa con mi hijo.

—¿Cuánto dinero quieres, Zack? —solté agotada, agotada de que otra vez alguien me traicionara, agotada de nuevo porque la gente se quisiese acercar a mí solo por interés…

Ahora entendía a Nick, lo entendía mejor que nunca.

Él tenía razón.

Debíamos protegernos. No debíamos abrirle nuestra casa a cualquiera, y, aunque Zack siempre me pareció de fiar…, la vida había vuelto a demostrarme que el mundo estaba lleno de hijos de puta dispuestos a hacer daño a mujeres inocentes.

Zack sonrió satisfecho.

—Por fin empezamos a entendernos.

38

NICK

Tenía la ubicación de Noah, pero su teléfono salía apagado o fuera de cobertura.

Nuestro destino había estado claro desde el principio: volvía al puto lago Tahoe.

Me negaba a sentarme a esperar a que ese desgraciado trajese a casa a mi mujer. Tuvimos que desviarnos de la ruta, pero ganamos algo de tiempo, ya que se llegaba más rápido al aeropuerto de Yosemite que al de Los Ángeles.

Juliet parecía muy nerviosa, no podía esperar ni un minuto más hasta ver a su hija, y Steve y yo nos turnábamos para hacernos cargo de Andy, que además estaba de lo más inquieto.

Lo habíamos llevado en avión ida y vuelta en menos de veinticuatro horas, y el jet lag que manejaba lo había convertido en un auténtico demonio.

Lloraba, pataleaba y gritaba pidiendo a su mamá mientras nosotros intentábamos calmarlo de la mejor manera posible.

—¿Me dejáis que lo intente? —me preguntó entonces Juliet, que nos había estado observando con angustia durante todo el vuelo.

No me hacía mucha gracia dejarle el niño a una desconocida, pero estábamos desesperados y yo necesitaba pensar con claridad para tomar decisiones coherentes.

Al final, permitimos que lo cogiera y fue como si un bálsamo tranquilizador actuara sobre el niño, que paró de gritar y se centró en quien lo sostenía.

Juliet lo acunó mientras empezaba a cantarle una canción que no había oído en mi vida y, al poco rato, Andy cayó rendido.

—Gracias —dije cogiéndolo en brazos y acostándolo en el asiento reclinable.

Estábamos a apenas unos veinte minutos de poder aterrizar.

Habíamos visto en las noticias que el temporal que azotaba la zona de Sierra Nevada no era moco de pavo, por lo que, a la preocupación de que mi mujer estuviese con un puto neurótico, tenía que sumarle que estaban bajo un temporal de nieve jamás visto a esas alturas del año.

Me fijé por la ventanilla y lo que vieron mis ojos era justo lo que esperaba teniendo en cuenta las circunstancias.

Todo estaba nevado.

No habría problema en aterrizar, eso no me preocupaba, lo que sí me tenía de los nervios era no saber nada de Noah. Según su ubicación, seguía en el mismo lugar, y solo podía rezar para que no se moviera.

Cuando el avión aterrizó en el aeropuerto de Mammoth Yosemite, fue cuando por fin recibí un mensaje de ella.

Haz lo que pida, Nick.
No lo cuestiones y hazlo sin más.

Justo después de abrirlo, me llegó otro mensaje de un numero anónimo en el que solo me mandaban un enlace y debajo una cifra: dos millones de dólares.

Sin bajarnos aún del avión y con el corazón acelerándoseme a ritmos preocupantes, me encerré en la habitación del fondo antes de pinchar en el enlace.

Supe exactamente lo que era nada más empezar a reproducirse el vídeo.

Hijo de puta.

El mensaje de Noah me aterrorizaba porque significaba que lo sabía y, por tanto, ya no estábamos hablando de pillarlo sin previo aviso.

Si me había enviado ese vídeo y pensaba chantajearme con él, Zack era consciente de que lo habíamos descubierto. Y, según Juliet, si Zack se veía acorralado, podía ser peligroso. Por tanto, Noah estaba en peligro y, por extensión, la niña también.

Esto cambiaba las reglas del juego.

Noah me pedía que hiciera lo que él quería, pero ¿cómo iba a realizar una transferencia de dos millones de dólares si ni siquiera sabía si mi mujer estaba a salvo?

Decidí llamar por teléfono.

Al principio no me lo cogió nadie, hasta que por fin escuché su voz repugnante:

—Buenas noches, Leister —dijo con voz relajada—. ¿Te ha gustado el vídeo?

—Te voy a matar, hijo de puta —dije apretando el móvil con tanta fuerza que temí romperlo sin darme cuenta.

—Eso no sería buena idea, teniendo en cuenta tus antecedentes penales, ¿no crees? Mira que me costó poco convencer a esas chicas de que pusieran la denuncia contra ti en el estado de Nueva York…

Hijo de puta… Por su culpa no había podido salir del estado.

—Déjame hablar con Noah —gruñí.

—Noah está aquí, procesando aún su árbol genealógico.

Eso significaba que ya se lo había contado.

Todas las cartas estaban sobre la mesa.

—Zack, ¿qué pretendes? —pregunté—. Estás cometiendo un delito, vas a ir a la cárcel.

—¿A la cárcel? ¿Por qué? —preguntó en un tono inocente que quise borrar de un puñetazo—. Yo solo voy a aceptar el pedazo de regalo que queréis hacerle a vuestra sobrinita. Es cierto eso que se dice de los Leister: sois muy generosos.

¿Eso era lo que pretendía?

—Deja que Noah y la niña se vayan y hablaremos tú y yo del dinero que necesitas —empecé a decir en un tono calmado, pero entonces Zack comenzó a reírse.

—De eso nada —afirmó—. Para empezar, la niña se queda conmigo, soy su tutor legal.

—Eres el tutor de esa niña hasta que su madre salga de la cárcel —dije con calma.

—Exacto, cosa que no ocurrirá hasta dentro de un año y cinco meses.

—Juliet está delante de mí, Zack —dije, aunque prefería que ella no se enterase de lo que estaba ocurriendo justo en ese instante—. Hace tiempo que salió de la cárcel y solo quiere recuperar a su hija.

Zack se mantuvo en silencio durante un minuto largo.

—Ponme con ella —me exigió.

No pensaba hacer tal cosa.

—Deja que Noah y Eve vuelvan a casa y zanjaremos este asunto como personas civilizadas.

—De eso nada, Leister. Aquí las reglas las pongo yo. —Cortó la conversación telefónica y, con eso, mi respiración y el poco autocontrol que me quedaba.

39

NOAH

Zack estaba nervioso. Sudaba y no paraba de acercarse a la ventana de la cabaña para asomarse.

—Zack, acaba con esta locura —le rogué—. Estás haciéndonos chantaje, estás utilizando a tu hija para robar dinero. —Usé «tu hija» porque había comprobado que, cuando decía lo contrario, se enfadaba mucho—. Por favor, deja que me la lleve…

—¡No! —gritó furioso, y Eve despertó del susto—. Mira lo que has hecho, ¡joder!

La niña empezó a gritar y a llorar.

Vi que Zack se acercaba a ella y la cogía en brazos para calmarla.

Cuando lo hizo, pude comprobar que la ternura y el cariño con los que siempre lo había visto tratar a Eve no habían sido mentira.

La quería… y, por eso, cuando le insinuaba quitársela o separarlo de ella, perdía por completo la compostura.

—Tu hermana no va a quitármela, Noah —dijo entonces mirándome desquiciado—. Ese dinero es para nosotros, para criarla como se merece…

Yo no entendía la situación, ni siquiera era capaz de aceptar que tuviese una hermana perdida de la que no sabía nada, y mucho menos saber en qué circunstancias esa chica había tenido a Eve.

Solo sabía que quería marcharme de allí con mi familia, es decir, mi marido y mi niño. Solo sabía que ese hijo de puta era un mentiroso y un manipulador, que tenía un vídeo con el que quería chantajearnos a mi marido y a mí.

Solo sabía que Zack no era el padre de esa niña, y los detalles no me importaban.

Todo eso estaba mal.

Muy mal.

—Yo puedo darte dinero, Zack —dije con voz temblorosa mientras la niña seguía llorando—. Puedo hacer la transferencia ahora mismo. Coge el dinero y vete, pero la niña se queda conmigo.

—¡No! —gritó de nuevo.

Eve se asustó y me miró con los ojos muy abiertos.

Los churretones de lágrimas debido a los llantos le marcaban las mejillas y le enrojecían aún más la cara. La niña temblaba asustada sin entender qué era lo que ocurría.

—Nick tiene mi ubicación, vendrá a por mí, Zack, y no vendrá solo, sino con toda la artillería. Si quieres el dinero, creo que debes marcharte ahora.

—Me la llevaré conmigo —dijo—. Ahora haz la puta transferencia y ¡cállate!

Cogí el móvil e hice lo que me pedía.

Yo tenía acceso a todas las cuentas de Nick, porque en realidad eran nuestras cuentas.

Podía hacer esa transferencia, podía hacerla dándole a un simple botón, pero entonces ¿qué? Zack se marcharía con la niña…

Debía crear un plan.

—En media hora me mandarán un mensaje con un código para terminar la transacción, se hace así cuando se trata de grandes cantidades —dije después de ordenar la transferencia al número que me indicó.

Lo del mensaje era mentira, pero me la estaba jugando para poder ganar tiempo.

—Si hubiese sabido que tú manejabas el dinero, podría haberle ahorrado la peliculita a tu marido.

No le contesté, tan solo me quedé donde estaba.

Había conseguido media hora y, en ese tiempo, pretendía escaparme de allí.

Hice un recorrido visual de la cocina mientras Zack, nervioso, se encargaba de calmar a Eve.

Esto me permitió ver que, junto a la ventana, muy cerca de la chimenea, había un extintor antiguo, de esos de hierro pesado, y no estaba colgado, reposaba sin más contra la pared de la cabaña.

Solo debía aprovechar la oportunidad. Solo debía golpearlo lo suficientemente fuerte como para dejarlo inconsciente, coger la llave y pedir ayuda.

A esas alturas, no me importaba el vídeo. Zack creía que con la grabación en su poder nos tenía a Nick y a mí atados de pies y manos. Pero lo que Zack no entendía, lo que no comprendía ni comprendería jamás, era el poder de una madre. Porque cuando un niño pequeño está en peligro, cuando un niño pequeño te necesita como Eve me necesitaba a mí en ese instante, cuando eres madre, cuando tu hijo te espera en casa para que lo acunes antes de dormirse… Joder, en esas circunstancias, ni tu reputación ni tampoco tu intimidad tienen relevancia alguna.

Y eso solo se sabe cuando se es madre.

¿Quería subir el vídeo? ¡Que lo hiciera!

Mi único objetivo en ese instante era volver a casa con mi hijo y poner a esa niña a salvo.

Todo lo demás podía esperar.

Todo lo demás iba a esperar.

—¿Sabes una cosa, Noah? —me dijo Zack mientras llenaba un vaso de agua en la cocina. Con la ayuda de un cuchillo, machacó una pastilla que se sacó del bolsillo y la mezcló con el agua. Luego añadió con pena—: Nunca fue mi intención que tú y yo acabásemos así.

Observé fijamente lo que hacía con ese vaso de agua y me estremecí de la cabeza a los pies cuando se lo llevó a la niña para que bebiera.

Eve seguía inquieta, lloriqueaba a ratos con la mirada fija en los dibujos animados.

Quise arrancarle el vaso de las manos cuando fue a drogarla de nuevo para que se durmiera.

—Eso que estás haciendo es muy peligroso —le advertí al mismo tiempo que decidía pasar a la acción.

—Eve está acostumbrada —dijo tan tranquilo acariciándole la cabeza, mientras la niña se bebía hasta la última gota de agua—. No es la primera vez que lo hago. A veces los niños pueden ser de lo más agotadores...

Me fijé en la hora.

Aún me quedaban veinte minutos de espera del supuesto mensaje que debía llegarme.

Veinte minutos para ingeniármelas para salir de ahí.

Zack regresó a la pequeña cocina sin quitarme los ojos de encima.

—No quiero que me tengas miedo, Noah —dijo, y me acarició la mejilla izquierda con los dedos.

Le devolví la mirada con asco.

—El parecido con tu hermana es estremecedor, sobre todo cuando me miras así.

—¿Sí? —pregunté mirándolo desafiante—. ¿Sabes qué otra cosa puede que tengamos en común ella y yo? —le pregunté. Me estaba poniendo muy nerviosa, pero procuré que no se me notara. Zack esperó a que hablara con una sonrisita estúpida en la cara.

—¿El qué? —preguntó.

—Que ambas compartimos los genes de un padre muy violento. —Y, nada más soltar esa frase, me saqué el cuchillo que me había guardado en la manga, el mismo que él se había dejado sobre la mesa después de machacar la pastilla, y se lo clavé con todas mis fuerzas en la mano que tenía apoyada sobre la mesa.

El grito que pegó Zack fue como una especie de pistoletazo de salida para mí.

Me levanté y metí la mano en su bolsillo, justo donde había guardado la llave, y corrí a por Eve.

—¡Hija de puta! —gritó mientras aullaba de dolor.

Con la niña en brazos, conseguí abrir la puerta justo antes de que Zack se arrancara el cuchillo que lo tenía anclado a la mesa.

Salí corriendo de aquella cabaña y el viento gélido nos golpeó a ambas, congelándonos de frío casi al instante. No había tenido tiempo de coger los abrigos y, cuando miré hacia atrás, vi horrorizada que Zack venía detrás de nosotras.

La dirección en la que salí era la contraria a donde estaba el edificio principal. El ruido del viento y de la tormenta evitaba que mis gritos llegaran a nadie de los que estaban allí, no cuando las cabañas estaban tan alejadas las unas de las otras y la nuestra se encontraba casi al final, muy cercana a los árboles que colindaban con el lago.

Corrí sin mirar atrás, corrí con todas mis fuerzas mientras Eve me abrazaba con intensidad y lloriqueaba contra mi oído.

Me perdí entre los árboles, corrí sobre la nieve y temí tropezarme y hacernos daño.

¿Qué iba a hacer ahora?

¿Cómo hacía para que no me alcanzara? Yo iba en desventaja, cargaba con una niña de tres años.

—¡VUELVE AQUÍ, NOAH! —escuché que gritaba, y sentí alivio al oír su voz más lejos de lo que esperaba.

Seguí metiéndome entre los árboles hasta que tuve que parar.

Me oculté para retomar el aliento y vi que a Eve empezaban a fallarle las extremidades.

—¡Eve! —dije, dándole en la mejilla con suavidad—. Eve, despierta, cariño —le susurré asustada al ver que se estaba quedando inconsciente.

La niña se quedó completamente laxa en mis brazos. Le medí el pulso y suspiré aliviada al ver que seguía respirando.

Ese hijo de puta podría haberla matado al darle ese medicamento tan fuerte, aunque yo ni siquiera sabía si la niña estaba fuera de peligro…

¿Cuánto tiempo había pasado? ¿Quince minutos y la niña ya estaba inconsciente?

—¡NOAH! —escuché que gritaba Zack, esta vez mucho más cerca.

Joder. Temblaba de frío, y Eve, que apenas iba vestida con un simple pijama, empezaba a tener los labios morados.

Debía alejarme de allí, alejarme de él y confiar en que la herida que le había provocado lo debilitara lo suficiente como para no ir tras nosotras.

—¡VEN AQUÍ AHORA MISMO! —gritó Zack.

Nos había visto.

Cogí a Eve y seguí corriendo por el bosque, adentrándome cada vez más en él. El viento gélido que venía del lago junto con el temporal empezaba a entumecerme las extremidades. Hacía muchísimo frío, y ninguna de las dos estaba vestida para aquellas condiciones climatológicas.

Llegué hasta un árbol cuyo tronco era lo suficientemente ancho como para cubrirnos de la mirada de Zack. Me dejé caer, agotada, y abracé a Eve con fuerza intentando darle calor con mi cuerpo.

Miré hacia ambos lados, pensando dónde sería mejor ocultarnos, pero no había nada. Solo árboles, árboles y nieve…

Nadie vendría… Nadie nos iba a salvar de ese lunático.

Pensé en Andy… y en Nick.

Otra vez volvía a estar en peligro. Otra vez habían vuelto a traicionarme, y el miedo de no volver a estar con mi familia, de no poder proteger a esa niña pequeña que decían que era mi sobrina…

Cerré los ojos y recé para que sucediese un milagro.

40

NICK

Tuve que avisar a las autoridades y, en cuanto supieron que un hombre retenía a una mujer y a una niña contra su voluntad, se pusieron en acción.

Dejé a Andy con Juliet en la comisaría que había más cerca de donde se encontraba Noah. Había tenido que armarme de todo mi autocontrol para no salir corriendo hacia donde me había dicho que se encontraba, pero Steve me disuadió.

Era de noche.

Hacía frío.

Estaba nevando.

No había garantías de que pudiésemos solucionarlo nosotros solos y, en el instante que ese capullo intentó coaccionarme, supe que debía ponerlo en manos de la policía.

Ya me pelearía más adelante con las consecuencias, en ese momento lo único que me importaba era recuperar a mi mujer sana y salva.

Debido a que las carreteras estaban cortadas, las autoridades nos informaron de que se acercarían a la zona en helicóptero. Nos permitieron subirnos cuando les dije que era de vital importancia estar allí para reconocer al hijo de puta de Zack.

Cuando el helicóptero se elevó en el aire y fuimos hacia aquel lugar donde se suponía que estaban resguardándose de la tormenta, solo pude pensar en una cosa: otra vez intentaban arrebatármela.

¿Cuántas veces más iba a tener que soportar que quisieran hacerle daño a mi familia?

Sobrevolamos la zona y, cuando lo hicimos, los policías vieron algo que les llamó la atención.

Iluminando con las luces del helicóptero se veía junto a la linde del bosque un reguero de huellas que corrían hacia los árboles, acompañadas de manchas rojas que solo podían ser de una cosa: sangre.

—Hay que bajar —dije muy nervioso. Mi imaginación volaba y el terror me hacía trizas el poco autocontrol que me quedaba—. ¡Debéis bajar ahora!

Uno de los helicópteros, en el que iba yo con Steve, emprendió el descenso al ver que tenían espacio suficiente para hacerlo.

El otro siguió iluminando desde arriba el bosque oscuro, dándonos algo de luz cuando por fin tocamos tierra.

—¡Con cuidado! —me gritó el policía por encima del ruido de las hélices cuando casi me tiré del helicóptero con intención de salir corriendo en dirección a las huellas—. Debe esperar aquí —me ordenó, y Steve me retuvo por el brazo.

—Deja que hagan su trabajo, Nicholas.

La espera fue agónica.

El frío calaba los huesos y eso que llevaba ropa adecuada para la nieve.

—¿Dónde está? —dije en voz alta a nadie en particular—. Joder, ¡¿dónde estás, Noah?!

Los policías siguieron las huellas y se adentraron en el bosque. No sé cuánto tiempo pasó, pero cada segundo, cada minuto fueron los más largos de mi vida hasta que por fin los vi.

Los policías traían a un hombre esposado cuya cabeza gacha al principio no me permitió ver que se trataba de él: Zack.

Miré hacia atrás esperando ver aparecer a Noah.

—¿Dónde está? —dije, y me separé de Steve alejándome de él y lanzándome a por ese cabrón—. ¡¿Dónde está Noah?! ¡Hijo de puta!

Me apartaron de él y me retuvieron, pero entonces fue como si un golpe de adrenalina me armara de una fuerza infinita.

Me zafé del agarre de los policías y corrí por la nieve hasta adentrarme en el bosque.

—¡NOAH! —grité con todas mis fuerzas.

No sabía dónde estaba ni en qué dirección moverme. Todo estaba oscuro, apenas se veía nada, pero no me importó. Seguí corriendo, seguí caminando mientras me dejaba la garganta gritando su nombre:

—¡¿NOAH, DÓNDE ESTÁS?!

Oía que venían a por mí, los policías me pedían que volviera, pero nada me importaba. Nada me importaba hasta que no me asegurara de que mi esposa estaba bien.

—¡NOAH!

Caminar sobre esa nieve y con ese frío se me hizo complicadísimo. El solo hecho de pensar que Noah podía estar ahí fuera, tal vez herida, con una niña pequeña…

—¡NOAH!

Y entonces la vi.

La vi.

Estaba agazapada contra un árbol, hecha un ovillo y sin moverse apenas.

Sentí miedo.

Un pánico atroz.

—Noah —solté en un susurro que me desgarró la garganta.

Corrí y me tiré de rodillas junto a ella.

Estaba congelada y tenía a la niña inconsciente en sus brazos.

Debíamos de estar a bajo cero y el viento no ayudaba en absoluto.

—¿Nick? —dijo temblando como una hoja.

Sus labios estaban morados y su cuerpo helado, ya que ni siquiera llevaban abrigo, ni ella ni Eve.

Me quité el mío y lo coloqué por encima de las dos.

—¡AQUÍ! —grité en dirección a los policías—. ¡ESTÁN AQUÍ!

Y, cuando ya pude asegurarme de que me habían oído, de que la ayuda estaba en camino, la abracé… Las estreché a las dos con fuerza mientras las lágrimas me caían por las mejillas sin poder hacer nada por evitarlo.

—Pecas… Pecas, por favor, aguanta.

Las levanté en brazos.

Cargué con ellas y emprendí la marcha hasta que me encontraron los policías.

Se apresuraron a coger a la niña y taparla con una sábana térmica, y lo mismo hicieron con Noah, aunque no la solté.

Cargué con ella hasta el helicóptero y no me di cuenta del esfuerzo físico que eso me supuso y lo congelado que estaba hasta que me dejé caer en el asiento del helicóptero con Noah en mis brazos.

—Se pondrá bien —dijo Steve con la voz entrecortada para darme ánimos.

No comprendí hasta ese instante que no había dejado de llorar y que las lágrimas y los sollozos que salían de mi garganta tenían a los agentes callados y emocionados, con los ojos clavados en nosotros.

—Te quiero, Noah… Y lo siento, joder, lo siento muchísimo —dije entrecortadamente.

La había defraudado… Había vuelto a permitir que le hiciesen daño y jamás me lo perdonaría.

El helicóptero alzó el vuelo y yo solo pude hacer una cosa: aferrarme al amor de mi vida y a la razón de mi existencia.

41

NICK

Ambas tenían hipotermia y, aunque me dijeron que Noah estaba fuera de peligro, la ingresaron en el hospital y activaron el protocolo habitual en esos casos: mantas térmicas, suero intravenoso con fluidos calientes para subir la temperatura y monitorizarle el corazón por miedo a que tuviera arritmias.

La que estaba peor era Eve.

La niña presentaba un cuadro grave de hipotermia y depresión respiratoria debido a la ingesta de sedantes. Según nos había podido decir Noah en el rato que había estado consciente, el hijo de puta de Zack la había sedado con algún tipo de ansiolítico y, al parecer, no era la primera vez que lo hacía.

La pequeña estaba ingresada en la unidad de cuidados intensivos pediátricos y, aunque progresaba adecuadamente, necesitaban tenerla vigilada. Era muy pequeña y tampoco sabían qué dosis de aquel medicamento le había suministrado ese hijo de puta.

Juliet estaba destrozada.

Había podido ir a verla en un par de ocasiones y no se había separado de su lado en ningún momento. Lo único que hacía era cogerle la mano y rezar a Dios para que se recuperara.

Los siguientes dos días fueron duros y estresantes. Las noticias se hicieron eco de lo sucedido y, aunque no tenían mucho contexto de la situación real, sí que había salido en todos los medios que Noah estaba ingresada en el hospital.

El vídeo con el que Zack me había chantajeado había sido incautado por la policía. No había tenido tiempo de mandarlo ni de subirlo a ninguna plataforma. Solo podía esperar que no se lo hubiese pasado a nadie que pudiese extorsionarnos con él, aunque en esos momentos era el menor de mis problemas.

Mi padre y Raffaella habían venido en cuanto se enteraron de lo ocurrido. Estaban durmiendo en un hotel cercano y me ayudaban con Andy mientras yo permanecía con Noah.

No quería perderla de vista, no quería alejarme de ella.

Aún podía sentir el miedo… El miedo real de perderla. Era como si todo el miedo que había estado sintiendo aquellos meses hubiese sido un preludio intentando avisarme de que mi familia corría peligro. Y aunque sospeché, joder, aunque nunca me fie de aquel tipo, me culpaba por no haber sido capaz de evitar lo ocurrido.

Si no hubiese tenido que irme a Nueva York, si me hubiera quedado con ellos el fin de semana completo, tal vez nada de aquello habría ocurrido.

En mis planes ya estaban los preparativos para mudarme de nuevo a casa y no me importaba perder clientes o dinero. Vendería el ático de Nueva York y solo viajaría por razones estrictamente necesarias.

Mi familia era lo primero.

Ya estaba bien de poner excusas.

Aquella tarde, cuando Noah presentó signos reales de mejoría, permití que Andy la viera. Mi pequeño había echado mucho de menos a su madre y, en cuanto aparecí por la habitación, con él abrazando su peluche favorito, Noah por fin pareció recuperar el color que le faltaba.

Andy le tiró los brazos en cuanto la vio y el chupete cayó al suelo cuando empezó a reír y a llamar a su mamá.

Noah se incorporó en la cama y, cuando por fin se lo di, lo abrazó con fuerza. No tenía ninguna intención aparente de querer soltarlo.

Sonreí de lado y me senté en la punta de la cama mientras dejaba que madre e hijo se reencontraran. Andy empezó a enseñarle su peluche y a charlar con esa vocecita aguda y la ilusión que solo un niño tan pequeño y adorable podía transmitir.

En un momento, mientras él seguía sonriente y feliz por estar por fin con su mamá, Noah me miró.

Sus ojos estaban llenos de lágrimas no derramadas que se hicieron eco de las mías propias.

No lloraríamos delante de él, al menos si podíamos evitarlo.

Capturé una lágrima suya con mi dedo antes de que Andy la viera y me la llevé a los labios.

—Ni una más, amor —dije, haciéndole una promesa que ella entendió a la perfección.

Su mano, sin embargo, se elevó en el aire y capturó algo que caía húmedo por mi mejilla.

—Mientras sean de felicidad, siempre puede caer alguna más —dijo imitando mi gesto y llevándose también los dedos a los labios.

Sin ni siquiera saber lo mucho que necesitaba oírla decir eso, la abracé enterrando mi cara en su cuello y me derrumbé sobre el cobijo de sus brazos.

El resto de la tarde la pasamos con nuestro hijo, aparentando que todo estaba bien, dándole a Andy lo único que necesitaba: el amor incondicional de unos padres que se amaban por encima de todas las cosas.

42

NOAH

Una semana después, tras haberme recuperado al cien por cien de los acontecimientos vividos, me armé de valor para enfrentarme a una posibilidad que jamás creí que fuera posible.

Mi hermana.

Tenía una hermana.

Joder, la vida podía ser sorprendente a veces, y aún no sabía cómo demonios tomarme aquel descubrimiento.

Eve había salido de cuidados intensivos y estaba bien.

Zack se encontraba en la cárcel a la espera de ser juzgado por secuestro, así como por administración de sustancias peligrosas a menores y extorsión.

Su plan sin fisuras lo había mandado derechito a prisión y, a pesar de que eso era justo lo que se merecía, yo no podía evitar sentir una pena enorme por Eve.

Yo había visto a Zack siendo padre, había visto cómo la había cuidado y cómo la había tratado… El único delito del que jamás podrían acusarlo era de no haberla querido, pero nada de eso borraba todo lo anterior.

Se merecía ir a la cárcel…, pero yo no podía evitar sentirme mal por ello.

Entré en la cafetería casi diez minutos antes de la hora acordada y me sorprendí al ver a Juliet sentada en una esquina con un café humeante frente a ella.

Esa iba a ser la primera vez que nos veíamos en persona, ya que después de que me dieran el alta regresé a casa, a la espera de que todo se normalizara.

Por fin, cuando Eve estuvo fuera de peligro y todo parecía también un poco más asentado, tuve fuerzas para poder enfrentarme a Juliet y a su verdad.

Cuando me vio, se levantó y fue de lo más extraño tenerla delante. El parecido era asombroso, aunque también había muchas diferencias. Sin embargo, entendí por qué Nick había insistido en que no había tenido más opción que creerla en cuanto la vio.

—Hola, Noah —saludó, y ambas tomamos asiento.

Me pedí un té y, mientras esperaba a que me lo trajeran, no podía parar de preguntarme cómo iba a hacer para incorporar aquella verdad a mi vida actual.

¿Cambiaba algo tener una hermana perdida?

Por supuesto que sí, pero tampoco podía hacer como si los últimos veintidós años no hubiesen existido.

No conocía a esa chica en absoluto y aún no tenía claro si deseaba llegar a conocerla.

—Antes que nada, solo quería darte las gracias, a ti y a tu marido —dijo extendiendo la mano y cogiendo la mía con fuerza. Me pilló desprevenida, pero no la aparté—. Gracias por haberos hecho cargo de los gastos del hospital… Yo jamás… Yo jamás hubiese podido afrontar lo que cuesta una UCI. Eve ha recibido la mejor atención médica y yo nunca… Yo jamás…

—Está bien, tranquila —dije, y así lo pensaba y sentía. Había conocido a esa niña, la había protegido con mi cuerpo y con mi vida, y lo haría de nuevo si fuese necesario.

—La salvaste… —dijo con la voz entrecortada—. Salvaste a mi niña cuando no tenías por qué hacerlo.

—Lo volvería a hacer mil veces —dije sin dudarlo ni un segundo.

Juliet asintió agradecida y entonces me trajeron mi té.

Abracé la taza con las manos y dejé que el calor de esta me ayudara a calentarme el cuerpo y la frialdad con la que había ido a aquel encuentro.

—Lamento todo lo que Zack ha ocasionado. Jamás creí que fuese capaz de…

—No he venido aquí a hablar de Zack —la corté—. Necesito saber cómo es posible que tú… Cómo es posible que nosotras…

—¿Seamos hermanas? —terminó por mí.

Asentí en silencio.

—Podemos estar de acuerdo en que nuestro padre no fue una persona muy responsable, que digamos… Apenas nos llevamos dos años.

—Mi padre me tuvo a los veinte, y puedo asegurarte que no fui buscada en absoluto —le dije.

Mi madre se había quedado embarazada de mí siendo muy joven, jamás estuvo en sus planes tener una niña tan pronto, y por eso me sorprendía tanto que mi padre hubiese sido tan irresponsable dos veces.

—Mi madre creyó que él también estudiaba en su universidad. Lo conoció en una fiesta, fue una noche loca, apenas tuvieron relación —me explicó.

—¿Él supo de tu existencia? —tuve que preguntar.

Juliet me miró y dudó antes de responder.

—Lo supo cuando yo tenía seis años…, pero jamás mostró interés en conocerme —admitió.

—Nuestro padre no era un buen hombre… No sé si estás al tanto —dije, aunque odiara tener que recordarlo, pero odiaba aún más sentir todavía el dolor de su pérdida.

—Lo sé —admitió Juliet y, cuando me miró, supe que seguramente sabía más de lo que me hubiese gustado que supiese.

—Nick me dijo que le contaste que tu madre quería que nos conociéramos —solté en un intento por llevar la conversación hacia otro lado.

Necesitaba comprender qué es lo que quería sacar de todo esto, pues aún tenía en la cabeza lo que Zack había insinuado de ella y, aunque empezaba a verificar que había sido todo una mentira, todavía no terminaba de fiarme.

Juliet se miró las manos y pareció muy abatida de repente.

—Mi madre murió hace dos años —dijo, y noté lo mucho que le costaba hablar del tema—. Fue una enfermedad larga y muy dolorosa… No se lo deseo a nadie, y más estando sola. Fueron años bastante duros. La medicación era muy cara y me vi obligada a hacer cosas de las que no me arrepiento, pero que sí me llevaron a meterme en problemas.

Sabía que había estado en la cárcel, eso también me lo había dicho Nick.

—Empecé a salir con Zack cuando Eve no era más que un bebé. Me dio el apoyo que necesitaba y, gracias a lo que él hacía, pude conseguir el dinero suficiente para pagar los gastos médicos de mi madre.

—¿Zack te ayudó? —pregunté.

—Me proporcionó una vía fácil, la única que tenía en aquel momento y, a pesar de todo lo malo que vino después, es cierto que durante un tiempo fue un buen padre para Eve.

Eso también lo sabía… Aunque no podía olvidar que había usado ansiolíticos para dormirla. ¿Qué clase de hijo de puta hace eso?

—Cuando me pillaron vendiendo…, me cayeron dos años de cárcel —admitió, y vi lo mucho que la avergonzaba hablar de ello—. Mi madre ya había muerto y yo aún tenía deudas que pagar. No tenía con quién dejar a mi hija, por lo que le cedí a Zack la custodia de manera provisional hasta que pudiese cumplir la condena o salir antes, que es lo que ocurrió.

—¿Cómo llegó Zack a saber de mí? —le pregunté entonces.

—Yo se lo conté… Te juro que jamás fue mi intención que se lo tomara así, pero en cuanto supo que tenía un familiar con tanto… dinero —dijo con vergüenza—, Zack perdió la cabeza. Se enfadó conmigo, no entendía por qué no te había pedido ayuda. Me culpó de las deudas que aún arrastrábamos y todo empeoró cuando se metió en problemas con su jefe. Debía mucho dinero y quiso usar la vía rápida para conseguirlo. Eso siempre se le ha dado bien —añadió con rabia.

—Si no querías dinero, ¿por qué le hablaste de mí entonces? —le pregunté.

Juliet me miró a los ojos y vi en ellos a una chica perdida, dañada, que sufría.

—Cuando te quedas sola…, cuando tu madre ya no está y sabes que no tienes a nadie más, la posibilidad de tener una hermana, de tener familia, puede ser de lo más alentadora —dijo con tanto dolor que sentí la necesidad de abrazarla—. Mi madre me insistió mucho en que fuera a verte, en que nos conociéramos… No quería que me quedara sola cuando ella…, cuando ella ya no estuviese.

—¿Y el padre de Eve? —tuve que preguntar también.

Juliet se sonrojó antes de admitir que no sabía quién era el padre.

—Puede sonar horrible, pero cometí muchos errores siendo adolescente y jamás estuvo en mis planes quedarme embarazada.

—Te entiendo perfectamente —tuve que decirle. No había estado en mis planes tampoco haber tenido a Andy, y no había día que no agradeciera a Dios por aquel error tan inesperado e irresponsable.

Ambas nos miramos y no pudimos evitar que una sonrisa apareciera en nuestra cara.

—Me han dicho que tu hijo se lleva muy bien con mi hija —dijo entonces, y me gustó el cambio de tono en la conversación.

—Se adoran —admití sonriente.

Juliet asintió con la cabeza y se produjo un silencio que fue de todo menos incómodo.

—Tal vez podemos encontrar la forma en que los niños sigan teniendo relación… —empecé a decir.

Juliet pareció emocionada ante la idea.

—Zack tenía el alquiler de la casa pagado hasta finales de año, y Eve está contenta con su colegio… Mi intención era quedarme un tiempo aquí, en Los Ángeles, y así poder tener la oportunidad de que nosotras también podamos conocernos mejor… Si tú quieres, claro —añadió cortada.

Asentí con una sonrisa.

Joder… Esa chica era mi hermana.

De todas las posibilidades que tenía la vida, jamás creí que aquello fuese real.

No quería imaginar la cara de mi madre cuando se enterase de la existencia de Juliet.

Le daría una oportunidad y, aunque algo en mi interior estaba dañado al haber sufrido otra traición de alguien a quien creí poder llamar amigo, todas las células de mi cuerpo me pedían a gritos confiar en esa chica rota, sola, que solo buscaba alguien a quien llamar «familia».

Sonreí al mismo tiempo que le tendía la mano.

—Encantada de conocerte, Juliet, soy Noah —dije medio en broma.

Ella me copió la sonrisa y aceptó el apretón igual de divertida.

—Encantada, Noah… Y, para que lo sepas…, todos me llaman Julie.

Las dos nos estrechamos la mano sin ser conscientes aún de lo importantes que seríamos la una en la vida de la otra.

43

NOAH

Nick estaba raro… Nuestra vida había vuelto a la normalidad, por fin estaba en casa con nosotros y volvíamos a ser una familia unida. Nuestra rutina era de lo más cotidiana: llevábamos juntos a Andy al cole, luego Nick me dejaba en la editorial y me esperaba a la salida para recoger a Andrew y llevarlo a casa; o, cuando él debía quedarse hasta más tarde trabajando, lo recogía yo y luego iba con Juliet y los niños al parque.

Que mi hermana viviera tan cerca y los niños fueran a la misma guardería nos daba la oportunidad de pasar mucho tiempo juntas, y he de admitir que mi hermana era increíblemente encantadora. Nos sentíamos muy cómodas la una con la otra y me maravilló la forma en la que consiguió adaptarse a mi entorno familiar. Con Jenna hizo super buenas migas e incluso con mi madre, que no dio crédito al enterarse, tenía una relación que yo estaba segura de que pronto podría ser de amistad. Eso sí, fueron ella y Nick los que insistieron en que debíamos hacernos una prueba de ADN para corroborar que éramos hermanas. Aunque al principio me molestó que insistieran tanto, al final me dejé aconsejar e hice lo que mi familia necesitaba para quedarse tranquila. He de admitir que los dos días que tardaron en darnos los resultados se me hicieron bastante cuesta arriba… De repente, me daba miedo que todo fuese una farsa y la ilusión que me hacía tener una hermana acabase en nada. Pero los resultados fueron positivos: Juliet era mi hermana; o, bueno, medio hermana.

La vida volvía a sonreírnos y por eso no entendía muy bien las razones por las que Nick estaba tan decaído.

Una noche, cuando Andy ya se había dormido, me permití llamar a la puerta de su despacho. Cuando me indicó que entrara, me quedé maravillada al saber que daba igual cuánto tiempo pasara: cuando lo veía, siempre había unos segundos en que mi cuerpo reaccionaba a su presencia y lo guapísimo que era. Tenía las mangas de la camisa remangadas dejándome ver sus antebrazos, y los primeros botones de la camisa desabrochados, por lo que se mostraban su piel morena y el vello de su pecho; era el hombre más atractivo que había visto en mi vida.

Sonreí al darme cuenta de que seguramente había estado tocándose el pelo, nervioso por algo que yo no comprendía aún.

—Hola, Pecas —dijo, y alejó un poco la silla cuando fui directa a sentarme sobre su regazo.

Me envolvió con sus brazos y me detuve unos segundos a peinarle los mechones desordenados.

—¿Qué te preocupa? —pregunté mientras él cerraba los párpados un instante y permitía que lo acariciase con cuidado y cariño.

Nick abrió los ojos y, al mirarme, vi que algo lo torturaba…, y mucho.

—Te debo una explicación —empezó diciendo, y al hacerlo se inclinó un poco sobre el escritorio para abrir un cajón y sacar un trozo de lo que parecía ser una fotografía.

Mi corazón se aceleró muchísimo cuando entendí de qué trataba todo aquello.

Cogí la foto que me tendía y allí estaban los dos.

Mariana y Nick.

No era ninguna de las fotos que había visto en el Instagram de ella, cuando la curiosidad que sentía por ponerle cara pudo con todo lo demás.

—Esta foto nos la hicimos el día antes de su muerte —dijo y, al fijarme en él, vi que le dolía soltar cada una de esas palabras.

—Nick... —empecé.

—No, Noah, deja que te lo cuente... Te mereces saberlo y, aunque me duela hablar del tema, eres mi mujer y...

—Nick, Nick, espera —lo corté. Ahí se equivocaba, y me dolía haberlo puesto en esa tesitura—. Nick, no tenemos por qué conocer todo de la vida del otro, ¿sabes? Antes de ser una pareja, somos personas individuales y no quiero forzarte a abrir una herida solo porque yo no la conozca... Respeto que no hayas querido contármelo y está bien, no pasa nada... Quisiste a esa chica y tuviste una vida y un pasado antes de conocerme... Está bien —dije, pues sabía que eso era lo correcto, por mucha intriga que sintiese, por mucho que me pellizcara el corazón saber que mi marido quiso a alguien antes que a mí.

Nick sonrió de lado antes de tirarme un poquito de la nuca hacia abajo para alcanzar mis labios.

Me besó de forma tierna y volvió a separarse de mí.

—Agradezco lo que dices..., pero quiero contártelo. Al fin y al cabo, fue algo que me marcó de una manera bastante traumática, y creo que influyó mucho en la persona en la que me convertí... Somos como somos en gran parte por las heridas que nos acompañan en el camino, y eso es algo que debemos aceptar..., por muy doloroso que sea.

Respiré hondo y le acaricié la mejilla despacio.

Cogí la foto y la miré con atención.

—Era muy guapa —dije admirando la dulzura de su sonrisa, aunque su mirada tenía un tinte melancólico que pude interpretar sin ninguna dificultad.

—Lo era, sí... Al igual que también era una persona rota —respondió Nick, y me dolió ver lo mucho que le destrozaba hablar del tema.

—Conocí a Mariana en un momento complicado, eso ya lo sabes... Ninguno de los dos estábamos bien y nos convertimos en el apoyo vital del otro durante el tiempo que duró ese verano —dijo mientras, sin mirarme, hacía girar una pelotita antiestrés sobre el escritorio—. Fiestas, coches, peleas, apuestas… Pero todo a un nivel que no podrías imaginarte, Noah… Lo que tú viste al llegar a Los Ángeles, la versión de mí que conociste entonces, era un vestigio de lo que fui aquel verano… Mariana me llevaba a cometer locuras y, cada día que pasaba, sus propuestas eran más peligrosas y temerarias. Yo parecía haberme subido a ese tren de autodestrucción, pues la adrenalina y moverme entre el filo de la vida y la muerte cada vez me atraía más…

No me gustaba por dónde estaba yendo la conversación. No me gustaba imaginarme a un Nick tan roto, tan destrozado…

—Mariana vivía cada día como si fuese el último, hasta que entendí que justamente se trataba de eso —dijo. Detuvo la pelotita y me buscó con la mirada—. Comprendí, cuando ya era demasiado tarde, que tenía los días contados.

Abrí los ojos sorprendida.

—¿Qué quieres decir?

Nick parecía estar sufriendo al recordarlo y, por un instante, me planteé volver a decirle que no hacía falta seguir hablando de esto. Sin embargo, por otro lado…, parecía que tuviese eso guardado tan al fondo de su corazón, como una herida sangrante que nadie había sido capaz de suturar.

—Estaba enferma —admitió en voz baja—. Su insistencia en vivir al límite, poner a prueba su cuerpo, vivir como si no le quedaran días, era justamente lo que hacía…

—Cuando dices enferma, ¿te refieres a…?

—A terminal —acabó la frase por mí.

Me estremecí al oírlo decir esa palabra. «Terminal». No me gustaba cómo sonaba. Tan contundente, tan radical, tan dolorosamente trágica.

—Oh, Nick —dije; lo sentía mucho.

—Nunca me lo contó. Lo supe después… Después de que muriera —dijo, y soltó el aire que estaba conteniendo muy despacio—. La gente cree que falleció de una sobredosis, pero no es verdad… O, bueno, sí, en teoría, pero ella orquestó su muerte. Ella decidió cuándo y dónde morir y me utilizó para llevar a cabo su plan.

Sentí como si me quitaran todo el calor del cuerpo.

—Mariana no quería seguir viviendo así, enferma. Los tratamientos ya no funcionaban, por lo que decidió pasar sus últimos meses de vida con la única persona de su entorno que no tenía ni puta idea de su enfermedad.

Jamás imaginé que la historia de esa chica hubiese derivado en algo tan triste…

—¿Por qué dices que te utilizó para…, para…?

—¿Para morir? —preguntó, ayudándome ante mi rechazo a verbalizar esa palabra.

Asentí en silencio.

—Todo lo que hicimos, las carreras, la adrenalina, las fiestas…, la estaba debilitando. La estaba matando antes de tiempo y… —Pareció dudar y tuvo que tragar saliva antes de seguir hablando—. Sabes que a mí no me van las drogas —me dijo entonces mirándome muy serio, y era cierto. Nick jamás había consumido drogas delante de mí. De hecho, aún recordaba cómo se había puesto el día que me encontró fumando maría con unos amigos en mi habitación hace años, cuando aún no éramos ni novios…

»No voy a mentir diciendo que jamás he consumido, pero nunca me gustaron, y cuando estaba con Mariana… Sobre todo bebíamos. Nos emborrachábamos y hacíamos locuras, pero al final ella empezó a ponerse muy insistente con que quería algo más fuerte… —me confesó, y volvió a fijar la vista en la mesa, como buscando los recuerdos dentro de su mente—. Yo tenía los contactos porque Lion… Bueno, ya me entiendes. El caso es que finalmente terminé comprando cocaína y unas pastillas que Mariana quería probar, aunque yo no sabía muy bien qué eran, no recuerdo ni el nombre… —admitió—. Insistió mucho en que quería guardarlas ella y se las di.

Temí seguir escuchando. Temí descubrir la verdad.

Nick me miró.

—Para alguien normal… Para alguien sano, lo que compré solo le hubiese provocado un subidón —dijo, y pude ver el enfado que intentaba ocultar, el enfado que lo consumía aún tantos años después—. En cambio, para alguien que estaba hasta arriba de medicamentos…

Joder.

—Cuando me enteré de lo que había pasado… Cuando dijeron que había sido una sobredosis…

—Nick…

—Me engañó —dijo entonces mirándome muy serio—. Jugó conmigo sabiendo que tenía los días contados y me hizo cómplice de su muerte.

Recordé entonces el mensaje de Instagram.

«Siento haberte matado».

—Hoy en día, aún sigo intentando entenderla, comprender cómo fue capaz de mantenerlo en secreto. Me duele saber que esos pequeños momentos de debilidad eran en realidad su cuerpo pidiéndole un respiro, un descanso, y yo… —Negó con la cabeza—. Llegué a creer que la había matado, Noah —confesó, y la voz se le quebró un poco—. Creer eso siendo tan joven… y con todo lo que yo venía arrastrando…

Quería abrazarlo. Quería quitarle ese sufrimiento de los ojos.

—Hoy —enfatizó mucho la palabra— siento mucha pena… Pena por que estuviese enferma, pena por lo injusta que es la vida, pena por no haberlo sabido y no haber comprendido lo valiosos que fueron los momentos que pasé con ella, porque, por alguna razón que desconozco, decidió pasar sus últimos meses de vida a mi lado…

Noté que los ojos se me humedecían y se me encogió el corazón.

—Yo sí que puedo entenderla, Nick —dije, y me buscó con la mirada—. Si mis días estuviesen contados, sin duda alguna elegiría pasarlos contigo.

Nick me limpió las lágrimas con sus dedos sin apartar sus ojos de los míos.

—Hoy, con la madurez que tengo, puedo llegar a entenderlo, pero cuando ocurrió… Cuando pasó me destrozó, y la rabia se superpuso a la pena de haberla perdido. Me sentí engañado, traicionado y utilizado, y eso es algo que aún arrastro a pesar de que lo tenía muy enterrado en mi interior.

Y yo podía verlo.

Podía ver a ese Nick que ya de por sí no confiaba en las mujeres. Podía ver a ese Nick, cuya madre lo abandonó, conociendo a una chica preciosa, enamorándose y perdiéndola de la manera más trágica e inesperada que pudiese existir.

Eso me ayudó a comprender muchas cosas.

Me ayudó a comprender que las heridas pueden estar tan enterradas que hasta llegamos a olvidarnos de que alguna vez existieron, y basta una palabra, un acontecimiento, para que esa herida se descubra y vuelva a dejarnos abiertos en canal.

—Cuando te dije que no lamentaba su muerte, me refería a que, aunque me ha costado entenderlo, comprendí que el sufrimiento que venía arrastrando era superior a sus ganas de seguir viviendo si llegó al extremo de hacer lo que hizo. Y respeto que no quisiera someterse a un tratamiento que la hiciese pasar sus últimos meses de vida postrada en una cama. No lo comparto, pero lo entiendo.

—Yo no sé qué decir —respondí mientras sentía tantas cosas…

De todo lo que pensé que Nick podría contarme respecto a esa chica, jamás creí que terminaría hablando sobre algo tan difícil, duro y complejo.

Nicholas me miró a los ojos… Ese azul cielo que podía con cualquier oscuridad que se le pusiera por delante, porque él era un superviviente, un luchador, un hombre que por aquel entonces aún trabajaba todos los días para mantener sus demonios a raya.

—Dime que me quieres… Eso es lo único que necesito yo para ser feliz, Noah.

Sonreí ligeramente y coloqué ambas manos contra sus mejillas, un tanto ásperas por la barba incipiente.

—Te quiero, Nick —dije mirándolo a los ojos—. Te voy a querer hasta el último día de mi vida.

Su sonrisa fue suficiente para zanjar el tema y centrarnos en el presente. Cerrábamos juntos, en ese despacho, un capítulo reabierto. Lo habíamos leído juntos y él me había permitido acompañarlo en el dolor que eso le había supuesto.

Tal vez existieran otras heridas que desconocía, otros traumas de los que aún no habíamos hablado, porque supongo que nunca llegamos a conocer del todo a la gente que amamos. Pero hay algo de especial en eso, en que cada día sea único. Tal vez monótono en ocasiones, pero increíblemente mágico cuando sabes que estás con la persona que estaba destinada a encontrarte.

Nick y yo viviríamos muchas cosas juntos, cientos de capítulos que definirían nuestra historia: acontecimientos preciosos, momentos duros, miles de enfados… Si algo nos caracterizaba es que no nos iba mucho eso de guardarnos la rabia. Aunque no voy a mentir diciendo que no existieron cientos de momentos donde patinamos en la cuerda floja para reencontrarnos en un punto mejor, de aprendizaje y ganas infinitas de luchar por lo nuestro. Porque eso es el amor. Y, para conservarlo, hay que lucharlo cada día, defenderlo de las adversidades y protegerlo de quienes a veces intentan destrozarlo.

Pero este capítulo, este en concreto, ha sido exclusivamente culpa vuestra.

Epílogo

UNA VIDA JUNTOS

NOAH

Andy acababa de cumplir los tres añitos cuando Nick y yo decidimos lanzarnos a la aventura de ir a por el segundo. Fue una decisión que meditamos mucho y, después de que la vida me hubiera regalado una hermana, comprendí lo especial que era poder tenerla. Así que la idea de darle a Andy un hermanito o hermanita se afianzó en mi mente más que nunca.

Con Nick en casa y una vida que nos permitía crear una gran familia, ambos coincidimos en que no queríamos que nuestros hijos se llevasen muchísimos años y nos pusimos manos a la obra.

Aunque, si en ese momento hubiera sabido todo lo que nos costaría volver a ser padres, tal vez hubiese empezado antes.

Fue un camino largo, de bastantes años, complejo y doloroso. Tardé mucho en aceptar que tal vez solo íbamos a tener a Andy y, cuando eso sucedió, después de muchas lágrimas y muchos procesos médicos, Nick y yo decidimos dejarlo en manos de Dios. Y entonces, años después de esa decisión, una mañana cualquiera, sentí que algo cambió en mi interior.

No fueron las náuseas ni el cansancio. No fue nada que pudiese asociarse a un embarazo. Lo supe sin más.

—¿Han pasado ya los tres minutos? —preguntó Nick, nervioso, a mi lado. Nos habíamos encerrado en el baño mientras el resto de la familia celebraba el cumpleaños de William en el jardín.

Yo no quería mirar… Me daba miedo volver a decepcionarme, pero algo había cambiado, lo sentía y no sabía cómo explicarlo.

—Noah —dijo entonces Nick, y el tono de pánico en su voz me hizo girarme y mirar el test que sostenía en alto mientras sus ojos muy abiertos me miraban sin dar crédito.

—Positivo —dije en un susurro entrecortado.

Nos miramos como en shock, sin saber qué hacer o decir, petrificados.

Entonces llamaron a la puerta y dimos un respingo.

—¡Mamá, venga, que vamos a comer la tarta!

Nick sonrió de oreja a oreja.

—¿Se lo decimos?

—No sé si es buena idea… —empecé a responder, pero entonces Nick tiró de mí, me abrazó con fuerza y me sujetó las mejillas para mirarme antes de hablar.

—Va a salir bien, Pecas… Lo sé.

Estaba tan contento.

Sonreí divertida y Nick dejó entrar a Andrew, que con ocho años ya prometía convertirse en el sucesor de mi marido en cuanto a lo guapo, listo y excesivamente divertido que era.

A veces nos preguntábamos a quién había salido tan risueño. Siempre estaba sonriendo, siempre haciendo bromas, siempre de buen humor… No es que Nick y yo fuésemos unos amargados, pero tal vez hubiéramos sido así si no hubiésemos tenido que pasar por infancias tan complicadas y traumáticas.

El mayor disgusto de nuestro hijo hasta la fecha había sido perder un campeonato de surf, y eso que en su habitación ya no cabían los trofeos que atesoraba y que acumulaba, bien dispuestos todos sobre una repisa que Nick y él colocaron un domingo cualquiera.

Al entrar al baño, Andy nos miró desde su altura. Aún seguía siendo un niño, pero me daba miedo el momento en el que pegara un estirón y dejase de ser mi pequeño.

—No estaréis otra vez jugando al escondite vosotros solos sin mí, ¿no? —me preguntó, y ahí corroboré que seguía siendo mi niño de siempre.

Nick y yo soltamos una carcajada nerviosa y Andy se cruzó de brazos mirándonos con cara de perspicacia.

—Tenemos que contarte un secreto, pero no se lo puedes decir a nadie, ¿vale? —dijo Nick tirando ligeramente de él para cerrar la puerta del baño.

Me hizo gracia vernos allí a los tres, apretujados en el baño de casa de nuestros padres.

—¿Qué pasa? —preguntó el niño emocionado.

Me agaché hasta su altura y sonreí con toda la cara.

—Vas a tener un hermanito, Andy —dije, y sus ojos se abrieron de tal forma… Llevaba años pidiéndonoslo y, aunque lo habíamos dejado fuera de todo el proceso dándole largas sin más o diciéndole que aún no era el momento, sabíamos que él estaba tan deseoso de tener un hermanito como nosotros de dárselo.

—¿De verdad? —soltó emocionado mirándome la barriga.

Fui a decir que sí, pero entonces salió corriendo del baño, lo que nos dejó a cuadros, y empezó a gritar: «¡VOY A TENER UN HERMANO!».

Miré a Nick horrorizada y este soltó una carcajada que me contagió.

Seguimos a nuestro hijo y, cuando salimos al jardín, todos parecían igual de estupefactos que nosotros. Mi madre y William, al igual que Jenna y Lion, estaban al tanto de las dificultades que habíamos tenido, por eso vinieron enseguida a darnos un abrazo cuando escucharon a Andy gritar y correr por el jardín anunciando nuestro embarazo.

Maddie, la hermana de Nick, que ya tenía dieciséis años y era toda una belleza rubia, también se acercó y nos abrazó con fuerza igual de emocionada.

—¿Voy a ser tía otra vez? —preguntó con los ojos llenos de lágrimas—. ¡Verás cuando mamá se entere, Nick! —le dijo sacándose el móvil del bolsillo—. ¡¿Puedo llamarla para decírselo?!

—¡No! —soltamos los dos a la vez. Ya se lo contaríamos nosotros en persona y con más calma. De hecho, mi intención no había sido contárselo a nadie al menos hasta estar de doce semanas.

—Vale, pero ¿y a Kevin? A Kevin sí, ¿no? —dijo refiriéndose a su nuevo novio.

Miré a Nick. Le cambió la cara al oír el nombre de ese chico y solté una carcajada.

—A Kevin llámalo para que lo conozca de una vez, anda —le dijo muy serio a su hermana.

Aún me costaba hacerle entender que su Maddie tenía casi la misma edad que yo cuando nosotros nos conocimos, y eso solo lo traumatizó aún más.

Pasamos el resto de la velada en familia, mi hermana llegó más tarde con Eve, que se fue corriendo a jugar con Andy por ahí. Juliet nos dio la enhorabuena cuando le contamos la noticia. Nate, su novio, nos abrazó y le dio dos palmadas fuertes a Nick en la espalda. Lion, en cuanto vio aparecer a mi cuñado, fue al encuentro de sus amigos para celebrar juntos que la familia se agrandaba. Desde que Nate había llegado a nuestra vida un año antes, los tres se habían vuelto inseparables.

June, su niña, que corría por allí persiguiendo a Eve y Andy, tenía toda la pinta de terminar siendo hija única. Al contrario que Nick y yo, que sabíamos que queríamos tener más hijos, Jenna cerró el chiringuito en el momento en que June pasó de ser una recién nacida que lloraba y vomitaba a ser una niña que parecía tener instinto suicida. Según Jenna, su trabajo como médica quedaba reducido a nada comparado con la labor de mantener a su hija de seis años a salvo de cualquier idea alocada que no acabara en un brazo roto o un esguince en el pie.

Sonreí al ver a aquellos tres corriendo por el jardín y a Maddie hablando con su novio por teléfono ilusionada.

Estábamos felices y cada vez éramos más…

—¡¿NICHOLAS, DÓNDE ESTÁS?! —grité al teléfono mientras otra contracción me volvía a asaltar y me paralizaba de dolor.

—¡Estamos a cinco minutos! —me contestó él al otro lado del teléfono.

Maldije en voz alta mientras caminaba como un pato alrededor de la casa nueva. Nos habíamos mudado hacía apenas un mes y los enormes ventanales con vistas al mar parecían querer incitarme a la relajación, pero todo se quedaba en el intento, porque me estaba muriendo de dolor.

Me senté en la pelota esa de pilates, aunque seguía sin entender muy bien para qué servía, pero se suponía que ayudaba con los dolores de parto. Luego me coloqué las manos en la barriga, una barriga gigantesca, ya que mi hija parecía estar tan a gusto en mi interior que llevaba dos semanas extra de gestación.

Al contrario que Andy, que se adelantó y cuyo parto fue de riesgo, así como el embarazo también, con Julie —sí, había decidido llamarla así por mi hermana— las cosas habían sido totalmente distintas. Mi pequeña se había portado como una campeona y me había dado un embarazo tranquilo y saludable, sin complicaciones… Excepto por lo de que no había querido salir… hasta ese momento.

Oí el ruido del coche entrando en el garaje y, luego, la puerta abrirse.

Andy vino corriendo hasta mí, muy asustado.

—Mami, ¡¿estás bien?! —dijo muy nervioso.

Forcé una sonrisa, pero entonces me vino otra contracción y todo el cuerpo se me tensó por el dolor.

Mi hijo abrió mucho los ojos, completamente aterrorizado.

Al echarle un vistazo rápido, vi que tenía toda la boca manchada de chocolate. Nick lo había llevado a tomar un helado y justo entonces yo había roto aguas.

—Pecas —dijo mi marido acercándose a mí, y me sujetó la mano con fuerza. Añadió algo para tranquilizarme, pero yo estaba tan centrada en el dolor que no pude ni entender lo que decía.

Cuando la contracción pasó, conseguí ponerme de pie.

—Vamos al hospital, por favor —le pedí temblando.

Entonces él se agachó, me pasó la mano por las piernas y me levantó en brazos para llevarme al coche. Mejor ni mencionamos el mérito de esa hazaña, ya que con el embarazo había engordado unos veintidós kilos, más o menos.

—Caray, papá, eres como Hulk —escuché entonces decir a Andy.

—Coge las maletas de la puerta y mét+elas en el coche —le ordenó Nick al niño.

Cuando ya estaba sentada en el asiento del copiloto, pude respirar con un poco de tranquilidad, aunque la siguiente contracción no tardó en llegar.

Fuimos los tres hasta el hospital. Andy iba flipando por verme a mí tan dolorida y a su padre tan nervioso. Habitualmente, Nicholas era la figura de autoridad y calma a la que lo habíamos acostumbrado.

Me ingresaron y, gracias a los contactos de Nick, dispusimos de una habitación gigante para nosotros solos, donde pudimos pasar las siguientes seis horas esperando a que dilatara por completo antes de entrar a la sala de parto.

—Jopetas, tener un bebé es superaburrido —se quejó Andy. La espera lo estaba desesperando, y eso que Jenna y Lion se lo habían llevado a comer por ahí para que se distrajera.

Mi madre no había querido separarse de mí y la madre de Nick también estaba en la sala de espera, ansiando poder conocer a su nieta.

Cuando por fin entramos a la sala de partos, todo fue sobre ruedas. Mi niña preciosa salió a los cuarenta minutos, pesó tres kilos doscientos gramos y lloraba como si estuviese poseída.

—Está claro que las mujeres de esta familia llegan pisando fuerte —dijo Lion cuando ya habíamos vuelto a la habitación y tenía a mi hija envuelta en una mantita. Nuestros amigos observaban que ni entre Nick y yo éramos capaces de calmarla.

Todos nos reímos pensando en June y su carácter hiperactivo.

Cuando todos se marcharon aquella noche, mi hijo incluido, Nick y yo nos miramos sonrientes y agotados.

Julie era un bollito de pan rechoncho y perfecto.

—Me da pánico, Noah —dijo mirándome asustado.

—¿El qué, Nick? —pregunté mientras observaba cómo la sujetaba entre sus brazos y la miraba embobado.

—Que le hagan daño… Que le partan el corazón, que no sepa defenderse…

Sonreí de lado.

—Cariño… —dije mirándolo divertida—, ¿se te ha olvidado quién es su madre?

Me di cuenta de que tener un segundo hijo, ya con veintiocho años en vez de con veinte recién cumplidos, era una experiencia completamente distinta. Cuando Andy nació, yo era casi una adolescente. Sí es cierto que había vivido cosas que me habían empujado a una madurez temprana, y pensaba luchar cada día para que mis hijos no tuviesen que pasar por lo mismo, pero me lo tomé todo de una manera muy distinta y con un temple que no tuve cuando Andy nació.

Nuestra vida cambió por completo, eso sí. Volver a tener a un recién nacido en casa trastocó todas nuestras rutinas, y la falta de sueño, cuidar de

Andy y llevarlo a todas sus actividades hizo que Nick y yo volviésemos a enfrentarnos a un nuevo reto matrimonial.

Los hijos son complejos, y mantener la llama encendida cuando se está agotado es muy complicado. Y, aunque os cueste creerlo, llegó un día en que el mismísimo Nicholas Leister, estando solos en casa porque mi madre se había llevado a los niños para que pudiéramos tener un respiro, me dijo: «¿Y si dormimos sin más?».

Me reí, porque yo necesitaba exactamente lo mismo y no me preocupaba que estuviésemos un poco distanciados en cuanto al tema físico. Sabía, porque ya habíamos pasado por ahí, que la llama entre nosotros solo podía atenuarse, pero que jamás desaparecería. Y al final del día, si teníamos la oportunidad, jugar al escondite no estaba nada mal.

Julie cumplió su primer añito estando en el hospital. Sin saber cómo, pilló una pulmonía que la tuvo ingresada durante una semana entera, y ahí… fue entonces cuando sentí lo que era el miedo de verdad.

Si pensaba en esa semana, en mi niña de rizos rubios tumbada en una cama demasiado grande para ella, con una vía en su manita y sin separarse de su chupete color morado…, simplemente se me partía el corazón. Hubo un momento en que de verdad creímos que podíamos llegar a perderla, y la mirada que Nick me lanzó…

Rezo todos los días para no volver a pasar por algo parecido, para no volver a ver a Nick tan completamente destrozado.

Con su hija tenía un vínculo tan especial…, tan hermoso.

Que un hijo tuyo se ponga enfermo es algo que te consume en vida y te drena cualquier ápice de felicidad, dejando solo agonía y sufrimiento en su lugar.

Pero al final todo salió bien. Nuestra niña preciosa se recuperó y pudimos volver a casa a dormir con ella entre los dos, porque, si algo había conquistado esa pequeña, era nuestra cama de matrimonio, y no había quien la sacara de ahí.

Tal era así que Andrew se sentía celoso y de vez en cuando también nos exigía dormir con nosotros.

Nick solucionó el asunto comprando una cama más grande, y dormía pegado a mí, casi cayéndose del colchón, mientras que mis hijos se desparramaban por el otro lado, siempre tocando con un pie, con una mano o con la cara algún trozo de mi cuerpo.

Éramos felices.

Todo lo felices que se puede llegar a ser.

—¡Vete a la mierda, Nicholas! —exclamé cerrándole la puerta de la habitación de un golpe y dejándolo fuera.

—Noah, abre —me pidió igual de cabreado que yo, pero os aseguro que era difícil superarme.

—¡¿Cómo has podido?! —le grité a la puerta mientras él llamaba con insistencia para que le permitiera pasar.

—¡Joder, que solo ha sido una vez! —me contestó, y pude intuir el arrepentimiento en su tono de voz.

—¡Me has engañado! —grité de nuevo.

—¡Noah, déjame entrar! —volvió a insistir.

Los niños no estaban. Maddie se los había llevado al parque y les había prometido un helado. Julie había pasado de andar a correr como una locomotora y, con sus dos añitos, lo que más le gustaba eran las golosinas, el helado y charlar sin parar hasta agotarnos a todos.

Me quedé mirando la puerta de la habitación con odio.

¿Cómo había podido hacerlo?

—¡Me dijiste que Sophia había sido la única!

—¡Joder, y lo fue! —contestó golpeando la puerta.

—Me ha llamado, Nick —dije desde el otro lado—. Me ha dicho que ya van tres veces que os veis para llevar a los niños a correr en la pista, ¡y habíamos dicho que íbamos a dejar a Andy fuera de ese mundo! ¡Lo hablamos!

—¿Puedes dejarme entrar, joder?

Solté todo el aire que estaba conteniendo y al final abrí la puerta despacio.

Nick estaba con ambas manos apoyadas en sendas jambas de la puerta y así se quedó mirándome con paciencia.

—Tu hijo tiene un don.

—¡Oh, venga ya! —le dije dándole la espalda y alejándome de él.

—Noah, joder… Me encantaría decir que ha salido a mí, pero los dos sabemos que eso sería una mentira como una casa. ¡Ha salido a ti, Pecas!

Volví a encararlo hecha una furia.

—¡No quiero que mi hijo se siente detrás de un volante! —le grité muy en serio.

Nick respiró hondo antes de hablar y se acercó a mí despacio.

—Noah…, lo lleva en la sangre.

Lo miré fijamente con tanta rabia y decepción que me entraron ganas de empujarlo.

—No quiero a Andrew en ese mundo, no lo quiero. Y sabes perfectamente que tengo todas las razones para hacerlo.

—Pero, Pecas, nosotros dábamos bandazos y nos metíamos en cosas ilegales, esto es completamente distinto, joder. Es lo que hubieses hecho tú si alguien te hubiera apoyado, si alguien hubiera tenido la fuerza económica para empujarte a ser la mejor. Además, cariño, nuestro hijo es increíble, tendrías que verlo, Noah… Se los lleva a todos por delante, los gemelos de Sophia son unos paquetes a su lado. Todos son unos paquetes, y eso que Andy solo tiene la práctica del simulador que tenemos en casa. ¡Imagínate hasta dónde sería capaz de llegar si lo dejásemos entrenar de verdad…!

Negué con la cabeza.

—No —dije mirándolo muy seria—. No quiero que mi hijo se ponga en peligro por un deporte. No quiero a mi hijo arriesgando su vida cada vez que se suba a un coche de carreras. Bastante sufro ya con el surf. ¡Joder, que le gustaba el surf! Era una cosa vuestra, ¿en qué momento has permitido que esto pase? ¡Me has mentido, Nick!

Me alejé de él porque no era capaz de tenerlo delante.

Estaba tan enfadada y asustada…

Al final me convencieron. No fue fácil. Nick y yo estuvimos un mes sin hablarnos, aunque delante de los niños disimulábamos.

Una vez que estuve al tanto de las carreras, Andy no paraba de hablar entusiasmado de los karts y de las competiciones. Dio igual lo que le dijese, dio igual que le explicara lo peligroso que era.

Estaba tan entusiasmado, hablaba con tantísima pasión, que tuve que ceder y, cuando fui a verlo por primera vez…

Andy ya tenía doce años por aquel entonces. Aunque seguía siendo un niño, ya no se le podía engañar así como así. Verlo en la pista…, verlo con aquel mono y cargando con su casco color azul…

Me saludó con la mano desde la distancia antes de colocarse el casco y sentarse en el vehículo.

Me fijé entonces y sentí un cosquilleo en el estómago cuando vi que tenía el nudo del ocho dibujado en el lado izquierdo, junto con una rosa azul, el mismo azul de las rosas que su padre todavía me regalaba, daba igual si había una celebración o tan solo porque quería decirme que me quería.

Nick apareció entonces en las gradas con Julie en brazos y vino hacia mí.

Parecía tan emocionado como Andy.

Que por fin hubiese cedido a ir a verlo correr era todo un acontecimiento, ya que llevaba un año negándome en redondo a aceptar que mi hijo quisiese dedicarle a esto todo su tiempo…

—Mami, yo también quiero correr como Andy —gritó entonces Julie mirando la pista con los ojos brillantes de la emoción.

Iba vestida con el mismo mono de carreras que Nick le había mandado hacer a Andy. Era también de color azul, pero tenía una veta morada en el lado izquierdo. Mi hija, con cuatro años, no sabía ni para qué era ese mono, pero, como había visto a su hermano admirar esa prenda de ropa y guardarla y cuidarla como si fuese una reliquia…, había terminado insistiendo en que quería vestir como él.

Sentí miedo al ver a Julie tan emocionada.

No podría soportar pasar por la angustia de tener a mis dos hijos metidos en ese mundo…

—Ya verás, Noah… Vas a flipar cuando lo veas —dijo entonces Nick abrazándome por detrás y besándome la cabeza—. Respira, amor —me recordó al oído, y eso hice…

Cuando lo vi…, cuando vi a mi pequeño dominar el *karting* con aquella soltura, como si volara sobre el asfalto… Verlo adelantar a los demás con una técnica y una facilidad que hacía que aquel deporte pareciese un juego de niños… Cuando me di cuenta de lo bueno que era…

—Mami, ¿por qué lloras? —dijo entonces Julie a mi lado, mirándome con curiosidad.

Negué con la cabeza y más lágrimas cayeron sin que yo pudiera hacer nada por evitarlo.

—Lloro de emoción, cariño… Lloro porque tu hermano es igualito que yo.

Los años pasaron y la vida siguió su curso.

Me nombraron editora jefa en la editorial y pude disfrutar viendo a mis autores crecer y conseguir objetivos que jamás imaginamos, teniendo en cuenta que Barret era una editorial pequeña. De la mano de los directivos, conseguimos que se posicionara como una editorial de referencia y cosechamos grandes autores best seller, entre los cuales podía decir con orgullo que había unos cuantos míos. Mi trabajo me encantaba y era buena.

Andy continuó compitiendo y ganando campeonatos a nivel nacional e internacional. Era raro el fin de semana que no debíamos viajar con él para acompañarlo y, aunque Nick fue el más interesado en que nuestro hijo compitiera a nivel profesional, él tenía una empresa que necesitaba de su atención constante y al final decidí ser yo quien lo acompañaba y lo representaba.

No me costó pedir una excedencia y dedicarle el tiempo necesario a mi hijo. Siempre podía regresar…, pero ayudar a Andy a cumplir su sueño… Eso era ahora o nunca, aparte de que amaba las carreras, y saber que él era tan bueno, verlo conseguir aquello que a mí me hubiese encantado al menos intentar a su edad…

Fue un regalo para mí volver a ese mundo, al mundo de las carreras. Desde otro lugar, sí, pero siendo el pilar principal de un niño que ya no era tan niño, sino una promesa de la Fórmula 1. Y no lo decía yo, en realidad lo decían todos los ojeadores que llevaban persiguiéndolo desde que cumplió los trece.

Habíamos intentado retenerlo lo máximo posible. Permitíamos que compitiera, sí, aunque sobre todo a nivel nacional, pero todos sabíamos que la carrera para llegar a la Fórmula 1 no estaba en Estados Unidos, sino en Europa.

Aún se me saltaban las lágrimas al recordar el día que tuvimos que llevarlo al aeropuerto.

Mi hijo ya no era un niño, sino un joven adulto de dieciséis años que nos dejaba para perseguir su sueño. Cuando lo miraba, tan alto ya como su padre, tan parecido a él en tantísimas cosas…

Veía cómo lo observaban las chicas, con su pelo un poco largo y un tanto ondulado, que a veces le tapaba la visión y lo obligaba a estar moviéndoselo hacia atrás todo el rato…

Mi hijo era digno sucesor de su padre en cuanto a rompecorazones se refiere, y encima era un chico cuya energía contagiaba allá donde fuese. Tan alegre, tan divertido…

Nunca nos había hablado de ninguna chica, pero sabíamos que había estado un poco colgado de la vecina. Sin embargo, estaba tan centrado en las carreras y en competir que parecía que por el momento tenía esa asignatura pendiente, aunque Nick y yo sabíamos que, cuando llegara ese momento, se avecinaba por ahí una historia de amor que tal vez ni él mismo estaría listo para afrontar. Porque, cuando hablamos de sentimientos, cuando hablamos de enamorarse por primera vez…, todos sabemos que perdemos un poco la cabeza.

—Llámanos en cuanto llegues —dijo Nick dándole un abrazo a su hijo y mirándolo a los ojos.

Viéndolos así, viendo a la versión adolescente de Nick ante mis ojos, no pude evitar emocionarme.

¿En qué momento había pasado el tiempo? Aún recordaba cuando Andy corría por los pasillos arrastrando los juguetes o cuando lloraba al ver que su padre se marchaba a trabajar… Recordaba las noches en vela poniéndole paños fríos cuando ardía de fiebre, o cuando empezó a practicar surf y nos obligaba a bajar a la playa incluso cuando hacía diez grados y todos estábamos congelados. Tenía grabados todos los momentos de Andy con su hermana…, lo protector que era con ella, y que siempre intentaba sacar tiempo de calidad, ya fuera para jugar a la lucha, llevarla al parque o ver películas de princesas.

A mi lado, Julie empezó a llorar desconsolada.

Andy me miró primero y luego levantó a su hermanita en brazos para envolverla en un abrazo de oso, como él solía decirle.

—Venga, Jules —le dijo con cariño—. Ahora vas a tener la excusa perfecta para pedirle a papá que te deje mi habitación a ti.

Se me encogió el corazón al pensar que ya no estaríamos en casa juntos… Ya no tendría que pelearme con él por las mañanas para que se despertara y no llegara tarde al colegio. Ya no tendría que recogerle la habitación, pues no había forma de hacerle entender que un cuarto ordenado era sinónimo de una cabeza amueblada… Ya no me tumbaría con él en su cama a ver una película juntos o solo a escucharlo hablar durante horas de carreras y coches, y soñar en voz alta sobre todos sus deseos y metas…

Mi niño se marchaba… y yo no sabía a quién me encontraría cuando lo volviese a ver tres meses después.

—¿Ahora quién va a llevarme chocolatinas a la cama sin que mamá y papá se enteren? —dijo Julie llorando, y Andy nos miró abriendo los ojos un tanto asustado.

Ya sabía yo que no podían estar gastándose tan rápido… Y eso que había culpado a Nick de la desaparición masiva de chocolatinas de la despensa.

—Venga, Julie… Si tú estabas harta ya de tanto viajar a verme correr —le dijo su hermano, y era un poco cierto. Nos habíamos centrado tanto en la carrera de Andy que habíamos dejado un poco de lado a la niña, que encima empezaba a despuntar con sus recitales de danza, a los que tanto nos gustaba ir a verla a Nick y a mí.

Lo de las carreras no terminó de funcionar con ella. Un choque frontal con otro *karting* y una costilla rota supusieron el punto final al interés que mi hija tenía en intentar seguir el camino de su hermano, lo cual para mí había sido una bendición y una preocupación menos.

La megafonía del aeropuerto indicó entonces que el vuelo de Andy empezaba a embarcar.

Nos miró agobiado y nos dio un abrazo rápido. Empezó a caminar hacia el control de equipajes, pero entonces se giró, se detuvo unos segundos y vino corriendo hasta mí.

Me abrazó con fuerza y me armé de valor para no romperme en mil pedazos.

—Te quiero, mamá —me dijo al oído—. Conseguiré esto por los dos…, por ti y por mí.

Y entonces se fue con prisas, arrastrando la maleta de la federación y regalándonos una última sonrisa. La humedad en su mirada fue un eco de la emoción de toda la familia.

Nick vino hacia mí y me estrechó entres sus brazos.

Cuando se apartó un poco, acunó mis mejillas con sus manos y me buscó con la mirada.

—Siempre estamos a tiempo de tener otro, amor —dijo en broma. Aunque nos lo habíamos planteado, yo había cumplido treinta y seis y aún podíamos tener uno más, nos daba miedo volver a los pañales otra vez.

—¡SÍÍÍÍÍÍ! —gritó Julie emocionada—. ¡Yo quiero otro hermanitooo!

Miré a Nick deseando que no hubiese dicho nada.

Ahora la posibilidad de tener otro bebé se convertiría en el monotema de la casa.

—Anda ya, enana, ¿tú sabes lo mal que huelen los bebés? —dijo mi marido en broma.

—Pues igual que Andy —contestó la niña, y no pudimos evitar reírnos mientras nos marchamos los tres juntos en busca del coche para regresar a casa.

Julie nos pidió ir a casa de una amiga y la dejamos allí. Cuando volvimos solos a nuestro hogar sentí como si mi corazón sangrara.

—¿Cómo te encuentras? —me preguntó Nick acercándose al sofá donde me había dejado caer nada más llegar.

Lo miré.

En su pelo negro empezaban a entreverse alguna que otra cana, muy perdidas aquí y allá y que le daban un aire tan sexy que no pude evitar sonreír mientras levantaba la mano y le acariciaba el cabello.

—A veces da miedo lo rápido que pasa el tiempo —le dije, y era cierto…

Cientos de recuerdos empezaron a agolparse en mi cabeza… Toda nuestra historia, la primera vez que me llamó «Pecas», nuestro primer beso, nuestra primera carrera, nuestra primera ruptura, nuestra reconciliación, Andy, la boda, Julie, los cumpleaños, los viajes en familia, los embarazos y los miedos… Una vida entera con Nicholas Leister.

—Aún nos quedan mil aventuras por vivir juntos, Pecas —dijo acariciándome la mejilla y colocándome un mechón de pelo detrás de la oreja.

Lo miré a los ojos, a esos ojos celestes tan bonitos.

—Gracias, Nick —dije entonces con la mirada húmeda de emoción—, gracias por haberme dado una familia, por haberme dado un refugio donde sentirme segura.

—Cariño… —empezó diciendo, pero coloqué mis dedos sobre sus labios.

—Me haces la mujer más feliz del mundo —dije sonriendo levemente.

Nick se acercó más a mí, hasta alcanzar mis labios.

Me besó despacio, con ternura, y supe que se sentía exactamente como yo y que se mantenía fuerte, por mí, por la familia.

Los Leister nos separábamos, sí, pero no podíamos negar que, de querernos tanto, éramos todos igual de culpables.

Agradecimientos

No hace ni un segundo que he puesto el punto final a esta historia y ya estoy llorando. Qué divertido ha sido volver a Nick y Noah, y qué emocionante es volver a decirles adiós.

Tengo a tantas personas a las que darles las gracias… Porque, si pienso dónde estaba cuando acabé *Culpa nuestra*, hace ya nueve años, y veo dónde estoy ahora, está claro que no lo he conseguido sola.

Antes que nada, quiero darle las gracias a mi casa, Penguin Random House. Ya van once libros con vosotros y puedo decir que ha sido una relación más que satisfactoria. Gracias a todos los que hacéis posible que mis historias terminen siendo lo que son.

Me hace muy feliz saber que sigo con mi editora, la misma que descubrió *Culpa mía* y que me ha visto crecer. Gracias, Rosa, por seguir conmigo en todo este camino, por haberme apoyado siempre y por luchar para que tuviese más días y más semanas. Tienes el cielo ganado. Lo hemos sufrido, pero ¡ya está!

Ada, aunque no hayas estado en la edición de este libro, sabes que te espero con los brazos abiertos y unas ganas indescriptibles de volver a trabajar juntas otra vez.

Johanna, qué decirte que no sepas ya. Llegaste a mi vida sin saber cuánto te necesitaba y ahora que ya llevamos más de un año y medio trabajando juntas, no puedo vivir sin ti. Gracias por luchar por lo que merezco, cuidarme, apoyarme y llorar de la risa en los aviones, tú ya me entiendes. Eres la mejor agente que he podido encontrar, gracias, de verdad.

A todo el equipo de Prime Video. Trabajar con vosotros estos últimos tres años ha sido un sueño y sé que me llevo a gente maravillosa que tendré siempre. Me habéis abierto las puertas de un mundo que me apasiona y del que, viéndoos trabajar, aprendo cada día un poco más.

Andrea, mi *on going*. Sé que me llevo una amiga para siempre. Hemos recorrido el mundo juntas y no podría haber elegido a nadie mejor con la que compartir todos estos logros. Cada evento, cada reto, cada viaje me ha hecho crecer, y tú has sido la mano a la que necesitaba sujetarme antes de subirme a un escenario. Gracias. Eres increíble, no cambies nunca.

A mi familia y amigos, da igual cuántos logros alcance o cuántas metas consiga, nada de eso importa si no estáis a mi lado. Os quiero mucho.

Joaquín, qué decirte que no sepas ya. Gracias por hacerme reír, por sostenerme cuando me caigo y por recordarme todos los días lo mucho que valgo y lo mucho que me quieres. Te amo.

A mis lectoras cero: Bar, Belén y mi hermana Ro. Gracias por leeros el libro en tiempo récord. ¡Vuestros consejos valen oro!

Y, por último, gracias a ti, culpable, por empujarme y darme el valor para regresar a unos personajes que amo con locura. Nick y Noah ya son más vuestros que míos y creo que en eso recae lo especial de esta historia.

¡Os quiero! ¡Gracias, gracias, gracias!